FRANZ KAFKA

The Castle
Metamorphosis

城堡 变形记

[奥地利] 弗兰茨·卡夫卡 著　冷杉 译

上海文艺出版社

图书在版编目(CIP)数据

　　城堡　变形记/(奥)卡夫卡著;冷杉译.—上海：
上海文艺出版社,2017
　　(企鹅经典丛书)
　　ISBN 978-7-5321-6327-4

　　Ⅰ.①城… Ⅱ.①卡… ②冷… Ⅲ.①长篇小说-奥地利-现代②中篇小说-奥地利-现代　Ⅳ.①I521.45

　　中国版本图书馆 CIP 数据核字(2017)第 103344 号

Franz Kafka
The Castle
Metamorphosis

Simplified Chinese Copyright © Shanghai 99 Culture Consulting Co., Ltd. 2017

"企鹅经典"丛书由上海文艺出版社联合上海九久读书人文化实业有限公司及企鹅图书有限公司共同策划。

"企鹅"、🐧®和相关标识是企鹅图书有限公司已经注册或者尚未注册的商标。未经允许，不得擅用。

总　策　划：黄育海　陈　征
责任编辑：李珊珊
特约策划：邱小群
封面绘图：杨　猛
封面设计：汪佳诗

城堡　变形记
〔奥地利〕弗兰茨·卡夫卡　著
冷杉　译
上海文艺出版社出版、发行
地址：上海绍兴路74号
新华书店经销　上海利丰雅高印刷有限公司印刷
开本 890×1240　1/32　印张 11.75　插页 2　字数 315,000
2017年8月第1版　2017年8月第1次印刷
ISBN 978-7-5321-6327-4/I·5050　定价：49.00元

企鹅经典丛书
出版说明

这套中文简体字版"企鹅经典"丛书是上海文艺出版社携手上海九久读书人与企鹅出版集团（Penguin Books）的一个合作项目，以企鹅集团授权使用的"企鹅"商标作为丛书标识，并采用了企鹅原版图书的编辑体例与规范。"企鹅经典"凡一千三百多种，我们初步遴选的书目有数百种之多，涵盖英、法、西、俄、德、意、阿拉伯、希伯来等多个语种。这虽是一项需要多年努力和积累的功业，但正如古人所云：不积小流，无以成江海。

由艾伦·莱恩（Allen Lane）创办于一九三五年的企鹅出版公司，最初起步于英伦，如今已是一个庞大的跨国集团公司，尤以面向大众的平装本经典图书著称于世。一九四六年以前，英国经典图书的读者群局限于研究人员，普通读者根本找不到优秀易读的版本。二战后，这种局面被企鹅出版公司推出的"企鹅经典"丛书所打破。它用现代英语书写，既通俗又吸引人，裁减了冷僻生涩之词和外来成语。"高品质、平民化"可以说是企鹅创办之初就奠定的出版方针，这看似简单的思路中植入了一个大胆的想象，那就是可持续成长的文化期待。在这套经典丛书中，第一种就是荷马的《奥德赛》，以这样一部西方文学源头之作引领战后英美社会的阅读潮流，可谓高瞻远瞩，那个历经磨难重归家园的故事恰恰印证着世俗生活的传统理念。

经典之所以谓之经典，许多大学者大作家都有过精辟的定义，时间的检验是一个客观标尺，至于其形成机制却各有说法。经典的诞生除作品本身的因素，传播者（出版者）、读者和批评者的广泛参与同样是经典之所以成为经典的必要条件。事实上，每一个参与者都可能是一个主体，经典的生命延续也在于每一个接受个体的认同与投入。从企鹅公司最早出版经典系列那个年代开始，经典就已经走出学者与贵族精英的书斋，进入了大众视野，成为千千万万普通读者的精神伴侣。在现代社会，经典作品绝对不再是小众沙龙里的宠儿，所有富有生命力的经典都存活在大众阅读之中，它已是每一代人知识与教养的构成元素，成为人们心灵与智慧的培养基。

处于全球化的当今之世，优秀的世界文学作品更有一种特殊的价值承载，那就是提供了跨越不同国度不同文化的理解之途。文学的审美归根结底在于理解和同情，是一种感同身受的体验与投入。阅读经典也许可以被认为是对文化个性和多样性的最佳体验方式，此中的乐趣莫过于感受想象与思维的异质性，也即穿越时空阅尽人世的欣悦。换成更理性的说法，正是经典作品所涵纳的多样性的文化资源，展示了地球人精神视野的宽广与深邃。在大工业和产业化席卷全球的浪潮中，迪士尼式的大众消费文化越来越多地造成了单极化的拟象世界，面对那些铺天盖地的电子游戏一类文化产品，人们的确需要从精神上作出反拨，加以制衡，需要一种文化救赎。此时此刻，如果打开一本经典，你也许不难找到重归家园或是重新认识自我的感觉。

中文版"企鹅经典"丛书沿袭原版企鹅经典的一贯宗旨：首先在选题上精心斟酌，保证所有的书目都是名至实归的经典作品，并具有不同语种和文化区域的代表性；其次，采用优质的译本，译文务求贴近作者的语言风格，尽可能忠实地再现原著的内容与品质；另外，每一种书都附有专家撰写的导读文字，以及必要的注释，希望这对于帮助读者更好地理解作品会有一定作用。总之，我们给自己设定了一个绝对不低的标准，期望用自己的努力将读者引入庄重而温馨的文化殿堂。

关于经典，一位业已迈入当今经典之列的大作家，有这样一个简单而生动的说法——"'经典'的另一层意思是：搁在书架上以备一千次、一百万次被人取下。"或许你可以骄傲地补充说，那本让自己从书架上频繁取下的经典，正是我们这套丛书中的某一种。

上海文艺出版社编辑部
上海九久读书人文化实业有限公司
二〇一四年一月

目 录

城堡   1

变形记   293

《城堡》导读   342

《变形记》导读   356

城 堡

第一章　抵　达

卡抵达时已是深夜了。整个村庄躺在厚厚的积雪中。城堡坐落的那座山一点也看不见,浓雾和夜色把它完全笼罩了。连暗示那座大城堡存在的一丝灯光也没有。在从公路通往村子的这座木桥上,卡站了很久,望着眼前一片若隐若现的虚空,感到茫然。

然后他便去寻找过夜的地方。在一家客店里老板还没睡,但他已经没有空房可出租了。虽然对那么晚还有客人来投宿,他感到十分吃惊和困惑,但他还是同意让卡睡在酒吧间的一个草垫子上。卡同意了这个安排。几个农民仍坐在那里喝啤酒,但他不想和他们搭话,就自己从阁楼上取出那个草垫子,摆在火炉近旁躺下。这里很暖和,那几个农民喝着闷酒,他强睁倦眼打量着他们,没过一会儿就睡着了。

但没过多久他就被人叫醒了。一个小伙子一身城里人打扮,长着一张演员般的面孔,眼睛眯缝着,眉毛又粗又密,正和店老板一起站在他旁边。那几个农民还没走呢,有几个把椅子转过来,想看得更真切些,听得更明白些。这小伙子首先为叫醒了卡而很有礼貌地向他道歉,接着介绍自己是那座城堡的城守的儿子,然后说:"这个村庄是城堡的属地,任何人住在这里或在这里过夜,也就差不多等于是在城堡里居住或过夜。没有伯爵批准,谁都不可以这样做的。而您就没有得到这样的批准,至少您还没有出示任何证明。"

卡已经欠起了大半个身子,他梳理了一下头发,然后抬眼望着来人说:"我这是来到哪个村儿了?难道这儿还有座城堡吗?"

"当然了,"小伙子慢条斯理地回答,同时一个农民冲着卡直摇头,

"是威斯特韦斯特伯爵先生的城堡。"

"必须有他的批准才能在这里过夜吗?"卡问道,似乎想搞清自己刚才听到的话是不是在做梦。

"一定要有他的许可证才行。"小伙子回答,然后伸出胳膊,用对卡很不屑的嘲笑口吻,向老板和其他客人问道:"怎么可能不经过他的同意呢?"

"那我得去弄一张喽。"卡打着哈欠、掀开身上的毛毯说,看样子要起来了。

"没错,可是您找谁去弄呢?"小伙子问。

"当然是去找伯爵先生,"卡说,"除此没有别的办法。"

"现在吗?半夜三更找伯爵先生要许可证?"小伙子后退了一步,惊呼。

"怎么,不行吗?"卡镇定地问,"那您半夜三更吵醒我干吗?"

小伙子一下子撕掉了假斯文,嚷道:"瞧您这副德性!我要求您尊重伯爵的权威。我叫醒您是要通知您,您必须立刻离开伯爵的领地!"

"戏演够了吧,"卡又躺下来,拉上被子,语气很平静地说,"年轻人,你有点过分了。明天我再跟您计较您的不良行为。我如果需要的话,旅店老板和那几位先生会给我做目击证人的。另外告诉您,我就是那个伯爵派人请来的土地测量员。我的几名助手明天就带着工具坐马车过来。我本人不想错过在雪地里长途步行的机会,可不幸的是我迷了好几次路,所以到得才这么晚。我自己清楚去城堡报道已经太迟,用不着您来告诉我。所以我才会在这里凑合过一夜,而您却那么不礼貌地——说客气点儿——烦扰我。我的解释到此结束。晚安,先生们!"卡说完翻过身去面朝火炉。

"土地测量员?"他听见有人在他背后犹疑地问,接着是一阵沉默。然而小伙子很快恢复了镇定,压低声音对店老板说(显然是考虑到卡在睡觉,但还是能让他听见):"我要打电话核实一下。"怎么,在这乡下小客店里居然还有电话？他们设备还挺齐全的嘛。个别小细节着实让卡吃了一惊，但总的来讲都还在他的意料之中。其实电话机几乎就挂在他的头上方，他困得厉害刚才没有注意到它。如果那小伙子非要打电话，就算他动机再好，也难免不打扰卡的睡眠。因此关键全在于卡是否让他打电话；卡决定不管了，随他打去。这样一来，装睡显然就没有意义了，于是他又翻过身来仰着睡。他瞅见那几个农民正把头凑在一起，胆怯地嘀嘀咕咕：来了个土地测量员，这可不是小事。厨房门敞开着，老板娘肥硕的身躯站在那儿把它堵得严严实实；客店老板蹑手蹑脚走过去向她汇报了情况。接着电话交谈就开始了。城堡的正城守睡觉去了，但还有几个副城守，其中一个叫弗里茨的还守在那边。小伙子先通报自己是施瓦策，接着讲了自己发现卡的经过：那是个三十几岁的男人，穿得破破烂烂，脸上脏了吧唧，躺在一张破草垫上睡得正香，拿个小旅行背包当枕头，手边放着一根节节歪歪、疙疙瘩瘩的手杖。这人当然让他起了疑心；而且，既然店老板明显失了职，那么他，施瓦策，就有责任来对这事儿盘根问底。于是他叫醒了卡，盘问了他，并正当地严令他离开伯爵的领地。但是卡对此的回应相当粗鲁——也许他这样待他不太公正，毕竟他最后自称是伯爵招来的土地测量员。但是他，施瓦策，当然有责任核实他的话是否属实，哪怕是走走程序。因此他请求弗里茨先生问一下中央局，是否真有一位土地测量员被派到这里来，并且马上把答复电话告诉他。

接下来屋里一片安静，弗里茨在电话那头查询，人们在这头等待答复。卡保持原样躺着，不翻一下身，显得完全没有兴趣，目光仅瞅着眼前。施瓦策的讲述中混合着敌意和审慎，这让他想到了字斟句酌的外交术；没想到在那城堡里，连施瓦策这样的小人物也谙熟此术。而且中央局的人们也都够勤快，居然还有值夜班的。答复显然很快就出来了，因为弗里茨已经又在电话那头了。这次通话似乎非常简短，施瓦策立刻便怒气冲冲地挂上了听筒。"我说呢，"他叫道，"哪有什么土地测量员的影子！不过是个招摇撞骗的流浪汉罢了，可能比这还糟呢。"卡心想这下可完了，他们所有人，施瓦策，那几个农民，老板和老板娘，都会愤怒地朝他扑过来。为了躲过起码这一轮的攻击，他钻进被子缩成一团，就在这时电话铃又响了——此时卡正慢慢探出头来张望，这铃声在他听来显得特别刺耳。虽然这个电话不一定和卡有关，但大家伙儿都安静下来。施瓦策回到电话机前，听完对方好长一段解释后，缓和语气说道："原来是搞错啦？这可让我太尴尬了。是局长亲自打来的电话？这可就怪了，太奇怪了。我该如何向土地测量员先生讲清这一切呢？"

卡竖起耳朵听了个仔细。这么说来，城堡方面确认他这个土地测量员的身份喽。这从一方面来讲对他不利，因为这说明，城堡里的人已经掌握了所有关于他的必要信息，已经评估了他带来的压力，从而满怀信心地笑迎挑战。可从另一方面来讲这对他也有利，因为这说明他们低估了他的能力，从而给了他比一开始他所能指望的更大的自由活动空间。假如那些人以为，承认他的测量员身份就能让他永远受宠若惊的话，那他们可就打错了算盘——尽管他们自以为高高在上地垂怜了他，而他其实心里只不过战栗了一下，仅此而已。

施瓦策怯生生地朝卡走来，卡挥挥手把他打发走了。人们殷勤地请他住到店老板的房间里去，被他拒绝了；他只从老板手中接过一杯安眠酒，从老板娘手里接过一个带毛巾肥皂的脸盆。不等他要求大家出去，所有人便都扭脸冲出门去，生怕第二天被他认出来。然后灯熄灭了，他总算得到了清静。他一觉熟睡到第二天早上，只偶然被窜过去的老鼠惊动了一下。

吃完早饭后，他想立刻到村子里去；反正客店老板说啦，卡的早餐及全部膳宿费都由城堡方面负担。想到老板昨夜的不当行为，卡实在懒得跟他说话，但老板总是目光哀求地默默跟在他屁股后面转，这让他又不得不可怜起他来，就让他在自己身边坐了一会儿。

"我还不认识这位伯爵先生，"卡说，"他们说他优工优酬，干得好就加薪，是真的吗？像我这样离开妻儿远道而来的履职者，总得带回家去一点像样的东西吧。"

"这方面先生您完全不用担心，从没听说有人抱怨这里工资给得少的。"

"跟你这么说吧，"卡说，"我可不是那种胆小怕事的人，即使跟一个伯爵我也敢说出自己的意见。当然，能和这些贵人和平相处，是再好不过的了。"

店老板坐在窗前座椅的边儿上，和卡坐对面。他不敢挪挪屁股让自己做得更舒服点，两只焦虑的褐色牛眼睛始终紧盯着卡。起初他还想跟卡好好聊一聊，现在看来他只想溜走。难道他害怕人家向他了解伯爵的情况吗？还是他担心自己所见的这位卡"大人"不可靠？卡现在得给他台阶下了，就看了看钟表说："哦，我的助手很快就要到了，你能安排一下他们住宿吗？"

"没问题，先生，"老板说，"可是他们不跟你一起在城堡里住吗？"

难道他真的乐意把自己的顾客，尤其是卡，轻易给放走，转让给城堡吗？

"这个还没有定下来，"卡说，"我得先确定他们要我干什么工作。比如，我要是在下面工作的话，那我还不如住在这里的好。另外我还担心住城堡我不习惯。我喜欢一直自由自在地生活。"

"你不了解城堡啊。"老板轻声说。

"没错，"卡说，"所以不该过早下结论。目前我对城堡的全部了解只有一点：他们很会挑选合适的土地测量员。可能那里还有其他不错的地方吧。"说完他站起身来，好让心神不安咬着嘴唇的老板得以解脱。要取得这个人的信任可不是一件容易的事。

走出去的时候，卡瞅见墙上一个黑画框里有一幅色调很暗的肖像画。昨晚躺在破草垫上时他就注意到了它，但距离太远无法看清它的细节，还以为原来的画儿被从画框里取走了，只剩下黑乎乎的垫板呢。不过现在看清了，它就是一幅画儿，是个约莫五十岁的男人的半身肖像。他把头深深地埋到胸前，眼睛几乎看不到，似乎是因为他前额的宽大和鹰钩鼻子的沉重使然。由于他的脑袋垂在胸前，造成他的大胡子被下巴颏压住，胡须向下龇出来。他把左手五指伸开，插进他浓密的头发，却像撑不住他那颗头颅似的。"这是谁，"卡问，"是伯爵吗？"他站在画儿前审视着，瞅都不瞅一眼客店老板。"不是，"后者回答，"他是城堡的管家。""这城堡的管家可真英俊，"卡说，"可惜他的儿子很差劲。""哪儿啊，"老板把卡拉到身旁，对他耳语道，"施瓦策昨天吹牛呢。他爸爸只是副管家之一，而且排在最后一个。"此时卡觉得老板真像个孩子。"瞧这事儿闹的。"卡哈哈大笑着说。可是店老板没有跟着笑，而是怯怯地说："就连他爸爸也挺有势力呢。""得了吧，"卡说，"你以为所有人都有权有势啊。你看我像不像有势力？""你吗，"老板既胆怯又鼓足勇气说，"我可不觉得你有势力。""嗯，完全正确，你很有眼力嘛，"卡说，"说实话，我真的没有一点势力。所以我很可能和你一样敬畏那些有权势的人，只不过我不像你那么老实，总也不想承认罢了。"说完他拍拍老板的面颊，为了让他放松一点，同时赢得他的好感。

  店老板现在面露一点微笑了。他其实还是个青年人，脸还很软嫩，没长几根胡子。他怎么会娶了一个看起来比他老的大胖子女人为妻呢？透过一扇小窗子，可以看到她袖口挽得高高的，正在厨房里紧忙活呢。卡不想再盘问他了，免得让他为难，把他好不容易逗引出来那点笑容赶跑。所以他仅仅示意老板把门打开，然后自己步入这美丽的冬晨。

  现在他看到前方山上的城堡了，在晴朗的天空下它轮廓分明，皑皑白雪更让它光耀醒目，自然界的千姿百态统统银装素裹。但是山上下的雪好像比村子里的雪小得多，这让卡走在村里与昨晚走在大路上一样艰难。在村里，积雪一直堆到农舍的窗台，厚得几乎要压倒低矮的房顶；而在山坡上，万物还是那么轻盈，自由自在地矗立，起码从下面看上去是这样。

总体来讲，这座城堡远远看过去和卡预料的差不多，既非古老骑士的城池要塞，也非雄伟壮丽的新式建筑，而只是一个很大的建筑群，由几座二层楼房和许多紧密相拥的一层房屋组成。若不是事先知道这里是座城堡，肯定会以为来到了一座小镇呢。卡只看到了一座塔，但无法判定它是属于一座住宅，还是属于一所教堂。一群群乌鸦黑压压地绕着它飞。

卡盯着城堡，直奔它而去，别的什么都不想。待他走近时，他失望了，这个所谓的城堡合着只是一座寒碜的小镇，由许多村舍拼缀而成，唯一醒目的大概只有：一切都由石块砌成，但是泥灰油漆什么的早已剥落，石块似乎也在风化皲裂。一瞬间，卡想起了自己的家乡古镇，它毫不逊色于眼前这个所谓的城堡；如果卡只是想前来参观城堡的话，那么所有这些艰难跋涉旅途劳顿就显得很不值得了，还不如重访故乡来得有意义。他已经很久没有回老家看看了。他心里开始比较家乡那座教堂的钟楼跟眼前这座城堡钟楼之间的差别。家乡那座教堂钟楼毫不犹豫地直线上升，直冲云霄，顶着一个红瓦的宽阔楼顶，是座能想象得出来的现世建筑（除此而外我们还能建什么样的呢？），只不过比低矮的普通房屋更志存高远一些，比乏味无聊的工作日更意义明确一些。反观眼前这座塔（唯一可见的一座），现在看得很明显了，是属于一所住宅的，很可能是城堡主体的一部分。它从上至下圆圆的，式样单一，其中一部分被爬藤慈爱地遮掩住，露出些小小的窗口在阳光下闪烁，看上去像些疯眼。塔顶端有个露台，其雉堞参差不齐很不规则，还显得很脆弱，好像小孩子或着急或粗心地在蓝天上歪歪斜斜画出来的。它就如某个患抑郁症的居民，本该被锁在楼顶层最偏的房间里待着，却不知何故穿破房顶站了起来，向世人展示自己。

卡又站住了，仿佛立定能让他有更强的判断力似的。但是这样反而更分散了他的注意力。他停下的地方紧挨着乡村教堂（这其实就是一所小礼拜堂，及其谷仓模样的附属建筑，以容纳规模扩大的会众），在它后面是一所学校。这学校其实就是一座低矮的长条建筑,是老建筑的永久特征与将就凑合的临时性的古怪结合体。一圈栅栏把它围了起来,它的花园现在是一片雪地。就在这时,一群孩子和他们的老师跑了出来。他们围着老师,个个睁大眼睛盯着他,叽叽喳喳议论个不停,小嘴巴说得飞快,卡简直跟不上他们的语速,不明白他们在讲什么。那个老师是个小伙子,矮个头,瘦肩膀,站得笔直,但还不显得可笑;他打从老远就盯上卡了,因为除了他们这帮师生,这一带就只有卡一个人了。眼见这样一个整肃威严的小个子老师站在面前,作为异乡人的卡赶紧主动上前打招呼:"老师,您好。"突然一下子孩子们就都不说话了,似乎准备好了听老师回答似的,这让老师感到挺满意。"您在观看城堡吗?"他问,语气比卡预料的温和,但是好像不赞成他这样的行为。"是啊,"卡回答,"我是外面过来的,昨天晚上刚到。""您不喜欢这个城堡吧?"老师紧接着问。"怎么了?"卡反问,有点摸不着头脑,但随即放缓语气重复了一遍这个问题,说:"我不喜欢这个城堡?您凭什么认为我不喜欢?""外来人都不喜欢。"老师回答。为了避免得罪老师,卡换了个话题问:"伯爵您肯定认识吧?""不认识。"老师回答,然后打算转过身去不再理他。可是卡紧追不舍地又问:"您怎么会不认识伯爵呢?""我怎么就不能不认识他呢?"老师先低声回答,然后用法语高声补充道:"请您注意,这儿有天真无邪的孩子在场。"卡正好借着这个理由问道:"老师先生,我能拜访您吗?我要在这里待一段时间,现在已经感到有点孤立了,既没法儿和农民打成一片,恐怕也难以融入城堡。""庄稼汉和城堡没啥区别。"老师说。"也许吧,"卡说,"但这也改变不了我的局面呀。哪天我能否去拜访您一下?""我就住在天鹅街一个肉铺旁边。"这听起来更像是通报地址,而不是邀请,但卡还是说:"好,我一定去。"老师点点头,领着那群立刻又活跃起来的孩子继续前行。不久他们就消失在一条下坡很陡的小路上。

卡有些心烦意乱,和那个老师的一番交谈让他很生气。自打来到这里，他现在第一次真的感到累了。从那么远的地方走来，他都一点不觉得累——就这么从容不迫地，一天天、一步步地漫游过来了。可现在，这次长途跋涉的后果开始让他感觉到了，当然是在刚才受挫的情况下。他觉得自己特别想结识新的人，可是每结识一个新的人只是加剧了他的疲劳和厌倦。不过，如果他非强迫自己走到城堡大门不可的话，那么即使是在他目前的状况下，这点力气至少还是有的。

于是他继续前进，可这段路竟也长得要命。他走的路是村里的主道，根本不通向城堡所在的那座山，而只是接近它，然后便像有意设计好似的拐弯儿了，虽然从不远离城堡，却也不朝它更近一步。卡一直期待这条路最终还是会拐到城堡那儿去，正是抱着这个期待他才坚持走下去。显然是出于疲倦，他才不愿意离开这条主路，但他也诧异这个村子怎么那么长，半天也走不到头，那些小村舍——冰雪封冻的玻璃窗里没有一个人影——怎么翻来覆去地没完没了？最终他还是脱离了这条被他认准了的主道，拐进了一条窄巷子，这里的积雪更深，一脚踩下去再拔出来变得很费劲，让他出了一身大汗，接着突然就停下来迈不动步子了。

还好，他显然不是孤立无援，前后左右全是农舍。他攥了一个雪球朝一户窗子扔了过去。房门立刻打开了，这是他一路走来村里打开的第一扇门。门口站着一个老农民，穿着一件棕皮袄，头歪向一边，弱不禁风的样子，但很友善。"我能进屋歇一会儿吗"卡问，"我快累趴下了。"老头儿说了什么他没听见，但见他把一块木板朝自己搭了过来。卡很感激地从积雪里踏上木板，走了几步后便进到了屋子里。

这是个光线昏暗的大房间。卡刚从外面进来时跟睁眼儿瞎似的，被一个洗衣桶绊了一跤，一只女人的手扶住了他。从一个角落传来孩子们的吵闹声。从另一个角落涌过来一股股水蒸气，使昏暗的房间变得更暗，卡傻傻地像是站在云中。"他肯定是喝醉了，"有人说，"你谁呀？"另一个声音蛮横地问，随后显然是冲着老头儿使厉害："你干吗让他进来呀？难道要把每个街上的流浪汉都请到家里来吗？""我是伯爵请来的土地测量员。"卡说，在这些模模糊糊看不清的人面前为自己辩解。"啊？你就是那个土地测量员？"一个女人的声音问，接着一片鸦雀无声。"怎么，你认识我？"卡问。"咋不认识呢？"同一个女声简短作答。不用自我介绍，他们好像都知道卡。

水蒸气总算消散了一点，卡渐渐能看清周围了。今天好像是个大清洗的日子。门旁边有人在洗衣服。水蒸气是从左侧角落冒出来的，那边有个大木桶，卡从没见过那么大的木桶，足有两张床那么大，两个汉子正泡在里面热气腾腾地洗澡。然而更让他吃惊的是右侧的角落，尽管他还说不清这惊讶的实质是什么。那边的后墙上有个唯一的大窗洞，从外面射进来耀眼的雪光，肯定是来自后院儿，把缎子般亮闪闪的一束光投射在一个女人的裙服上，那女人正疲惫地斜倚在屋角深处一张高背椅中给她的小婴儿喂奶。另几个孩子绕着她玩耍，一看就是农家孩子。但她却在这氛围中显得脱颖而出，大概病怏怏的样子有时也能让农家女显得像贵妇吧。

"你坐吧！"两汉子中的一个说。他满脸都胡子拉碴，浓黑的唇须下露出张开的嘴巴呼哧带喘，一只手从大木桶边儿上猛地伸出来，指着一个木箱子，带出一些热水溅了卡一脸——这可真是个让人哭笑不得的场面。木头箱子上已经坐着那个带卡进屋的老头儿了，正在起劲地打盹儿。卡高兴地心想，可坐下了，不容易啊。之后就没人再搭理他了。蹲在洗衣盆前的那个女人一头金发，年轻而丰满，边干活儿边哼着小调儿。两个汉子在桶里伸胳膊踹腿儿，稀里哗啦洗得痛快，孩子们想靠近凑热闹，却被阵阵飞溅的水花一次次击退，连卡也不能幸免，水花溅到他身上。那个靠在椅背上的女人有气无力地茫然盯着屋顶，连怀抱里的婴儿也不瞅一眼。

卡注视了这母婴俩很久，这幅凝然不变的凄美画面大概深深吸引了他；然后他大概就打起盹儿来，因为当他被一声大叫惊醒的时候，他的脑袋正靠在身旁那个老头儿的肩膀上。那两个男人已经洗完了澡,穿好衣服正站在卡面前;现在轮到孩子们在那个金发女人的照看下,钻到大澡桶里瞎扑腾了。看来,那个冲着卡吼的络腮大胡子是两个汉子中年龄较小的一个。另一个的个头不比这个更高,胡子也比这个少很多,则是个性格安静、脑子迟钝的人,体格比络腮大胡子壮,脸也方方宽宽的,总是低着头阴着脸。"测量员先生,"他发话了,"你不能待在这儿,恕我无礼。""我本来也不想待在这儿,"卡说,"我只是想歇个脚喘口气。现在我没事了,可以走了。""你可能很奇怪我们为什么不好客吧,"那人说,"是因为我们这儿没有待客的习惯。我们不需要客人来。"打了个盹儿后,卡脑子清醒了一些,耳朵也比先前好使多了,听那人说得这么坦率,他很高兴。他拄着拐杖,比较无拘束地到处走走,还接近过那个坐在靠椅里的女人,顺带看出来自己是这个屋子里身材最高大的人。

"也难怪,"卡说,"你们需要客人干啥用呢?不过有时候你们还是需要客人的,比如我这个土地测量员。""这我就不清楚了,"那人缓缓地说,"既然有人唤你来,他们很可能需要你,这就另当别论了。反正我们这些平头百姓按老习惯办事儿,你可不能怪俺们不懂礼数。""不怪不怪,"卡说,"感谢你们还来不及呢,你,还有这儿所有的人。"接着,让所有人都没料到,卡一个急转身站到那个女人面前。那女人睁着疲倦的蓝眼睛懒懒地瞅着卡,一条透明丝巾垂挂到她的眉宇间,那婴孩在她怀抱里睡着了。"你是何人啊?"卡问。不清楚对方的轻蔑是针对卡的还是针对自己的,反正她轻蔑地回答:"一个从城堡来的姑娘呗。"

说时迟那时快,那两个汉子已经一左一右揪住了卡的胳膊,一言不发使劲把他押送出门,好像非此别无他法治他似的。这一招把那老头儿逗乐了,拍起巴掌来。那个洗衣女人也哈哈大笑,她旁边的那些孩子也突然起劲地折腾起来。

前后不出几秒钟,卡已经站在门外的街道上了,两条汉子站在门槛儿监视着他。雪又下起来了,尽管天色比刚才亮了一些。那个络腮大胡子不耐烦地嚷道:"你想去哪儿?这条路通城堡,那条路通村子。"卡没理他,而是把脸扭向另一个人,那人虽然很有年长者的威严,但给他的印象却更和蔼可亲一点。卡问他:"你是哪一位?请让我知道,我该感谢谁让我休息了这一会儿?""我是制革匠拉泽曼,"那人回答,"不过你用不着感谢谁。""那好吧,"卡说,"咱们也许哪天还会见面。""我估计不会了。"那人说。就在这时,那个络腮胡子扬起手臂大叫:"早上好,阿图尔!早上好,耶雷米亚斯!"卡扭头去看,终于在这村子的街道上见到其他人了!从城堡那边走来两个年轻人,都是中等身材,瘦瘦的个头,穿着紧身的衣裤,而且长得很像,都是黑红的脸膛,醒目的黑山羊胡子。鉴于糟糕的路况,可以说他们走得够快的了,步伐整齐地迈着瘦腿儿。"你们这是咋啦?"那个络腮胡子大声问道。那两位走得那么急,一点也不想停下来,为了让他们听明白,他只好冲他们大喊。"办公务。"那俩笑着大声回答。"去哪儿呀?""去客店。""我也正要去那儿呢。"卡也抽不冷子大叫一声,这一嗓子比谁的都响。他很想跟那两人结伴而行——不考虑和他俩认识会给他带来什么好处,而只是觉得他俩可能是好旅伴,能让他开心。可是,那两人虽然听到了卡的招呼,却只是点点头而已,然后一眨眼就没影了。

卡依然站在积雪中,不太想把脚从雪里拔出来,因为那样的话虽然能往前走一点,但也会陷得更深。那个制革匠师傅和他的伙伴总算把卡赶走了,这会儿正沾沾自喜,一边眼睛仍盯着卡防范着他,一边慢慢挤进只开了一条缝的房门走进屋里去,撇下卡一个人孤零零地站在大雪中。"假使我不是被人有意设计,而只是天定身陷此境的话,我还不至于那么绝望。"这是他此刻脑中闪过的念头。

这时,左侧一间农舍的一扇小窗子打开了。刚才关着的时候,窗玻璃显得瓦蓝瓦蓝的,可能是雪光反射的缘故。这窗子可真小,即使全开了也看不见里面探视人的整个脸,而只能看见一双眼睛,一双褐色的老眼。"他就站在这儿,"卡听见一个女人声音颤抖地说,"那个土地测量员,"一个男的声音接茬儿说。然后这个男的来到窗前问:"你在等谁呢?"口气倒不是不友好,但就像生怕自家门前的街上出事儿似的。"我在等一辆雪橇把我拉走。"卡回答。"这儿不通雪橇,"那人说,"没有车辆来往这里。""可这儿是通向城堡的路呀,不是吗?"卡反诘道。"那又怎么样?"那人用不容分辩的口气说,"即便如此,还是没有车辆往来这儿。"之后两人都不吱声了。不过那男的显然还在考虑着什么,因为他并没有把窗子关上,烟不断从里面冒出来。"路况真糟糕。"卡打岔说,想换个话题。可对方只说:"没错,确实很糟。"不过,片刻后他又说:"你不嫌弃的话,我用我的雪橇带你去。""那太好了,"卡喜出望外地说,"我付你多少钱?""分文不取。"那人说。卡惊得下巴都要掉下来了。"你毕竟是土地测量员嘛,"那人解释道,"是城堡的人。要我送你去哪儿?""去城堡。"卡马上说。"那我就不送你了。"那人也马上说。"可我是城堡的人呀。"卡说,学着那人的腔调。"就算是吧。"那人不屑地说,看来决心已定。"那就送我去客店好了。"卡说。"好的,"那人说,"我这就驾雪橇出来。"话里没透出多少友好的表示,反倒露出很强烈的自私和焦虑情绪,只想赶紧把卡从自家门前的街上请走。

很快,这家院门打开了,一匹瘦弱的小马拉着一辆轻便雪橇出来了。它设备简陋,载重量很小,没有座位,后面跟着那个男人,年纪不算太大,可是很瘦弱,弯腰驼背,走路跛脚;一张发红的瘦脸五官集中,因为脖子上紧裹着一条羊毛围巾而显得愈加瘦小。这个人很显然正生着病,跑出来只是为了把卡赶紧打发走。卡说了几句抱歉的话,那人耸耸肩表示没事儿。卡这才了解到他是车夫盖施泰克,之所以整出这么一条破雪橇是因为它刚好备好,而若要驾驶另一条雪橇还得花不少时间去准备。"上去坐吧。"他说,边用鞭梢指指雪橇的后部。"我要坐在你旁边。"卡说。"我要走着去。"盖施泰克说。"为啥?"卡问。"我走着去。"盖施泰克重复道,并突然剧烈咳嗽起来,咳得身子直晃,只好叉开两脚站在雪里,双手同时抓住雪橇的帮。不再多说了,卡在雪橇后部坐下,那人的咳嗽也逐渐停住了，他们出发了。

城堡就矗立眼前，已经诡秘地暗下去了。虽然卡仍希望今天就能进去，但现在却又离它渐渐远去。仿佛给他这次暂时离别一个再见的提醒似的，城堡上的一口大钟顺快地敲响了，它至少有一瞬间让卡感到了心悸，听出那声音中含着威胁——因为那声音听着很痛楚——含着对他渴望进去的那种朦胧向往的威胁。不过它很快就沉寂下来，代之以一口小钟微弱而单调的哼鸣，大概仍是从城堡上传过来的。也可能是从村子里传过来的。这小钟的叮当声与这趟慢腾腾的旅行更合拍，也与这个可怜且执拗的车夫更契合。

走着走着已经到了教堂附近，离客店不远了，卡也觉得可以冒一次险了，便突然嚷道："我说哥儿们，你这样冒着危险、心甘情愿地驾着雪橇送我，很让我吃惊哩。家里人允许你这样做吗？"盖施泰克没理会他，继续牵着他的小马安静地赶路。"嗨，说你呢。"卡大叫，接着从雪橇里攥起一把雪朝盖施泰克扔过去，打在他耳朵上。他这才停步转身；雪橇又往前滑了一点，卡现在距离他很近，便仔细端详他，见他背驼得厉害，像是饱经摧残似的；消瘦的红脸上，双颊不对称，一侧扁平，另一侧凹陷；嘴巴很专注地张着，里面只剩下几颗稀疏的牙齿。卡觉得自己应该把刚才说的话重复一遍，只不过要把刚才恶意的口吻改成现在同情的口气，并且还要问他，会不会因为运送卡而受到惩罚。可是盖施泰克只是困惑不解地问了这么一句"你想干吗"，然后不等卡解释，他就冲小马吆喝一声，继续赶路。

他们这就要到达客店了，卡在拐了一个弯儿后就认出了它。令他大为惊讶的是，这时天已经全黑了。难道他出门上路真有那么久了吗？据他估算，顶多也就一两个钟头吧。他是在上午才出门的，一直没觉得想吃东西。没多会儿前还是大白天，怎么现在就已经全黑了。"昼短夜长啊，昼短夜长啊。"他边下雪橇边自言自语，然后朝客店走去。

店老板站在客店门前的小台阶儿上，手举一盏提灯为他照路，摆出十分欢迎他的样子。卡突然想起还有车夫呢，就停下脚步，黑暗中有人咳嗽了几声，那便是车夫了。嗯，不久还会和他打交道的。老板殷勤地迎候他，直到他和老板都站到台阶儿上了，他才发现还有两个人分立在店门两边。他从老板手里拿过提灯照照那两人，原来就是他刚才已经见过、被分别称呼为阿图尔和耶雷米亚斯的那两个人。他们向卡敬礼，这让他想起了在军队时的快乐时光。卡边打量着他们边笑着问道："你们是谁呀？""您的助手。"他们回答。"他俩是您的助手。"老板小声证实道。"啊？"卡问道，"你们就是我嘱咐跟着我过来、我正盼着的老助手吗？"对方回答"正是"。"很好，"卡愣了一下后说，"你们过来就好了。""不过，"卡又等了一下后，说，"你们来得太晚了，可真能偷懒呵。""路太远了。"其中一个说。"路是不近，"卡说，"可我碰到你们时，你们却是从城堡出来的。""这没错。"他俩不再辩解了。"你们把仪器设备放哪儿了？"卡问。"我们没带任何设备。"他俩回答。"我可是把设备交待给你们啊。"卡说。"我们没有任何设备。"他俩重复道。"啊，可真有你们的！"卡说，"难道你们不懂土地测量吗？""不懂。"两人说。"要是你们想当我的助手，你们就一定要懂测量。"卡说。一阵沉默过后，卡说："进来吧。"说完把他俩推进了屋。

第二章　巴尔纳巴斯

然后，三人走进酒吧，围坐着一张小桌子，少言寡语地喝起啤酒来，卡坐在中间，两个助手一左一右坐在两边。同昨晚一样，仅有一张别的桌子被几个庄稼汉围坐着。卡比较着他俩的脸——他已经比较过好几次了——为难地说："这可真难办——我该怎么区分你们俩呢？你俩只有名字不一样，其余一模一样，就跟……"他踌躇了一下，然后不由自主接着说："就跟蛇似的。"他俩微微一笑。"别人很容易就能分清我们。"他俩辩解道。"这我信，"卡说，"可就我自己而言，我只能用自己的眼睛看，而根据我的眼睛我就分不清你俩谁是谁。这样吧，我把你俩视为一人，都称作阿图尔——这是你俩其中一个的名字，可能是你吧？"卡问其中一个。"哪儿啊，"对方回答，"我叫耶雷米亚斯。""那好，关系不大，"卡说，"你俩在我眼里都叫阿图尔。当我给阿图尔派任务时，你俩得一起干；当我差遣阿图尔去哪儿时，你俩都得去。这样明摆着对我不利，因为我不能派你们分头去办事。不过这样做也有好处：对我派你们去干的事情，你俩负有相同的责任。至于你俩怎样分工，这我不管，只要你俩不彼此埋怨推卸责任、给自己找借口就行。反正我是把你俩当一个人看了。"他俩越琢磨越不对劲儿，就说："我们可不愿意您这样。""那还用说，"卡说，"你们肯定不愿意这样，可也只能这样。"话说着，卡的眼睛一直在盯着一个农民绕着他们的桌子转来转去。最后那农民打定了主意，凑近一个助手，想对他耳语几句什么。"对不起，"卡说，手一拍桌子站了起来，"这两位是我的助手，我们正商量事儿呢，谁也没权利干扰我们。""噢，对不起，对不起。"农民边说边朝他的伙伴退去，显得很不安。"有件事是最要紧的，你们必须严格遵守，"卡又坐下后说，"不经我同意，你们不能跟任何人讲话。我在这儿是外地人，既然你们是我的老助手，你们也应该是外地人。咱们三个外地人因此必须抱成一团。把你们的手伸给我，向我保证这一点。"他俩都极迫切地把手伸给卡。"行啦，把爪子缩回去吧，"卡说，"我的吩咐即时生效。现在我要去睡觉了，建议你们也早点睡。咱们已经耽误了一个工作日了，所以明天一大早就开始上班。你俩必须搞到一辆雪橇去城堡，六点钟把它停在门前准备好。""行。"一个助手说，可另一个马上接茬儿说："你说'行'就行了？你明知办不到还说'行'。""闭嘴，"卡说，"还没开始呢你俩就不一致了不是？"可是第一个助手也说："他说得没错，办不到。没有许可，任何外人都别想进城堡里去。""那到哪儿去弄许可证呢？""我也不清楚，也许找守卫吧。""咱们这就给那儿打电话申请吧，你俩立刻给门卫打电话去！"他俩冲过去，拨通了电话——瞧两人乖乖听命、在那儿争先恐后你推我挤的样子，真是可笑——并询问，明天早上卡能否跟他们一起进城堡。对方断然的拒绝声连坐在桌旁的卡都听见了，不仅如此，还有更明确的答复："明天不行，任何时候都不行。""我亲自打过去。"卡站起来说。除了刚才那个农民围着他们桌子转悠了一气之外，到目前他们并没引起多大的注意，可卡这最后一句话却引起了普遍的注意。人们都跟着他站了起来。尽管店老板尝试把他们赶回去，可他们还是聚拢过来，围着打电话的卡，站成一个半圆形。大多数人认为卡不会有什么结果，卡不得不请他们安静点，他可不想听他们七嘴八舌发表意见。

　　从电话听筒里传来一种蜂鸣声，卡还从没听过这种电话的蜂鸣，听起来像是无数小孩儿的童声混合——如此说来它又不像嗡嗡声了，倒更像是歌唱，从非常非常遥远的地方传来的歌唱，一个高亢响亮的单音以某种不可思议的方式从这蜂鸣里脱颖而出，震击着你的耳鼓，仿佛并不只要你听到就罢，而是更要刺透你深处的什么似的。卡不说电话了，就只听着这种声音,左臂撑在电话台上,歪头倚在听筒上,他就这么听着。

就这样不知过了多久,直到店老板过来揪揪他的衣服,说一个信使来找他为止。"滚一边儿去!"卡大声怒骂道,骂声肯定传到电话那头去了,因为这下那边有人回话了。接下来有了如下交谈:"我是奥斯瓦尔特,你是哪位?"话音严厉而傲慢,带着点口齿缺陷;卡觉得对方似乎在用这种凶巴巴的口吻来遮掩或者弥补这一缺陷。

卡犹豫要不要报出自己的姓名,面对电话机他完全无能为力,对方可以呵斥他,对他颐指气使,或者干脆挂掉电话,那样的话卡就会堵死一条可能很有价值的路子。卡的犹豫让对方不耐烦了。"你是哪位?"他重复一遍,接着补充道,"如果你们少打几个电话上来,我就不胜感激了。刚刚有人来过电话。"卡对此不予作答,而是突然郑重宣布:"我是土地测量员先生的助手。""什么助手?哪位先生?什么测量员?"卡想起了昨天那通电话。"你去问弗里茨好了。"他简短地回答。然后他惊讶地发现,自己这句话竟然起了效。然而更让他惊讶的是城堡办事机构的组织协调性。答复过来了:"我了解了,又是那个没完没了的土地测量员。是的,没错,说下去呀,哪个助手?""约瑟夫。"卡说。听到那些农民在他背后嘀嘀咕咕真让他气恼,他们对他没报出真实姓名显然很不满。但卡没有闲工夫和他们纠缠,他要集中全副精力讲电话。"啥,约瑟夫?"对方说,"那两个助手不是叫——"他顿住了,明显是在问另一个人他们的姓名——"阿图尔和耶雷米亚斯吗?""那俩是新助手。"卡说。"哪里,他们是老助手了。""他们是新来的助手,"卡说,"我才是老助手呢,今儿赶过来和土地测量员会合。""不对!"对方开始大叫。"那你说我是谁呢?"卡依旧镇定地问。电话那头沉默了一会儿,然后同一个声音又说话了,口齿缺陷依旧,但语气变了,变得低沉而放尊重了一些:"你是那个老助手。"

卡仍在听着这种语气的变化,差点漏掉了对方接着的问话:"你有什么事?"卡真想把听筒一挂了之,他不再指望从这交谈中能得到什么了。只是迫于压力他才迅速答道:"我师傅什么时候才能去城堡呢?""啥时都不行。"对方回答。"那好吧。"卡说完挂上了电话。

这时候庄稼汉们凑在他身后已经很近了,那两个助手不时瞟他几眼,忙着把人们挡开。不过他俩只是做做样子而已,那些农民对这通电话的结果很满意,不用轰自己就渐渐散去了。这时有个人拨开人群从后面快步走到前面,向卡一鞠躬,然后递给他一封信。卡接过信,打量了一下来人:他和那两个助手非常相像,也跟麻秆儿似的瘦长,也穿瘦身衣,也是麻利而机灵。但他又和他俩很不一样。此人似乎对卡更重要一些。卡要是能把他收为助手就好了! 他让卡模糊记起在那制革师傅家里见过的那个哺乳婴儿的女人。他也穿得几乎一身全白,衣料应该不是绸缎的,像所有人一样应该也是冬装,但它却有绸缎那样的精美和气派。他的面庞明朗、率真,眼睛特别大。他的笑容非常灿烂,充满正能量。他用一只手抹抹脸,仿佛要把这笑容赶走似的,但没有成功。"你是谁?"卡问。"我叫巴尔纳巴斯,我是个信差。"随着他说话,他的嘴唇有力地开合着,但语气却很柔和。"你觉得这儿怎么样?"卡边问边指指那些农民。那些人仍对他兴趣不减,鼓着腮帮子,撅着或张着嘴,歪歪着脸,忽而瞪着他看,忽而目光挪开,转移到什么无关紧要的东西上去了,然后又挪回到卡身上。他们的脑袋看上去像被人打扁了头顶似的,五官也因此痛得扭曲,故曰"歪歪着脸"。卡然后又指指那两个助手,只见他俩勾肩搭背,脸挨着脸笑吟吟的,说不清是出于谦卑还是嘲讽。卡指着这一切,就像在给一个随从介绍一个强加于自己的特殊环境似的,并期待——这对卡来说可是种很少有的行为:主动表示亲昵——巴尔纳巴斯能有这个水平把卡与那些人区分开来。可是巴尔纳巴斯偏就这么不给脸,整个把它忽略掉了,看得出他是个很天真的人,愣是没把卡的用意往心里去,就像个有教养的仆人不会去理会主人有时显然是跟他随口一说的话那样。所以对卡刚才问的那个问题,他并不作答,而只是顺着这个问题环视了一下四周,跟农民中他的几个相识打打招呼,和那两个助手寒暄几句,这一切做得那么自如而超然,一点没有和他们"同流合污"的意思。卡虽然没得到期盼的答复,但也没觉得下不来台,就低头去看手中的信,把它拆开来读。信的内容大致如下:"亲爱的先生:如您所知,您已受聘为伯爵效力。您的顶头上司是村委会主任,他会向您交待您的工作职责和雇用待遇等具体事宜。您将对他负责,我也将照顾到您。本信函递送人巴尔纳巴斯将不定期到您处了解您的需求,并转达给我。您将发现,只要办得到,我会随时为您效劳。让我的员工满意是我义不容辞的职责。"落款无法辨认,但旁边盖了个图章刻印着:第十局局长。"你先等等!"卡对正躬身告退的巴尔纳巴斯说,然后召唤店老板带他去他的房间,他要花点时间自己研究一下这封信。同时他也想到,虽然自己对巴尔纳巴斯很有好感,但他毕竟只是个信差,于是他吩咐给他端来一杯啤酒。卡观察他怎样对待这杯啤酒,只见他似乎很高兴能有啤酒喝,立刻一饮而尽。然后卡就跟着店老板离开了。这家客店很小,只能给卡准备一间小阁楼住;即便这样,也挺麻烦的,因为得把一直睡在上面的两个女仆安排到别的地方去。事实上他们只是撵走了女仆而已,屋里其他一切都没改变,唯一的一张床上没有铺盖,只有几个枕头和一条毛毯胡乱扔在上面,估计昨晚女仆搬走前就是这个样子,没有经过收拾。墙上挂着几幅圣像,还有一些士兵的照片。房间甚至没有通过风,显然店方不希望这位新来客住很久,因此也就不想任何办法留住他。卡倒也不在乎这些,就用毛毯裹住自己,坐到桌旁,借着一根蜡烛的光线,开始把那封信再读一遍。

这封信前后矛盾,有些话把他当成自由人看待,承认他有自由意志,可由着自己的意愿做事,比如信开头的称呼语,以及提到他意愿的那个地方。可是另有几处却又直接或间接把他当卑微的小职员看待,从局长的高位几乎注意不到他的存在,局长必须下点功夫才能"照顾到他"。他的上级不过是村长而已,他甚至要对他负责;如此说来,合着他唯一的同事不过是区区村警喽！无疑这些都是信中自相矛盾的地方，如此之明显应该是有意而为。像这样一个组织机构严密的地方，会因为拿不定主意而造成前后矛盾吗？有这种想法那才真是糊涂蛋呢。反正卡没有这样设想过。与其说是写信人犹豫不决，不如说是他在信中设定了选项，提供给卡自由选择，由卡来决定如何利用信中设定的条件给自己定位：是做个乡下员工，与城堡保持显赫但只是表面的关系好呢？还是做个名义上的乡村工作者，实际上服从巴尔纳巴斯带来的信件中的指令，由它来决定他的位置好？卡没有犹豫就做出了选择，虽说他在此地还毫无经验可言，但他还是会不加犹豫就做出选择的。只有当一个乡村工作者，尽量与城堡的那些绅士保持距离，他才能在涉及城堡的工作中成就一点什么。目前村里的人对他是很不信任，可只要他和他们打成一片，变得和盖施塔克或拉泽曼没什么区别（必须尽快这样，成败就在此一举了），那么即使和他们做不上朋友，可就因为他是他们中间的一分子，他们也会对他打开话匣子，到那时条条道路都会突然畅通的。倘若他只是走上层路线，仅指望城堡里那些高高在上的老爷们开恩，那么这些路就会永远对他关闭，连在哪儿都摸不到。不过，走亲民路线是要冒风险的，这封信强调了这一点，尽管用的是轻松的口吻，但结局似乎是不可避免的，那就是他的身份不过是个工人而已。信中充斥着暗示小工地位的语言，什么"效力""上司""工作""雇佣条件""负责""员工"等，就算是有更多的私人口吻在里头，但讲的是同一个意思。如果卡想当个工人的话，他尽管当好了，不过从此就要踏实肯干，一步一个脚印，也看不到有什么出头之日。卡清楚信里没有强迫他干这干那的威胁，他也不怵那个，尤其是在这里。他所怵的是环境的力量，那种负面的、令人灰心消沉的环境，还有对可预见的失望——看到后所产生的幻灭感，以及这样的环境无时无刻对他产生的潜移默化的影响。这些都是让他发怵的，但即使这样他也只能硬着头皮迎难而上。信里并不隐瞒这样一个实情，即如果出现争执的话，卡就是那个挺身而出的人。这一点信中表达得很含蓄，人只有在内心不安——是不安，而不是大事不妙的感觉——的情况下才能体悟到，涵盖在聘用他来为伯爵效劳时所用的"如您所知"这几个字里了。卡已经报到过了，在那之前他应该已经知道自己被聘用了，如信中所说的那样。

卡先从墙上摘下一幅画儿，接着把信挂在那个钉子上。这间屋是他将要住的地方，因此信应该挂在这里。

然后他便下楼来到客店的酒吧里，见巴尔纳巴斯和那两个助手正坐在一张小餐桌旁。"哈，原来你在这儿。"卡说道，不为别的，只为见到巴尔纳巴斯而高兴。后者马上站了起来，那些农民一见卡也立刻起立围拢过来，团团绕着他转已然成了他们的习惯。"你们老是围着我，到底想干什么？"卡嚷道。他们并不生气，转身慢慢回到他们的座位上去。其中一个边走开，边还面带着神秘的笑容说："总想听到点新鲜事儿啊。"其他几个人立刻点头称是。那人说完还舔舔上嘴唇儿，好像新鲜事儿还可以吃似的。卡可没有跟他打哈哈圆场，如果他们由此学会了尊重他一点，那好啊！只可惜不等他在巴尔纳巴斯身旁坐稳屁股，他就感觉到一股庄稼汉的鼻息喷到了他的后脖颈上。那乡巴佬说他是来取盐瓶的，可当他见到卡气得直跺脚时，他没拿盐瓶就跑掉了。要把卡气翻其实再容易不过了，只消把这些乡巴佬煽动起来跟他作对就行。他们执拗的关心比别人高傲的冷漠更让他讨厌。而其实这也是一种冷漠，因为假设卡坐到他们的饭桌旁的话，估计他们肯定不会再安安稳稳地坐着。只是因为巴尔纳巴斯在场，他才没有和他们大闹一场。不过，他还是转身怒视着他们，他们也都面对着他。见他们这副样子坐在各自的椅子上，互不交谈，也好像没什么默契，只是不约而同地瞪着他，卡觉得他们可能不是出于恶意而追着他跑，也许他们真的想从他那儿得到些什么，只是说不清而已。如若不然，那他们也许纯粹就是耍小孩子脾气而已；这里似乎到处都透着天真好奇的孩子气。就说那老板吧，他站在那儿，双手捧着一扎早该给客人端上的啤酒，傻愣愣地瞅着卡瞧，连老板娘从厨房窗口探头唤他他都没听见,这不是幼稚的表现又是什么?

等情绪平静下来后,卡转向巴尔纳巴斯,他本想把那两个助手支走,但找不到借口,更何况他俩还正默默地盯着啤酒杯看呢。"我看过信了,"卡开口说,"你知道它的内容吗?""不知道。"巴尔纳巴斯回答。他的眼神似乎比他的话语传达更多的意思。面对巴尔纳巴斯,卡现在显得也许过于好意了,这就像他刚才对农民们显得过于敌意那样,都是不恰当的;不过,巴尔纳巴斯的在场总让他感到心里踏实。"信里也谈到了你,"卡说,"你必须在我和局长之间传递信件。所以我还以为你了解信的内容呢。""我只是个跑腿儿的,"巴尔纳巴斯说,"奉命把信交给你,等着你把信读完,然后,如果你觉得必要的话,把你的口头或书面答复带回去交给他。""那好,"卡说,"回信倒是没必要写,请向局长先生口头转达——他叫什么名字?我认不清他的签名。""克拉姆。"巴尔纳巴斯说。"嗯,那就向克拉姆先生转达我的谢意,感谢他对我那么赏识和关爱。作为一个还没在这儿干出成绩的人,我对此当然是受宠若惊。我将无保留地对他言听计从。今天我没有什么要求可提的。"巴尔纳巴斯认真地听卡讲完,然后问自己可否当着卡的面把这话复述一遍?卡批准了,巴尔纳巴斯于是一字不差地复述了一遍,然后站起身来告辞。

在这过程中,卡始终观察他的脸,这时再最后打量他一次。他跟卡差不多一般高,但他的眼睛却好像俯视着卡,只是眼神中写满谦卑,很难想象这个人会让谁下不来台。当然啦,他只是个送信的,对自己传递的信件内容不可能知晓,但是他的表情、眼神、微笑,乃至步态,都好像在暗含一种讯息,虽然他本人并没意识到这点。卡于是伸出手来和他告别,此举显然让巴尔纳巴斯吃了一惊,因为他本意是要鞠躬告退的。

巴尔纳巴斯在打开屋门之前,先把肩膀在门框上靠了一会儿,不再针对某个人地把酒吧间环视了一圈儿。等他一离开,卡就对那两个助手说:"我这就去我的房间把笔记本拿来,然后咱们就讨论下一步计划。"

他俩想跟他一起去。"你俩就待这儿!"卡说。他俩还是固执地想跟他去,卡不得不更加严厉地重复了一遍命令。巴尔纳巴斯已经不在走廊里了,他刚离开那儿,可是在客店外面——雪又下起来了——也不见他的身影。卡大喊:"巴尔纳巴斯!"没人回答。难道他还在客店里吗?好像只有这一种可能了。卡使出吃奶的劲大叫他的名字,叫声响彻夜空。这才有微弱的回答从远处传来,合着巴尔纳巴斯已经走掉老远了。卡朝他奔了过去,边走边叫他回来。当他赶上他时,从客店已经望不见他俩的影子了。

"巴尔纳巴斯,"卡说,止不住声音有些颤抖,"我还有件事要跟你说。我是不时地需要从城堡方面得到帮助的,可现在我只能依赖你偶然来这儿才能获得这种帮助,我觉得这样安排实在太不合理了。假若我不是运气还行追上了你——我刚才一直以为你没有走远,没想到你是箭步如飞啊——天晓得我还得等到啥时候才能再见到你呢?""嗯嗯,"巴尔巴纳斯说,"你可以请求局长让我在你指定的时间来呀。""这恐怕也不妥,"卡说,"因为我可能一整年都没有信需要送,也可能在你刚走一刻钟后就来了急事不能耽搁。""那我是不是该向局长报告,"巴尔纳巴斯说,"说除了通过我之外,你和他之间还需要建立一种直接的沟通渠道呢?""别,别,"卡说,"我完全不是那个意思。我只是顺嘴儿一说,谁让我运气好,追上你了呢?""那咱们现在回客店?"巴尔纳巴斯说,"你好向我交待新的指示?"话音没落,他已经朝客店方向迈了一步。"巴尔纳巴斯,"卡说,"没那个必要了,我就只陪你走一段路。""你为什么不想回客店呢?"巴尔纳巴斯问。"那里的人老是骚扰我,把我烦死了,"卡回答,"你也亲眼看到了,那些农民有多难缠。""可以回你自己的房间呀。"巴尔纳巴斯说。"那是女仆人的房间,"卡说,"又脏又潮的,有一股霉味儿。为了尽量不在那儿待着,我要陪你走一段路。不过你得——"为了打消巴尔纳巴斯的犹豫,卡补充一句,"不过你得让我挽住你的胳膊,你走得比我稳。"说完卡就挽住了他的胳膊。这时天已经全黑了，卡已完全看不清他的脸，他的身形也模糊难辨，在挽住他的胳膊之前，卡甚至摸索了一下才找到它。

巴尔纳巴斯默认了，两人朝远离客店的方向走去。卡觉得无论他多使劲挽住巴尔纳巴斯的胳膊，他还是赶不上他的步伐，他让他的行动自由受到了限制。即使在正常情况下，这样一件小事也足以把一切搞砸，更不要说当天早上卡在背巷里陷进积雪那样的事了。现在倘若再发生那样的事，只有靠巴尔纳巴斯拉他一把，他才能从雪里脱身。不过眼下他把那些烦恼统统抛开，再说巴尔纳巴斯的沉默也让他感到宽慰；如果他俩就这样沉默不语地走下去的话，那么巴尔纳巴斯也会明白，只有一直走下去，他俩才有理由待在一起。

他俩继续走着，卡也不知道去哪儿，一路上他什么也认不出来，他甚至不清楚是否已经走过了教堂。他俩没有一个前进目标，只是漫无目的地东游西逛。由于雪中走路十分费劲，卡已没精力有序思考，任由家乡的记忆不断涌现，胡乱充塞在他的脑海里。在他家乡的主广场旁也有一座教堂，被一片陈旧的墓地围住大半，墓地也被一堵高墙围着。只有很少几个孩子爬上过这道高墙。卡也试过，但一直没有成功。他们不是出于好奇才要爬墙的，这片墓地对孩子们来讲哪能藏得住什么秘密？他们通过一扇生铁小门进去过不知多少次，早就不稀罕了，现在他们要征服这座光溜溜的高墙！然后就在一天早上——寂静空旷的广场上洒满阳光，无论之前还是以后，卡哪曾见过这样的景象？——他竟然毫不费力地爬上了高墙；而且就是从那个他老是受挫滑下来的地方爬上去的。当时他紧咬一面小旗子，一下子就从那个地方爬了上去，石子还在噼里啪啦往下掉，而他已经站在墙头上了。他把小旗子在墙上插好，风顿时把它吹得鼓鼓的，他朝下看，然后环视四周，还扭头去看那些插在地上的十字架。此时这里没有一个人比他高大了。碰巧老师经过这里，只怒冲冲地瞪了他一眼就足以让他弃墙而逃，跳下来的时候卡碰伤了膝盖，费了老大劲才回到家里。可他毕竟战胜了高墙，当时那种获胜的感觉好像能让他自豪一辈子似的。那可不完全是在冒傻气,因为在事情过去了那么多年之后,现在当他扯着巴尔纳巴斯的胳膊肘走在这茫茫雪夜中时,那种获胜的自豪感仍在激励着他。

他把巴尔纳巴斯抓得更紧了,几乎被后者拖着走。两人还是沉默不语,卡对于正在走的这条路无从说起,只能根据路况来判断他们还没拐进侧道小路。他暗下决心,甭管路有多难走,返回遇到多大麻烦,他都绝不会停止前进,毕竟他被人拖着走的力气还是蛮富余的。再说了,这条路不可能没完没了,这城堡白天看上去也是近在眼前,更何况这位当信差的还肯定知道抄近路。

正想着呢,巴尔纳巴斯停下了脚步。他们这是到哪儿了?为什么不接着走?难道巴尔纳巴斯想把他甩了?那可没门儿。卡抓着他的胳膊如此之紧,到了自己手疼的地步。要不就是出现了难以置信的局面:他们已经进了城堡,或是到了它的大门?不过卡心里明白,他们连山还没有爬呢。再不就是巴尔纳巴斯在他不知不觉中把他领上了一条上坡的路?"咱们到哪了?"卡像是自言自语,低声问道。"到家了。"巴尔纳巴斯同样低声地答道。"家?""先生当心,别滑倒了。现在是下坡路。""下坡路?""再走两步就到了。"他一边补充,一边已在敲门了。

一个姑娘把门打开,他们现在站在一座大屋子的门前。里面黑咕隆咚一片,唯一的光亮来自一盏小油灯,挂在屋子深处左边一张桌子的上方。"你带来的这人是谁,巴尔纳巴斯?"这姑娘问道。"是土地测量员。"他回答。"是土地测量员。"姑娘朝那张桌子的方向大声重复了一遍。听到这话,两个老人站了起来,是一对儿老夫妻。还有另外一个女孩儿也站了起来。他们全向卡致意,巴尔纳巴斯把他向全家人做了介绍,有他的父母,还有他的两个姊妹奥尔佳和阿玛莉亚。不等卡仔细瞅她们一眼,她们就把他湿漉漉的外衣剥下来拿到火炉边去烤了。卡也就随她们去了。

如此说来,他们并没有到达目的地,而只是巴尔纳巴斯到了自己的家。可是他们干吗要到这儿来呢？卡把巴尔纳巴斯拽到一旁，说："你回你自己家干吗？莫非你就住在城堡管辖区里？""城堡管辖区？"巴尔纳巴斯重复道，似乎不明白卡在说什么。"我说，巴尔纳巴斯，"卡说，"你离开客店难道不是要去城堡吗？""不是的，先生，"巴尔纳巴斯说，"我是要回家的。我只在早上才去城堡，而且从不在那儿过夜。""原来你根本就没打算去城堡，"卡说，"而只是要回家。"——卡现在觉得他的微笑不再那么明朗，他本人也显得不那么举足轻重了——"你干吗不早说呢？""你又没问过我，先生，"巴尔纳巴斯回答，"当时你想让我传达口信，可是你既不愿意在酒吧间里说，也不愿意去你房间里说，于是我就想把你带来我父母家吧，在这里你可以不受干扰地讲给我听——如果你吩咐的话，我这就可以请他们立刻出去。另外，如果你不嫌弃的话，你还可以在这里过夜。难道我做得不对吗？"卡不知怎么回答才好。这么说是误会了，一个讨嫌的低级误会，卡刚才完全被它给蒙住了。巴尔纳巴斯穿的那件丝绸般闪亮的紧身上衣一直让卡看着着迷，现在巴尔纳巴斯又把它的纽扣解开了，里面露出一件粗糙肮脏、打着补丁的衬衫，遮盖着一个壮劳力的疙疙瘩瘩的宽阔胸脯。屋里的其他一切也都符合并且强化着他这个身份。那位患风湿的年迈父亲挪动起来更多靠的是双手的摸索，而不是依靠拖拽僵直的双腿。再看那位母亲，两臂交叉抱在胸前，因为身体肥胖只能迈着很小的步子走。刚一见到卡进来，巴尔纳巴斯的父母就试图从各自的角落接近他，可直到现在仍离他很远。他那两个姊妹都是金发碧眼，彼此长得挺像，和巴尔纳巴斯也挺像（只是五官比巴尔纳巴斯更粗蛮一些），都是五大三粗的村姑。她俩过来围住刚进来的人，等着卡主动和她们打招呼，可是卡什么也说不出来。之前，他一直深信村里的所有人都对他很重要——也许这没错，可真到和他们面对面时，他却对眼前这些人怎么也看不上眼。但凡他有一点能力独自一人摸回客店，他都会毫不犹豫扭头就走的，只可惜他不能。就连明早可能和巴尔纳巴斯一起去城堡这事眼下对他也没一点吸引力了。他本来是想让巴尔纳巴斯领着夜闯城堡，趁着夜色神不知鬼不觉溜进去的。方才挽着他的胳膊走路时，卡还把他当成对自己很重要的人，比他迄今在这儿遇到的任何人都重要；而且卡当时还相信，他肯定同城堡有密切联系，是他们的亲信，虽然从表面看他只是个信差。可是现在卡清醒地看到，他只是这样一个家庭的儿子，完全属于这样一个家庭，已经和他的家人一起坐在了桌旁。就是这么一个连在城堡过夜都没资格的人，你还想和他在光天化日之下肩并肩开进城堡吗？简直是天方夜谭！荒唐可笑之极，是毫无希望的尝试。

　　卡靠着窗子坐下，决定就在这儿过夜，不再接受这家人提供的任何服务，尽管他有权要求服务。村里那些撵他或怕他的人好像对他还不那么危险，因为说到底他们只能逼着他自力更生发奋图强，有助于他凝聚力量；而这些看似帮助他的人，非但不把他往城堡带，反倒玩起了小把戏，把他领到了自己家里，有意无意地蒙骗了他，从而分散他的精力，白白消耗他的体力。他根本不搭理这家人让他和他们同坐一桌的邀请，只是闷头坐在靠窗的椅子上不动窝。

　　奥尔佳，两姐妹当中较为温柔的那个，这时站起身走了过来，带着些许姑娘的羞赧，请他坐到他们的桌子那儿去，面包腊肉什么的已经摆好，她再去买些啤酒来。"去哪儿买？"卡问。"去客店买。"姑娘回答。这话正中卡的心意，就劝她别买什么啤酒啦，陪他去趟客店吧，他在那儿还有要事要办呢。后来他才搞明白，她要去的不是他那家客店，而是近得多的另一家客店，叫"贵族旅馆"。尽管如此，卡还是请求陪她一起去，心想没准儿能在那儿找到过夜的地方；甭管什么条件，他宁可在那儿过夜，也不愿睡在这家最好的床上。奥尔佳没有马上答应，而是扭头朝桌子那边看。那边她哥哥已经站了起来，急切地点点头说："如果这位先生想去的话——"他的赞同却让卡想立刻收回自己的请求；任何事情，只要那人马上应允，必是可疑的，立马贬值。而如若他们提出疑问，担心人家是否会接纳卡入住的话，反倒会让卡更迫切地坚持前往，连找个说得过去的借口都不想。这家人只好随他去,他也就心安理得,也不管人家心里怎么想。只有阿玛丽亚那严肃、逼人、不安、或许还呆滞的目光让他心里有点发虚。

在去另一家客店的那段很短的路上,卡又挽上了奥尔佳的胳膊,又被她拽着走,就像先前被她哥哥拽着走一样——除此他还能怎么办呢?他发现这家客店是专为从城堡来的绅士们开的,但凡那些人来村里办事,都会来这儿吃饭,有时还在这儿过夜。奥尔佳边走边跟卡聊天,她慢声细语,好像跟卡很熟的口吻。跟她一起走,基本就像跟她哥一起走那样,让他感觉很愉快;虽然他竭力抵御这种舒服的感觉,但它始终驱之不去。

这家客店,外观和卡正住的那家客店非常相似。村里的房子,乍一看外表都差不多,但细看之下立刻能看出细微差别。这家店的前门台阶上有一排栏杆,店门上面还挂着一盏漂亮的灯笼。他们走进店门时,感到有一块布在他们头上方飘拂,原来是一面绣着伯爵的彩色徽章的旗子。刚一走进前厅他们就遇到了店老板,他显然正在巡察各处。走过卡的时候,他眯缝着一对儿小眼睛瞅了卡几眼,像是在打量、也像是没睡醒似的,吩咐道:"土地测量员先生只能去酒吧间。""那是当然,"奥尔佳立刻站在卡一边帮他说话,"他不过是陪我来而已!"可是卡却不知感激,甩掉奥尔佳的胳膊,把老板拉到一边想说悄悄话,奥尔佳只好站在走廊尽头耐心等待。"我想在您这儿过夜,"卡说。"对不起,这是不可能的,"店老板说,"您似乎有所不知,本店只接待从城堡来的先生们。""我不想坏了您的规矩,"卡说,"可您容我随便在哪个角落凑合一夜应该没问题吧?""但凡有一点可能,我都答应您,"老板说,"只可惜,除了规矩太严之外——你们外地人肯定会这么说,城堡的那些先生眼睛还特别尖,他们可是眼里容不得沙子,我肯定他们见到陌生人就会受不了,至少也得事先通知他们一声。所以说,您的建议是不可行的。要是我愣就让您在这儿过夜了,而碰巧您让某个城堡里的人撞上——

碰巧的事总是发生在那帮城堡里的人身上——那就不单我毁了,您也完了。这事听起来挺荒唐,可它偏就是我们这儿的实情,有什么办法。"这位高个子、颇为矜持的老板一只手扶着墙壁,另一只手优雅地摆在胯部上,两腿交叉,身体略微朝卡前倾,好像在对他掏心窝子讲话,这会儿他好像不再是村里的人(虽然身穿着乡下人的那种礼服),而好像是中立者了。"您说的我完全相信,"卡说,"我也丝毫没有低估这儿规矩的重要性的意思,虽然我笨嘴笨舌不会说话。但有一点我希望能引起您的注意:我和城堡关系紧密,而且关系会越来越紧密,这将保护您免受因为留宿我而可能产生的一切风险,也能保证我对您的这次照顾适时予以回报。""这我明白,"客店老板说,接着重复一遍:"这我全明白。"卡本想更进一步说明他的诉求,听老板这么回答他有点犯难了,就只有这样问道:"有很多城堡的先生今晚要来这儿过夜吗?""今晚情况倒还没有那么严重,"老板几乎鼓励似的回答,"只有一位先生住在这儿。"但卡依然觉得坚持下去没什么意思,他只是盼望到这会儿老板应该能允许他留下来吧,于是他简单问了一下那位先生的名字。"是克拉姆。"老板随口答完后扭头看他老婆,她穿着一件十分破旧的裙衫窸窸窣窣地走了过来,这是件缀满褶裥、款式老派但在城市里精裁细剪缝制出来的裙衫。她是有事来找丈夫的,那个局长需要一些什么东西。出去之前,店老板转身瞅了卡一眼,仿佛卡在这儿过不过夜现在已不由他老板说了算、而是由卡自己说了算似的。可是卡已经不知说什么好了;原来,在这儿过夜的那个克拉姆是他的上司,这可让他吃惊不小。他自己也说不清楚这是种什么感觉,反正就是一提到克拉姆,他就觉得不像泛泛提到城堡那样让他感到自在,后者不如前者那么棘手。万一克拉姆在这里撞见自己怎么办?虽说不一定像店老板认为的那样可怕,但毕竟会造成尴尬、不悦的场面,就好像他轻率地伤害了一个他本应感激的人的感情似的。但同时他又感到非常压抑,因为他已看到了自己最怕出现的后果:身份被降低到一个属下、一个奴仆的地位。虽然这个后果那么明显,他却因地位卑微而不能反抗。所以他只能默不作声地站着,咬着下嘴唇。店老板在走进门廊之前,回过头来又瞅了瞅他。卡目送他出去,仍站在原地不动窝,直到奥尔佳过来把他拉走。"你跟那个老板说了什么?"奥尔佳问他。"我跟他说想在这里过夜,"卡回答。"你不是要在我们家住一宿吗?"奥尔佳讶异地问。"那是当然。"卡说道,至于她怎么理解这句话,就是她的事了。

第三章 弗丽达

酒吧间中央宽敞而空旷，只有几个庄稼汉靠墙待着，不是倚着酒桶就是坐在上面。不过这几个农民却跟卡下榻的那间小客栈里的农民不太一样。这些农民比较整洁，一律穿土黄色的粗布衣料，上身是鼓鼓囊囊的外套，下身是紧身裤子。乍一看他们长得都很像，身材都矮小，面庞扁平而消瘦，脸蛋儿却圆鼓鼓的。他们个个少言寡语，几乎一动不动，只在有人进来时才转动眼球，把冷漠的目光缓慢地移过去。尽管如此，由于他们有一伙人，也由于场面过于安静，卡还是感到有些不自在。于是他重又挽住奥尔佳的胳膊，像要向这些人解释他来这儿的缘由。角落里，奥尔佳的一个熟人站起身，想要朝他们走过来，可是卡挽住她的手臂把她转到另一个方向去了。除了她谁也没注意到这个细微的动作，她笑笑瞥了他一眼，容忍了他。

一个名叫弗丽达的年轻姑娘端来啤酒。这是个谦卑低调的金发姑娘，面颊消瘦，神色忧伤，盯人看的目光却令人惊讶，分明是特别优越、高人一等的那种眼神。当这种目光落到卡身上时，他立刻感到自己和她之间某种缘分已经注定，具体是什么他还不清楚，但这一眼已让他确信它的存在。他站在一旁注视着弗丽达，看她和奥尔佳寒暄。她俩似乎不熟，只淡淡地交谈了几句。卡想打个圆场，就唐突地问道："你们认识克拉姆先生吗？"奥尔佳一听哈哈大笑。"你为什么笑呢？"卡恼火地问。"我没有笑呀。"她边说边还在大笑。"原来奥尔佳还是个淘气的小女孩儿。"卡说着把身体靠向柜台，好把弗丽达的目光再次吸引到自己身上。可是弗丽达却垂下眼皮，低声问："您想见克拉姆先生吗？"

卡说很想。弗丽达于是指着她左边的一扇门说:"上面有个小洞,您可以朝里面偷看到他。""那些人会怎么说?"卡问。弗丽达撇了撇下嘴唇,伸出非常柔软的一只手把他拉到门前。这个小洞显然是为了窥探而有意钻出来的,通过它,卡几乎能看到隔壁房间里的一切。只见克拉姆先生坐在房间正中一张写字台前面的一把舒适的靠背转椅上,被吊在他前上方的一盏白炽灯照得容光焕发。他中等身材,是位大腹便便的先生。他的面庞还很光滑,只是两颊因为年龄的关系已略有松垂。一撮浓黑的唇须呲向脸的两侧。一副夹鼻眼镜儿斜架在他鼻梁上,反射着灯光,掩藏住他的双眼。若是克拉姆先生面对写字台坐着的话,卡就只能看到他的侧面;幸好他是面对着卡的,所以卡能完全看清他的脸。克拉姆的左胳膊肘放在桌上,右手指头夹着一根弗吉尼亚雪茄,搁在膝盖上。写字台上放着一杯啤酒。写字台由于有一圈高出桌面的镶边儿,所以卡看不清上面是否摆着文件。不过他觉得桌面好像很空。为了弄个明白,他请弗丽达透过小孔往里窥探,并把看到的告诉他。好在弗丽达刚刚去过那个房间,她敢肯定写字台上没有文件。卡于是问她自己是否该走了,她回答说您想看就尽管看好了。此时就只有卡和弗丽达两人在场了;他捎带着注意到,奥尔佳已经跑到她那个熟人那儿去了,此时正高高地坐在一个木桶上晃悠双腿呢。"弗丽达,"卡小声说,"你跟克拉姆先生很熟吗?""噢,当然,"她回答,"很熟。"说完她把身子朝卡靠过去,还风骚地拨弄自己的胸衣;卡这才注意到,她穿着件很薄的低领奶油色胸衣,穿在她单薄的身上显得很不搭。接着她说道:"还记得刚才奥尔佳笑成那样吧?""还记得。那个野丫头,"卡说。"嗯,"她带点神秘地说,"她笑成那样是有原因的,你不是问我认不认识克拉姆吗,实际上我是——"说到这儿她不由自主地挺直了胸膛,用她那胜利者的目光——这种目光和他们的交谈毫无关系——又扫视了卡一眼。"——实际上我是他的相好。""您是克拉姆的相好?"卡问。她点点头。"这么说来,"卡为了不让两人之间的话题过于认真,微笑着说,"您在我眼里是个很值得尊敬的人喽。""不止是您一个人这么看。"弗丽达友善地说,但是没有陪着他笑。卡有个办法能挫败她的高傲,这会儿就使了出来,他问道:"您去过城堡吗?"可是这一招不灵,因为她这样答道:"没去过;可是我能在这间酒吧里干,这难道还不够吗?"她显然很有野心,而且看来想从卡那儿获得虚荣心的满足。"当然足够了,"卡说,"您在这酒吧里干的可是老板的活儿。""可不是吗,"她说,"我原先在'桥边客栈'那边只是一个喂牲口的女仆。""就用你这双细皮嫩肉的手?"卡半信半疑地问,搞不清自己是在奉承她呢,还是真的被她征服了。她的手确实是娇小又细嫩,但也可以说是瘦弱又一般。"过去可没人注意我的手,"她说,"即使现在也——"卡疑惑地瞅了瞅她,她却摇摇头不说下去了。"您当然可以保守您的秘密,不把它告诉您刚刚认识了半个小时的人,更何况此人还没机会把他的情况告诉您呢。"此话马上证明不合时宜,因为它就像把弗丽达从一种对他有利的半睡状态中唤醒似的。她从挂在腰带上的小皮包里掏出一个小木塞,用它把那个小洞眼堵上。然后,显然是在掩饰自己态度的转变不让卡看出来,她改变话题说:"至于您嘛,我什么都了解,您是土地测量员。"然后补充一句:"我得接着干活儿去了。"说完回到柜台后面她的岗位上,正好几个顾客也站起,走过来举着空杯子让她添酒。卡意犹未尽,就从碗架上取了只空杯子,走过去再和她交谈。"还有一个问题,弗丽达小姐,"他说,"从喂牲口的女仆一路干到酒吧坐台小姐这个位置,这是个很了不起的成就,需要很大的韧劲,然而这意味着像您这样一个人已经达成了最终目标吗?这么问一定是很可笑的!弗丽达小姐,我这么说您可别笑话我:您的目光流露出与其说是对过去奋斗成功的欣喜,莫如说是对未来继续奋斗的渴望。但是世间就是这样:处处给你设置障碍,你的目标越高,你的阻力也就越大,因此求人帮助也就不是什么不光彩的事,哪怕求得一个同样在奋斗的小人物的帮助也是好啊。或许你我找个时间单独地好好聊聊怎样,避开所有那些盯着我们瞧的目光。""我不知道您意欲如何,"她说,声调似乎不再透着对以往生活的志得意满,而是对它无限的失望,"难道您想把我从克拉姆先生身边带走不成?天哪!"她拍着手掌说。"您对我的话真是心领神会,"卡说,好像对她的极不信任厌烦了似的,"那正是我刚才内心最深处的愿望。您应该离开克拉姆做我的相好。现在我可以走啦。奥尔佳!"卡喊道,"咱们回去吧。"奥尔佳听话地从木桶上一出溜跳下来,但没法儿立刻摆脱围着她的朋友们。见此情景,弗丽达一边威胁地斜眼瞥着卡,一边轻声问:"我啥时能跟您谈谈?""我能在您这儿过夜吗?"卡开门见山地问。"行啊,"弗丽达说。"那我现在就可以待在这儿啦?""您先和奥尔佳出去,这样我就能把这些人赶走。然后您过一会儿再回来就是。""好的。"卡说,然后不耐烦地等着奥尔佳。可是那些农民不想放她走,这会儿正把她围在中间跳舞呢。跳这种圆舞时,他们中会有一个人在全体的一声欢呼中出列,上前搂紧奥尔佳的腰肢,带着她旋转几圈,大家围成一圈越跳越快,欢呼声如饥似渴,很快形成热烈喧闹又统一的场面。奥尔佳刚才还面带微笑想从这包围圈中冲出去逃走,现在也纵情旋舞起来,披散开长发,从一个舞伴旋到另一个舞伴,跳得不亦乐乎。"他们让我招待的就是这种人。"弗丽达咬牙切齿地说。"这些人是谁?"卡问。"克拉姆的随从,"弗丽达回答,"他总是随身带着这些人,他们一来我气就不打一处来。我都不清楚自己正在对您讲什么,土地测量员先生,如果我说了什么不合适的话,就请您原谅喽。其实最该死的就是这些家伙,他们是我见过的最让人鄙视、最讨厌的人,可是我还得给他们的酒杯斟满。我求过克拉姆不知多少次,别带着他们过来;就算我也得忍受其他老爷的随从,但起码他也应该给我点面子吧。可他不,求多少次也没用,这些人照旧在他到来前一个小时涌进来,就像母牛回栏一样。不过现在真到了他们滚回他们老窝的时候了。假若您不在这里的话,我会把这扇门推开,那克拉姆就得自己出面把他们轰走。""他难道听不见他们闹哄哄的吗?"卡问。"听不见,"弗丽达说,"他睡得正香。""什么!"卡叫道,"他睡着啦?可我刚刚往屋里看的时候,见他还醒着呢,坐在写字台前。""他总是挺像回事儿似的坐在那儿,"弗丽达说,"其实您刚才见到他时,他已经睡着了——不然我会让您从小洞往里偷看吗?——那就是他的睡样。那帮老爷都很能睡的,您很难理解这种现象。再说,若不是他特能睡,他能忍受得了那帮人吗?现在只好由我来亲自把他们赶走了。"说完她从屋角里抄起一根鞭子,像只小羊似的一蹦老高,不怎么稳地朝那些跳舞的人冲过去。起初,这些人转身面对她,态度好像欢迎一个新舞者加入似的,弗丽达也确实有一刻好像要放下鞭子,但紧接着她又把它举了起来。"以克拉姆的名义,"她喝道,"我命令你们滚回老窝去,全都滚回老窝去!"他们这时看出她是认真的,便开始恐惧地朝后退去,这让卡感到莫名其妙。在最后面几个人的挤压下一扇门打开了,一股夜的冷风吹了进来,接着他们全都随弗丽达一起出去了,很显然她真的想要穿过院子把他们都赶进牲口棚里去。屋里一下子安静下来,可是卡接着听到从走廊里传来脚步声,便跳到柜台后面躲藏起来,那里是唯一可以藏身的地方。虽然没人禁止卡去酒吧间,但由于他想在此处过夜,所以还是不要让人看见为好。于是在门打开的瞬间,他钻到了柜台底下。当然,在这里也不是没有被人发现的危险,不过到那时可以谎称此举是为了躲避那些乡巴佬的突然发飙,这也不失为一个说得过去的理由。进来的人是客店老板,"弗丽达!"他喊道,还在屋里来回转了好几圈。所幸弗丽达及时回来了,没有提到卡半个字,只是一个劲儿地抱怨那些乡巴佬,然后走到柜台后面找卡,卡躲在那儿能触到她的脚,从这时起卡觉得安全了。既然弗丽达没有提到卡,这事儿最终就得由老板来做了,"那个土地测量员去哪儿了?"他问。他天生就是个殷勤逢迎之人,通过多年不断和那些身份地位远高于他的人无拘无束地打交道,他更是早就修炼成一个处世圆滑的老油条。现在和弗丽达讲话,他表现出特别的关照,声调殷殷,语气谆谆,像个老板对待自己的雇员,尤其是对待这个没皮没脸而莽撞的雇员。"我早就把他忘得一干二净了,"弗丽达边说边把一只小脚踩在卡的胸脯上,"他肯定老早就走了。""可是我没见到他走啊,"老板说,"我刚才几乎一直待在走廊里来着。""可是他不在这儿,"弗丽达冷冰冰地说。"没准儿他藏起来了,"老板说,"根据我对他的印象,他是那种什么事都干得出来的人。""他还不至于干出那么丢脸的事吧。"弗丽达边说边把脚更有劲儿地踩在卡身上。她身上具有某种无拘无束找乐子的性格,这个卡以前还真没看出来,这会儿它出其不意地表露出来,让她咯咯笑着说:"也许他就藏在这儿呢。"说着弯下身去轻轻吻了一下卡,随即又直起身来,愁眉苦脸地说:"没有,他没在这儿。"但是老板的回应很让人吃惊,他说:"没法儿确定他是不是已经走了,这让我感到很不快。这不仅仅事关克拉姆先生,还事关规矩问题。这条规矩不仅我要遵守,弗丽达小姐您也要遵守。现在您来负责搜查酒吧间,我去店里其他地方搜一搜。晚安!睡个好觉!"还没等他后脚迈出这间屋子,弗丽达就熄灭了电灯,钻到柜台下和卡搞在了一起。"亲爱的!我的小甜心!"她小声呼唤着,但没有碰到卡。仿佛沉浸在爱的喜悦中,她伸着懒腰仰面躺在他身旁,在幸福爱意中时光似乎都停止了流逝,她还似唱非唱地哼起了缠绵小调。然后见卡还是一言不发陷入沉思,她便开始发骚,像孩子似的拉扯他:"来呀,这底下真挤。"他俩搂在了一起,她娇小的身体在卡的怀抱中开始燃烧。不知不觉中他俩在地上打起滚儿来,还砰的一声闷响撞到了克拉姆的房门上。有好几次卡试图摆脱这个局面,但是徒劳。然后他俩躺在凸凹不平的地板上,一些小坑洼里积着洒掉的啤酒和别的垃圾。几个钟头过去了,其间他俩同呼吸共心跳。在这几个钟头里,卡时时感觉自己像是迷了路,像是盲目走入了任何他人都没去过的奇异国度,陌生得连空气都和自己家乡的大不一样。在这里,你会被奇异如此之甚震撼到窒息,但又被其莫名其妙的魅力吸引到别无选择而只能继续前行,乃至迷途愈迷、越陷越深。因此,当克拉姆的房间里传出一声低沉、威严而冷漠的命令唤弗丽达过去时,卡非但没有被吓一跳,反而觉得它是一种慰藉,是一根救命稻草——至少最初他的反应是这样。"弗丽达,"他悄声提醒她,"有人叫你过去呢。"几乎是出于机械服从的本能,弗丽达立刻准备跳起来从命,但接着她意识到自己的处境,就伸直身子,悻悻地笑着说:"我才不去呢,我再也不去他那儿了。"卡想表示反对,想催促她去克拉姆那儿,就开始忙乱地给她穿上胸衣,但他却什么也说不出来,因为搂着弗丽达的感觉实在太好了,让他幸福得心慌气短,仿佛如果弗丽达扔下他的话,他所拥有的一切也都会弃他而去似的。卡的暧昧似乎给弗丽达壮了胆,只见她握起拳头,猛敲了几下门,喊道:"我陪着土地测量员呢!我陪着土地测量员呢!"克拉姆不说话了。卡却站起身来,又跪在弗丽达身边,在拂晓的微明里环视四周。发生了什么?他的希望去哪儿了?从弗丽达那儿他能指望得到什么呢?现在一切都乱套了。非但没有深思熟虑、步步为营地蚕食"敌人"阵营,与其周旋以达到自己的目的,他反而在这个积着啤酒的坑洼地面上摸爬滚打了一夜,散发出来浓烈的怪味真叫人受不了。"瞧你都干了些什么呀!"他自责道,"完了,现在咱俩都完了。""谁说的?"弗丽达说,"只有我完了。可是我得到了你。嘘——别出声!瞧那俩家伙正笑话咱们呢。""谁?"卡边问边转头去看,只见柜台上坐着自己的两个助手。他们因为熬夜而显得有些疲倦,但是乐滋滋的,是那种圆满完成任务后的喜不自胜。"你俩在这儿干什么呢?"卡大吼,像要把一切都怪罪到他们身上,说着四下寻找弗丽达昨晚用过的鞭子。"我们必须来找你,"助手说,"因为你没有回到客店酒吧和我们会合,我们只好去巴尔纳巴斯家里找你,最后在这里找到了你。我俩在这儿坐了整整一夜,这可是一点也不轻松。""滚!"卡说,"白天我才需要你们,而不是夜里!""可现在已经是白天了呀。"他俩回答,屁股没挪窝。确实天已经大亮了,院子的大门已经敞开了,农民们涌进来了,奥尔佳也在其中。卡完全把她忘掉了。虽然仍是头发蓬乱、衣衫不整,但她还跟昨晚一样活泼。还没走进屋来,她的目光就在寻找卡了。"你昨晚为啥不跟我一起回家?"她说着差点哭起来。"难道就为了那个婆娘吗?"她又说,并且把这句话重复了好几遍。弗丽达刚才出去了一会儿，现在拿着一小包衣服回来了。奥尔佳见状，伤心地躲到一边去了。"咱们可以走了。"弗丽达说，意思显然是指他们去桥边的那家客店。卡于是和弗丽达走在前面，两个助手跟在后面，组成一个行进的小方阵。那些农民对弗丽达表现出极度蔑视，这很可以理解，因为到目前为止她都一直对他们颐指气使的；其中一个甚至拿起一根棍子拦住她不让过去，除非她从上面跳过去，但是她只消把眼睛一瞪，就把那人吓得缩回去了。来到户外的雪地后，卡感到呼吸清爽多了，置身户外的欢欣使他不觉得走雪地有多么难了；若是卡一个人行路的话，他会行得更轻松一些。到了桥边客店后，他直奔自己的房间，一头倒在床上。弗丽达在他床边地板上打了个地铺自己睡。那两个助手不知好歹跟着闯了进来，被撵走后又从窗户爬了进来。卡累得再也轰不动他们了。客店老板娘特地赶来看望弗丽达，弗丽达管她叫"干妈"。这俩女人见了面亲热得让人不知说什么好，又是狂吻又是长久拥抱的，没完没了。这间小屋子里简直没有片刻安宁，女仆们穿着像是男式的大靴子时不时咯噔咯噔地走进来取东西或是送东西。若是她们想从堆满杂物的床上取某样东西，她们就会不加考虑很粗鲁地把它从卡身下一把扯走。她们招呼弗丽达就像招呼她们姐们儿似的那样亲热。尽管不断有人出出进进的，卡还是在床上睡了整整一天一夜，由弗丽达帮他处理一些杂事。到了下一个早上，他总算起床了，觉得完全恢复了疲劳，这已是他待在这个村子的第四天了。

第四章　和老板娘的第一次交谈

他本想和弗丽达私下谈谈的，但那两个助手死皮赖脸地守在眼前就是不走，让他很难办，更何况弗丽达也不时地跟他们调笑几句。其他时候他们倒也不太碍事，就窝在屋子一角他们铺下的两件旧裙子上；还一个劲儿地向弗丽达保证，他们决不会打搅土地测量员先生，并且只占用一点点空间。他们尽力履行承诺，但总是伴着交头接耳和嗤嗤窃笑。他们蜷起胳膊腿儿缩成一团挤在他们的角落里，在黄昏微弱的光线下看起来就像一块大木头疙瘩。不过，根据在大白天获得的经验，卡确定他俩是严密的监视者，眼睛总是朝他这儿瞥，并且用干点儿别的事打掩护：做点儿童游戏啦，用双手握成望远镜的样子瞭望啦，做出其他滑稽动作啦，或者只是边梳理他们的胡须边朝卡眨巴眼。他们在自己的胡须上可是下了不少功夫，老是比较谁的更长、谁的更密，还让弗丽达当裁判。卡躺在床上，经常冷眼旁观这三个人的滑稽举动。

等卡感到身体恢复了一些，可以起床之后，他们全都跑过来伺候他。此时他还没有恢复到足以拒绝他们伺候的程度，但他担心这样下去自己会变得依赖于他们，而这只能产生不好的后果，但他又没办法不让它发生。再说了，坐在桌旁品着弗丽达端来的上等咖啡，烤着弗丽达生的熊熊炉火，使唤着两个助手上下楼梯十来次，争先恐后抢着跑去给他拿来洗脸水和肥皂梳子小镜子，最后还端来一小杯朗姆酒（因为卡曾小声表示过这个愿望，立马被他们鸡毛当令箭了），这一切也并非让人感到不惬意。

就这样，卡发号施令，别人言听计从好生伺候；他这样做，与其说是享受当主子的感觉,不如说纯粹为了寻开心。完事后,卡说:"现在你们俩走吧,眼下不需要你们做什么了。我想和弗丽达小姐单独谈谈。"见他俩脸上没有明显反对的意思,他缓和语气补充说:"然后咱们仨去找村长,你们在楼下酒吧间等我。"奇怪的是他们竟然服从了,只是在离开前说了一句"我们也可以在这儿等嘛",对此卡回答:"我知道,可我不想让你们在这儿等。"

两个助手刚一离开,弗丽达就一屁股坐在卡的腿上,这让卡感到既恼火又有点欢喜。弗丽达说:"亲爱的,你干吗这么讨厌你的助手呢?咱们没必要避开他们。他们多忠诚呀。""忠诚?"卡说,"他们总在那儿守着我,真是无聊透顶,而且十分讨厌!""我知道你说的是什么啦。"她边说边搂住他的脖子,想再说点什么却说不出口。由于卡坐的椅子就靠在床边,他俩身子一歪就倒在了床上。他俩躺在床上,但没有像那天夜里那样疯狂。她探寻着什么,他也探寻着什么,两人都气哼哼的,歪着鼻子扭着脸,把头钻进彼此的胸前探寻。他俩相拥,却弯腰弓背,这是因为他们没忘记自己的责任是探究对方的身体,就像狗狗拼命用爪子刨地似的,他们也在对方的身上乱抓。最后,在无奈和失望之余,为了获取最后一点快感,他们用舌头不时地使劲舔对方的脸。只有筋疲力尽最终让他们安静下来,并且相互充满了感激。这时女仆们进来了,其中一个说"瞧他们的睡样儿",然后怜悯地甩过来一条被单盖住他们。

过了一会,卡从被单里钻了出来,四下张望,看见那两个助手已经回到了他们的角落里——这已让卡见怪不怪了——并且指着卡相互警告对方严肃点儿,别再嬉皮笑脸的啦,然后一齐向他敬礼。可是还有更不像话的呢:那个老板娘居然正坐在床边织一只袜子呢!像她那样的大块头干这种小活计,怎么看怎么不相称,她壮硕的身形几乎把整个房间都遮暗了。"我已在这儿等了很久了。"她扬起大脸盘儿来说。她那张老脸爬满皱纹,但因其硕大而仍显光滑,没准儿它还曾经美丽过呢。她这句话听起来像是责备,一句没有道理的责备,因为卡并没有叫她来，她是不请自来。所以卡只是点点头表示听到了她这句话，并且坐起身来。弗丽达也站了起来，离开卡倚身到老板娘的椅子上去了。"我说老板娘，"卡烦躁地说，"不管您想跟我说什么，都请等我从村长那里回来后再跟我说行不？我有重要的事要和他谈。""我的事更重要，测量员先生，相信我好了，"老板娘说，"你那事儿顶多和工作有关，我这事儿可是关系到一个人的，关系到我心爱的丫头弗丽达。""噢，我明白了，"卡说，"这样说来您是对的。不过我不明白，您为啥不让我们自己来处理呢？""因为我爱她，关心她。"老板娘回答，说着把弗丽达的头揽在自己怀里。弗丽达站着，头也只能够到坐着的老板娘的肩膀那儿。"既然弗丽达那么信任您，"卡说，"我也该信任您喽。弗丽达刚才也说我的两个助手对我很忠诚呢。所以说咱们彼此之间都是朋友。既如此我就要告诉您了，太太，我认为我和弗丽达应该结婚，而且越早越好。当然，万分遗憾的是，我永远补偿不了弗丽达因为我而失去的一切，她在'贵族旅馆'的地位，还有她跟克拉姆的交情……"弗丽达仰起脸来，两眼噙满泪水，没有一丝志得意满的神情。"为什么是我？为什么偏偏挑中我？"她问。"你说啥？"卡和老板娘同声问。"她心里很乱，这可怜的孩子，"老板娘说，"心里乱是因为她同时遇到了那么多的幸福与不幸。"似乎是为了肯定老板娘说的话，弗丽达扑到卡身上，狂乱地亲吻他，然后就像没有其他人在场似的，她抱住他，跪倒在他面前泣不成声。卡一面用双手轻抚弗丽达的头发，一面对老板娘说："您好像同意了？""您是一位贵人。"老板娘说，声音里也带着哭腔；尽管看起来有些衰老，呼吸也很费劲，但她还是鼓足力气说："现在唯一的问题是：您能给弗丽达什么样的保证？虽然我非常敬重您，但您毕竟是个外地人，这里没人能帮您证明什么，我们对您的家庭情况也是一无所知，所以需要您做出一些保证。这个您一定能理解的，亲爱的土地测量员先生，因为，那句您跟弗丽达结合而使她蒙受损失的话，毕竟是您自己说出来的。""当然当然，是要有所保证，"卡说，"最好还要当着公证人的面保证，尽管伯爵的某些官员可能借此也掺和进来。另外，有件事我也一定要在婚礼前办妥，就是我得跟克拉姆谈谈。""这事绝无可能，"弗丽达稍微欠起身子，倚着卡说，"亏你想得出来！""我必须得跟他谈，"卡说，"要是我谈不成，你就跟他谈。""我不行，卡，我算什么呀。"弗丽达说。接着她又说："克拉姆才不会跟你谈呢。你怎么会觉得克拉姆会跟你谈呢？""也不会跟你谈吗？"卡问。"不会，也不会，"弗丽达说，"既不会跟你谈，也不会跟我谈；想找他谈根本不可能。"说完她朝老板娘转过身去，摊开双臂说："老板娘您瞧瞧，他都提出了什么要求。""测量员先生，您可真怪。"老板娘发话了。她现在看上去挺吓人的，身子坐得笔直，两腿分开，薄薄的裙子下显出两个粗壮的膝头。"您的要求明摆着办不到，"她说。"为什么呢？"卡问。"我这就跟您解释。"老板娘说，语气听起来不像是关心或安慰，而像是列举一套惩戒中的第一条，"我很愿意向您讲清这一切。其实我并不属于城堡，而只是个普通女人，只是一家最低等的客店——即使不是最低等的也差不多了——的老板娘，所以您也许并不把我的解释当回事儿，可我毕竟睁着这双眼睛活了这么多年，见过各种各样的事，同各种各样的人打过交道，并且独自挑起经营客店这副重担。我丈夫虽然是个不错的小伙儿，可他不是当客店老板的料，从来认识不到责任的重要。比如说，正是由于他的疏忽大意——那天晚上我累得要死要活——您才能在村里住下来，舒服安闲地坐在这张床上。""怎么回事儿？"卡一下子从心不在焉中回过神儿来，与其说是生气、不如说是好奇地问。"您得感谢他的疏忽。"老板娘抬起食指指着卡又大声说道。弗丽达试图让她冷静下来。"你想干吗？"老板娘猛地转过身来冲弗丽达说，"既然测量员先生问了我，我就得回答他。不然他就没法儿理解在咱们看来是理所当然的事情，也就是克拉姆先生决不会跟他谈这件事——我说的是'决不'：克拉姆决不会跟他谈的。您听好了，土地测量员先生：克拉姆先生可是从城堡来的一位老爷，先不说他官儿有多大，单就他是从城堡来的这一点，就说明他是个大人物。可是您呢？就是您，我们正在这儿低三下四地谋求他肯屈尊娶我们的人为妻的这位先生，您算什么人呢？您既不是城堡里的人，也不是村儿里的人，您什么都不是啊。可不幸的是您又是个不安分的人物，一个外地人，一个多余却又到处插一杠子的人，一个碍手碍脚不断制造麻烦的人。是您让我们不得不赶走女仆给您腾房住，您还勾引了我们最心爱的小弗丽达，也不知您打的是什么鬼主意，可不幸的是我们还不得不把她送给您当老婆。不过，我也并不想把这一切都加罪到您头上，既然这样的场面我在生活中见得太多，早已习以为常了。您就是这么个人，我也拿您没办法。可是您得想想您的期待有多么不靠谱：您竟然期待像克拉姆这样的人跟您谈谈！当我听说弗丽达让您偷窥克拉姆时，我就已经很痛心了，她那样做说明她已经受到您的勾引了。您倒是说说看，您怎能脸皮那么厚地去偷看克拉姆呢？您不必回答，我知道您想说什么，您想说那有什么。可其实您连见一下克拉姆都是不被允许的。这可一点都不是我狂妄，因为我自己也无权见他。您希望克拉姆跟您谈谈，可他根本就不和村里的任何人讲话，一次都不讲。这对弗丽达来说当然是至高无上的荣耀，连我这个做干妈的也对此感到自豪，毕生都倍感骄傲。最起码他会叫她的名字，她也能想对他说话就对他说话，还得到他的允许从门洞眼儿里看他。可即便如此，他也从不和她说话。至于他时不时地叫弗丽达的名字，也不见得像人们想象的那么重要，不过是叫叫她的名字而已——谁知道他的意图是什么呢？至于弗丽达是否立刻应召跑过去，那是她自己做决定的事。事实上，她被允许随意接近克拉姆已经是他很给她面子了，不过还没人能肯定他是真的唤她去，还仅仅是随口一叫。而现在这一切都永远结束了。克拉姆仍有可能叫弗丽达的名字，这种可能不是没有，但他绝不会再允许一个委身于您的姑娘到他那儿去了。而且还有一事我这木瓜脑袋始终搞不懂：一个被人称为'克拉姆的情妇'的姑娘——这个词可真让我有点受宠若惊——怎么会让您碰她呢？"

"这事儿当然很奇怪。"卡说，然后把弗丽达拉过来坐在自己腿上，她立刻顺从了他,虽然羞答答地低着头。"但这也说明一切并不是您想象的那个样子。比如,您说我跟克拉姆比起来什么都不是,您当然言之有理,可就算我非要跟克拉姆谈谈不可,并且拒不让您的解释泄我的气,但这也并不意味着我就能受得了直接跟他面对面,而没有一道门隔着,或者他一出现我就不会吓得从房间里跑掉。但是,就算这些惧怕有道理,也不会成为我不去冒险和他谈的理由。只要我能堂堂正正地直面他,哪怕他对我一言不发,但只要能看到我的言语对他产生了作用,我就非常满意了。即便我的话对他一点作用没有,或者他根本就听不进去,那我也仍能有所收获,因为毕竟我有机会把我想说的话直率地讲给一个权贵人物听了。而您,老板娘,凭着您对人情世故的丰富阅历,还有你,昨天还是克拉姆情妇的弗丽达(我看不出用'情妇'这个词有什么不妥),您两个肯定能轻易安排好我跟克拉姆面谈的机会。若是没有别的办法,我去'贵族旅馆'见他也行,也许他今天还待在那儿吧。"

"这根本就行不通,"老板娘说,"算啦,看来您不可能搞懂这个。那您就讲讲看,您到底想和克拉姆谈什么吧?"

"当然是谈弗丽达的事了。"卡回答。

"谈弗丽达的事?"老板娘一脸疑惑地说,然后扭脸对弗丽达说:"你听到了吧,弗丽达,他居然想跟克拉姆谈你的事呢。"

"噢,老板娘,"卡说,"您是个很值得尊敬的聪明女人,可您却被一点区区小事就吓坏了。是的,我是想跟他谈弗丽达的事,这没啥可大惊小怪的,很正常,理所当然。如果您认为我一到这里,弗丽达对克拉姆而言就变得毫无意义的话,那您可就又搞错了。如果您真这么认为的话,您可就太低估克拉姆了。我深感自己在这个问题上板着脸教训您,我可真是太失礼了,可我又不能不这样做。克拉姆跟弗丽达的关系不会因为我而有任何改变。这个关系无非有两种情况:一是他俩之间本来就没有什么深厚的关系——这正是那些剥夺她为克拉姆的情妇这一尊号的人所暗示的;若是这样的话,那种关系在目前也就真的不存在了。另一种情况则是他俩情深意笃，若这样的话，像我这样一个如您所说在克拉姆眼中一钱不值的人，又怎能破坏得了呢？人在刚遇事儿时容易惊慌失措，造成判断失误，可冷静下来后再想想，就能纠正自己的偏颇了。诺，咱们还是听听弗丽达自己是怎么想的吧。"

弗丽达脸颊靠在卡的胸脯上，眼睛茫然地瞪着远方，说道："我干妈讲的是实情，克拉姆不想再和我有任何瓜葛了。但这并不是因为你的到来才有这样的结果，亲爱的，他才不会为这种事情动怒呢。但我相信正是因为托了克拉姆的福，咱们才有了在酒吧柜台底下的相会，所以应该感激、而不是诅咒那段时光。"

"果真如此的话。"卡缓缓地说；因为弗丽达这番话听来那么甜美，他把眼睛闭上一会儿，好生享受让这种甜蜜浸透全身的舒服感觉，"果真如此的话，就更没理由害怕跟克拉姆会上一面了。"

"老实说吧，"老板娘居高临下垂眼盯着卡说，"您有时让我想起我的丈夫，您跟他一样固执和幼稚，像小孩儿似的。您才在村儿里待了几天啊，就以为自己比这儿谁都更了解这里的情况，比我这个老太婆还了解得多，连在'贵族旅馆'见多识广的弗丽达都不如您门儿清。我不否认有时候不按老规矩和老传统也可能办成某件事，虽然我自己从没干过这样的事，但这样的例子也不是没听人说过，即这种可能性确实存在。但是，按您这样的做法想让奇迹发生，却是无论如何也没可能的。噢，您以为一个劲儿地说'不''不'，然后死抱着自己的想法一意孤行，听不进别人善意的忠告，就能实现自己的目标吗？您难道真以为我会操心您的事吗？您仍是孤家寡人的时候我为您办过一件事吗？要真是那样的话倒也不是一件坏事，可以省掉多少麻烦呀。那时提到您我对我丈夫只说一句话：'离他远点儿。'要不是弗丽达和您搞到了一起，我现在对您还是这个态度呢：离您远远的。正是因为弗丽达——不管您爱听不爱听——您才得到了我的照顾，乃至尊重。所以您休想把我撇一边儿不管，只因为在这世上我是唯一像母亲般照顾小弗丽达的人，您对我是要严格负责任的。弗丽达也许是对的，这里发生的一切都符合克拉姆的意愿。但目前我对克拉姆一无所知，我也决不会再跟他讲话，我高攀他不起，他整个儿超越我的掌控；可您倒好，舒舒服服坐在这儿，搂着我的弗丽达，并且由我罩着您——我干吗不实话告诉您呢？——是的，有我维护着您。不信您试试看，年轻人，要是我把您从这儿撵出去，您在村儿里断不会找到一处安身的地方，连一个狗窝都没处找。"

"谢谢。"卡说，"您说的是真心话，我完全相信您。如此说来，我的身份是不明不白的，而且连带着让弗丽达的身份也不明不白。"

"不对！"老板娘怒冲冲地打断他说，"在那方面，弗丽达的身份和您的毫不相干。弗丽达是我家的一员，谁也无权在这里妄称她的身份不明。"

"您对，您对，"卡说，"这次我承认您说得对，尤其是弗丽达还好像特别怕您——我也不知道为什么——连话也不敢随便插。那好，现在就只听我说吧。我的身份彻底不确定，对此您不仅不加以否认，反而竭力向我证明这一点。您说的一切大多数是对的，但还不是全对。举个例子，谁说我在村儿里找不到一个安身之处？我就知道有个过夜的好去处等着我利用呢。"

"是哪儿？是哪儿？"弗丽达和老板娘几乎同时喊了起来，问得那样急切，好像怀有同样的动机。

"巴尔纳巴斯家。"卡回答。

"原来是那个无赖！"老板娘叫道，"那个油头滑脑的无赖！在巴尔纳巴斯家！你们听到了吗——"说着她向卡的助手待的那个角落转过身去，可是他们早已从那儿钻了出来，现在正臂挽着臂站在老板娘身后。老板娘好像需要支援似的，抓住其中一个的手说道："你们听到这位先生要去哪儿丢人现眼了吧？去巴尔纳巴斯家！他当然能在那儿过夜啦。唉，那个晚上他要是更愿意待在那儿，而不是'贵族旅馆'就好了！可是你俩当时在哪儿呢？"

"老板娘，"卡抢在两个助手回答之前说，"他俩是我的助手，可您却把他俩看成是您的助手和我的监守了。在其他无论哪个话题上，我都还愿意跟您客客气气地讨论您的见解，可是您不能扯上我的助手，这一点是很明确的。因此我请求您别再跟我的助手讲话，如果我的请求还不够的话，我就禁止我的助手回答您的问题。"

"也就是说他不许我跟你们讲话。"老板娘说，接着三个人都笑了起来，老板娘笑里带着嘲讽，但比卡期待的要和气多了；两个助手则还是平常那副表情，既像意味深长，又像没任何意味，总之就是把一切责任都推卸掉那种。

"你别生气嘛，"弗丽达说，"你得理解我们为什么那么烦恼不安。可以说完全是巴尔纳巴斯把咱俩撮合到一起的。我在酒吧间第一眼见到你——你当时是跟奥尔佳手挽手一起走进来的——之前，就已对你有所了解了，但我当时对你完全没兴趣。不光是对你，我几乎对任何事情都没兴趣，几乎对一切都很淡漠。的确，我那时对许多事情都很不满，还被有些事情搞得很恼火，可现在想想我那些不满和生气多么不值当啊。就算有人——比如说泡酒吧的某位客人——侮辱了我，那又怎么样呢？你在那儿见过的那些家伙，他们总是盯着我，可比起另外一些人，克拉姆的随从还不算最坏的——那些人比他们还要坏得多。就算他们中的某个侮辱了我，那又算什么呢？就当它是多年前发生的一件事吧，或把它当成没发生在我身上的事吧，或只把它当成我的耳闻吧，再不就把它当成我早忘了的一件事。瞧，我就是这么麻木！可现在我却讲不清了，甚至想象不出是怎么一回事，反正自打克拉姆不要我了以后，一切就都大不一样了——"

弗丽达戛然停止了讲述，伤心地垂下头，双手合握在膝盖上。

"您瞧瞧，"老板娘叹道，听起来不像她本人在说话，而像是把她的声音借给弗丽达说似的，同时挪挪屁股坐到她身旁，"测量员先生，瞧瞧您的行为造成了什么后果吧。您的两个助手——当然我无权和他们讲话——也能看个仔细,并从中得到一些启发。您把弗丽达从她所能获得的最佳境况中夺走了。您之所以得逞,很大程度上是因为弗丽达她自己太孩子气了,心肠太好了,不忍心看到您挽着奥尔佳的胳膊,直不愣登地掉进巴尔纳巴斯家的陷阱里去任由他们摆布。她拯救了您,却牺牲了自己。现在既然木已成舟,弗丽达只好放弃她已有的一切,换来现在坐在您怀里的幸福。对此您非但不感恩,反倒打出您最大的王牌,说您本来是有机会在巴尔纳巴斯家过夜的。您是想借此向我证明,您完全可以不依赖我。当然,假设您那天夜里真的在巴尔纳巴斯家里过了夜,那您也就不必依靠我了,您和弗丽达也就没什么事儿了,那您也就该立刻离开我的店了,而且越快越好。"

"反正我是不知道巴尔纳巴斯一家人有什么罪过啦,"卡边说边把仿佛没了骨头的弗丽达小心地抱了起来,放在床上,然后自己直起身来,"在这件事上您也许是对的,不过我刚才要求的——弗丽达和我之间的——事情由我们自己来处理,这肯定也没错。您说过什么关心、爱护之类的话,可我并没看到您有多少实际行动,反倒在您这里见到了太多怨恨、仇视、轻蔑之类的,还有把我从这里赶走的念头。倘若您的目的是要让弗丽达离开我、或者让我离开弗丽达的话,那么您一直干得不错,可惜我并不认为您会成功,就算您成功了——现在请让我也来郑重警告您一下——您也会后悔不已的。至于您提供给我住的地方,只能说是个让人不堪忍受的监室,也应该不是您出于自愿而提供给我的,倒更像是伯爵的手下授意您这样做的。我这就去向他们报告,说这里要把我撵走,如果他们把我安排到别的地方去住,那么您就可以长舒一口气了,我也肯定会活得更自在。现在我要去拜访村长了,跟他就此事和其他事说道说道。请您至少关照一下弗丽达吧,您那些所谓的母爱说辞已经让她够闹心的了。"

接着他转身朝两个助手说:"咱们走吧!"说完顺手从墙上一个钩子上取下克拉姆的信,准备出去了。老板娘一直静静注视着他,直到他用手握住门把手后才开口说:"测量员先生,临走前我还要给您一点忠告,因为甭管您说了什么,甭管您如何羞辱我这个老太婆,毕竟您还是弗丽达未来的丈夫。考虑到这点,我才要不厌其烦地提醒您,您对这里的乡情无知得吓人;听着您说傻话,再把您的蠢念头和打算同这里的实际情况作比较,连我都要被您搞得晕头转向了。您无知的脑袋不是一下子就能开窍的,也许根本就开窍不了,但是只要您对我哪怕稍微多一点信任,并且对自己的无知有自知之明的话,许多事情都会好办得多。那样的话,您对我的成见就会少点,并能理解我为什么在看到我最亲爱的干女儿为捡芝麻而丢西瓜的行为深感震惊了。直到现在我还没有从震惊中缓过劲儿来呢。其实情况比这还要糟糕,所以我一直竭力在忘掉这一切,否则根本就没法儿跟您客客气气地讲话。瞧,您又对我搓火了不是?别,您先别走,您必须先听完我最后这个忠告:无论您去哪儿,都请记住您是我们这儿最无知的人,所以您得处处小心;而您在我们这儿,由于有弗丽达在场,她会保护您免受伤害,您也可以口无遮拦地表达心迹,甚至能向我们解释,您为什么想要跟克拉姆谈谈;只是,在这件事上,请您,求您,千万别真这么干啊!"

说着她站起来,激动得脚步有些踉跄,走到卡面前,抓住他的手,恳求地看着他。"老板娘啊,"卡说,"这我就不明白了:您为什么就为这点鸡毛蒜皮的小事,就降低身份屈辱地向我恳求呢?假如如您所说,我不可能和克拉姆说上话,那么甭管您求不求我,我都不会成功。而如果有和他说上话的可能,那我凭什么不去找他谈呢——尤其是这样一来,您阻拦的主要理由就不存在了,您其余的担心也就很不足信了。当然喽,我是对这里一无所知,这至少对我来说是不幸的事实,可无知也有无知的优势,所谓'无知者无畏',能让我更有胆量去冒险。因此我只要还有一点力气,就准备承担我的无知毫无疑问会带来的严重后果。这些后果本质上只会影响我自己,而不会波及别人,所以我才特别纳闷儿您为什么恳求我别去找克拉姆。无论怎样,您都会把弗丽达一直照料下去的,所以如果我从弗丽达的身边消失了,那对您来说岂不是天大的好事?所以说您怕什么呢?您当然没有担心的必要啦,因为对无知者而言,一切皆有可能。"——说着卡拉开了门——"反正您肯定不会为克拉姆担心喽?"老板娘一言不发地看着他带着两个助手匆匆跑下楼去。

第五章　在村长家

　　卡没费什么周折就见到了村长，这让他自己都感到吃惊。对此他暗自做出了解释：根据他以往的经验，与伯爵手下的官员打交道是很简单明快的。这是因为，一方面，很显然上面已经传下话来，明确指示要待他客气点，至少表面上要事事处处为他着想；另一方面，是因为他们办理公事时有着令人赞赏的一贯性，或程序性，这在人们注意不到的细节处体现得尤为出色。有时一想到这种情况，卡竟沾沾自喜起来，觉得自己的境况还是挺令人满意的嘛。不过，一产生这样的满足感，他就立刻告诫自己要警惕，因为这点恰恰就是危险之所在。其实同这些官员直接打交道不见得有多难，因为无论他们组织得有多严密，他们要做的只是捍卫那些遥远的、见不到的大老爷们的遥不可及而无法捉摸的事业，代表并维护那些大老爷的利益；而卡则在为自己、为一些迫在眉睫的切身之事在奋斗。况且他这么干还是出于他自己的自由意志，至少最初是这样。正因为他自己是主动进攻者，他不能单靠自己的力量奋斗，还得依靠别的势力，而对于这些势力他还一无所知，不过根据城堡当局采取的措施来看，可以断定它们是存在的。当局正在通过先在某些无关紧要的小事——迄今为止涉及的也不过是些小事——上尽量满足他的要求的手段，来逐步剥夺他轻易获取小成功的机会，不仅如此，还剥夺他相应的满足感，以及他为迎接其他更艰巨的战斗而树立起来的坚强自信。他们倒是让卡随心所欲自由活动，但仅局限在村子的范围内，通过纵容他这样，来消耗他的精力，削弱他的斗志，消除所有冲突的可能性，让他陷进这种非官场的、不明不白的、沉闷乏味的、异乡陌路的生活中去。如果这种局面继续下去的话，如果他不时刻保持警惕的话，那么，即便当局对他的态度十分亲切友好，即便他也在谨小慎微地履行他那份被人说成是极轻松的官职，可迟早有一天，他还是会因为被这表面上的友好和照顾所迷惑而放松自己，从而举止变得轻率莽撞起来，而不慎栽个大跟头。到那时，依旧和蔼友善的当局就会像是迫于无奈似的，找到他，不好意思地出示某条他根本不知道的官方法规，把他清除出去。即使不是这样，他面临的另一种生活又是怎样的呢？卡还从没见过别的地方像这地方那样，把一个人的官职同他的生活那么混成一团的，两者纠缠不清到让人有时恍惚觉得它们互换了位置。比如说，克拉姆施加在卡工作上的权力——迄今为止不过是走走形式而已——若是跟他在卡卧室里实际拥有的权力相比起来，那就是小巫见大巫了。所以就出现了这样一种局面：当你直接和官方人士打交道时，尽管摆出多么漫不经心轻松无所谓的样子都没关系，但实际上你却要保持高度的警惕，每走一步之前都要左顾右盼，三思而行。

　　在村长家里，卡很快就发现自己对当地官员的看法完全得到了证实。村长是个面目和善、身体肥胖、胡子刮得很干净的人，只是正患着严重的风湿病，躺在床上接见了卡。"这么说您是我们的土地测量员先生喽。"他说着想从床上撑起身来问候卡，但没有成功，只好用手指指腿表示歉意，又倒回到枕头上去了。屋子里本来就暗，几扇小窗户被窗帘一遮就更是昏天黑地。一个鬼影似的女人在昏暗中悄没声息地给卡搬来一把椅子，靠床边放下。"您坐吧，测量员先生，"村长说，"告诉我您有啥盼咐。"卡把克拉姆的信念了一遍，末了谈了一下自己的意见。他再次感受到了和官员打交道的那种异乎寻常的轻松。他们很正式地承担起整个责任，你可以把所有诉求都甩向他们，由他们去办理，自己则保持自由自在，省心省力。这位村长也是这种作风，在床上不自在地扭了几下之后，他终于开口说道："测量员先生，如您所见，我已经了解了整个事情。之所以我还没来过问此事，首先是因为我病卧在床，其次是因为您那么长时间不来，我还以为您放弃了这件事呢。现在既然您那么好意来见我，我当然应该让您了解整个事情令人不愉快的真相。如您所说，您是干土地测量工作的，可遗憾的是，我们这里不需要土地测量员。我们这儿压根儿用不着这样一个人。我们这个小地方的疆界早已测量标注好了，一切都走程序做了登记造册，地产本身极少易手，产权的情况极少变更，那些小的土地界线纠纷一旦发生，我们自己就能解决。所以我们还需要土地测量员干什么呢？"卡虽然从没想到过对方会有这样的说辞，但从内心里他还是确信自己一直期待着能有这样深入的沟通。正因为此，他才能马上答复说："您的话让我非常吃惊，把我全盘的计划都一笔勾销了。我真希望这是一场误会。""可惜这不是误会，"村长说，"我说的是实际情况。""可是这怎么可能呢？"卡嚷嚷起来，"我从那么大老远赶到这里，总不会是为了让人再把我打发回去吧？""这是两码事儿，"村长说，"而且也不是我能说了算的。不过，我倒能给您解释清楚发生误会的可能性到底有多大。在伯爵领地这么大的一个管理机构中，有时确实会发生这样的事情：一个部门颁布了一道指令，另一个部门又颁布了另一道指令，但两者互不通气，彼此互不知情。尽管高层管理机构确实管控得相当严密，但从本质来讲它的介入往往过迟，这样就导致常会出现一些小混乱小差错。当然，这种情况只发生在一些鸡毛蒜皮的小事上，比如说您这件事，在大事上我还从没听说出现过差错。但即便是小事，也够让人尴尬的了。现在话说回来，对您这件事，我不会保守任何官方的秘密——况且我还够不上官方的资格，我只是个农民，而且永远是个农民——我只想把发生的事对您直言相告。好几年前，我当上村长才几个月的时候，一道指令下来了——我想不起来是哪个部门下达的了——上边的老爷打着典型的官腔指示我们招聘一名土地测量员，并让我们地方当局准备好他工作所需的所有计划和记录。这道指令显然和您无关，因为是好多年前的事了，若不是我卧病在床，整天无聊胡思乱想些昔日琐碎的往事，我还想不起来它呢。米琪!"他说着突然停止叙述,招呼了一声那个在屋里游走不定、不知在干啥的女人,"请你到柜子里找找看,说不定还能找到那份文件。"说完他向卡解释道:"从我当上村长起,我就把所有文件都保存起来。"那女人立刻打开了文件柜寻找,卡和村长在一旁看着。柜子里塞满了文件,柜门刚一打开,两大包捆在一起的文件就像两捆柴禾似的滚了出来,把那女人吓得一跳躲到一边。"往底下找,准是放在底下了。"村长在床上指导着。女人听话地用两臂抱起上面的一大堆纸张放到地上,以便在下面的文件中去找。她把柜里所有的东西翻了个遍,文件铺满了半间屋子。"这些年我们还是办了许多事情的,"村长点着头说,"这些还只是一小部分。大部分我都存在库房里了,不过多数都已经丢失了。谁能把所有文件都保存完好呢?但库房里还是攒下了一大堆。"接着他扭头又对他妻子说:"能找到那份指令吗?你找找那份上面印着'土地测量员'、下面划道蓝线的文件。""这里太暗了,"女人说,"我去拿支蜡烛。"说着脚踩一地文件走出房间。"我老婆是我的得力帮手,"村长说,"处理这类繁杂的公务全靠她帮忙了。可这还只是一部分,我还有另一个助手做文字工作,他是个教师。可都这样了我还是没办法把所有事情都处理掉,总有一大堆搁着办不了,就先放在那个文件柜里。"他指了指另一个柜子。"现在我又生病了,什么事就更办不了了。"说完他又仰倒在床上,疲倦中透着几分得意。那个女人已经拿着根蜡烛回来了,此时正跪在地上寻找那份指令。"那好,"卡说,"我能帮您妻子一块儿找吗?"村长摇摇头微笑着说:"虽然我说过不向您隐瞒任何官方的秘密,但让您翻阅这些官方的文件还是太过头了。"接着屋里一阵沉默,只能听见窸窸窣窣翻动文件的声音,村长似乎也打起盹儿来。这时有人轻轻地敲门,卡转身去看。来人自然是他的两个助手。他们还知道在这种场合要有礼貌,没有傻不愣登地闯进来,而是把门打开一条缝悄声说:"外边太冷了。""谁?"村长一个激灵醒过来,问。"只是我的助手而已,"卡说,"我也不知道让他们在哪儿等着我才好,外面太冷了,可让他们进来又碍手碍脚的。""他们不会妨碍我的,"村长高兴地说,"让他们进来吧。碰巧我认识他们,老相识了。""可是他们很碍我的事。"卡坦白地说,他的目光从助手移到村长身上,又从村长身上移回到助手,发现他们三个同时微笑起来,而且笑得一样。"那好,既然来都来了,"他便试探性地补充道,"那就进来帮助村长夫人找一份文件好吧?文件上有'土地测量员'的字样,下面划一道蓝线。"村长对此没有提出异议;刚才不许卡做的事情现在竟然允许卡的助手做了。他俩立刻扑到文件堆里翻起来,但不是在找东西,而只是在纸堆里胡乱翻,每当一个助手拾起一份文件念上面的字时,另一个助手就会从他手里夺过去自己看看。村长老婆仍然跪在空橱柜前面,似乎已经停下了寻找,那支蜡烛立在离她老远的地方。

"这两个助手确实惹您烦,不招您待见,"村长露出扬扬自得的微笑说,好像这一切都是他的安排,而别人都还蒙在鼓里似的,"但毕竟他们是您的助手呀。""哪里,"卡冷冷地说,"是他们自己找上门儿来的。""为啥说是'找上门儿'的?"村长问,"您意思是说'被派给或安排给'您的吧。""好吧,就算是这样吧,"卡说,"可他们就像雪片似的飘然而至,哪像是安排的?""这儿没有什么事情是不经安排就发生的。"村长说,甚至不顾脚痛就坐了起来。"没有吗?"卡说,"那把我叫到这儿是怎么回事?""决定把您叫到这儿也是经过慎重考虑的,"村长说,"只是几个小细节出了问题,造成了一点混乱,这个我有文件可以证明。""可是相关文件却找不到了。"卡反诘。"找不到了吗?"村长不服气地嚷道,"米琪,还不赶紧找!其实即使没有文件,我也能把经过讲给您听的。对于刚才我提到的那道指令,我们的回复是:感激上面关怀,我们不需要土地测量员。可是这个回复好像根本没送达颁布指令的那个部门——我姑且称它为 A 部门——而是错将它送到了另一个部门,B 部门。结果是 A 部门没有收到答复,而 B 部门很不幸也没有收到我们完整的复文,原因要么是我们根本就没把那道指令随复文一道送去,要么是指令在路上遗失了。反正它肯定不是在我这个部门遗失的，这点我敢保证。总之送到 B 部门的只是一封关于那个指令的说明，简单说明随信附上的这道关于征召一名土地测量员的指令（其实已经遗失了），很遗憾，是没有办法实施的。与此同时，A 部门还在等着我们的答复呢，对这事他们当然会留有备忘录，可即使是在最严密处理这类事务的情况下，这种事情也常有发生，且很能理解甚至无可厚非，即负责此事的那位官员满以为我们会回复他，然后他就会顺理成章地召见一个土地测量员，至多需要的话和我们就此事再做一下沟通，这事就了结了。结果就造成了他没再去查看他的备忘录，整个这事儿就被他忘得一干二净了。再话说 B 部门，那封说明信到了一个以办事认真细致而出名的办事员手中，他是个意大利人，名叫索尔蒂尼。连我这样一个深谙官场的人也弄不明白，像他这样一个有才干的人怎么会被安排在一个那么基层的职位上？这位索尔蒂尼当然就把这封缺三少四的说明信退了回来，让我们补全。可是自打 A 部门最初发出那个指令以来，到现在不说已经过去了好几年、至少也已过去了好几个月。这不难理解，因为按常规的话，一份公文走正常渠道最迟在一天之内就能到达接收部门，并在当日得到处理。可是万一它在过程中丢失了，我们这个效率极高的机构就得费尽九牛二虎之力再按严格的程序寻找它错误的去向，不然就真的找不回来了，而这个过程当然就花了很长时间。所以最终当我们收到索尔蒂尼的退函时，我们已经差不多把这件事全忘了。当时只有我和米琪两人处理这件事，那个教师还没有给我派过来，所以只有最要紧的事情我们才有记录——总之一句话，我们只能含糊其辞地回复到这个分上：我们不知道有招聘土地测量员这回事儿，我们这儿也不需要什么土地测量员。"

"但是，"说到这儿，村长突然打断了自己的话题，好像讲这事儿讲得太专注而把话题扯远了似的，或至少他觉得自己可能讲过了头似的，"我讲这事儿，让您听烦了吧？"

"不，"卡说，"我感觉挺有趣的。"

对此村长回答："我讲这些可不是供您消遣的。"

"可我就是觉得挺有趣的，"卡说，"因为它使我看到，在某些特定情境下，荒唐可笑、错综复杂的繁琐程序真的能决定一个人的生存状况。"

"您还是没有看出什么门道来，"村长严肃地说，"那我就接着讲下去。我们的回复当然不可能让索尔蒂尼这样的老古板满意。我敬佩这个人，虽然他让我烦不胜烦。总之他谁都不相信就是了，即便通过无数次打交道他发现某个人确实很值得信赖，也改不了他这个毛病，到了下次打交道时，他还是不信任你，就好像根本不认识你似的——或者更确切地说，就好像在他眼里你是个坏人似的。我认为他这样是对的，官员就应该像他这样为人办事，只可惜我自己天生就做不到这一点。您看得出我是多么开诚布公地跟您一个陌生人讲这一切，我就是情不自禁要讲。可是索尔蒂尼不这样，他对我们的回复立刻就是本能地不相信。于是一长串的通信就此开始，索尔蒂尼问我为什么突然觉得不应该招聘土地测量员。借助米琪出色的记忆，我答复他说，最初的提议恰恰是来自他那个机构的（实际上另一个机构涉入其中的事我们当然早就不记得了）。然后索尔蒂尼答复说：'那为什么直到现在我才提到这份官方备忘录呢？'我答复：'那是因为我刚刚才想起来。'索尔蒂尼：这就奇怪了。我：一件事拖那么久，就忘了，这有什么可奇怪的。索尔蒂尼：当然奇怪啦，因为我记得那份备忘录已经不存在了。我：当然不存在了，因为那份文件整个都丢了。索尔蒂尼：就算这样，也该有一个和第一份备忘录有关的原始记录，可事实上什么也没有。话说到这儿，我就犹豫了，因为我还不敢宣称，连想也不敢想，是索尔蒂尼所在的部门出了差错。测量员先生，听到这儿您也许会在心里责备索尔蒂尼：为什么在听了我的话之后不立刻去找其他部门询问一下这件事呢？真要这样的话您就错了，我可不希望您把任何过错加到索尔蒂尼身上。行政当局的运作原则之一就是消除一切出错的可能性,这条原则是由整个组织的严密性确立的,即使事情需要以最快速度加以处理,也要奉行这条原则。所以索尔蒂尼不能去问其他部门,他得自己承担处理,否则就越出了职权范围;再说其他部门也不会给他答复,因为他们立刻就会猜想到,准是有人正在查究发生一件错误的可能性。"

"村长先生,请允许我打断一下问个问题,"卡说,"您不是曾提到过有一个管控机构吗?如果这个机构真如您描述的是这副样子的话,那么人们就会想象,它可能是管理失败了,这可真糟糕。"

"您可真严格,"村长说,"可就算把您的严格再乘上一千倍,也比不上当局对自己要求的那么严格。只有十足的外地人才会问这样一个问题。真有什么管控机构吗?确实有。它们的职能当然不是普通意义上的查究差错,因为不会出现差错;即使偶然出现了差错,就像您这件事这样,最终谁又能说这是一个差错呢?"

"这可真是闻所未闻。"卡嚷了起来。

"对我来说可是司空见惯,"村长说,"多少和您一样,我也相信确实是出错了,为此索尔蒂尼几近绝望,垂头丧气之极。我们要把差错根源的发现归功于第一级的管控机构,也承认确实出了差错。但是谁又能保证第二级的管控机构会不会做出同样的判断呢?此外还有第三级,第四级……"

"也许吧,"卡说,"但我宁愿不要去想这些层层叠叠的机构。这是我第一次听说还有这些管控机构,所以我不了解它们也很自然。尽管如此,我认为还是有必要在这里明确两点:第一,办公室里发生的事情可以用官方形式做这样或那样的解释;第二,我,一个实实在在的人,处在那些办公室之外,却受到来自那些办公室的威胁,被施以莫名其妙的限制,让我至今都不明白这事到底有多严重。村长先生,关于第一点,您刚才讲述的那些情况表明您是那么谙熟官场之事,非同一般,令人佩服,也肯定有根有据。那么现在,关于第二点,我也愿意听听您说点有关我的情况。"

"我正要说到这个呢,"村长说,"不过,我得先跟您再说点别的事,不然跟您说了您也理解不了。就连我刚才跟您提到管控机构也为时过早了。所以我得先回头去说我和索尔蒂尼的分歧。正如我刚才说的,我的理由渐渐站不住脚了。而他索尔蒂尼哪怕占据一点点上风,那他就已经赢定了,因为占上风会让他的机警、能量和智慧倍增,所以对那些遭他攻击的人而言,他的出现是可怕的;但对那些受攻击者的敌人来说,他的出现令他们欢欣鼓舞。只因我在其他事情上体会过后一种情况,所以我才能像现在这样谈起他。其实,我还从没有幸见到过他本人呢。他被繁重的工作缠身,没办法到下面来。有人告诉过我,他办公室里的四壁都堆满大捆大捆的卷宗文件,一摞一摞地堆到天花板;这些还只是索尔蒂尼当时正在处理的文件。由于文件不断被搬走又不断添进来,堆上去,而且又是那么急匆匆的,所以文件堆不时会轰然倒塌,这种永无休止一阵紧似一阵的文件倒塌浪潮似乎成了他办公室的一道风景。嗯,索尔蒂尼确实是个勤奋的员工,事无巨细他都认真处理。"

"村长先生,"卡说,"您总是把我的事说成是最微不足道的小事之一,可就是它却让许多官员忙得焦头烂额。就算它开始时也许是件很小的事,但通过索尔蒂尼这类官员的介入和热心的工作,它已经变成一件大事了。但遗憾的是我的雄心壮志并不在此,所以它完全违背了我的意愿;说到我的雄心,它绝不在于看到关于我的成捆儿卷宗堆起老高又哗啦坍塌,而是在于做一个卑微的小测量员,缩在我的小制图板前安安静静地工作。"

"不,"村长说,"这不算是大事,所以在这方面您没有理由抱怨,它只能说是件小得不能再小的事。衡量一件事重大与否,不是看它的工作量多少;如果您还这样认为的话,就说明您还是太不了解官方了。就算工作量是决定的因素,您这件事仍是最微乎其微的事之一,也就是说属于鸡毛蒜皮那一类,那类所谓怎么办也不会出差错的小事,办起来却需要付出更大量富有成效的工作。再者说,您对您的事到底使得多少人为它忙活还没有概念,所以我得先把这个跟您讲明白。起初,索尔蒂尼是把我撇在这件事之外的,可后来来了几位他的官员,他们每天都在'贵族旅馆'召集乡镇的显要人物举行正式的听证。他们多数人还是站在我这边的,但是也有几个人持怀疑的态度。土地测量是件跟农民息息相关的事,这些人不知怎的嗅出了阴谋和非法活动的气味,他们还找出了一个领头的人。索尔蒂尼从他们的陈述中得出一个结论:假如我当初在村委会上提出此事的话,就不会出现所有人都反对招聘一位土地测量员的局面。于是乎这个显而易见的看法——不需要土地测量员——就被弄成至少是成问题的了。在整个这个过程中,一个名叫布伦斯韦克的人闹得尤其显眼。您可能还不认识他,也许他并不坏,只是傻了吧唧的喜欢幻想而已。此人是拉泽曼的姐夫。"

"就是那个制革匠吗?"卡问,然后把那天在拉泽曼家见过的那个满脸大胡子的人描述了一下。

"对,就是他。"村长说。

"我还见到了他老婆。"卡信口说道。

"这很有可能。"村长说,然后就陷入沉默。

"她长得很漂亮,"卡说,"就是脸色有点苍白,一副病容。她是从城堡里来的吧?"这句话一半像是问句。

村长瞥了一眼钟表,然后把药水倒一些在汤匙里,一仰脖吞了下去。

"合着您熟悉的只是城堡里的官僚机构啊?"卡唐突地问道。

"没错,"村长说,脸上露出嘲讽却又庆幸的微笑,"那才是城堡最重要的东西。说起布伦斯韦克,假如那时能把他从村委会里开除,我们每个人都会很高兴的,拉泽曼也不例外。可是布伦斯韦克那时势力还是蛮大的,他说话从来都是大喊大叫、颐指气使的,这对某些人来说已经够够的了。所以我迫不得已把这件事提到村委会上供讨论研究,但这只是布伦斯韦克一时的胜利，因为村委会很自然地通过了大多数人的表决结果：根本不需要土地测量员。这也是多年前的事了，可直到现在还没了结，部分原因就是索尔蒂尼的过分较真，想通过最严密的查询探究这大多数人和少数赞成者的投票动机；另一部分原因是由于布伦斯韦克的愚蠢和野心，他和当局那些头头脑脑有些私人交情，所以能把他满脑子的丰富想象诉诸实施。不过，索尔蒂尼可是不会被布伦斯韦克轻易蒙骗的——索尔蒂尼是什么人啊，布伦斯韦克怎么可能骗得了他？——可恰恰是为了不被忽悠，索尔蒂尼才不得不再来一轮精密询查。可是没等这轮结束，布伦斯韦克又想出新的鬼点子了；他倒是说干就干，而这正是他愚蠢的一种表现。现在我得来谈谈我们官方机构的一个特点：它在严密精确的同时还极其敏锐。当一件事已被考虑了很久仍没结果时，有时会发生这样的情况：突然间就像闪电似的，从某个无法预测、事后也不可能找到的地方冒出来一个决定或一道指令，虽然通常都很正确但毕竟有独断之嫌，然后就了结了这件事。这就像是哪个官员再也不能忍受年复一年被同一桩鸡毛蒜皮的小事搞得心烦意乱、不得安宁，一怒之下就不要那些办事员协助了，自己就做出了决定似的。这当然算不得是什么奇迹，不过是某个官员写了道指令，或者达成了一个不成文的决定而已，但详情是我们这些小芝麻官所无从知道的，连上层机关都搞不清楚，这是哪个官员做的决定，根据又是什么。只有过了很久之后，管控机关才会了解这个情况，而我们就再也听不到有关这事的下文了，而且过了那么久也不会有人再对它感兴趣了。一件事就这样给拖黄了。我刚才说过，这些决定多数都很正确，气人的只是我们听到它们时为时已晚，常常是一件事早就有结论了，我们却还因为不知情而激烈地为它争论不休。我不知道在您这件事上是否也已有决定做出，反正是既有有的迹象，也有没有的迹象，如果是前者的话，他们就会招您前来，您就会踏上长途旅程，在您来这儿的这段日子里，索尔蒂尼就会为您这件事忙得焦头烂额，布伦斯韦克会继续搞他的阴谋诡计，而我也会持续受这两人的折磨。以上说的我只是把它当作一种可能性提出来，而下面我说的可就是事实了：据我所知，一个管控部门当时曾发现，A部门早在多年前就曾就土地测量员问题向村委会提出过质询，但始终没收到答复。最近他们又问了我一次，才整个解决了这个问题。A部门对我的明确回答很满意：我们不需要土地测量员。至此，索尔蒂尼不得不承认他本就不该负责此事，这事本来就不归他管，他做了一大堆无用功——虽然这肯定不是他的过错——绞尽脑汁原来是白忙活。若不是新任务又像以往那样从四面八方布置下来，若不是您这件事只是个微乎其微的小事，几乎可以说最小的事，我们本来是可以长吁一口气、好好放松一下的，我想连索尔蒂尼也会这样做的。只有布伦斯韦克一个人骂骂咧咧不依不饶的，但那只让人当笑料罢了。可是，然后，您设想一下我是多么失望吧，土地测量员先生：就在这事终于有了一个令人高兴的大结局——这都过去好几年啦——之后，您却又突然冒了出来！而且一切看来好像又要重来一遍。所以我想要尽我所能阻止这样的事情重演，我这种心情您肯定能明白，对吧？"

"当然能，"卡说，"可是我更明白，眼下在这里，我，也许还有法律，正在遭到践踏。有人正在对我的事百般阻挠。可是我，是知道如何挫败这一切的。"

"您打算怎么办呢？"村长问。

"我现在还不想说。"卡说。

"我并不想逼您说，"村长说，"可是您请记住，您可以把我当成一个共事的熟人——我不说是一个朋友，既然咱俩素昧平生。我唯一不能允许的是把您当成一个土地测量员，除此之外您完全可以信赖我，放心和我来往。我会在我权限范围内尽量帮助您，虽然我的权力不大。"

"您总是说不把我当成一个土地测量员看待，"卡说，"可是已经有人这么看待我了，喏，这可是克拉姆的信。"

"克拉姆的信吗？"村长说，"唔，这可很重要，甚至很值得尊敬，就因为它有克拉姆的签名。看起来像是他的签字,不然的话——不过,我还是不敢凭自己的眼力对它妄作评论。米琪!"他召唤他老婆,"你在那儿干什么呢?"

已经好久没人注意到那两个助手了,他们和米琪在一起显然没有找到要找的那份文件,这会儿正忙着把所有文件再装回到文件柜里去。可是文件乱七八糟已经摊了一地,再也没法儿摆回去了。于是他们实施一个肯定是两个助手想出来的主意,把文件柜仰面朝天放倒在地上,柜门打开,把所有文件一股脑儿往里塞,然后他俩和米琪一起坐在柜门上,把它慢慢地压下去。

"看来文件还是没有找到,"村长说,"很遗憾。不过您已经了解了事情的来龙去脉,就没必要再看文件了。再说不定哪天它又蹦出来了,估计是在那个教师那儿,他那儿保存的文件更多。米琪,你现在拿着蜡烛过来,和我一块儿瞧瞧这封信。"

米琪走过去,坐在床沿上,她丈夫用一条胳膊搂住她,她倚着她身材壮硕的丈夫,显得更加弱小而苍白。在微弱的烛光下,只能看清她那张瘦小的脸,上面满是清晰而严肃的线条,只因年龄的关系而稍显柔和了一些。她只瞧了一眼那封信就轻轻拍着手说:"是克拉姆写的。"接着他俩一起读那封信,还不时低声交换一下意见。这时从后面传来两个助手的一声欢呼"成喽!"——原来他俩终于把柜门给关上了。米琪心怀感激地看着他俩没吱声。这时村长发话了:

"米琪完全赞同我的看法,现在我就斗胆把它说给您听听。这封信可不是公函,而是私人信件。这一点从开头的'我亲爱的先生!'就能明显看出来。此外,信中只字没提您作为土地测量员的身份,只是泛泛地提到您为城堡当局服务,而且就连这个也不是很明确,因为您仅仅被指派了'如您所知'的工作,换句话说,就是您担负什么工作由您自己来决定。最后,克拉姆又指定由我这个村长来当您的顶头上司,并向您提供所有详情,而这些我当然都已向您基本交代过了。一个会读公函的人当然更会读私人信件,所以对这样的人来说,上述一切是再清楚不过的了。您作为一个外地人没能搞懂这一点,这倒也不让我感到吃惊。总而言之,这封信只不过是想表明,如果您被他们接受为城堡服务的话,他克拉姆本人愿意关照您罢了。"

"村长先生,"卡说,"您诠释得妙不可言,这封信经您这么一说就只剩下一张白纸加上个签名了。您还不明白吗:您假装尊重克拉姆,实际上却在轻视他这个名字。"

"那是您的误解,"村长说,"我当然清楚这封信的重要性,解释它时我也没有贬低它的意思。正相反,克拉姆的私人信件比一封公函的意义大得多,只不过没有您赋予它的那种意义罢了。"

"您认识施瓦策吧?"卡问。

"不认识,"村长回答,"米琪,也许你认识他吧?你也不认识吗?那我们都不认识他。"

"这就怪了,"卡说,"他是城堡的一个副城守的儿子。"

"亲爱的土地测量员先生,"村长说,"我干吗要认识所有副城守的儿子呢?"

"好吧,"卡说,"那您就相信我他是一个副城守的儿子吧。我刚来这儿的第一天就和这个施瓦策发生了很不愉快的冲突。他当时给一个名叫弗里茨的副城守打电话询问,得到的答复是,我是他们聘请来做土地测量员的。村长先生,这您又怎么解释呢?"

"很简单,"村长说,"迄今为止您还没有真正接触到我们的行政当局呢。您已接触的那些都是浅表的而已。就您这件事来说,由于您对这里的情况一无所知,所以您就以为您的这些接触全是真切的了。其实哪有这么简单的事情。就说电话吧:您瞧,虽然我和当局常打交道,在我这儿就没安装电话。在客店一类的公共场所有个电话也许有它的用处,但至多就像一台自动唱片机那样的用途罢了。您在这里打过一次电话吗?打过一次吗?好了,那您也许就能明白我的意思了。在城堡里,电话似乎作用很大,听人说在上面电话是打个不停的,这当然大大提高了工作效率。可在我们基层,听到的电话声就是那种持续不断的嗡嗡声、低语声、鸣唱声,这种声音想必您也听到过。哼,这些持续的杂音就是我们这些基层电话里听到的唯一真实可靠的东西。此外其他的一切都是虚幻的。我们这儿和城堡没有直通电话,也没有总机转接我们的电话。任何人从这儿给城堡打电话时,下属单位的所有电话都会响起来,也就是说,如果所有的电话铃响装置不被切断——不被人接听——的话,几乎所有的电话就都会响个不停,这点我可以确定。有时候,某个疲劳过度的官员在晚上或者夜里想消遣一下找点乐子,就会拨个电话,也就是打开了铃响装置,这样我们就听到了一声回话,可这样的回话不过是开玩笑而已。这也是很可以理解的,因为谁也不敢宣称自己有权为了些私人小事,就去打断一直在紧张进行的重要工作。我也搞不懂,一个外地人打电话时,比方说打给索尔蒂尼吧,他怎么就能相信接电话的人真的是索尔蒂尼呢?很可能接听的人只是另一个毫不相干的部门的一个小抄写员呢。但是也有这样的情况发生,算是千载难逢了:有人想给这个小抄写员打电话,却让索尔蒂尼本人接了。这时最好的办法,就是在听到对方讲第一句话之前,赶紧逃离电话机。"

"我没有预见到事情是这个样子,"卡说,"我也没办法了解这些细节。我也很不相信那些电话里讲的内容,总觉得只有亲自在城堡里的所见所闻才是真实可信的东西。"

"不对,"村长斩钉截铁地说,"电话里的那些答复怎么就不'真实可信'呢?一位城堡官员提供的情况怎么会毫无意义呢?我在谈起克拉姆的信时已经这么说过了,信里的每一句话都没有官方的味道;如果您硬给它们加上官方的含义,您就大错特错了。信中包含的私人意思是出于善意还是出于恶意,这才是重要的,通常比任何官方的含义还要重要。"

"那好,"卡说,"如果事情真像您说的那样的话,就说明我在城堡里是有不少好朋友喽。仔细回顾一下，那个多年前突发奇想要招一名土地测量员的部门，其实从某种意义上讲对我还是蛮善意的，并且从那时起他们善意的举动就一个接着一个，直到引出了一个糟糕的结局：我被诱骗到这里来，现在正面临被赶走的威胁。"

"您的见解有一定道理，"村长说，"您认为对城堡的声明不应拘泥于字面，加以刻板的理解，这也是对的。不过，谨慎小心总是有必要的，不仅在这儿必要，放在哪儿都必要。官方的声明越是重要，就越需要慎重对待。然后您还说您是被诱骗到这儿来的，这就让我很费解了。您要是更仔细地听我解释的话，您就会明白，关于您被招到这儿来的问题远不是一次短短的谈话就能解决得了的。"

"这么说来，"卡说，"唯一可能得出的结论就是：一切都很不确定，都无法解决，除了把我撵走之外。"

"谁有这个胆子把您撵走呢，测量员先生？"村长说，"正因为最初的问题一个都没搞清，这才保证您受到了最优厚的待遇。只是您好像过于敏感了，这里谁也不会留您，但也不至于把您轰走。"

"噢，村长先生，"卡说，"您又一次把有些问题看得过于简单了。我来给您列举几条我必须留下来的理由吧：我不得不做出像背井离乡这样大的牺牲；我历尽艰辛长途跋涉来到这里；我对自己在这里受聘抱有过根据很充足的希望；我目前已经身无分文；我在家乡已无可能找到合适的工作；最后一条，我的未婚妻是本地人。"

"哦，弗丽达吧，"村长说，一点也不显得惊讶，"这我知道。可是弗丽达会跟随您去任何地方的。至于其他几条理由，倒确实要适当地考虑一下，我将把您的情况向城堡汇报。如果有什么决定下来了，或是有必要向您再了解什么情况的话，我会再把您请来的。您同意这样吗？"

"这我决不同意，"卡说，"我想要的可不是城堡的施舍，而是我自己的权利。"

"米琪。"村长扭脸对他老婆说，她仍旧紧挨着丈夫坐着，正出神地摆弄克拉姆的那封信,把它叠成了一条小船。卡见到后吓坏了,连忙把信从她手里一把抢了过来。"米琪,我的腿又疼上了,得换膏药了。"

卡起身,"那我就告辞了。"他说。"好嘞,"米琪对丈夫说,手里已经在准备换药了,"而且胶布也松了。"卡转身离开。听到卡的话,那两个助手以他们惯常的那种过分的殷勤,立刻跑去把两扇门一下子都打开了。为了不让户外强劲的冷空气进到病人的屋里来,卡只能向村长略一鞠躬便匆匆离去,把房门很快关上,带着两个助手跑到了屋外。

第六章　和老板娘的第二次交谈

在客店门前，老板正等着他呢。若是卡不问他，他是不敢开口说话的，于是卡问他有什么事情。"你找到新的住处了么？"老板问他，眼睛盯着地面。"你是奉你老婆之命问的吧？"卡说，"你很依赖她是吧？""不不，"老板回答，"我可不是奉她之命才问你的。不过她确实因为你很不开心，而且很烦恼，活儿也干不下去了，整天躺在床上唉声叹气、牢骚满腹的。""我是不是应该去看看她？"卡问。"去吧，"老板说，"我刚才去村长家里找过你，在门口听见你们俩正在谈话，我不便打搅，再说也担心我老婆，所以就跑回来了，但她不让我进门，我只好等着你回来。""那就赶紧进去吧，"卡说，"我很快就会让她平静下来。""但愿如此吧。"老板说。

他俩穿过明亮的厨房，见那儿有三四个女仆正各自干着杂活儿，见到卡她们都愣了一下。在厨房里都能听到老板娘的唉声叹气。她躺在一间没有窗户的小屋里，与厨房只隔了一层很薄的木隔断。屋里只能容下一张大双人床和一个衣橱。床摆的位置正好可以看到整间厨房，从而监督厨房里的工作。但从厨房里几乎看不清小屋里的任何东西，因为里面太暗了，只有红白相间的床罩依稀可辨。人只有走进去，眼睛适应了里头的黑暗之后，才能分辨出屋里的细节。

"您总算来了。"老板娘有气无力地说。她瘫软地仰面躺着，显然呼吸很吃力，盖在身上的鸭绒被也已被掀开了。她躺在床上看起来比她平常穿着衣服站着要年轻许多，头上戴的那顶绣着精致花边的睡帽有点过小了，扣在她头发上滑来滑去的，不过这倒让她那张憔悴的脸显得挺可怜的。

"我为什么就该来呢?"卡和善地问道,"毕竟您并没有派人去找我呀。""您不该让我等那么久。"老板娘带着病人的那种固执说,"您坐吧,"她指着床沿儿说,"其余的人都给我出去。"原来刚才趁卡进来的当儿,那两个助手和女仆们也都跟着拥了进来。"我也得出去吗,加德娜?"老板问。这是卡头一次听到有人叫这个女人的名字。"当然了,"她缓慢地回答,然后就像脑子里还想着别的事儿似的,她心不在焉地补充道:"别人都得出去,你凭什么留下来?"可是等所有人都退回到厨房之后——这次甚至连那两个助手也立刻跟着一个女仆退了出去——加德娜却又警觉起来,她意识到这里说的每一句话从厨房里都能听到,只因为这个小黑屋根本就没有门,于是她又命令所有人都离开厨房。这马上就做到了。

"测量员先生,"加德娜这才对卡说,"衣橱里有条毯子,请递给我好吗?我要把它盖在身上。这条鸭绒被子我可受不了了,热得我喘不过气来。"等卡把毯子递给她后,她又说:"瞧瞧,这条毯子多漂亮!"可卡怎么看怎么像是一条很普通的羊毛毯子,出于礼貌才不得已摸了一下,但什么也没有说。"没错,它就是很漂亮。"加德娜说着把它盖在了身上。这会儿她很舒坦地躺在床上,一切病痛好像都消失了。她甚至有心情想起来自己的头发因为久卧在床而给弄凌乱了,就坐起来梳了一阵,把睡帽周边的发型轻轻理顺。她长着一头浓密的厚发。

卡等得不耐烦了,就开口问:"老板娘,是您让人问我有没有找到新住所么?""我让人问您?"老板娘说,"哪儿的话啊,没有这回事儿。""您丈夫刚刚问过我这事。""这我相信,"老板娘说,"我刚跟他打了一架。当我不想要您留在这儿时,他偏要把您留下来;现在我很乐意让您住在这里了,他反倒要赶您走了。他总是这样跟我拧着来。""如此说来,"卡说,"您对我的看法大有改观喽?而且也就在一两个小时之内?""我可没有改变看法,"老板娘说,又变得有气无力了,"把您的手伸给我,就这样。现在您向我保证绝对地实话实说,我也对您实话实说。""好呀,"卡说,"可是谁先说呢?""我先说。"老板娘说;她看上去不像是要敷衍卡,而是急于要先吐为快的样子。

她从枕头底下抽出一张照片,递给卡。"您瞧瞧这张照片。"她说。为了看得更清楚点,卡后退一步到了厨房里,但即便进了厨房仍看不清照片上有什么,因为年代久远它已经褪色了,还有几个地方有磨损、折皱和污渍。"这照片已经很破旧了。"卡说。"是啊,是啊,真可惜,"老板娘说,"你把它带在身上辗转多年就会弄成这样。不过您要是看得再仔细一点,肯定就会把一切都看出来的。再说还有我帮助您呢。讲讲,您都看到了什么?我喜欢听别人讲这张照片。怎么样?""这是个小伙子吗?"卡说。"没错。"老板娘说,"他在干啥呢?""他正躺在——我想,正躺在一块木板上吧,伸着懒腰,打着哈欠。"老板娘一听大笑起来。"完全不对。"她说。"难道这不是一块木板?他不就躺在上面吗?"卡坚持己见地说。"您再看仔细点,"老板娘有点生气地说,"他真是躺着吗?""不对,"卡现在说,"他没在躺着,而是悬在空中,现在我能看清那也不是块木板,而很可能是一条绳子。这个小伙子正在跳高!""对啦!"老板娘高兴地说,"他正在练习跳高呢,官方的信使就是这样训练的。嗯,我早就知道您会看出来的。那您也能看清他的脸吗?""他的脸看不大清,"卡说,"但显然他在很卖力地训练,他龇牙咧嘴,眼睛紧闭,头发飞扬。""说得太好了,"老板娘赞许地说,"在所有没见过他本人的人里头,能把他看成这样就很不错了。其实他是个很英俊的小伙子,我只见过他一眼就再也忘不了他了。""可他是谁呢?"卡问。"他是一个信差,"老板娘回答,"是克拉姆第一次召唤我派来的信差。"

卡这才发现自己没法儿专心听她讲,原来是敲窗玻璃的声音分散了他的注意力。他立刻就找到了干扰源:那两个助手正站在外面的院子的雪地里,呵手跺脚地暖和身子呢。又看到了卡,他们显得很高兴,两人冲着他互相指指点点,一边还敲打厨房的玻璃窗。卡冲他们做了个威吓的手势，他们马上停止了敲打，然后相互竭力把对方拉走，但是一个又从另一个手里挣脱出来，于是两人连拉带扯地又回到窗前。卡赶紧跑回小黑屋，在那里两个助手就看不到他了，他也能眼不见为净了。可是即便在那儿，微弱、像是哀求的敲窗声仍然追着他、烦了他好一阵儿。

"又是那两个助手捣鬼。"他指着窗户，向老板娘解释道。但她没有在意他的解释，而是把照片从他手里拿回去端详了一会儿，把它抚平了几下，然后塞回到枕头底下去。她的动作迟缓了许多，并不是因为她累了，而是因为她想起了许多往事。她原本打算给卡讲点什么往事，却在回忆这段往事时把卡给忘了。她拨弄着毯子边儿上的流苏，过了好一阵儿才抬起头来，用手擦了擦眼睛，说："这条毯子是从克拉姆那儿拿的，这只睡帽也是拿他的，还有那张照片，它们都是克拉姆留给我的纪念。我可不像弗丽达那么年轻，也不像她那么有野心，更不像她那么敏感；她可是非常敏感的。简言之，我很懂得适应环境、随遇而安；但即便这样，我得承认，没有这三样东西我也不会撑到现在的，事实上我可能连一天也撑不下去。在您眼里，这三样纪念物可能微不足道，可是您要知道，弗丽达和克拉姆保持了那么长的关系，却连一件纪念品都没有得到。我曾问过她，可她太感情用事了，要求太多了，太不知足了。可我呢，虽然和克拉姆只有过三次——之后他就再也没有找过我，我也不知道是什么原因——但我感觉到和他在一起的日子可能不会长久，就把这些东西顺了出来，留作纪念。当然你得靠自己抓住机会，克拉姆这个死抠门儿是从不送人东西的。不过你要是在哪儿看到什么合意的东西，你可以管他要。"

卡听着这些事情感到很不安，因为它们和他很有关系。"这是多久前的事了？"他叹了一口气后问道。

"这是二十多年前的事了，"老板娘说，"足有二十多年了。"

"一个人竟然能对克拉姆忠实那么久，"卡说，"老板娘，不知您意识到没有，您正在让我对我自己未来的婚姻产生很大的顾虑？"

看样子老板娘觉得卡不该在这个时候把他自己的事情插进来,因为她愠怒地白了他一眼。

"太太,您别生气,"卡说,"我可没说克拉姆一句坏话,不过因为现实所迫,我跟克拉姆之间确实有了一点关系,这点甚至连最爱慕克拉姆的人也无法否认。如此一来,造成的结果就是,每当一提起克拉姆,我就免不了要为自己考虑考虑。再说了,太太,"——说到这儿,卡握住了她迟疑不决的手——"想想上次咱们谈得那么不欢而散,这次咱们可要心平气和地分手哟。"

"您说得有道理,"老板娘低下头说,"不过,请您可怜我一点吧。我原本不像别人那么敏感的,而是相反;不过谁都有几次敏感的时候,而我只有这一次。"

"不幸的是我也有同感,"卡说,"但我一定会克制住自己的。那么现在,太太,请您告诉我,如果弗丽达像您一样对克拉姆旧情不忘的话,我在我婚后的生活里可怎么忍受得了这种可怕的忠诚呢?"

"'可怕的忠诚',"老板娘气哼哼地重复道,"可这是忠诚吗?我明明是对我丈夫忠诚,怎么会变成了对克拉姆忠诚呢?没错,克拉姆是曾有一阵让我成了他的情妇,可我岂能失掉这份荣耀呢?而您现在居然问我怎样去容忍弗丽达出现这种情况!噢,测量员先生,您算老几啊,竟敢问出这样的问题?"

"老板娘!"卡向她发出警告。

"我明白,我明白,"老板娘退让了,说道,"可是我丈夫就从不问我这样的问题。我也不知道谁被认为更不幸一些,是那时的我呢,还是目前的弗丽达。弗丽达是自愿离开克拉姆的,我却是因为他不再招我去而失去他的。也许还是弗丽达更不幸一点吧,虽然她自己好像还没意识到这种不幸的严重性。尽管这样,我还是只考虑我的不幸吧,因为我过去问、直到现在还一直在问自己:为什么会是这样呢?为什么克拉姆招了我三次后,就没有第四次了呢?永远没有第四次了!在那时我除了思考这个以外还能想什么呢？在这之后不久我就嫁给了我丈夫，跟他除了谈这个之外我还能谈什么呢？白天我们忙得没有时间，既然接手了这家经营惨淡的客店，我们就要想尽办法把它弄得像模像样一点。可是在晚上呢？多年来我们夜谈的话题就是围绕着克拉姆以及他因为什么改变主意转。每当我谈着谈着我丈夫睡着了，我就把他叫醒，然后我们接着谈下去。

"嗯，要是您允许的话，"卡说，"我倒想问您一个很冒昧的问题。"

老板娘沉默着不置可否。

"那我就不问了，"卡说，"我大概也明白了。"

"哼，当然了，"老板娘说，"您是明白了，而且非常明白，只是您把一切都曲解了，连我的沉默您都曲解了。您就是这个样子，没办法。我其实是允许您问的。"

"如果说我把一切都曲解的话，"卡说，"那么也可能我把我自己要问的问题也给曲解了，也许这个问题根本就没那么冒昧。其实我只想知道您是怎么邂逅您丈夫的，这个客店又是怎么移交到您手上的？"

听到这话，老板娘皱了皱眉头，但还是很平静地回答："说起来很简单。我父亲是个铁匠，我现在的丈夫汉斯那时候给一个大农场主当马夫，他那时经常来看我父亲。那时候恰逢我跟克拉姆最后一次约会之后，我很不开心；其实我本不该这样的，因为一切事情都是该怎么样就会怎么样的，不以人的意志为转移；再说不允许我再去克拉姆那儿也是克拉姆自己做出的决定，那还有什么可说的呢？只是原因不明不白的，我有权利把其中的原因一探究竟，但是不该伤心难过。可我那时就是这个样子，整天坐在我家的小前院儿里面发呆，活儿也干不下去了。汉斯看到我这个样子，有时就过来坐在我旁边，我从来没向他诉过苦，但是他心里明白是怎么回事。他是个善良的小伙儿，有时候就陪着我流泪。后来当这家客店的老板的老婆死了的时候，他也因此——加上年事已高——就只好歇业了。有一天他路过我家小院子时，见到我俩坐在那儿发愣,他就停下脚步,当场就提出把他的客店租赁给我们。因为他信任我们,他还根本不要我们预付租金,而且还给了我们很多优惠,租金也定得很低。那时我只想着不给我父亲添负担,其他什么都顾不上了,想想看这家客店和全新的工作也许能让我忘掉过去,我就答应嫁给了汉斯。全部经过就是这样。"

沉默。过了一会儿卡打破沉默说道:"那个老板真的很慷慨,只是有点轻率了,他之所以那么信任你俩,该不是有什么特殊的原因吧?"

"哦,他很了解汉斯,"老板娘说,"他是汉斯的叔叔。"

"怪不得呢,"卡说,"这么说来汉斯一家显然是很想和您攀上亲喽?"

"也许是吧,"老板娘说,"我也不知道,我才不操那份心呢。"

"不管怎样,事实应该就是这样,"卡说,"因为那家人居然准备好付出那么大的牺牲,没有任何保障就把一个客店交给了您。"

"不过后来的事实证明,他那样做并不轻率,"老板娘说,"结婚后我就一门心思扑在了工作上。我是铁匠的女儿,我身强力壮,我不需要雇女仆或者佣人来协助我。我无处不在,到处忙活,无论在酒吧还是厨房,还是在马厩还是在院子,我在哪儿忙哪儿。我的厨艺不错,甚至把'贵族旅馆'的顾客都吸引到这儿来了。您还没在中午来过我的客店,您没见过在我这儿吃午饭的客人有多多,那时候来这儿的比现在还要多,现在有许多已经不来了。结果呢,我们不仅能按时交租金,而且没过几年就把客店整个儿买了下来,现在我们已经基本不欠债了。不过同时我的身体也完了,我得了心脏病,成了一个老太婆。您可能觉得我比汉斯大很多,其实他只比我小两三岁,而且会一直保持年轻下去,因为他的工作就是抽着烟斗听顾客闲聊,抽完了磕磕烟袋锅子,不时给客人端杯啤酒而已——就这点活儿怎么会让人变老呢?"

"您的成就真让人羡慕,"卡说,"这是毫无疑问的。不过咱们还是接着聊您结婚前的那段日子吧。当时汉斯家看来是准备豁出去了,牺牲一大笔钱不说，至少是冒着极大的风险把客店交到您的手上，并且是真的很迫切想让你们俩结婚，这可真有点不可思议，因为他们把宝全押在了您的勤快、能干上面，除此之外他们什么把握都没有。更何况他们当时对您的能力还一无所知。至于汉斯整个儿一个无能，这倒是他们应该早就了解的。"

"咳，得了吧，"老板娘厌烦地说，"我知道您想说什么，可事实和您想象的差得远呢。这事儿和克拉姆没有一点关系。他凭什么要操心我的事？或者不如说：他怎么会为我操心呢？到那时他早已把我忘得一干二净了。他不再叫我去就说明他已经把我忘掉。任何人不再被他传唤就说明已经被他抛弃了。我一直不想在弗丽达面前说起这事，但这事不像他忘了那么简单，而是有更多含义。如果你只是忘了某个人，总有一天你还会再记起他来的，可是这对克拉姆来说是不可能的。任何人只要不再被他召唤，就说明被他彻底遗忘了，不止是他们的过去被他忘了，连将来也一点戏都没有了。现在我要是努把力的话，我甚至能正确推测出您的思路，但是您的逻辑在我们这里是派不上用场的，虽然它在您那个地方也许畅通无阻。您也许非常执拗地认为，克拉姆让我嫁给一个像汉斯这样傻了吧唧的丈夫，是为了将来一旦他又要召唤我时，我可以几乎毫无阻碍地去他那里。哈！您这简直就是异想天开，没有比这更荒诞的啦！只要克拉姆给我哪怕是一个小小的暗示，有哪个男人能阻止得了我跑到克拉姆那儿去呢？所以您的话完全是一派胡言，彻头彻尾的一派胡言，谁要是这样胡思乱想的话，那他只能把自己弄得神经错乱。"

"哪里哪里，"卡说，"谁都不想把自己弄神经了，我还不至于像您想的那样钻牛角尖。不过说实话，我正在朝着这个方向动脑筋呢。眼下我只是奇怪为什么汉斯家的人对你们的婚姻寄予那么高的期望，而且这些期望还真的实现了，虽然很伤您的心并且损害了您的健康。我的确认为这一切都跟克拉姆很有关系，但还没到您暗示的那样卑劣的程度。很显然我这样一说您又会冲着我大声嚷嚷，因为这样才能让您觉得过瘾，好吧，那就让您过足瘾吧！可是我的想法就是这样的：首先，克拉姆显然是您嫁给汉斯的起因，没有克拉姆这件事您就不会那么不开心，您就不会什么都不做而坐在您家小前院儿里发愣；没有克拉姆这件事，汉斯就不会看到您坐在那儿伤心，以他害羞胆怯的性格他就不敢过去跟您搭话。没有克拉姆这件事，您就不可能跟汉斯坐在一起伤心落泪，您年迈可敬的客店老板——也就是汉斯的叔叔——也就不可能看见您跟汉斯安静地坐在一起；若不是因为克拉姆，您就不会对后来的生活轻率不在乎，也就不会嫁给汉斯了。嗯，凭这些我就敢说，这一切是克拉姆一手酿成的。还有更甚的哪：若不是您努力想把他忘掉，您就不会那么拼命地干活儿，把客店经营得有声有色、像模像样。所以这里面也有克拉姆的影子。就算把这些都抛开不说，克拉姆也是您心病的症结所在，因为在您结婚之前，您已经被您那不幸的狂热爱情搞得心力交瘁了。那么现在就只剩下了一个问题：为什么汉斯的亲戚们那么热衷于您和汉斯结婚？其实您自己已经提到过：成为克拉姆的情妇是一种地位的提升，能获得一种永不失去的身份。所以也许是这一点吸引了他们。此外我还认为，他们也希望，那颗把您引领到克拉姆身边的福星——但愿它真如您说的那样是一颗福星——依旧属于您，永远陪伴您，而且不会像克拉姆那样，那么快或者那么突然地就抛弃了您。"

"这些都是您的真实想法吗？"老板娘问。

"当然是，"卡立刻回答，"只是我觉得汉斯亲戚们的期望既不是全对，也不是全不对。另外我觉得我还看清了您所犯的一个错误。从表面上看，一切似乎都如愿以偿了：汉斯有了可靠的保障，得到了一个漂亮的妻子，受到众人的景仰，客店也还清了欠债。但实际上并非如此。假如汉斯娶了一个单纯的普通姑娘，他是她刻骨铭心的初恋的话，他肯定要幸福得多。如果他有时像您埋怨他的那样，站在店里像丢了魂儿似的发呆发愣，那就说明他真的感到失去了什么——当然，这并不会让他不幸福；不过以我现在对他了解的程度，我敢这么说：假如这个英俊聪明的小伙子娶了另外一个女人当老婆的话，他肯定会更幸福。所谓'更幸福'是指他会更加独立，更振作、勤奋一些，也更有男子汉的气概一些。至于您呢，说到底您肯定是不幸福的，而且如您说的那样，没有那三件纪念品您是不想活下去的，现在您心脏又出了毛病。如此说来，汉斯亲戚们所抱的期望岂不是错了吗？非也！福星就在您头上高照，只不过他们谁也不知道如何摘取而已。"

"那您说我们哪里还没做到？"老板娘问，此刻她正仰面朝天躺在床上，盯着屋顶。

"您去问克拉姆好了。"卡说。

"那就又扯回到您身上去了。"老板娘说。

"您也一样，"卡说，"咱俩关心的事情一致。"

"可是您想去克拉姆那儿问什么呢？"老板娘问。她已经坐直了身子，把枕头抽了出来，好在坐的时候垫在腰上。她直视着卡接着说："我把我自己的事情全都坦白地跟您讲了，从中您也该明白一些东西了。您现在也该坦白地跟我讲您到底想问克拉姆什么。我可是费了老大劲儿才把弗丽达劝回到她房间里去，我是担心您当着她的面不愿意把话讲痛快。"

"我没有什么可隐瞒的，"卡说，"但我得先弄清一件事。您说过克拉姆很健忘。好吧，我觉得这几乎是不可能的，这是其一。其二，这一点也不能证明。所以，这显然是无稽之谈，是那些被克拉姆宠爱过的女孩儿的单纯头脑虚构出来的。我很吃惊，您竟然也相信这样一种无聊的虚构。"

"这可不是虚构，"老板娘说，"而是很多人的经验之谈。"

"那它也能被新的经验推翻，"卡说，"再说您的情况跟弗丽达的情况还是有些不同的。根本就不存在克拉姆不再召唤弗丽达的情形，这点和您不一样。事实是他叫她过去，但她没有服从。甚至有可能他还在等着弗丽达呢。"

老板娘一时语塞，只能上下打量着卡。片刻后她说："我愿意静静听您把您想说的都说出来。您尽管痛快说好了，别顾忌我的感受。只是请您别再提及'克拉姆'这个名字，称他为'他'或别的什么就好了，就是别提他的名字。"

"遵命，"卡说，"不过很难说清我到底想从他那儿问到什么。首先我得面对面见到他，然后我要听到他的声音；接着我想让他告诉我，对我和弗丽达结婚这事儿，他持什么态度。至于我还有什么要求，要看我们谈的情形而定。许多话题都可能涉及，但对我而言最重要的就是和他面对面。迄今为止我还没和真正的官员直接说过话呢。做到这一点好像比我想象的要难。可眼下我有责任跟克拉姆以私人对私人的身份谈谈，这我觉得应该没那么难了吧。我可以去他在城堡里的办公室拜访他——这也许比登天还难——或在'贵族旅馆'里谈——这似乎也成了问题。总之我可以私下里跟他在任何地方——酒馆里，大街上，任何我能碰见他的地方——谈。要是这个官儿碰巧跟我迎面走来，我也乐意迎上去跟他谈，不过那可不是我的本意。"

"好啊，"老板娘说着把头埋进枕头里，好像小女孩儿在说什么害羞的事似的，"如果我能通过我的关系，把您希望跟克拉姆谈谈的要求成功转达给他的话，我要您向我保证，在有回话下来之前，您不要尝试任何自己的举动。"

"虽然我很愿意满足您的要求或者说任性，"卡说，"但这个我却不敢保证。因为这个事情已经很紧急了，尤其是在我和村长会谈有了不好的结果之后。"

"您反对的理由站不住脚，"老板娘说，"因为那个破村长根本就无足轻重。您难道没有注意到，若不是因为他老婆替他打理一切，他在他那个位子上一天都坐不下去吗？"

"您是说米琪吗？"卡问。老板娘点点头。"她当时也在。"卡说。

"她当时表达了什么意见没有？"老板娘问。

"没有，"卡说，"但她给我的印象是没有能力表达意见。"

"瞧瞧，您就是这样，"老板娘说，"您把我们这儿的一切都看错了。但不管怎么说吧，那个村长对您的事无论做了什么决定都一文不值。找个时间我会跟他老婆谈谈的。现在如果我向您保证，最迟不超过一个星期克拉姆的答复就会到来的话，您就应该不会再找些理由不向我妥协了吧？"

"您这一切都还不足以左右我的决定，"卡说，"我的主意已定，无论到来的答复对我多么不利，我都会把我的决定贯彻到底。既然从一开始我的意图就是要跟他谈谈，那么很显然我就没必要求他赏赐，和他预约。由于我不求他，剩下的就只有一个虽然意愿良好但却大胆冒险的图谋了。那么一旦答复不利于我，这个图谋就会变成公然的对抗，而这显然会导致比现在糟糕得多的局面出现。"

"岂止糟糕得多？"老板娘说，"这在任何情况下都是一种造反。好啦，您请便吧。请把那条裙子递给我。"

老板娘无所顾忌地当着卡的面把裙子穿上，匆忙走到厨房里去了。餐厅里已经闹闹嚷嚷好一阵儿了。有人在敲传送饭菜的那扇窗子。那两个助手也不知何时把它弄开了，朝里边大叫肚子饿了。别的面孔也在窗前出现过。甚至能听到有人在唱一首歌，虽然低沉，却是多声部的。

卡和老板娘的这番交谈自然把做午饭的时间推迟了很多。午饭还没开始做，客人们却已经在餐厅聚集了。谁也不敢违反老板娘的禁令进厨房。现在，几个在窗前探头探脑的食客宣布老板娘来了，女仆们立刻跑进厨房。卡走进餐厅后，见到一大群顾客——二十多位，有男有女，穿着当地服装但不像农民——正从那个窗口纷纷散去，跑回去抢占餐桌的座位。只有屋角里的一张小餐桌旁，一对夫妇带着几个孩子已经在那儿就座了。那个爸爸有一双蓝眼睛，目光柔和像个绅士，但灰白的头发蓬乱，还长着一脸大胡子。就是他举着餐刀弯着腰为孩子们唱歌打拍子，并控制他们别唱得太响。他也许是想用唱歌的办法来让他们暂时忘掉饥饿。老板娘随口说了几句致歉的话，向顾客们表达歉意，不过谁也没有责怪她的意思。她还四下张望找她老公，可他估计是早就从这团乱局中抽身开溜了。她只好慢慢走回厨房，连看都不再看卡一眼；卡便三步并作两步跑回自己的房间，去找他的弗丽达。

第七章 教 师

卡在楼上见到了那个教师。幸亏房间已被弗丽达打扫得干干净净，让人快要认不出来了。弗丽达可真是勤快，把房间开窗通了风透了气，给炉子生了火，把地板拖得干干净净，床铺得整整齐齐，以前女仆们的那堆破烂，包括她们的照片，全给清除出去了。那张以前积了厚厚一层灰尘、看上去很刺眼的桌子也擦过了，还铺了一块雪白的刺绣桌布。现在这里可以接待客人了。虽然卡的几件换洗衣服还挂在火炉旁烘干——显然是弗丽达当天早上刚洗出来的——但这并不影响屋里的观瞻。弗丽达和那位教师正坐在桌子旁，见到卡进来就都站起身来，前者以吻相迎，后者微微鞠躬致意。和老板娘刚谈完话，卡仍然有点心神不宁，他开始为自己还没来得及去拜访教师表达歉意，那神情就像他认为教师是因为自己没去拜访而等得不耐烦了，才主动找上门儿来似的。教师则端着教师爷的那种架子，好像慢慢才想起自己跟卡似乎有过那么一次约见似的，慢吞吞地说："土地测量员先生，您就是几天前跟我在教堂广场上说过话的那个外地人吧？""对。"卡断然回答。以前在他孤立无援时，这种态度他不得不忍受；现在在他自己房间里，他用不着再那么低三下四了。然后他扭脸对弗丽达说，他马上要做一次重要的拜访，需要穿得尽可能好一些。弗丽达二话没说，立刻就把那两个正忙着观赏新桌布的助手叫了过来，要他们去楼下院子里把卡的外衣和鞋子仔细刷干净，卡也已经在脱去外衣和鞋子。她自己则从绳子上拿下一件衬衣，跑下楼到厨房里去熨。

现在房间里只剩下卡和那个教师了，后者又坐回到桌旁，默不作声。卡让他再等一会儿,自己脱掉衬衣,开始在水池边上洗,背对着教师。这时候,他才问起教师为何而来。"我是奉村长的指示来这儿的。"教师说。卡准备洗耳恭听是啥指示,可是哗啦泼溅的水声让人无法听清卡说的是啥,于是教师只好凑过来,靠在卡身边的墙上。卡为自己洗相不雅并弄得乱糟糟的向教师道歉,说这次计划好的拜访十分紧急。教师没有理会这个,而是岔开话题说:"您对那位村委会主任很不礼貌,那可是位德高望重、值得尊敬的老人。""我是不是失礼了,这我不知道,"卡一边擦干身子一边说,"可说我除了花里胡哨的礼节外还有更重要的事要操心,这是千真万确的。因为这事关我的生存,它受到了官僚体制的无耻伤害,让我连能否活下去都成了问题。既然您本人就是官僚机构里头的活跃分子,其中的细节就用不着我来告诉您了。话说那位村长,他埋怨过我吗?""您认为他会向谁埋怨呢?"教师反问卡,"就算有人肯听他抱怨,您以为他会开口吗?我只是从他口授的关于您俩会谈的一小段纪要中了解这个情况的,从中我能看到村长是多么的宽大为怀,而您给他的回答又是多么的无礼。"此时卡还正在找他的梳子,应该是弗丽达不知把它放到哪儿去了。听教师这么说,他马上回应道:"什么?会谈纪要?事后趁我不在场,由一个没参加我俩会谈的人来写会谈纪要?这倒是不错,可是岂有此理!写什么会谈纪要?这难道是一次官方会谈吗?""不不,"教师说,"可它是半官方性质的,所以会谈纪要也只是半官方性质的。我们这里事事处处都必须严格按制度办理,所以才有了这份纪要。不管怎么说它是完成了,并且反映出您缺德的一面。"卡终于找到了梳子,原来它被夹在被褥中间,这时便冷静地说:"那好吧,就让它过去吧。您来这儿就是为了通知我这个吗?""不是的,"教师说,"我可不是传声筒,我还要把我的看法告诉您呢。从村长那方面来说,他的指示进一步证明了他的仁慈。我想强调的是,他的仁慈我是没法理解的,我来传达他的指示完全是为了尽我的职责,另外还出于我对他的尊重。"这时卡已经梳洗完毕,正坐在桌旁等着他的衬衣和外衣送过来,对教师带来何种讯息一点兴趣都没有，更何况他还受着客店老板娘对村长根本看不上眼的影响。"现在十二点应该已经过了吧？"他一边问教师，一边心里琢磨着路该怎么走好；可是转念一想，他又补充道："您是要把村长捎的口信带给我吧？""哦，没错，"教师说着耸了耸肩，像是要卸掉所有责任似的，"村长担心，您的事儿如果迟迟做不出决定的话，您会自作主张乱来。可是依我看他没必要担心那个；我个人认为您想干什么就干什么才好呢。我们又不是您的守护天使，没必要寸步不离跟着您，操心您的一举一动。可是村长的想法不一样。当然，做出任何决定都是要受到城堡当局控制的，他一个小村长不可能催促。但他似乎想在自己的职权范围内达成一个临时性、但是很慷慨的解决办法，就看您接不接受了。他提出任命您为学校的临时看门人。"

对此任命，卡的第一反应几乎是嗤之以鼻；但接着，好歹有人任命他什么这一事实，让他觉得这还不完全是无稽之谈。这表明村长认为他还能采取一些措施来捍卫自己，甚至说明整个社区采取某些措施来自保也不是没有道理。瞧，他们把这件事看得多么严重，如临大敌。看来这位教师爷已经在这里恭候他多时了，并在此之前准备了会谈纪要，一定是村长催着赶着他过来的。

教师见自己终于让卡冷静下来并开始考虑之后，就趁热打铁继续说道："我当时就明确表示了反对。我指出，没有学校看门人我们一直也都过得好好的，没觉得有这种需求。一直都是教堂司事的老婆不时过来打扫一下卫生，然后她的工作由女校长吉莎小姐来监督。孩子们已经让我够烦的了，我不想再来个看门人给我烦上添烦。村长反驳说校舍实在太脏了。我回答说其实情况没那么糟。接着我补充道，难道把那个人找来当看门人，情况就会改善吗？显然不会，且不说那家伙根本不懂干这种工作，光是看学校的规模就觉得没必要。那学校只有光秃秃的两间大教室，没有附属房间，合着看门人和他一家子总不能住在一间大教室里吃饭睡觉、甚至起炉做饭吧？这样干恐怕不会让学校更干净点吧。尽管这样，村长还是坚称这个职位会帮助您解决实际困难，好让您没有后顾之忧干好本职工作。村长还说，除了您之外，我们还能得到您妻子和您两个助手的效力，这样我们的校园也能保持干净整洁了。我不费吹灰之力就反驳了他这些理由。最后，村长再也找不出理由替您说话了，就哈哈一笑说，既然您是干土地测量的，那就应该有能力把花圃弄得干净整齐吧。我一看反驳一句玩笑话不值当，也就不说什么了，只管赶过来向您传达村长的旨意就是了。""老师啊，您就甭操心这个事儿啦，"卡说，"我压根儿就不会考虑接受这个职位。""好极了，"教师说，"您意思是从根儿上拒绝这个职位喽。好极了！"说完他拿起帽子，鞠了一躬就走了。

他走后没多久，弗丽达就神色慌张地跑上楼来，手里拿着的那件衬衫还没有熨过，对卡的询问也不回答。为了让她平复一下心情，卡把教师的来意和他提供的情况讲给她听。还没等他说完，她就把衬衫扔到床上，又跑了出去。不久她就又回来了，不过这次是和那个教师一起回来的。教师看起来很生气，跟卡连招呼都不打一下。弗丽达求他再耐心等一会儿——很显然在来这儿的路上她已经求过他好几次了，然后拉着卡穿过一道他还未曾注意到的侧门，走进隔壁的一间阁楼。在那里，紧张得气喘吁吁的弗丽达这才把发生的事情告诉了他。原来，老板娘后悔自己信任了卡并向他吐露了那些心里话，更糟的是还提供给了他与克拉姆会面的途径，事后她越想越不是滋味，觉得这是自己辱没作践了自己，而得到的——据她说——却只有对方冷漠和毫无诚意的回绝。为此，她气得决定，再也不能容忍卡住在她的客店里了。如果说卡跟城堡有什么关系的话，那么现在是时候马上利用这种关系了，因为今天他就必须离开客店结账走人，并且，除非有官方的紧急命令或指示（她希望永远不要发生这样的事），否则她是决不会再把卡请回来的。老板娘和城堡也不是没有关系，她可是知道如何利用这些关系的。况且只是因为老板的一时疏忽卡才住进这家店的，再说他也不是非住这家店不可，就在今天早上他还夸口有其他住所随时欢迎他去住呢。当然弗丽达是一定要留下来的,假使她也和卡一道搬出去的话,她这个干妈是会非常伤心的;她,一个心脏不好的可怜女人,卧病在床,躺在楼下厨房里的火炉旁边,一想起往事就泪水涟涟。可她还能怎么样呢,至少在她看来,和克拉姆的那段情史是很光荣的事情,而它现在岌岌可危了。这就是老板娘目前的心情。弗丽达肯定会跟着卡走的,冰天雪地中无论他想去哪儿,她都会紧随他的,而且不提任何条件。但不管怎么说,毕竟他俩的境况已经十分糟糕,所以老板娘很赞成村长向卡提供的职位。就算看门人一职对卡很不合适,但它毕竟是权宜之计(村长特别强调了这一点),能解决临时困难。哪怕最终的决定对卡不利,通过这个办法他们也能赢得一些时间,再寻找其他机会不难。"非得这样的话,"弗丽达双臂搂着卡的脖子哭着说道,"咱们就离开这儿吧。这村儿里还有啥值得咱们留恋的呢?亲爱的,咱们还是暂时接受这份差事吧,好吗?我好不容易把老师找了回来,你只要说一声'同意'这事就成了。然后咱们就搬到学校去住。"

"真讨厌!"卡说;他的意思并不是指事态严重,因为住什么样的房子他是不怎么关心的,再说此刻他都快冻僵了,只穿着内衣待在阁楼里,两侧没有墙壁也没有窗户,一阵寒风吹来让他感到冰冷刺骨,"我是说,你费劲巴拉地刚把屋子收拾得那么干净,可咱们又得搬出去了,这叫我很不情愿。我也一百个不愿意接受那个职位。刚在那个小小的教师面前受到贬辱,已经够让我丢脸的了,现在又要让他当我的上级,哪有这样的道理!咱们只要能在这儿再多待一会儿,我的境况没准儿到今天下午就会改善。最起码要是你一个人能留下来的话,咱们就可以再等一等,先给教师一个模棱两可的答复。至于我嘛,好办,在哪儿不能凑合一夜?需要的话我可以在酒吧间里窝一宿——"弗丽达用手指封住他的嘴,不让他说下去。"别,别这样,"她焦急地说,"别再说这样的话了……不过,只要合你意,我怎么都行。你叫我留下,我就一个人留下，虽然这样我会很伤心。如果拒绝那份工作是你的意思，就照你说的办，虽然我认为这样不妥。想想看啊，如果你真能给咱俩找到别的住处，哪怕是今天下午，咱们也能立刻不要学校那份差事，谁也甭想拦着咱们。至于你在教师那儿受到的屈辱，我敢保证再也不会发生那样的事。我过一会儿就跟他去说，你只要在场就行，用不着说一句话，而且以后就保持这样，永远不必违心地跟他没话找话，除非你有话想说。事实上只有我一个人会做他的下属，甚至我也不会，因为我清楚他的软肋在哪儿。所以说咱们即使接受这个职位也不会有任何损失；如果拒绝的话损失可就大了。最要紧的是，如果你今天从城堡那边得不到任何消息的话，你就休想在这个村子里找到任何栖身之地，哪怕只有你一个人住——一处让你未来的老婆不觉得害臊的地方。而要是你到时找不到住的地方，你想我会丢下你一个人在寒冷的黑夜里四处游荡不管，而自己睡在暖和的房间里吗？"卡一直双臂搂在胸前，双手紧着猛搓两肋以便暖身，此时只好无奈地说道："那没别的办法，只好接受了。走吧！"

一走进屋子，卡直奔火炉而去，瞅都不瞅那个教师一眼。后者正坐在桌旁，见他俩进来，掏出怀表说："已经很晚了啊。""我知道，教师先生，不过我俩达成了一致，"弗丽达说，"我们接受这份差事。""很好，"教师说，"不过这个职位是提供给测量员先生的，得由他自己表明态度。"弗丽达连忙给卡解围。"他当然是接受啦，"她说，"卡，你是接受了，对不对？"这样一来，卡就只需对弗丽达——而不是对教师——简单说声"对"就行了。"那好吧，"教师说，"接着我要做的，是向您交待您的职责和任务，这样我们就算对此事一劳永逸地达成了协议。测量员先生，您必须每天清扫两间教室一次，并生好炉子，还要负责修缮教室，维修教具和体育器材，清扫校园道路上的积雪，传递我和女教师之间的信件，并在气候暖和的时候照料花草。作为酬劳，您可以任选一间教室住在里面，但必须是两间教室没有同时上课才行。而一旦你们住的那间教室安排有课，你们当然就得搬到另一间教室去。反之也是一样。你们不能在教室里做饭，但您和您的从属人员可以在这家客店搭伙，餐费由村委会替你们出。你们的言行必须维护学校的尊严；尤其是在孩子们上课的时候，决不能让他们看见你们夫妻间的任何不雅举动；这一点，我顺便提一下，作为一个有教养的人，您当然应该很明白。说到您和弗丽达小姐的关系，我还要指出一点：我们坚决主张您尽快把您跟弗丽达小姐的关系合法化。我们将和您签订一份涵盖上述各条及其他几个小细节的雇佣合同，等你们搬进学校之时就得签字。"对卡来说这一切好像都无所谓，好像跟他没关系似的，至少对他没有任何约束力。可是这位老师自视重要的傲慢口气惹恼了他，于是他满不在乎地说："噢，是吗？都是些鸡毛蒜皮的一般性任务嘛。"为了掩盖这句话的挑衅意味，弗丽达连忙打岔问起这职位的薪酬。"关于薪酬吗，"教师说，"那要等一个月的试用期过后才能定。""这我们就难办了，"弗丽达说，"我们很快要结婚，还要成立个家庭，可我们却几乎身无分文，一无所有。教师先生，我们能否立刻向村委会申请一份微薄的薪水？您能跟他们提议一下吗？""不行，"教师说，口气始终像是对卡一个人讲话似的，"没错，只有通过我提议，你们的申请才能获得批准，可是我不会这样做的。您能得到这个职位已经是上面开恩了，一个人要是明白自己的职位来之不易，就不应该利用这种开恩提出更多的要求。"听到这儿卡终于忍不住插话了。"教师先生，"他说，"说到恩惠，我想您是搞拧巴了，应该是我开恩才对。""错，"教师说着微笑了，他终于把卡逼开口了，"关于这个我不是空口无凭。我们需要一个看门人，就像我们需要一个土地测量员一样紧急。看门人和测量员一样，都是压在我们心头的要事。我必须费尽心思向村委会说明，给您这个职位理由正当、依据充足。不过，最好最诚实的办法，其实只是把我们的要求甩在会议桌上，根本不做任何说明。""这正是我想要说的，"卡说，"即便您是很不情愿，您也得推荐我；就算您事后怎么想怎么觉得不是滋味，您还是得推荐我。当一个人不得不推荐另一个人、而后者也肯让自己被推荐的时候,那个后者才是施予恩惠的人。所以说,开恩的是我。""胡说!"教师说,"我们凭什么非得推荐您不可呢?纯粹是村长出于好心好意,出于他的菩萨心肠,我们才不得不推荐您的。测量员先生,我现在看得很清,您必须丢掉这些胡思乱想才能成为一名称职的看门人。至于以后给您怎样的薪水报酬,您这一番话肯定是无助于创造给您加薪的良好气氛的。而且我还预见到,您的操行将很不幸地给我带来很多别的麻烦;我一直眼瞅着并且实在难以置信:您居然一直穿着裤衩背心在跟我商谈!""谁说不是呢?"卡哈哈大笑,鼓着掌大声说,"可是那两个烦人的助手呢,他俩躲哪儿去了?"弗丽达连忙朝门走去。教师看出卡不想再搭理他,就扭脸问弗丽达他们什么时候搬到学校去。"今天就搬。"弗丽达说。"好的,那我明天一早就来检查。"教师说着摆摆手告辞,想从弗丽达刚打开的屋门走出去,却和涌进来的女仆们撞了个满怀,她们拿着自己的大包小包,正准备住回到她们的房间里来。被女仆们挡了道儿,从不给人让路的教师这会儿也只好侧身从她们中间挤了出去,弗丽达也跟了出去。"你们也太着急了吧,"卡说,这次见到她们他很开心,"我们还没搬走,你们就要闯进来吗?"她们不作回答,只是不好意思地捻着手里的布包,一些卡看着很眼熟的破烂儿从包里露了出来。"你们大概从不清洗自己的东西吧?"卡说,并无恶意,反倒带着些许宽容和怜惜。她们听出了他的意思,就张开了她们的厚嘴唇,露出像兽牙一样的漂亮牙齿,不出声地憨笑着。"好了,进来吧,"卡说,"安心住下来,这儿本来就是你们自己的房间。"可她们还是犹犹豫豫,一定是屋里清扫得焕然一新把她们吓退了。卡于是拉起其中一个女仆的胳膊,把她领了进来。可他紧接着就松开了她,因为见到她们相互交换了一下眼神后就直直地盯住了他,露出非常吃惊的神色。"你们一直盯着我看,看够了吧?"卡说,然后忍住不悦,接过弗丽达刚拿进来——那两个助手怯生生地跟着走进来——的衣服和鞋子穿了起来。卡始终不明白弗丽达对两个助手为什么这么有耐心,现在这个疑惑又起。刚才她找了半天,才发现他俩正悄悄坐在楼下吃午饭，而原本他俩是应该待在院子里刷衣服的。只见那些衣服仍没有刷出来，皱巴巴地搁在他俩的膝盖上揉成一团。她不得不自己动手去刷。她虽然一向很在行督促手下人干活儿，却拿这两个助手没有办法，没有半句责怪不说，还把他俩这种严重的失职行为当成开个玩笑，甚至轻轻拍了拍其中一个的脸，像是爱护他似的。卡本想为此责备她几句，可眼下他得马上出发了，就吩咐道："两个助手就留下来帮你搬家吧。"他俩一听这样老大不愿意：刚刚吃饱喝足，心情挺舒畅的，他们更想外出活动一下。可在弗丽达说了"你俩就留下来帮我吧"之后，他俩也就没再吱声了。"你知道我要去哪儿吧？"卡问。"知道。"弗丽达回答。"你就不想拦着我吗？"卡问。"你要遇到的困难还多着呢，"她说，"到时你就明白我是啥意思了。"她吻了吻卡，向他道别。因为他还没吃午饭，她刚在厨房里准备了一小袋面包和香肠，这会儿递到他手里，然后叮嘱他别再回到这儿了，直接去学校就好。最后她手搭着他的肩膀，把他送出了门。

第八章 等候克拉姆

好不容易逃出那个热烘烘的房间，摆脱了那些女仆和助手的纷扰，卡起初感到很快乐。况且外面天寒地冻，积雪都给冻结实了，路也更好走了。只是天色渐晚，他不禁加快了脚步。

城堡一如既往在那儿悄然矗立，轮廓在夜色中渐渐模糊。卡一直看不出那上面有丝毫生命的迹象，也许是距离太远，不可能看出什么来。可是他总希望能看出什么来，眼睛总凝视着它，拒不接受那里死寂一片。每当卡凝视城堡时，有时他会恍觉自己正盯着一个人在看，此"人"正静静地坐在那边，茫然目视着前方，并非因为堕入沉思而与周围隔绝，而是根本就目空一切，自由自在得毫无顾忌，仿佛天地里只有他一个，没别人在看他似的；又似他知道有人在观察自己，但不为所扰，泰然自若。而事实上，观察者的目光不可能驻留在他身上很久，很快就得躲开，移到别处——说不清这是出于因，还是出于果。今天，由于天黑得较早，这种感觉变得更加强烈，总之是卡看它越久，他就愈发捉摸不透它，城堡的一切就在暮色中隐藏得愈深。

卡到达"贵族旅馆"的时候，店里还没有掌灯，漆黑一片。这时二楼的一扇窗子打开了，一个脸上刮得光光、穿着皮外套的胖小伙子探出身来，然后就站在窗边，对卡打的招呼似乎不做丝毫回应，连头也不点一下。卡在走廊和酒吧间里都没遇到任何人，酒吧间里发馊的啤酒味儿比上次更难闻——这种事在"桥头旅馆"里肯定不会发生。卡直奔上次他窥视克拉姆的那扇门而去，小心地拧动门柄：门锁上了。他摸索着寻找那个洞眼儿，但显然它被堵上了，而且还被抹得很平，他甚至找不着那个地方了,他只好擦燃一根火柴去找。就在这时,一声叫喊把他吓了一跳。只见在门和火炉旁边的餐具柜之间的角落里,蜷缩着一个年轻姑娘,在火柴忽闪忽闪的微光照耀下,瞪着睡意惺忪但强睁开的眼睛看着他。很显然她是接弗丽达班儿的人。她很快镇静下来,打开电灯,仍是一脸怒气。接着她便认出了卡。"哦,原来是测量员先生,"她转怒为笑,朝他伸出手来做自我介绍,"我叫佩皮。"她是个矮胖的姑娘,脸色红扑扑的,很健康的样子,一头如瀑的赭红色金发被编成一条粗大的辫子,再围着额头盘起来。她穿着一件闪光绸似的灰料子衣服,很不合身,直直地垂下去,下摆用一根难看而孩子气的绸带束在一起,绸带上还缀着流苏,垂挂下来让她的行动很不方便。接着她打听弗丽达的情况,问是否她很快就会回来。她问这个问题好像带着很大的怨气。"弗丽达一走,"她接着说,"他们马上就把我叫到这儿来了,因为说到底,他们不能起用上了岁数的人来干这份差事。虽然我过去一直是个仆人,但这次升职对我来说并不是一件好事。这里有大量晚上和夜里的活儿要干,加班加点非常累人,我想我很快就会受不了的,怪不得弗丽达放弃了这份工作,我很能理解。""弗丽达在这儿干时可总是乐呵呵的。"卡说,目的是想提醒佩皮注意到她和弗丽达之间的区别,可她没予理睬。"别看她装的样子,"佩皮说,"弗丽达的自控能力比谁都强。她要是不想主动坦白什么,她就会装得跟没事一样,让你一点儿看不出来,所以没人知道她心里想的是什么,她也从不说。我和她在这儿共事了好几年,一直和她睡在同一张床上,但始终都没法儿和她亲近,肯定她现在不会想起我来的。她唯一的朋友可能就是桥头旅馆的那个徐娘半老的老板娘,而这里面也颇有讲头呢。""弗丽达是我的未婚妻。"卡一边说一边接着在门上找那个窥孔。"这我知道,"佩皮说,"所以我才跟您提起这个事。否则她对您也没有意义。""我懂了,"卡说,"您的意思是说,我应该为赢得那么含蓄隐忍的一个姑娘而感到自豪是吧。""没错。"她说完开心地笑起来,好像跟卡就弗丽达一事私下达成一种默契似的。

事实上，妨碍卡、让他无法专心去寻找门上那个洞眼儿的，不是这姑娘说的这番话，而是她在这里的存在感和她的外表。显然她比弗丽达还要年轻许多，几乎还是个孩子。她这一身打扮也着实滑稽，显出她认为坐上吧台女招待的位置就高人一等的优越感。其实她这样想也不无道理，因为她原本是完全没资格坐这个位置的，却很可能出乎她意料地、无功受禄地让她坐上了。幸好这只是临时安排，因为连弗丽达平时总挂在腰间的那只象征权力的小皮包都还没有交给她。至于她对这个职位表现出不满，那也只是装腔作势罢了。虽然她还很孩子气，屁事不懂，但她没准儿也跟城堡有些瓜葛呢；除非她撒谎，她竟然还当过（城堡的）侍女！她对自己的这个重要性一无所知，目前在这里稀里糊涂地打发着日子。就算他把这个胖乎乎的小妞儿一把揽入怀中亲热一番，也不可能抢走她的重要性，但他好歹可以接触到它一点，从而更有自信战胜前面路上的困难。和她在一起也许同和弗丽达在一起没什么两样吧？哦不，还是不一样的。只要想想看弗丽达会有什么难看的脸色，就不难理解这一点。所以卡是绝不会碰佩皮一下的。尽管如此，他还是忍不住贪婪地多看了她几眼，然后强迫自己垂下眼皮不去瞅她。

"没必要开着灯，"佩皮说着把灯关上了，"我刚才打开灯只是因为您把我吓了一跳。您在这儿摸里摸索的干啥呢？是弗丽达把什么东西忘在这儿了么？""对呀，"卡指着这扇门说，"东西就在隔壁，是一块桌布，一块雪白的绣花桌布。"

"啊，没错，她是有一块桌布，"佩皮说，"我记得那是块很漂亮的桌布，我还帮她收拾过呢。只是它不可能在那间屋里。""可弗丽达说在那间屋里。那么到底是谁住在那里呢？"卡问。"没人住在那里，"佩皮说，"那是老爷们的房间，是他们吃饭喝酒的地方，也可以说是给他们预备的。不过他们大多数都待在楼上他们自己的房间里。""我要是早知道隔壁没人住，"卡说，"准会进去找那块桌布的。可是谁能确定里头确实没有人呢？比如说，克拉姆就一向喜欢坐在那里。""克拉姆现在肯定不在里面,"佩皮说,"他现在正要离开这儿,雪橇已经在院子里等着他了。"

卡没作任何解释,立马跑出酒吧间,在走廊里拐了一个弯,没冲着大门去,而是朝着旅馆中间走,三两步就来到了中心庭院。这里可真是安静、优美啊!四四方方的庭院有三面被旅馆主建筑包围着,还有一面临街,是一条卡不熟悉的小街,由一堵白色的高墙挡在中间,墙上开了一扇厚重的大门,现在正敞开着。站在侧面朝上望,见到主建筑似乎比站在正面看要更高大一些。第二层楼非常显眼,看上去更华丽一些,被一圈木质回廊完全包围,只留下一个狭窄的开口。卡的斜对面——仍在院子中间但偏右——在主楼与侧楼交接的一处角落里,有一个通向主楼的无门入口,那里停着一辆黑乎乎、关上了车门的雪橇,套着两匹马。从卡站的地方看过去,昏黑的暮色中,除了驭手之外不见一个人影,而这唯一的人影,与其说是卡看出来的,还不如说是他估摸出来的。

卡双手插在衣兜里,边警惕地四下张望,边沿着墙根儿绕过庭院的两边,来到雪橇跟前。雪橇的驭手应该是那天晚上泡酒吧间的那群农夫中的一个,他裹着皮大衣里,看着卡走近显得无动于衷,就像一个人盯着一只猫走动那样。甚至当卡走过来,在他身边站住,向他打招呼,连那两匹马也因为从夜色中突然钻出来一个人而变得躁动不安的时候,他也依旧显得麻木不仁、漠不关心。这倒正中卡的下怀,可以让他踏踏实实地往旅馆内部窥探。他靠着墙站定,剥开随身携带的食品吃起来,一边暗自感激弗丽达对他的关爱,一边眼睛不住地往楼里瞅。一段楼梯拐了个九十度角后通向楼底,在那儿和一条低矮、好像很深的走廊相交,到处都很干净,墙面粉刷得很白,平坦而轮廓清晰。

等待克拉姆出现的时间比卡预计的要长。他吃完东西已经过去了好一会儿,还不见克拉姆的影子,天很冷,夜幕已经完全降临。"也许还要等很久哩。"突然一个粗门大嗓的声音响起来,距离卡那么近,把卡吓了一跳。是那个驭手在说话,他好像刚睡醒似的,伸着懒腰,大声打着哈欠。"那还要等多久呢?"卡问,为终于有人打扰了自己而感到高兴,因为那么长久的沉默已经让他心悬得受不了了。"等到您离开。"驭手回答。卡没明白他的意思,但也没再问;他相信这是让这个满不在乎的驭夫开口说话的最佳办法。他坐在黑暗中不搭理卡已经是很大的挑衅了。确实如此,没过多久驭手就问他:"您想来点儿白兰地吗?""好呀。"卡没加思索就同意了,他被这个提议彻底诱惑住了,因为这会儿他正冻得直打哆嗦呢。"那您就去把雪橇门打开,"驭手吩咐道,"在侧袋儿里有几瓶酒,您取出一瓶,喝几口,然后把酒瓶递给我。我穿着这条皮大衣下车去取太不方便了。"卡见他竟敢使唤自己很不高兴,但既然已经在驭手这儿打开了局面,也就顺从他无妨。于是他冒着可能有人——比如说克拉姆——钻进雪橇里把他逮个正着的风险,打开了那扇宽门。他原本可以把钉在雪橇门背后袋子里的酒瓶轻易给取出来,但车门打开后他却产生了钻进去一探究竟的强烈冲动。只进去坐一小会儿就行。于是他便钻了进去。雪橇里可真暖和!虽然门敞开着——卡不敢把车门关上——里头还是一点寒气都没有。人坐在里面甚至无从知道自己是不是坐在一条椅子上,因为四周全是毯子、软垫和毛皮。人坐在里面,可以转向任一个方向舒展身子,无论朝哪儿都是软软的、暖暖的,都会陷入一堆细软中去。卡伸展四肢,把头枕在一大堆软垫、毛皮上,从雪橇里望着这座黑幽幽的旅店。为什么这么久了克拉姆还不出来了?在雪地里站了那么长时间后,卡好像被暖融融的雪橇内部弄迷糊了,竟盼着克拉姆早点出现。不想让克拉姆看到的念头只是模糊地在他的脑海里闪过,让他感到了些许不安。但接着驭手的态度让他忘掉了这个顾虑,那个人肯定知道卡就坐在他的雪橇里,但任由他待在里面不加干涉,连白兰地酒也不向他要了。这可真是对卡的一种照顾,但卡理所当然还是很想为他效劳。他没挪窝,有点别扭地伸手去够一只侧袋,不是钉在打开的车门上的那只(那只太远了),而是他身后紧闭的车门上的另一只,这里头也有几瓶酒。他取出一瓶,拧开瓶塞,鼻子凑近闻了闻,不禁笑逐颜开：太好闻了，太香醇了，就像听到你特别喜欢的人对你说亲切、赞美的话语那样让你喜不自胜；虽然说的是什么你不太清楚，你也不想弄清楚，只是知道这个人在夸你就够让你感到幸福了。"这个会是白兰地吗？"卡将信将疑地犯嘀咕，然后出于好奇他尝了一口，果然是白兰地。味道怪怪的，喝下去胃里暖暖的，还辣辣的。这种喝起来绝对是香醇白兰地的好酒，竟然分配给一名雪橇驭手当饮料喝，这怎么可能呢？卡像是自责似的好生纳闷儿，然后又喝了一口。

就在这时——在卡慢慢呷酒细细品味时——他眼前突然变得一片通亮，电灯全打开了，不仅屋子里，连楼梯上、走廊里、大堂门口……也都灯火通明。从楼上传来有人走下楼梯的脚步声。嗵、嗵、嗵……酒瓶从卡的手中滑落下去，白兰地溅洒在一块毛皮上。他蹭地一下从雪橇里跳到地上。哐的一声刚把车门关上，他就见到一位老爷大摇大摆地走出小楼。但此人并不是克拉姆，这似乎是令卡唯一感到安慰的地方，抑或是让他感到失望的原因？不得而知。反正他是卡见过的那个站在三楼窗前的人。他是位年轻的绅士，倜傥潇洒一表人才，面色白里透红，但神情严肃。卡也严肃地瞅了他一眼，但这严肃其实是针对他自己的。说到底，要是把他的两个助手派到这儿来就好了，因为即使是那两个白痴，也不会比他自己表现得更糟。那位老爷还是一言不发地瞅着他，好像有东西堵在他十分宽阔的胸膛里，让他透不上气来说想说的话似的。"这可真是太糟糕了。"他终于说话了，边说边把礼帽朝额头后面推了推。怎么？这位老爷是肯定不知道卡曾在雪橇里待过的，那么他说的糟糕的事情是指什么呢？难道是指卡擅自溜到院子里来吗？"您怎么会在这儿？怎么进来的？"这位老爷似乎同这无法回避的事实妥协了，因而呼吸也顺畅了，放缓语气问卡。这叫什么问题！叫人怎么回答！难道要他向这位老爷承认，他满怀希望踏上的路把他引向了死胡同吗？卡没有回答，而是转向雪橇，打开车门，取出落在里面的帽子。看到白兰地酒正在往脚踏板上滴，他心里很不舒服。

完了他又转身面对这位老爷,毫不犹豫地坦言自己去过雪橇里面,不过这还不是最糟糕的;如果有人问起他去雪橇的原因,也只有在这时,他会不加隐瞒地直说,是雪橇驭手本人下的命令,让他去打开车门的。事实上,最糟糕的是,老爷您来得太突然,把俺吓着了,以至于俺都没来得及躲开您,自然也就无法不受干扰地静候克拉姆现身。或者不如说,您的突然降临让俺无法一心一意地待在雪橇里,关着车门,舒舒服服躺在兽皮垫子上等着克拉姆现身;最起码也本该是您大人走近时俺仍待在车里才对。倒也是,卡是没法儿知道克拉姆本人会不会来的,但如若他来的话,不在外面跟他打招呼当然要好得多。是的,有些事情本该是考虑到的,但现在晚了,因为一切都结束了。

"跟我一起走吧,"这位老爷说。不完全像命令,可它就是一道命令,这倒不表现在这句话本身里,而是表现在说这句话时伴随的那个手势上。那是个短促而威严的手的一挥。"我正在这儿等人呢。"卡回应道,已不再抱有结果的希望,只是不肯服输而已。"来吧。"对方重复道,没有丝毫气恼,似乎想表明他从没怀疑过卡在等人。"跟您走我就等不到我要见的人啦。"卡畏缩地说。尽管发生了这一切,但他还是觉得自己迄今是有斩获的,比如拥有了什么,虽然还只是表面上的拥有,但没必要只因为一道独断的命令就放弃掉。"无论您是在这儿等还是跟我走,您都不会见到他的。"这位老爷说,虽然口气不容置辩,但对卡的想法也明显表露出安抚。"哪怕见不到他,我也要等。"卡高傲地说,他可不愿让自己被这年轻人的区区几句话就打发走。听卡这么一说,这位老爷扬起头露出倨傲的神情,接着把眼睛闭上一会儿,似乎想把卡的无理忽略掉,并且恢复他自己的理智。然后,他用舌尖舔了一圈几乎没有张开的嘴唇,对驭手说道:"卸车吧!"

驭手狠狠瞥了卡一眼,乖乖服从了老爷的吩咐,虽然穿着皮大衣很不方便,但还是不得不从驭座上爬了下来。仿佛并不指望老爷会撤回成命似的,就像也不指望卡会改变决定一样,他犹犹豫豫地动手把马匹和雪橇拉回到厢房那儿去。那儿有一扇大门，门后面显然有间马厩和存放大车的车棚。卡见自己被他俩撂下了——在一侧，驭手赶着雪橇正在撤退；在另一侧，那位年轻的老爷也正沿着卡来的那条路离去。只是两人都走得很慢，仿佛在向卡表明，他仍有权利把他们唤回来似的。

也许他真有这个权利，不过他不能使用，把他们叫回来对他一点好处也没有；把雪橇叫回来等于把自己赶走。所以他静静地站在那儿，成了唯一坚守阵地的人，但这场胜利没给他带来丝毫快乐。他忽而看看那位老爷，忽而瞅瞅那个驭手。那位老爷已经走到卡方才进入庭院时穿过的那扇门，还回头瞅了一会儿，卡似乎看见他摇了摇头，可能是对卡的固执感到失望了吧，然后他下定决心，毅然决然扭过头去，走进过道，立刻就消失了。驭手仍留在庭院里，摆弄这雪橇还有很多活儿要做，他得打开车棚那扇沉重的大门，赶着马匹把雪橇拉进车棚深处，卸下马具，给马松套，然后把马牵进马厩安顿好。他绷着脸，神情严肃地干着这一切，完全不指望再出车了。他默默地干着活儿，根本不往卡这边瞅一眼，这对卡来说，是比那位老爷的言行举止更为严苛的指责。这时驭夫已经干完了马厩里的活儿，迈着他摇摇摆摆的步子慢慢穿过庭院，把大门关上后又折回来。这一切都是缓慢而小心翼翼进行的，每一步都踩在他最初在雪地上踩出来的脚印里。最后他锁上马厩的门，关掉所有的电灯——还亮着灯照谁呢？——周围顿时一片漆黑，只有从木制回廊上面的那个开口还透出亮光来，把人寻索不定的目光吸引过去。卡觉得自己好像和他们一下子断绝了联系似的，不过也因此获得了更多自由，可以在这个一般不允许他进入的地方想等多久就等多久；又好像这自由是他用别人不敢用的方式为自己赢来的，因而谁也不敢碰他或把他撵走，甚至连跟他交涉都不敢似的。然而，与上述感觉至少同样强烈的是，似乎也没有什么事情比这种自由、这种等待、这种不可侵犯性更没意义、更令人无望的了。

第九章 向盘查者抗争

于是，他毅然离开院子，朝屋内走回去。这次他没沿着墙根儿走，而是径直踏着积雪走过去。在走廊里他遇见了旅店老板，他向卡点点头表示问候，然后指了指酒吧间的门。卡顺从他的手势朝那儿走去，因为他不是一般的冷，而且还很想见人。但那里令他大失所望：他见到刚才那位年轻的老爷就坐在一张小桌子旁。很显然这桌子是专为他抬来的，因为他们通常是用酒桶来当桌子的。而且站在他面前的居然是桥头客店的那个老板娘，一个他不想见到的人。佩皮显得趾高气扬、神气活现，脸上老是挂着那副微笑，摆出无比尊贵的样子。她忙前忙后，她那条大辫子也随着她忙活而一甩一甩的。她忽而端上啤酒，忽而又拿来钢笔墨水，因为那位老爷已经把文件铺开在眼前，正在对比这份文件和桌子那头另一份文件上的日期，并且准备动笔写点什么。那个老板娘挺直腰身默不作声，目光下垂瞅着那位老爷和那些文件，微微噘着嘴唇，看来好像把她能说的都说了，而且也得到了认真的听取似的。"土地测量员先生总算现身了。"老爷在卡走进来时抬头瞥了他一眼说，然后埋下头去接着看他的文件。老板娘也只是冷漠地看着卡，对他的到来一点不感到吃惊。佩皮也似乎只在卡走到柜台前要一杯白兰地酒时，才注意到他。

卡倚着柜台，用一只手掌捂住额头，对这些概不理会。呷了一口白兰地后，他把酒杯推开，说这酒根本没法儿喝。"老爷们都喝这种酒。"佩皮断然说道，然后把剩酒倒掉，洗一下这种小酒杯，把它放回到架子上。"那些老爷喝的酒比这要好。"卡说。"也许吧，"佩皮说，"可我这儿没有。"说完她撇下卡，又跑去为那位老爷服务去了，但他这会儿不需要什么,她只好在他身后遛来遛去,怀着仰慕之情,不时把头探过他的肩膀瞅两眼那些文件。但这不过是她表现出好奇和自我夸耀而已(好像她识字似的),对此连老板娘也皱起眉头责备她。

就在这时候,老板娘突然支棱起耳朵仔细聆听,两眼直直地望着空中。卡转过身去,并没听出什么不寻常的声音,其他人也没听出有什么异常。可老板娘就是感知到了什么,她蹑手蹑脚迈着大步朝通往后院儿的那扇门走去,从钥匙孔里向外窥探,然后转过头来看着大伙儿,眼睛瞪得溜圆,脸涨得通红,用手指招呼他们快来看。于是,大伙儿轮流通过钥匙孔朝外看,老板娘看得次数最多,佩皮也没有被拉下,那位老爷是三人中最不以为然、最冷漠的一个。佩皮和那老爷很快就回来了,只剩下老板娘还一门心思朝外看。她弯腰屈膝,几乎跪在那儿,让人觉得她正在哀求钥匙孔让她穿过去似的。外面很可能没什么东西要她看那么久的,所以她最终还是站起身来,双手抹了抹脸,梳理了一下头发,深深吁了一口气,然后显然是要让自己的眼睛重新适应屋里的亮光和这里的人们,不过很不情愿这样做。卡抢先问道:"是不是克拉姆已经走了?"他这样问不是为了证实他已经知道的事情,而是为了躲避让他感到害怕的攻击——他现在已经脆弱得不堪一击了。对此老板娘没作回答,从他身旁走了过去。反倒是坐在小桌旁的那位老爷回答道:"对呀,没错,您老先生一撤哨,克拉姆当然就能开溜啦。不过说来也怪,他这样的大老爷也那么敏感!老板娘太太,你有没有注意到克拉姆有紧张不安、东张西望的样子?"老板娘说她好像没注意到这个。老爷于是接着说:"哈,那就找不到他的一点儿蛛丝马迹了,那个驭夫已经用笤帚把雪地上的脚印都扫干净了。""老板娘什么都没有看到吗?"卡说。他并不奢求自己胜利,而只是因为这位老爷说话的口气那么肯定且幸灾乐祸,把他给惹恼了。"也许我刚才并没朝锁眼儿里望呀。"老板娘紧接着替老爷辩解道。但接着她又想客观地评价克拉姆一点,就补充道:"不过话说回来,我可不觉得克拉姆有多敏感。确实,我们都很关心他,都试着保护他，以为他是个极度敏感的人。而这种猜想或假设也很合他的心意，正中他的下怀。克拉姆巴不得我们这样看他呢。可实际情况究竟如何呢，我们就不知道了。但有一点可以肯定，克拉姆是绝不会跟他不愿意打交道的人讲话的，无论这个人多么费尽心机，想方设法接近他，厚着脸皮到处追着求见他，但只要是克拉姆本人不愿意，这一切就都徒劳。他绝不会跟你面对面的，更不要说跟你讲话了。这一事实本身，就足以说明他为什么不能忍受这类人的原因。同时这原因也是无法证实的，因为根本就没有验证它的机会。"那位老爷边听边使劲点头。"我当然也是这么看的，"他说，"如果说我刚才的表达方式可能略有不同，那也只是为了能让测量员先生更好地理解，仅此而已。不过，事实上，克拉姆在走出来后，确实左顾右盼了好一阵儿。""也许他在找我吧。"卡说。"有这个可能，"老爷说，"虽然我从没这么认为过。"大伙儿齐声大笑，佩皮虽然什么都没听懂，却是笑得最响亮的一个。

"既然咱们凑一块儿那么高兴，"老爷说，"那我就索性请先生您回答我几个问题，好让我处理完这些文件。""那您就要做很多记录喽。"卡从老远瞅着这些文件，说。"是啊，一种陋习而已，"老爷说着又笑起来，"不过，您可能还不清楚我是谁吧？我叫摩穆斯，是克拉姆的乡村秘书。"话音刚落，整个屋子的气氛顿时凝重起来。尽管老板娘和佩皮显然已经跟这位老爷很熟，但一听到他的名字和头衔，还是吓了一跳，感到很意外。连老爷本人也似乎感到自己说漏了嘴，说了不该说的话，就又埋下头去开始在文件上写起来，仿佛要逃避因自己的话而出现的严肃气氛似的。一时间，屋里除了唰唰写字的声音外，鸦雀无声。"那么，"过了一会儿后，卡问，"乡村秘书是干什么的呢？"摩穆斯既然已经作了自我介绍，觉得再作进一步解释就不合适了，于是老板娘就代他回答道："摩穆斯先生是克拉姆的秘书，这跟是克拉姆别的秘书没什么两样，只不过他的职权——如果我没搞错的话——他的职权范围——"听到这里，摩穆斯一边书写一边使劲摇了摇头，老板娘见状连忙更正自己：

"——噢，不是他的职权范围，是他的官位——他的官位仅限于负责这个村子。摩穆斯先生负责克拉姆在这个村子里的全部文书工作，还负责把村里人的所有诉求向克拉姆转达。"见卡几乎不为这等事情所动，正茫然地盯着她，她有些难堪地补充道："上面就是这样安排的，城堡里的所有老爷都有各自的乡村秘书。"别看摩穆斯还在写字，他其实听得比卡还要仔细，这时便尽力替老板娘作补充："基本上每个乡村秘书只为一位老爷工作，可我却为两位老爷效力——克拉姆和法拉贝纳。""没错，"老板娘也想起了是这么回事，就扭脸对卡说，"摩穆斯先生是为两位老爷工作，克拉姆和法拉贝纳，所以说他是个双料的乡村秘书。""一点不错，是双料的。"卡边说边朝摩穆斯点点头，后者此时正朝前探着身，两眼直勾勾地盯着卡，就像一个刚听到有人夸奖的孩子希望得到卡的点头认可似的。如果说卡话中有话、里面有轻蔑成分的话，那它也是一种要么可以被他们忽略不计、要么正合他们心意的轻蔑。眼下他们当着卡——一个克拉姆根本不屑一顾的人——的面大谈克拉姆的一个秘书的职权，他们这么做，其不加掩饰的意图就是要引起卡的认同和赞许。可是卡真没觉得有多大兴趣；尽管他绞尽脑汁想会会这个克拉姆，他却对摩穆斯这个在克拉姆手下混差事的职位不看重，对它虽有尊重却一点也不羡慕，更遑论向往了。这是因为，接近克拉姆本身并不是他的目的，不值得他这么玩儿命；他也不要寄希望于任何别人，托人情拉关系曲线迂回接近克拉姆，而是就靠自己单打独斗硬着头皮上；接近克拉姆后也不是就此罢休，而是超越他继续猛进，直至进入城堡——这才是他的目的。

"不过，"他瞧了瞧手表说，"现在我得回去了。"一听这话摩穆斯立刻又变得神气起来。"哦，当然，学校看门人的工作还在召唤您呢，"摩穆斯说，"不过您还是得稍留片刻。只问您几个小问题。""我可没那份闲心。"卡说，然后朝门走去。摩穆斯使劲一拍桌子上的文件，站起来说："我以克拉姆的名义，命令您回答我的问题！""以克拉姆的名义吗?"卡重复道,"这就是说,他关心我的事喽?""这个嘛,"摩穆斯说,"连我都说不准,更别说您了。所以说,咱俩尽管把这事儿留给他去考虑,而大可不必良心上有什么不安。不过,就凭克拉姆授予我的这个职权,我就有权命令您回答我的问题。""测量员先生,"老板娘这时也过来帮腔,"我是真不想给您再提任何建议了,以前那么好心好意给您提的建议都被您无耻地拒绝了。实不相瞒,我之所以来找秘书先生,就是为了提醒当局要对您的行为和意图有充分的了解,并且预防您再跑到我那儿去住的情况发生。你我之间的情况就这样定性了,今后也不可能发生改变。所以说就算我给您出主意,也不是为了帮助您,而是为了减轻一点秘书先生不得不同您这种人打交道时遇到的困难罢了。尽管如此——跟您谈话我只能直话直说、直言相告,尽管我很不情愿这样——您还是可以从我的话中获益不少的,只要您肯用心去听。就您的案例来说,我愿意提醒您注意一点:您若想见到克拉姆,只有通过摩穆斯秘书的引见这唯一一条路,其他门儿都没有。当然我也不想夸口这样肯定就灵;走这条路您也未必就能见到克拉姆,也许早在您见到他之前这条路就断了。反正一切都取决于秘书先生自己的慎重决定。总之,这是您可能见到克拉姆的唯一途径,因为最起码它是朝着克拉姆的方向去的。难道您只是为了和摩穆斯先生拧着来,为对抗而对抗,就放弃这唯一的途径吗?"

"噢,老板娘太太,"卡说,"见克拉姆可不是只有这一条路,且这条路也并不比别的路更宽敞。当然啦,我在这儿说的话能否传到克拉姆的耳朵里,还是要由您秘书先生决定的。""当然能啰,"摩穆斯傲慢地垂下眼皮说,眼珠子轱辘乱转,其实没什么可看的,"不然要我这个秘书干吗?""老板娘您看到了吧,"卡说,"先不说我需要一条路通向克拉姆,那还为时过早,因为我首先得要一条路通向秘书先生。""我原本想要为您开通的就是这条路呀,"老板娘说,"今天早上我难道没有提出把您的请求转达给克拉姆吗?本来通过秘书先生这事儿就能办成。可是您却拒绝了我的好心。现在您没有别的选择了。很自然，在您今天做出企图伏击克拉姆的举动之后，您见到他的希望更加渺茫了。现在这一星半点儿、正在消失乃至可能根本就不存在的希望就是您唯一的希望了。""这是怎么回事儿，老板娘？"卡说，"您起初使劲劝阻我别紧着去找克拉姆，现在却又把我的诉求看得那么重，好像如果我的计划失败的话我就全完了似的，这到底是怎么回事儿？如果说您曾是那么诚心诚意地好心劝我别妄图去找克拉姆的话，那么您现在却又好像同样诚心诚意地把我往去找克拉姆的路上推，而显然走这条路是永远见不到克拉姆的。""谁说我推您啦？"老板娘说，"您意思是说我一边催促您去找克拉姆，一边又说您的尝试没有希望吗？如果您企图用这一招推卸责任，把本该您负责的全推到我身上的话，那您可就太无耻了。是不是因为摩穆斯先生在场，才促使您这么说的？不，测量员先生，我当然没有在强迫您干任何事情。只有一件事我得承认我做错了，那就是我第一次见到您的时候，可能高估了您一点。您迅速征服了弗丽达，这把我吓傻了，真不知您还能干出什么惊人的事来。那是我想要防止再出什么不幸的事，并认为达到这个目的的唯一办法，就是对您连哄带吓，软硬兼施。同时我学会了遇事更冷静，考虑更周全。您想干吗就干吗吧，随您便。您的行为在外面院子里的雪地上也许会留下很深的脚印，但也就到此为止了。""我可不认为矛盾已经彻底解决了，"卡说，"不过提醒您注意到了这一点，我就已经很满足了。但是，秘书先生，请您告诉我，老板娘的建议是不是可取？也就是说，您想从我这儿取得的证词是否真能让我见到克拉姆？若是能的话，我就准备马上回答您的全部提问。在这个事情上，我是准备全力配合的。""不不，"摩穆斯说，"这两件事之间没有联系。我只是要在克拉姆的乡村人口登记簿上对今天下午的事情作一份准确的记录罢了。这份记录已经完成，您只需补充一下两三处遗漏即可。走走程序而已，没有别的目的，再说也达不到什么目的的。"卡不吱声，只是看着老板娘。"您老瞪着我干吗？"老板娘问，"难道这不是我跟您讲的吗？秘书先生，他老是这样，老是曲解人家告诉他的消息，接着就宣称人家给他的是假消息。从一开始我就跟他说啊说，今天还跟他说过一次，跟克拉姆面见的几率是微乎其微的。若是没有这样一个机会，就算凭这份问答记录他也照样见不到。还有谁比我说得更清楚的吗？除了这个，我还一直跟他说，这份问答笔录是他能跟克拉姆建立的唯一真正的官方联系，而这我也是说得一清二楚、没法儿置疑的。要是他不相信我，总想抓机会接近克拉姆的话（我也不知道这是为什么，他到底想干吗？），那么他唯一的希望——若按他的逻辑思路考虑问题——就寓于他同克拉姆建立的这唯一真实的官方联系，也就是这份官方笔录中。这些就是我说过的话，谁要是有异议，那就是恶意歪曲我的意思。""老板娘太太，果真如此的话，"卡说，"那就请您多包涵了，因为我确实误解了您。从您较早前说的话中我领会到的意思是：我还有一点点希望；现在看来，我是搞错了。""本来就是嘛，"老板娘说，"您就是听岔了。而且您现在又在曲解我的话啦，只不过这次您换了个角度。我认为您还是有一点希望见到克拉姆的，但这希望完全寄托在这份笔录上。事情可不像您问秘书先生的——'要是我回答了您的提问，我就能见到克拉姆吗？'——那么简单。连一个孩子这样问问题，大家都会笑话他的，更何况一个大人。大人这样问，就是一种对官方的侮辱，只不过摩穆斯先生雅量，用大度的回答忽略了这一侮辱。这里，我所说的希望指的是，您通过这份笔录建立起来某种联系，没准儿还是跟克拉姆搭上的联系，这样的希望难道还不够鼓舞您吗？若是有人要您回答，您都做出过什么成就，使您配得上拥有这种希望的话，您能讲出个一二三吗？当然了，谁也不能把这种希望说得更明确、具体一点，连身在秘书位置的摩穆斯先生也做不到给您哪怕是一丁点儿的提示。刚才他说过了，他只是过来把今天下午发生的事情做一个记录，走走规程而已，除此他也没什么更多可说的，即便您向他核实我说过的话，也是如此。""这么说来，秘书先生，"卡问，"克拉姆将会读到这份笔录喽？""谁说的？"摩穆斯回答,"凭什么他要读?克拉姆怎么可能每份笔录都读呢?其实他是一份都不读。他老说:'别老拿这些会见笔录来烦我!'""测量员先生,"这时老板娘埋怨上了,"我都被您问的问题搞晕了。别说您希望了,光请您理智地想想,您难道会认为克拉姆有必要读这份笔录并认真了解您的那些鸡毛蒜皮的琐事吗?您还不如彻底放下身段,谦卑地请求把这份笔录藏起来不让克拉姆看到;可是这样的请求其实和您前一个请求一样愚蠢,因为谁都休想把什么事瞒过他,虽然他办事更多表现出的是体恤和同情。其实,您的希望有必要让他知道吗?您不是亲口说过,只要有机会面对克拉姆讲话,哪怕他不瞅您一眼不屑听您讲,您也会感到满意吗?现在好了,通过这份笔录,您起码能达到这一步了,不是吗?没准儿还远不止这些呢。""远不止吗?"卡问,"那用什么办法呢?""只要您别老像个小孩儿那样,吵吵着要求把什么东西都立刻变成可吃的,给您端上来就成,"老板娘大声说道,接着她又说:"谁能回答得了您这样的问题呢?反正会见笔录都写进了克拉姆的乡村人口登记簿里,这您已经都听到了,再没什么好明确讲的了。只是,您真的能领会这份笔录、摩穆斯先生的话以及这种乡村人口登记簿的全部含义吗?您知道接受克拉姆的秘书的讯问和审查意味着什么吗?这具有连秘书本人可能都不清楚的重要意义。秘书只是安静地坐在这里履行自己的职责,走走过场,按他的话讲,'规程'。不过您别忘了,他是克拉姆任命和派来的,并代表克拉姆来办事的。他做的每件事,即使克拉姆不知道,也是经过克拉姆的总授权的。如此说来,凡是经过克拉姆授意的事情岂能不贯穿他的意志呢?我这样说绝不是溜须拍马,觍着脸恭维秘书先生——他本人也不允许我这样做——现在我并没把他当成一个独立的个人来谈论他,而是描述他作为克拉姆秘书的样子,比如他眼下在克拉姆批准下办公的样子。这时的他就是克拉姆手里的一把工具,谁敢不服从他,谁就没有好果子吃。"

老板娘的威胁没有唬住卡,她想逼他就范的企图反而让他感到厌烦。克拉姆似乎遥不可及，老板娘有一次把克拉姆比成一只老鹰，当时让卡觉得很可笑。现在想想，他不再觉得可笑了。克拉姆遥不可及的隐秘，他的住处的久攻不破，他的沉得住气——恐怕只有卡从没听过的嘶叫才能将它打破的那种沉默，他那种居高临下的凶悍眼神，那种没法证实其来头却又无法抗拒的目光，还有他那张以卡卑微的地位来看永远破坏不了的关系网（透过那些莫名其妙的规矩，他正逐渐勾勒出这张网的轮廓，但也只是瞬间清晰），所有这些都表明克拉姆和老鹰还真有几分相像。不过它们肯定和这份会见笔录没什么关系。此刻摩穆斯正把一块蘸着盐末的面包掰碎用下啤酒，一些细盐粒儿和香菜籽撒在了文件上。

"晚安，"卡说，"我讨厌任何形式的审问盘查。"说完果真朝着门口走过去。"他真的要走了。"摩穆斯近乎气急败坏地对老板娘说。"谅他也不敢。"老板娘说。卡不理他们，已经进了走廊。屋外天寒地冻，朔风劲吹。从对面一扇门里走出来旅店老板，他似乎一直在透过门眼儿监视着走廊。即使在走廊里，风也那么猛烈地朝他们吹过来，他连忙把身上的大衣裹紧。"测量员先生，您这就要走吗？"他问。"您觉得不妥吗？"卡反问。"不妥，"老板回答，"那么您是没有接受审查了？""没有，"卡说，"我不愿意让人审问。""为什么呢？"老板问。"我也不知道，"卡回答，"凭什么我要让人审问呢？干吗我要向一种捉弄或是当官儿一时的突发奇想妥协呢？也许换个时候，我会开玩笑或突发奇想似的接受审查，但不是今天。""那是当然。"老板出于客气附和卡说，并不是真信卡的话。"现在我得叫服务员们回到酒吧去了，"他说道，"他们早该回到那儿去了，只是我不想打扰审查。""您认为这次审查很重要吗？""啊，当然重要。"老板回答。"也就是说我不该拒绝喽？"卡问。"不该，"老板说，"您真不该不配合。"见卡沉默不语，不知是想安慰卡，还是想自己尽快脱身，他又补充说道："得了，得了，天又不会因为这个塌下来。""那是当然，"卡说，"瞅这天相就知道塌不下来。"两人相视大笑而别。

第十章　在街上

卡来到屋外的台阶上，朝黑夜凝望。冷风呼啸，天气恶劣到了极点。仿佛与这恶劣天气有某种联系似的，他回想起老板娘是如何努力劝他向那份面谈笔录低头，而他自己又是如何坚持到底不肯妥协的。然而老板娘的努力不是很坦荡的，因为她在把卡往面谈笔录里逼的同时，也在暗暗地把他从那里面往外拽。所以最终也说不清他是守住了呢，还是让步了。一场实质的阴谋正按照遥远的神秘指令在实施中，就像这风一样，来无踪去无影，让人捉摸不透。

在大街上刚走几步，他就看见远处有两处晃动的灯火。见到这生命的迹象他非常高兴，快步朝它们走去，它们也朝他移过来。但当他看见走来的是他两个助手时，他不知为何感到非常失望。朝他走来的确实是他俩，应该是弗丽达派过来找他的。那两盏把他从漆黑夜中解救出来——否则风在漆黑夜中发出的怪叫声听着很恐怖——的灯笼也是属于他的。尽管如此，他还是很失望，因为他期待见到的是陌生人，而不是这俩让他不堪负担的熟人。噢，还不止是这俩助手，巴尔纳巴斯也在黑暗中从他俩中间挤了出来。"巴尔纳巴斯！"卡大叫着伸出手去，"你是来看我的吗？"此时见到巴尔纳巴斯的惊喜让卡全然忘掉了对方给他带来过的很多麻烦。"对，是来看你的，"巴尔纳巴斯一如既往和蔼地说，"还带来了克拉姆给你的一封信。""克拉姆来信啦？"卡边说边把头朝后一甩，并很快把信从巴尔纳巴斯手中抢了过来。"给我点光亮。"他命令助手，于是他俩举起灯笼从两侧靠拢他。为了防风，卡不得不把老大一张信纸对折起来，然后读道："致桥头旅店的土地测量员先生：对您迄今所做的土地测量工作我很赞赏。两个助手的工作也值得嘉许；您确实懂得如何指导他们工作。可千万别松懈哟！继续努力直到圆满完成！中断工作会令我不快的。您不必为薪酬问题担心，很快就会作出决定的。放心吧，我会惦记着您的事的。"卡读完信抬起头来看着两个助手，他们读的速度比卡慢得多，得知这个好消息后他们连呼三声"万岁"，还摇晃起灯笼来。"别瞎闹了，"卡制止他们，然后扭脸对巴尔纳巴斯说，"这是个误会。""什么？"巴尔纳巴斯没听明白。"这是个误会。"卡重复一遍，下午的那种厌烦情绪又回来了。去学校上任还有那么远的路要走，而在他身后似乎又渐渐显现出巴尔纳巴斯全家人的身影；此外两个助手仍一左一右挤着他，他不得不用胳膊肘把他们推开。明明已经吩咐了他们和弗丽达待在一起，为什么弗丽达还要把他们派出来迎他呢？再说了，他完全能够自己一个人走回家去的，独自回去比跟这帮人一起回去要轻松得多。还有更烦人的呢：他俩中的一个脖子上围着一条长围巾，两头垂下来在风中胡乱飘动，好几次都打在卡的脸上；虽然另一个助手总是用他又长又尖、一刻都闲不下来的手指头连忙将围巾从卡脸上拨开，但也无济于事。两个助手弄来弄去地竟然乐在其中，原来这么大的风和这不寻常的夜已经让他们很兴奋了。"滚一边儿去！"卡吼道，"既然你们非来不可，干吗不把我的手杖带来呢？现在让我用什么把你们赶回家呢？"他俩赶紧躲到巴尔纳巴斯身后，但怕归怕，并没影响他俩一边一个，把灯笼举过他们上司的肩头给他照路，只是立刻被卡推开了。现在让卡感到心情沉重的是，巴尔纳巴斯显然理解不了他，虽然他的夹克衫在平静无事的时候油光锃亮，但在事态变得严重时，他就根本帮不上忙了。在这样的时候，巴尔纳巴斯只会诉诸一种沉默的对抗姿态，让人感到对他无能为力，因为他自己也无能为力，就只有咧开嘴微笑，但这笑就像用天上的群星对抗地上的狂风那样，无济于事。"巴尔纳巴斯，"卡说，"瞧瞧那位老爷给我写了些什么。"边说边把信举到他面前。"这位老爷得到的消息都不准确。我压根儿就没做什么测量工作。至于这两个助手,连你都看得出他们有没有价值。工作我根本还没开始干,自然也就谈不上中断它。我甚至还无从引起老爷对我的不快,又何来赢得他的赞许?而且我也不可能做到把心放下、不犯嘀咕。""我会把这个向克拉姆传达的。"巴尔纳巴斯说,他一直在扫视那封信,却怎么也看不明白,因为他把它凑得太近了。"咳,"卡说,"你是承诺给我传达,可是叫我怎么相信你呢?我现在急需一个值得信赖的信使,前所未有的急需!"卡说完急躁地咬着嘴唇。"先生,"巴尔纳巴斯轻轻低下头说——卡几乎被他这个神态感动了,决定再次相信他——"我肯定会传达的;你最近给我的其他口信,我也一定会传达的。""什么!"卡嚷道,"那些你还都没有传达吗?难道第二天你没去城堡吗?""没去,"巴尔纳巴斯回答,"我亲爱的老爸上岁数了——你见过他的——而且当时还有好多事儿要做,我得帮他忙。不过很快我又要去城堡了。""这叫什么事儿啊?你真是个让人猜不透的人!"卡嚷嚷道,一边使劲拍打自己的额头,"难道克拉姆的事不是最重要、需要最先做的吗?你担任信差这么重要的工作,擅离岗位难道就不觉得可耻吗?你爸爸的事情算得了什么?克拉姆还在等着消息呢,你却没有十万火急地把信给他送过去,反而把时间浪费在给牛圈起粪上。""我老爸是个鞋匠,"巴尔纳巴斯镇静地说,"他从布伦斯韦克那儿拿到了几张订单,而我又是爸爸的学徒。""鞋匠——订单——布伦斯韦克,什么乱七八糟的!"卡痛苦地叫道,好像把这几个词废除掉才解恨似的,"在这些永远空无一人的路上走,谁需要哪门子鞋啊?我凭什么要关心做鞋呢?我托你把口信捎去,可不是叫你把它忘掉,或是摆在你修鞋的铁毡上敲打的,而是叫你马上传达给那位老爷。"卡这时想起,克拉姆这阵子很可能没在城堡,而是待在贵族旅馆里,于是就冷静下来一些;可偏偏巴尔纳巴斯这时又试图证明他没忘卡的头一条口信,开始背诵起来,这下子又把卡惹恼了。"够啦,我不想再听!"卡说。"先生别生我的气啊。"巴尔纳巴斯说，然后似乎下意识地想表示一下对卡的不满，他撤回目光并垂下眼皮，但他的不满可能只是针对卡冲他大声嚷嚷而已。"我不是生你的气，"卡说，自己反倒不好意思起来，"不，没生你的气，就算我自己倒霉吧，找了你这么一个信使来传达我的重要事情。""听我说哦，"巴尔纳巴斯说，语气就像是他为了捍卫自己当信差的荣誉而将要说不该说的话似的，"克拉姆可没有在等什么消息，他甚至一见到我去就发脾气。'怎么又有消息啦，'他有一次这么说。通常是他只要远远看见我来了，就站起来走进隔壁房间去，避而不见我。再者说，也没有规定我一有消息就必须马上传达给他呀。要是有这样的规定，我自然会执行无误啦。可惜没这样的规定，就算我根本不去，也不会有人因为这个而指责我的。每当我给人传送消息，都要看我愿不愿意。""好啊。"卡说，打量着巴尔纳巴斯，故意不看那两个助手。那俩小子轮流从巴尔纳巴斯的两肩后面慢慢探出头来，就像从天窗里探出头似的，然后他俩又像害怕见到卡似的，模仿风声轻吹一声口哨，又缩了回去；就这样两人自得其乐地玩了一阵子。"克拉姆那儿有什么规矩我不知道，但我怀疑你对城堡里的每件事是否都清楚；就算你门儿清，咱们也没法儿更深入那儿了。但你最起码得给我捎个口信吧，这是我对你的全部要求了。我这口信特别简短，明天你就给我送去行吗？当天就把答复带给我，至少把你受接待的情况告诉我行吧。能办到吧？愿意去办吗？这件事对我十分重要。也许我还要找个机会好好酬谢你呢。你现在是不是就有什么愿望能让我满足你的？""我当然会按照你吩咐的去做。"巴尔纳巴斯说。"那好，你要尽最大努力完成好任务，把口信传达给克拉姆本人，并尽快从他嘴里得到亲口回话。这一切都要在明天、明天早上立刻去办，行不行？""我会尽力而为，"巴尔纳巴斯说，"况且我办事从来都是不遗余力。""好啦，别再耍嘴皮了，"卡说，"我要你捎的口信如下：土地测量员卡请求首长恩赐他一次私人拜访首长的机会，并事先接受所有可能与此相关的条件。卡实在是出于无奈才提出这个请求，因为所有的中间人至今都没起到任何作用。为了证明这一点，卡提供以下事实，即他迄今并没做过任何测量工作，而且根据村长的言谈来判断，今后卡也不将从事测量工作。因此，他在拜读首长最近来信时才感到那么的羞愧难当，唯有直接上门拜见首长亲自述职方能有益于事态发展。土地测量员卡意识到这样请求十分冒昧，故将尽量减少对首长的打扰，情愿接受任何有关会见时间上的限制，包括比如对会见期间说话字数的限制；卡相信，即使限定只能说十个字，他也能把来意说清。怀着十分的崇敬和无比的耐心，他静候首长的决定。"卡说这番话时简直进入了忘我境界，仿佛就站在克拉姆的家门口对他的看门人说话似的。"嘿，比我原来估计的长得多哩，"卡接着说，"但是你也一定要口头传达到。我可不想写信，因为写信的话又会像别的文件那样永远走不到头。"最后出于替巴尔纳巴斯考虑，卡伏在一个助手的背上把这条口信草草写在一张纸上，另一个助手则举着灯笼照亮。卡已经能听着巴尔纳巴斯的复述把口信完整写下来了——尽管两个助手不停地瞎支招，巴尔纳巴斯还是像小学生那样把口信一字不差地背诵了下来。"你的记忆力可真不错，"卡说着把字条递给他，"现在请你把你在别的方面的本事也表现出来。你还有什么要求吗？没有吗？说实话，我倒希望你提点要求，这样我对我口信的命运会更放心一些。"巴尔纳巴斯起初还默不作声，后来开口说道："我的姐妹们要我代她们向你问好。""你的姐妹？"卡一时懵了，"噢，对了，就是那两个很粗壮的姑娘吧。""她们俩都向你致意，特别是阿玛莉亚，"巴尔纳巴斯说，"今天就是她把城堡给你的信带给我的。"一听到这句话卡顿时来了兴趣，问道："她是不是也能把我的信带给城堡？要不你们俩都去一趟，试试各自的运气怎么样？""阿玛莉亚是不被允许进办公室的，"巴尔纳巴斯说，"不然她还不美得屁颠儿屁颠儿的？""明天我可能会去看你，"卡说，"不过你得先带着克拉姆的回话来这儿。我将在学校等你。也代我向你姐妹问好。"卡的承诺似乎让巴尔纳巴斯特别高兴，不仅同卡握手告别，还轻轻拍了拍他的肩膀。卡想起巴尔纳巴斯第一次出现在酒吧间的农民中间时是那么光彩照人与众不同，现在他那股劲儿好像又回来了。卡微笑着，把巴尔纳巴斯这个表示视为一种荣幸。现在他轻松了，在回去的路上听任两个助手嘻嘻哈哈地打闹。

第十一章　在学校里

到学校时他已经完全冻僵了，四周一片漆黑，灯笼里的蜡烛已经点完了。幸亏两个助手已经熟悉这里的路，由他们领着，卡摸索着走进一间教室。"这是你们第一次干了件值得表扬的事。"卡说，心里还在回想克拉姆的那封信。从一个角落里传来弗丽达睡意蒙眬的叫声："让老卡睡觉吧，别打搅他了！"虽然她困得不行，没能坐着等卡回来，但她还是那么一心一意地惦记着卡。接着油灯点起来了，由于没剩下多少灯油了，不能把灯芯捻得很亮。这个新居还是没有家样，缺这少那的；炉子倒是生起来了，但这间兼作健身房的大屋子——地上摆着的、天花板上吊着的全是健身器材——已经让人用光了全部劈柴储备。卡相信这里曾经非常暖和，只可惜后来又渐渐冷了下来。在一间棚屋里倒是有一大堆劈柴，但门锁着，钥匙掌握在教师手里，他只让人在上课时来取木柴生火取暖。假如有几张床可以容身的话倒也勉强凑合着过，可惜竟然连个床也没有，只有一张草垫子，上面铺了一层羊毛毯子，是弗丽达带来的，还算干净整洁。除此之外便什么像样的都没有了，鸭绒被想都别想，只有两条又粗又硬的毯子，根本没法儿御寒。现在两个助手又盯上了那条破草垫子，看得眼儿都绿了，只是很自然他们没有希望躺到那上面去。弗丽达发愁地瞅着卡；早在桥头旅馆时她就显露过收拾房间的本领，甭管什么简陋的屋子经她一布置就能舒舒服服地住进去。可是在这里连最基本的家什都没有，她就无能为力了。"咱们唯一的装修就是这些健身器材了。"她泪眼迷蒙，强作欢颜地说。对于缺乏卧具和柴火这两大问题，她明确表示说明天就想办法解决，求卡耐心等到那时再看。

她没有一句话、一点暗示和迹象表明她对卡心存丝毫的怨恨，尽管他不但把她从贵族旅店弄了出来，现在还把她——卡不得不暗自承认——从桥头客店拖到了这里。他给她造成的拖累太大了，但也正因为如此，他才要把所有这一切的恶劣条件都忍受下来。好在这也不是什么太难的事，因为他脑袋里正想象着自己和巴尔纳巴斯一道走路，一字一句地复述着那个口信的内容，仿佛没在向巴尔纳巴斯口授，而是当着克拉姆的面宣布似的。再说了，他也正满心欢喜地期待着弗丽达在酒精灯上给他煮的咖啡呢。他靠在已经快没热气的炉子上，眼瞅着弗丽达迅速而熟练地把那块永远雪白的桌布铺在教师的桌子上，拿出一只嵌花儿的咖啡杯和一些面包香肠什么的摆上，居然还有一听沙丁鱼罐头！一切都备齐了，弗丽达也还没有吃，而是等着和卡一起吃。屋里只有两把椅子，卡和弗丽达坐到桌旁，那两个助手只好蹲在讲台上吃；吃饭的时候他俩也不消停，仍是那么吵吵闹闹的。他俩吃的东西已经够多的了，而且还远没有吃完，可还时不时地站起来瞅瞅桌上还剩多少吃的，想再多吃多占一些。卡根本就不理他们，只有在弗丽达被逗得哈哈大笑时才顺带瞅瞅他们。然后他温柔地用手捂住她的手，低声问她为什么那么纵容他俩，并容忍他俩的不端行为。当然要甩掉这两个粘皮糖是没门儿了，但是你可以对他们十分严厉——这是他们咎由自取——这样就能管住他们，规范他们的行为；或者就挑剔、难为他们，使之很难受，经常窘迫难堪，最后受不了而逃。这后一手更可行，也更有效。看来他们待在学校不会很舒服，肯定也待不久，只要那两个混球走了，让咱俩待在这安静的屋子里不受打扰地过日子，那么所有这些欠缺匮乏也就不那么明显了。难道她没有注意到么，俩助手一天比一天放肆，仿佛弗丽达一到场，他们就来了劲头；还希望弗丽达在场的时候，卡别对他们那么严厉。再说，应该还有别的非常简单的办法能把他们马上赶走，而用不着兴师动众；既然弗丽达对本地事务那么熟悉，没准儿她就知道一些办法。兴许给他们一点好处就能把他们打发走，因为他们在这儿过的日子实在算不上奢佟。况且他们现在也该停止这种游手好闲吊儿郎当的日子了，最起码也该收敛一点，因为经过几天的紧张兴奋之后，弗丽达需要休息一下，而卡也需要加紧找个办法摆脱他目前的困境。这样一来两个助手就必须得干活儿。不过，若是他们走了的话，卡会感到如释重负，除了能应付其他事情，承担起学校看门人的工作也不在话下。

弗丽达认真地听卡讲完，轻柔地抚摸着他的胳膊说，她完全同意他的见解，只是他也许把两个助手的淘气看得过于严重了。他们还只是孩子，爱打闹嬉戏，头脑有点简单，第一次服侍一个外地人，由于刚从城堡的严格管束下释放出来，所以总是有点兴奋和愣头愣脑的，可劲儿地撒欢儿，在这种状况下难免会干出一些蠢事来，让人看着生气，着急上火，这很自然；但是更明智的应对办法还是别那么上心，一笑了之为好。看着他俩像活宝似的造，有时她自己也禁不住乐了。不过话说回来，她还是很赞成卡的意见，把他俩打发走最好，让她和卡过两人的世界。说着她朝卡偎依过去，把脸埋在他的肩窝里，就这样呢喃细语，卡听不太清她说的是什么，便伏下头去听。她意思是说她也没啥办法对付这两个助手，担心卡提议的一切都会是竹篮打水一场空。据她所知，当初是卡要的他俩，现在既然他拥有了他俩，好歹都得留下来，哪怕把他俩当成活宝、当成笑料也是好的，而他俩确实也是这样的人。这才是对付他俩最简单的办法。

卡对这个回答不满意，便半开玩笑半认真地说，你好像跟他们结盟了吧，最起码非常喜欢他们。不错，这俩都是帅小伙儿，但只要你肯下定决心，就没有甩不掉的粘皮糖；我会做示范给你看的。

弗丽达说，他要是能办到的话，她宁愿给他当牛做马。且从今天起，她就再不会跟他们嘻嘻哈哈，也再不会跟他们说话了，除非有必要。她也不再把他们当成活宝了。再说老是让两个男人在一旁监视着也忒难受了，她已经学会了用卡的眼光来看待他们。这时两个助手又起身走了过来，半是为了查看桌上还有什么油水可捞，半是想探听他们都在悄悄说些什么；这个时候，她果然对他俩有所畏惧，并且收敛了。

卡立刻抓住机会让弗丽达同这两个助手对立起来，他把弗丽达拉到自己身边，两人紧挨着吃完了这顿饭。这时该上床睡觉了，每个人也都很困了，一个助手甚至吃着饭就要睡着了，这可把另一个逗乐了，他连忙召唤他的两个主人过去看他同伴睡着的傻样儿，可是没有成功；卡和弗丽达居高临下坐在椅子上，根本不屑于理他。房间里的寒气越来越让人忍受不了，大家都犹犹豫豫的觉得没法儿睡觉。最后卡急了，大声说不把炉子生起来就别想睡好觉。说着他四下寻找斧头，助手们连忙说他们知道有一把，就把它找了出来。然后哥儿几个直奔那个柴屋而去，三两下就把那扇破门儿给劈开了；两个助手好像从没干过这么有趣的事儿似的，兴奋得你推我搡，开始把劈柴往教室里运，很快就堆起一大堆。几个人生起炉子，围着炉火安顿下来。两助手只得到一条毛毯，裹巴裹巴就睡下了；这对他们来讲已经足够了，因为他们得轮流照看炉火，总得有个人醒着。很快房间里就暖烘烘的了，根本用不着盖毯子了。油灯已经熄灭了，卡和弗丽达舒展身子，在温暖和寂静中，舒舒服服地睡着了。

半夜，卡被一阵响声惊醒了，他睡眼惺忪地先伸手去摸弗丽达，竟发现躺在他身边的不是她，而是助手中的一个。刚才突然被惊醒已经够让他气恼的了，现在又被吓了一大跳，可以说是自打进村后还没经历过这么大的惊吓。他大吼一声坐直身子，疑惑中就给了那个助手一记重拳，打得他哭喊起来。不过事情很快就搞清楚了：不知什么东西把弗丽达给弄醒了，可能是一只猫吧——至少她感觉像是一只猫——反正就是一只很大的动物，蹿上了她的胸脯，随即又跑掉了。于是她爬起来，举着蜡烛满屋子找那只动物。这个助手便趁机溜过来享受了一阵躺在草垫子上的舒适，为此他现在付出了疼痛的代价。弗丽达一阵寻摸什么也没发现——也许这根本就是一个幻觉——就回到卡身边来。看见那个疼得蜷缩着身子不停呜咽的助手，她好像忘了头天下午的交谈，怜惜地抚摸了下他的头发，表示安慰。卡对此什么也没说，只是吩咐两个助手别再往炉子里添柴了，眼瞅着那一大堆劈柴快没了，屋里也热得受不了了。

第二天早上，第一批小学生到校时他们还没醒来，引得孩子们聚在一起好奇地围观，他们这才如梦初醒。这时的场面很不雅观，先是因为太热他们把衣服脱得只剩下内衣，现在又因为天亮后热气散尽，屋里重又寒气袭人。他们赶紧穿上衣服，就在这时女教师吉莎出现在门口。她是个金发碧眼、身材修长、十分漂亮的姑娘，只是态度很严厉。她显然是有备而来，也许是受到那位教师的指使，专来找这个新看门人的茬儿。果然，她人还没进门就嚷嚷开了："真让人受不了！瞧瞧你们都干了什么好事！只允许你们在教室里睡，可没让你们把它当成卧室。我可不要在你们的卧室里教课。瞧你这看门人一大家子懒洋洋地躺在床上一直到大天亮，这成何体统！嗯？"哼，你说得不对，卡心想，尤其是关于这个家和这些"床"的，你简直就是胡说八道！可想归想，手还得赶紧忙活：（两个助手根本派不上用场，这会儿他俩还躺在地板上，傻愣愣地盯着女教师和那些孩子呢。）卡和弗丽达慌忙把双杠和木马推过来，再在上面搭块毯子，开辟出一小块地方，好避开孩子们的视线把衣服穿上。但他们还是得不到片刻安宁，因为女教师又因为脸盆里没有清水而骂开了。卡刚刚还想着把脸盆拿过来给弗丽达和他自己用呢，但他眼下打消了这个念头，免得毫无必要地惹恼这位女教师。然而这样的克制没有用，紧接着又是哗啦啦一声巨响：糟啦，他们昨晚忘了把教师桌子上的残羹剩饭收拾干净了，现在女教师就用戒尺把所有东西一下子胡撸到地上；她才不用担心呢，把溅满一地的沙丁鱼罐头油和剩咖啡还有打碎的咖啡壶立刻打扫干净，这个自然是学校看门人的分内事。衣服还没有全穿好，卡和弗丽达靠在双杠上，眼睁睁瞅着他们仅有的几件家什遭到了毁灭。那两个助手可好，非但没有一点穿上衣服的意思，还从毯子下面朝外偷看，把孩子们逗得直乐。最让弗丽达伤心的，是失去了那只咖啡壶；卡一个劲儿地安慰她，向她保证会马上去找村长要求赔偿。

弗丽达这才冷静下来，身上只穿着胸衣和衬裙，就跑出这块遮蔽的小天地，至少把那块桌布抢救出来，不让它更脏。尽管那个女教师连续用戒尺敲打桌子，神经病似的想把她吓跑，她还是把桌布抢了回来。卡和弗丽达穿好衣服后，又不得不逼迫那两个被这一切吓得直愣神儿的助手穿上衣服。命令加上催促，甚至亲自动手帮上一把，才让他俩终于穿戴整齐了。一切准备就绪，接着卡下达任务了：助手们去取木柴生炉子，但要先把隔壁教室的炉子生好，因为那儿潜藏着很大的危险——女教师很可能已经去那里了；弗丽达的任务是拖地板，卡本人则给她端水并清理杂物。从目前来看，想吃早饭连门儿都没有。卡打算自己先出去打探一下那个女老师的心情如何，然后其他人听到他的召唤后再出去。之所以这样安排，是因为一方面他不想让那两个小丑从一开始就干出傻事把事情搞砸，另一方面是想让弗丽达尽量少受别人欺负；因为她还有一定的抱负，而他已经没有奢望了。另外她依旧敏感，而他已经麻木了；她只想着眼前这些鸡毛蒜皮的烦心事，而他却想着巴尔纳巴斯给克拉姆捎信的事以及他们的未来。弗丽达认真听着他的吩咐，目不转睛地看着他。卡刚一走出来，那个女教师就在孩子们停不下来的欢笑声中大声问他："嗯，休息好了吧？"这几乎算不上是一句问话，所以卡没有回答她，而是朝着脸盆架走过去。女教师接着又问："你们对我的猫咪干了些什么？"一只肥大的老猫懒洋洋地趴在桌子上，女教师正在检查它的一只爪子，显然它受了点轻伤。看来弗丽达没出现幻觉；只不过这猫不是跳到她身上的，因为它已经重得跳不动了。不过它的确是爬过了她的身体，然后当它发现在这通常没人的屋子里竟然有人时，它吓坏了，连忙藏了起来，并在慌乱中弄伤了自己的爪子。卡镇静地尽量向女教师解释，可是她除了结果什么也不听，还说："反正就是你们把它弄伤的，你们来这儿报到的方式可真奇特啊！您自个儿瞧瞧吧。"她把卡叫到讲台前，让他看那只猫爪。还没等卡反应过来是怎么回事儿，她就用猫爪抓挠他的手背。虽然这猫爪的爪尖已经很粗钝了，但架不住女教师是那么凶恶,也不再顾惜什么猫咪不猫咪的了,就这么用力地用猫爪刨下去,竟致在卡的手背上抓出了几道血印子。"好啦,回去干活儿吧。"她不耐烦地说,又弯腰去照顾她的猫咪了。弗丽达一直跟助手们一起躲在双杠后面偷看,这时一见到血便尖叫起来。卡冲孩子们举起那只手来,说:"你们都瞧瞧这只凶恶的母猫干的好事吧!"其实这话他并不是说给孩子们听的——他们始终尖叫大笑个不停,本身就充满了生机和原动力,根本不需要别人作进一步的鼓动和激励,也是任何别人的话语都影响不了的。然而,面对这指桑骂槐的侮辱,女教师只是瞟了他一眼作为回应,就又专注于她的猫去了,刚才的怒气显然已经随着这带血的惩罚消散了。卡于是招呼弗丽达和那两个助手过来,几个人开始干活儿。

卡把盛满脏水的桶拿出去倒掉,打来清水,开始拖地板。一个约莫十二岁的男孩儿从一张凳子那儿走了过来,碰碰他的手说了句什么,但在孩子们的吵嚷声中卡没听清。这时吵嚷声戛然而止,卡转身去看怎么回事。从一大早他就最担心发生的事情果然发生了:先前的那个教师站在门口,身材矮小的他却一手揪着一个助手的脖领。他很可能是在他俩弄劈柴时抓现场的,因为他正凶巴巴一字一顿地大声说道:"是、谁、竟敢、闯进、柴屋里、去啦?快说那混蛋在哪儿?我要把他撕成碎片!"这时弗丽达正使劲擦着女教师脚旁的地板,听到这话便站起身来瞅了一眼卡,仿佛要汲取力量和勇气似的,然后她的眼神和姿态恢复了以前的那种傲慢和优越感,说:"是我干的,教师先生,我想不出还有别的招儿。教室里的火炉必须得在早上之前生起来,这样就得打开柴屋。深更半夜我可不敢跑到您那儿取钥匙。当时我未婚夫还在贵族旅店里待着,可能当晚要在那里过夜,所以我只好自己决定这事儿。如果我做错了,就只当我没经验好了。我未婚夫见我把柴门破了,还骂了我一通呢。他甚至起先还不让我生炉子呢,因为他觉得,从您把柴屋上锁的情况来看,应该是等您来了之后才能生炉子。所以说没生炉子是他的错,闯进柴屋是我的不对。""那是谁把门砸开的?"教师问两个助手,后者还在徒劳地试图从他手里挣脱。"是老爷干的。"两人立刻同声说，为了排除误解，还特意用手指着卡。弗丽达放声大笑起来，这一笑似乎比她说的话更有下结论的意味，同时她开始往水桶里拧干用来擦地板的抹布，好像她刚才的解释已经了结了这件事，而两个助手的解释纯属不合时宜的开玩笑而已。她已经跪在地上，准备干活儿时又说："我们这俩助手就是俩小屁孩儿，别看老大不小的了，还欠着去学校坐冷板凳。是我自己用斧头把门砸开的，一点都不难，不需要他俩帮忙，他俩只会碍手碍脚。夜里我未婚夫回来后，出去查看了一下，可能还修理了一下那扇破门儿。这俩助手可能害怕单独留下，就尾随他去了。然后看见我未婚夫在收拾那个破门，所以现在他俩才这么说——咳，说到底他俩还是孩子。"在弗丽达辩解的同时，两个助手一个劲儿地摇头，还指着卡，企图通过这种无声的争辩让弗丽达改变说辞，但没起效。最后他俩只好放弃努力，把弗丽达的说法当作命令接受了，并且在教师追问他俩时，选择了装傻充愣默不作声。"噢，这么说来，"教师说，"你俩是撒谎喽？至少是诬陷看门人喽？"他俩还是一声不吭，但两人战战兢兢的样子和惊恐的眼神显得像是心里有鬼似的。"那我就要马上揍你们一顿。"教师说，并派一个孩子到另一间教室去拿他的手杖。当他举起手杖时，弗丽达叫道："助手讲的是实话！"然后绝望地把抹布使劲往水桶里一扔，劲儿大得把水都溅出来了，并且跑到双杠后面躲了起来。"真是一窝骗子啊。"女教师施放冷箭；这会儿她已经把猫爪包扎好了，把猫抱到膝盖上，猫太肥了，她的膝盖几乎摆不下它。

"这么说来只能是看门人干的喽。"教师边说边把两个助手推开，并且转身面向卡。卡一直拄着手里的扫帚柄听着他们说话。"这位看门人老爷哦，"教师讥讽道，"自己干的坏事没胆量承认，却让别人冤枉地替他受过。""哼。"卡说。他已意识到弗丽达刚才的介入缓和了教师最初的勃然大怒，"如果这两个助手挨一顿屁板儿，我是不会感到良心不安的。他们已经逃过了十次应受的惩罚，哪怕代人受过一次也并不冤枉，正好可以弥补一下他们别的过失。再说了,教师先生,从另一方面来讲,我也可以借此避免和您发生直接冲突,这可能也正是您的愿望吧?不过,既然弗丽达已经为了这两个助手而把我牺牲掉了……"——说到这儿卡说不下去了,从毯子后面也传出了弗丽达抽泣的声音——"那咱们当然就该把什么都说清楚。""真可恶。"女教师插了一句。"我和你很有同感,吉莎小姐,"教师说,"而您呢,看门人先生,由于您干出这种不光彩的失职行为,您自然就被当场解雇了。我还保留有对您进一步惩处的权利。现在,带上您的东西滚出这间教室吧。对我们来说这就是卸掉一个大包袱。总算可以上课了。您快点滚吧!""我才不滚呢,"卡说,"您当然是我的上级,可是让我担任这个职务的并不是您呀。是村长让我来上任的,我只接受他的解聘通知。另外,他给我这个职位,也绝不是为了让我和我的人来这儿挨冻的,而是——正如您亲口所说——为了防止我在绝望之时做出不顾后果的鲁莽举动。所以说,现在让我走就直接违背了他这个意愿;我也不会相信的,除非我听到他亲口说要解聘我。况且我拒绝接受这样一种轻率的解聘,显然对您也很有好处。""那么您是拒绝喽?"教师问。卡点点头。"好好考虑考虑吧,"教师说,"您的决定总是不很明智的,比如说您昨天下午拒绝接受询问那件事,想起来了吧?""您现在干吗提起那件事呢?"卡问。"因为我愿意,"教师说,"现在我再说最后一次:快出去!"见卡根本不理他,他走到讲台那儿跟女教师小声嘀咕起来,女教师说把警察叫来,可男教师不同意,最后两人想出了一个解决办法:教师叫孩子们去他的教室,在那里他们可以和别的学生一起听课。大家对这次转移都很乐意,孩子们嬉笑打闹着跑了出去,男教师和女教师也跟了出去。女教师手里还捧着班级点名册,上面卧着那只对什么都漠不关心的大肥猫。教师本想把猫留在这间教室里不带走,但是女教师坚决不干,并提起卡虐待这只小动物的恶行。于是除了生卡其他的气之外,教师现在又把这只猫的事扯到卡身上。这从他走出门前对卡说的最后几句话里能听得出来,他说:"这位小姐和孩子们别无选择,只好离开这间教室,因为您坚决拒绝了我的解聘通知。并且,由于谁都不想看到一个像她这样的年轻姑娘在您肮脏的居家破烂中教课,所以,您就待在这儿可劲儿地造吧,随便干什么都可以,正派人是不会来和您抢的。不过我可以向您保证,这种局面不会维持很久的。"说完他砰的一声撞上了门。

第十二章 两个助手

那些人一出去，卡就冲两个助手嚷道："滚出去！"没想到卡会下此命令，他们先是一愣神儿，接着就下意识地服从了。可当卡刚在他们身后把门锁上，他们就悟过来了，马上想回到屋里，哭哭啼啼地敲起门来。"你们被解雇啦，"卡喊道，"我再也不要你们给我干活儿了！"他们当然不愿意接受这个结果，便对着门拳打脚踢。"让我们回到你身边吧，先生。"他们哭喊道，那样子就像快被洪水淹没的人要捞救命稻草一样。但卡一点也不可怜他们，他焦急地等待这一阵吵闹让那教师忍受不了而过来干涉。不一会儿那教师果然过来了。"让您这两个该死的助手进去！"他叫道。"我已经把他们开除啦！"卡大嚷道。这一嗓子起到了意想不到的效果，不仅向教师表明了他有解雇助手的权力，而且还有解雇后的实施力。教师只好说好话来安慰两个助手，说他们只需在外面安静地等待，最终卡会让他们进去的。说完他就走了。事情至此本该就平息下来了，可偏巧卡就在这时又冲他俩大吼道："你们被解雇了，想回来门儿都没有！"一听到这个，两个助手就又吵闹起来，引来教师再次干涉，但这次他没有和他们讲理，而是直接用他那根吓人的手杖把他俩从学校里赶了出去。

但没过多久，他俩就又出现在健身房的窗前，一边敲玻璃一边大喊大叫，至于喊些什么就听不清了。不过他们并没有在这儿待多久——在厚厚的积雪中上蹿下跳毕竟是很累的。于是他们就跑到校园的围栏边儿，跳到石头的基座上朝这边眺望，虽说距离有点远，但由于是站在高处，他们可以把房间内部看得更清楚一些。在那儿他们就像猴子那样，抓着栏杆上蹿下跳,然后就停下来,抱拳向卡作揖哀求。就这样他们折腾了好久,白费力气也不管不顾。他们就好像瞎了一样,甚至连卡拉上窗帘眼不见为净之后,也不停下来。

现在房间里光线昏暗,卡朝双杠走过去,想看看弗丽达怎样。见他过来,弗丽达站起来,梳理了一下头发,抹去脸上的泪水,默不作声地开始做咖啡。尽管她已经全知道了,卡还是很正式地通知她把两个助手解雇了。她只是点点头。卡在一条凳子上坐下来,看着她疲惫地忙活着。正是她鲜活的朝气和坚毅给她平凡的躯体添加了一种美。可眼下这种美丽不见了;跟卡在一起生活了没几天,她的美丽就给断送掉了。在酒吧间工作虽不轻松,但很显然更适合她。或许离开了克拉姆是她憔悴掉的真正原因?靠近克拉姆竟然能让她魅惑力十足,正是这种难以抗拒的魅惑让卡一下子捕获了她,可现在在他怀抱里她却枯萎了。

"弗丽达。"卡招呼她,她立刻放下咖啡磨子走到卡面前。"你生我的气么?"她问。"不,"卡说,"我理解你是迫不得已才这样做的。你本来在贵族旅店已经过得蛮愉快了,我真不该把你从那儿带走。""对,"弗丽达说,目光哀伤地盯着前方,"你真不该把我带走,我不配和你在一起生活。放掉我,你也许就能成就你想要的一切。为了我,你不得不向那个霸道的老师屈服,屈辱地接受这份卑下的工作,现在又要奋力争取和克拉姆会面的机会。这一切都是为了我,而我却拿不出什么来报答你。""不不,"卡用胳膊搂住她安慰道,"这些不过是小事,伤不到我的。再说也并不是完全为了你我才要见克拉姆的。你为我做的一切都是那么重要!在认识你之前,我在这里举目无亲,胡乱闯荡,没人收留我,谁都不待见我;好容易找个我能寄予希望的人,很快就又把我撵走。而个别我能找到依托的人,恰恰却又是我应该回避的人,比如说巴尔纳巴斯一家——""什么?你回避他们?亲爱的,这是真的吗?"弗丽达迫不及待地打断他问道,接着等卡支支吾吾地回答了一声"是的"之后，又恢复了刚才的倦乏。现在，卡不再梗着脖子硬说他和弗丽达结合之后一切都会好转之类的话了。他把胳膊慢慢从她身上移开，两人默默坐了一会儿。然后，就像卡的手已经给了她温暖、现在发现它不可或缺似的，弗丽达说："我忍受不了这样的生活了，如果你还要和我摽在一起，那咱们就必须离开这里去别的地方，比如说法国南方或者西班牙。""我可不能去别的地方，"卡说，"我来这儿就是为了扎根的。我要留下来。"但接着他又自相矛盾地补充道："可是，除了想留下来之外，到底又是什么吸引我来到这个穷乡僻壤呢？"——他说这话像是在自言自语，但他又不愿解释。然后他又说："你也是想留在这儿的，不是吗？毕竟这是你的家乡。你是因为失去了克拉姆才生出这种绝望的念头吧？""我是因为他吗？"弗丽达说，"这里的克拉姆泛滥成灾，有一大堆呢。正是为了逃避克拉姆我才要离开这里的。我惦念的可不是克拉姆，而是你；正是为了你，我才想要远走高飞的。待在这里，我就无法完完全全得到你，因为这儿每个人都整天缠扰我。我宁愿把这张美丽的面具扯掉，我宁可让我的身体变得难看，只要能安安稳稳地和你生活在一起。"可是卡只关注一件事，他马上问道："合着克拉姆还跟你有联系？他又召唤你了？""我和克拉姆没一点儿联系，"弗丽达说，"我指的是别人，比如说那两个助手。""什么？那两个助手？"卡吃惊地问，"他们纠缠你了？""难道你没有看出来？"弗丽达问。"没有，"卡回答，一边努力回忆着，但没想起什么来，"不过他俩确实是很讨厌的小色鬼，幸好我还没见到过他俩对你放肆。""真没见到过吗？"弗丽达说，"难道你没注意到，在桥头旅馆里，他俩是如何赖在咱们的房间里，死活也不肯出去的么？他俩还恬不知耻地注视咱俩的一举一动，嫉妒得要死；其中一个还躺在草垫子上我睡的地方；他俩还为了把你赶走而诬陷你，恨不得毁你于一旦而后快，这样就只留下我一个人和他俩在一起……这些，你难道都没有注意到吗？"卡瞅着她没有作答。是啊，他想，这些针对助手的指控无疑都是真实的，但也完全可以解释为他们幼稚不成熟，像孩子般荒唐可笑，像孩子般情绪不稳定，自控能力差，从而说明他们是无辜的呀！再说了，他俩总想竭力跟着卡，而不是留下来和弗丽达在一起，这难道不进一步说明他俩是清白的吗？卡便把这些想法提了出来。"这是他俩在耍花招，"弗丽达说，"你难道还没看清吗？如若不是因为这些，你干吗把他们赶走呢？"说着她走到窗前，把窗帘拉开一点向外张望，然后叫卡也过去看。只见那两个助手还待在外面围栏那边，显然已经很累了，但依旧使出浑身力气，不时地朝教室这边挥动手臂哀求着。其中一个为了避免总要用手抓住栏杆，甚至把自己外套的后摆勾在栏杆上，好腾出双手向这边挥舞哀求。

"他们真可怜！真可怜！"弗丽达说。"你是问我为什么把他们赶走吗？"卡说，"其实这完全要怪你。""怪我？凭什么？"弗丽达问，眼睛仍瞧着窗外。"因为你对助手太友好了，"卡说，"你纵容他们的坏习惯，跟他们嘻嘻哈哈，摩挲他们的头发，总是可怜他们。你刚刚还说他们'真可怜，真可怜！'呢。此外还有刚才那件事，你觉得把我供出去让他俩免遭一顿揍算不了什么，是吧？""没错，"弗丽达说，"这正是我要跟你说的，让我很不开心的也正是这个，使我和你保持距离的也正是这个，虽然我心里明白，没有比和你在一起更幸福的事了——永远在一起，不受干扰，没有分离，海枯石烂……可是在梦中，我看不到在这地球上有块静地或净土能让咱俩相亲相爱地生活在一起，无论是在这村子还是在别的什么地方，都没有；于是我便想象有一块又窄又深的坟茔，你我躺在里面，像被捆起来那样紧紧相拥，我把脸埋在你怀里，你把脸藏在我怀中，就这样人间消失，不再被任何人见到。可是现在你瞧瞧——那两个破助手！即使他俩现在抱拳作揖成这样，想到的也不是你，而是我。""那是当然，正看着他们的是你，"卡说，"又不是我。""当然是我！"弗丽达几乎要发火了，说道，"可是我一直在跟你讲的要点就在这里：就算他俩是克拉姆派来的密探，也没有必要老是缠着我呀——""他们是克拉姆的密探？"卡大吃一惊，尽管"密探"

这个字眼儿马上就让他觉得习以为常了。"对呀，当然啦，他们是克拉姆的密探，"弗丽达说，"可即便是这样，他俩还是该挨揍，毕竟是俩小笨孩儿，打一顿能让他们长本领。瞧这俩又黑又丑的傻小子，两张脸比起来真是不一样啊。别人见了会以为他们是大人，或是大学生，可他们的举止却是那么幼稚可笑！这些我能看不到吗？我又不是瞎子。我真为他们感到害臊。可事实就是这么回事儿，幼稚归幼稚，他们却不让我讨厌。我虽然为他们感到害臊，却还是禁不住要看他们。别人一定会生他们的气，我见到他们却只能笑。别人会气得想揍他们，我却只想抚摸他们的头发。夜里躺在你身边我睡不着时，我就忍不住越过你朝他们看，见他俩一个把毯子紧紧裹在身上睡着了，另一个跪在打开的炉门前往里捅火、添柴。当时我把身子朝前探得很远，差点把你弄醒。可把我吓坏了，但不是因为那只猫——哦，猫我见惯了，我也早习惯了在酒吧打盹儿时被人不断叫醒——把我吓着的可不是那只猫，而是我自己。任何一丁点儿响声都会把我惊得跳起来，用不着猫这么大的动物来吵醒我。有一刻我很怕你醒来，那样的话就完了。接着我就爬起来把蜡烛点着，这样你就会很快醒来保护我的。""这些事我一点儿都不知道，"卡说，"我只是凭着模糊的感觉和一点儿提示就把他俩赶走了，反正现在他俩已经滚蛋了，也许一切都会好起来吧。""是的，他俩终于走了，"弗丽达说，但是她满面愁容并不开心，"其实你我并不清楚他俩到底是什么人。说他们是克拉姆的密探只是我的猜测，说着玩儿的，别当真。不过也没准儿他们真的是。他俩的眼神儿虽然天真但却贼亮，让我想起了克拉姆的那种眼神儿。没错，就是那种，克拉姆有时扫你一眼，那俩眼珠子就像从眼眶里蹦出来一样，直扫得你透心凉。所以说，我刚才说真为他俩感到害臊是不对的。真要是那样就好了！虽说我意识到，在别的场合，换上别的人，这种行为一定是又可笑又让人生厌，但由他俩干出来就不一样了。我其实是怀着惊异和敬佩的心情观看他俩那些愚蠢的鬼把戏的。可如果他俩真是克拉姆的密探的话,那又会有谁帮咱们摆脱他俩呢?甚至,摆脱他俩究竟是不是好事呢,这都成问题。你难道不会立刻再把他俩叫回来,并在见到他俩真的回来时心中暗喜吗?""难道你想让我把他们再请回来吗?"卡问。"不不不,"弗丽达说,"我最不想见到的就是他俩回来了;如果他俩现在兴高采烈地破门而入,又见到我后他俩那股高兴劲儿,像孩子似的欢呼跳跃,并像男人那样伸出手臂给我拥抱的话,我可能会受不了的。可是我也想到了,假如你老是这样对待他们很凶的话,你没准儿就断了接近克拉姆的路,这可是你最不愿意看到的了。所以我想要帮你避免这个后果。如此说来你还是把他们叫进来为好。马上让他们回来吧,别担心我,我无所谓,我的事小,别误了你的大事。我会尽可能保护好我自己的。但假如我失守的话,那就失守吧,我会认识到这也是为了你好才万不得已的。""你这样说只能更坚定我赶走这俩助手的决心,"卡说,"没有我批准,他俩休想再进来。我把他俩赶走这一事实证明了,在某些情况下,把他们制住是完全有可能的;而且也证明了,他俩跟克拉姆没有什么不得了的关系。昨天晚上我还收到克拉姆的一封信呢,从中可以看得出来,他得到的这俩助手的消息根本就是错误的,由此得出的唯一结论是他根本就不关心他们。假如他关心他俩的话,他获得的他俩的消息就不会不准确。至于你说的在两个助手身上看到了克拉姆的影子,这也证明不了什么,因为你仍很不幸地受着旅馆老板娘的影响,到哪儿都能看到克拉姆的影子,已经杯弓蛇影草木皆兵了。从某种意义讲你仍旧是克拉姆的情人,而不是我的妻子,这让我有时候感到很憋屈,就像失去了一切似的,感觉又回到了我刚来这个村子时的情况,但现在已不像那时满怀希望,而是意识到前面等着我的只有不断的失望,我只能把它们一个接一个地吞下肚去。幸好我这种感觉还只是有的时候。"当卡见到弗丽达听了他的话垂头丧气时,他微笑着补充道:"其实,这也未必不是一件好事,因为它证明了你对我有多么重要。如果你叫我在你和那俩助手之间选择的话,那我一定会舍弃他们的。多么可笑的想法,在你和助手之间选择!现在我要一劳永逸地摆脱他们。谁知道呢,也许你跟我眼下的懦弱只是因为咱俩还没有吃早饭吧。""有这个可能。"弗丽达苦笑着说,然后开始干活儿。卡也抄起了笤帚去干活儿。

第十三章 汉　斯

过了一会儿,有人轻轻敲门。"是巴尔纳巴斯!"卡大叫,扔掉扫把,大步流星赶到门口。弗丽达听到这个名字,没有比这更让她吃惊的了,呆呆地望着他。卡哆嗦着两只手,一时半会儿拧不开那把旧锁。"门这就开啦。"他一个劲儿地重复这句话,也不问问敲门的是谁。接着卡不得不诧异地看到:从教室大开的前门走进来的不是巴尔纳巴斯,而是那个曾想和他说话的小男孩。可是卡实在不想和他打什么交道。"嗯?你来这儿干什么?"他问,"课在隔壁教室上。""我正是从那儿过来的。"男孩儿抬着一双褐色的大眼睛瞅着卡,手臂垂在身体两侧立正回答。"那你来这儿干什么?快说呀!"卡弯下一点腰说,因为孩子说话很轻。"我能帮助你吗?"男孩问。"他居然想帮助咱俩呢!"卡扭头对弗丽达说,然后扭过来又问男孩:"你叫啥名字?""汉斯·布伦斯韦克,"男孩回答,"四年级学生,马德莱娜胡同的鞋匠奥托·布伦斯韦克的儿子。""也就是说,你姓布伦斯韦克喽。"卡说,态度和善了许多。原来,见到那个女教师用猫爪在卡手上抓出几道血痕,汉斯非常气愤,就暗下决心帮助他。没经过请示,他冒着被发现严厉受罚的危险,像个逃兵似的从隔壁教室溜了出来。很显然,驱使他这么干的主要是男孩儿的那种义气,再加上他干什么事都是那么认真的性格。刚开始他还有点害羞跟拘谨,但很快就习惯了,卡和弗丽达给了他一杯热咖啡。喝了一些之后,他就变得活泼起来,开始很信任他俩,并且急切而坚决地发问,似乎想尽快搞清事情的来龙去脉,好帮助他们俩做出决定。小男孩儿个性里有点霸道,但也掺和着天真无邪的童心,所以他俩也就半认真半开玩笑地接受他的摆布,这样他也就占据了所有人的注意力,让工作全部停下来,早饭也给无限拖长了。尽管他只坐在一张长凳上,卡居高临下坐在教师的讲台后面,弗丽达坐在旁边的一把椅子上,却好像小汉斯是老师,正在给他俩考试并给他俩的回答判分似的。他柔嫩的小嘴角浮现出一丝微笑,似乎在暗示他心里很明白这不过是一场游戏罢了,但这却让他更加专注地投入其中。也许他唇边荡漾的并不算是微笑,而是童年的幸福。过了好一阵子小汉斯才承认,早在卡去拉泽曼家时起,他就认识这位土地测量员了。这让卡听了很高兴。"当时在那位太太跟前玩耍的就是你吗?"卡问。"对呀,"汉斯回答,"那是我妈妈。"这下他不得不谈起他妈妈了,不过是在别人反复追问下他才勉强开的口,确实他还只是个孩子。从他的话中,尤其是从他的提问中,可以感觉到似乎有个大人在说话,这个"大人"远见卓识、有勇有谋,但这也许只是听者紧张不安的幻觉罢了。果不其然,很快他便一下子又现出学童的原形,有些问题根本搞不懂,净曲解别人的意思,还不知体谅大人的困难,讲话声音太低,虽经对方一再提醒也不改。然后,在被问到一些特别不好回答的问题时,他就默不作答了,还显出满不在乎的样子,没有一点不好意思,成年人是不会这样做的。好像他认为只有他才能提问题,别人是不能提问的,否则就是破坏了某种规矩和浪费时间。他可以长时间坐得笔直一言不发,垂着头噘着下嘴唇。他这个样子让弗丽达觉得很好笑,就故意不时地问他几个问题,好让他安静下来,从而呈现这个样子。有几次她竟然得逞了,但让卡觉得很恼火:合着了解了半天,只知道汉斯他妈生着病,而且病因不明;当时布伦斯韦克太太抱在膝头的那个孩子是汉斯的妹妹,名叫弗丽达(当汉斯得知这个问他问题的女人也叫弗丽达时,有点不高兴);他们都住在这个村子里,但不是拉泽曼家,他们去那里只是为了洗澡,因为拉泽曼家有一个大浴桶,小一点的孩子——汉斯不再被算在内了——都喜欢在里面泼水、瞎扑腾。汉斯说到他爸爸时充满了敬畏,但只有在没说到妈妈时他才提到爸爸;跟他妈妈比起来,显然他爸爸是不重要的。关于他家里的生活，无论卡和弗丽达怎样费尽口舌地问他，他都不作回答。两人只了解到他爸爸是村里最大的鞋匠，别的鞋匠谁都比不了；小汉斯就把这个当成是对他俩问的与这毫不相干的问题的回答，一遍遍地重复。他爸爸甚至会把活儿让给别的鞋匠——比如说巴尔纳巴斯的父亲——去做；当然了，这一定是布伦斯韦克先生瞧得上他、赏他脸才这样做的，这一点可以从小汉斯朝后一仰头的那股得意劲儿中看得出来。他这个动作惹得弗丽达跑过去亲了他一下。他们又问他去没去过城堡，在几番问过之后他才作了回答，而且答案只有两个字：没有。他们又问"你妈妈去过没有"，对此他根本不予回答。卡终于失去了耐心，问来问去似乎没啥用，因为在这方面卡和小汉斯很有同感。本来嘛，利用一个天真的孩子拐弯抹角地打探别人家的秘密，这本身就是很丢人的事情，更何况费尽心机却什么也没问出来，就更丢人了。到最后，卡只好问这个孩子打算怎么帮他，当得知他只想帮助他们干点学校里的杂活儿，免得那两个老师再责骂卡时，卡就一点也不觉得惊讶了。他向小汉斯解释说，他们不需要他帮忙；责骂也许是教师的天性，哪怕你干得再细心，也难逃他们的责骂；看门人的工作本身并不繁重，只是今天遇到点特殊情况才没干好；再说被老师责骂对卡的影响绝不像对小学生的影响那么大，他根本没把它放在心上，早就过去了；况且他还希望不久就离开这个老师。虽说小汉斯只是想帮助卡对付教师，卡还是真诚地感谢了他，并让他赶紧回去上课，希望他不要因此挨罚。虽然卡没有强调这点，只是不经意地提到，他不需要汉斯帮忙的只是对付老师这件事，而并不排除在其他方面需要汉斯帮忙的可能性，但汉斯还是领会了其中的意思，便问卡是否还有其他事需要他帮助，要有的话就直说，若他帮不了的话还可以请他妈来帮，她一出马保证成功。况且爸爸有烦心事时也会找妈妈帮忙。妈妈有一次甚至还问起过卡的情况；她平时很少出门，那天她出现在拉泽曼家是很少有的情况，但是汉斯就不同了，他经常去拉泽曼家和他家孩子们玩儿，于是妈妈有一次就问他那个土地测量员是不是又去过拉泽曼家。他当然不好问妈妈没必要的问题，因为她生着病身体虚弱，所以他只回答说没在那儿再见到过测量员，妈妈就没再说什么了。现在竟然在学校又见到卡，小汉斯很惊喜，他要跟卡打打交道，好把了解到的情况向妈妈汇报，因为妈妈是那种不需要跟你多说、你就要领会并执行她心愿的人。卡考虑了一会儿后说，他不需要帮助，他需要的一切他都有了，但对于小汉斯真心诚意想帮助他，他非常感谢，保不齐以后他会求他帮忙，那时候他会去找他，他知道他家地址。不过这一次反倒是卡也许能帮得上小汉斯的忙：得知汉斯妈妈生病了他很难过，而且显然这里没人懂得医治她的病，但不能就这样疏忽大意，不然小病也能养成大患的；现在好了，卡不仅略懂医药知识，而且更重要的是有看病的经验，有些连医生都治不好的病却让他治好了。正因为他有治病的本领，他家乡的人都叫他"苦口良药"。因此，他愿意去看看汉斯的母亲，跟她聊聊，没准儿能提点好建议；即使只是因为小汉斯的缘故，他也愿意帮这个忙。听到卡自告奋勇，汉斯的眼睛先是一亮，这更促使卡非去不可了，但最后结果却令人失望：在卡三番五次要求去之后，汉斯却不带一丝愧意地回答说，不能让陌生人去看他妈妈，因为她时刻需要人照顾。上次虽然卡没跟她说两句话，她却因此而病卧在床好几天；而这样的事经常发生。爸爸因此还很生卡的气，并且肯定不会再让卡去看望妈妈了。其实爸爸当时就想去找卡算账的，被妈妈使劲劝阻了。不过说到底，还是妈妈自己不想跟任何人说话，她那次问起卡的情况也只是一次例外，并不算是超出她的常态，而是正相反，因为她本来可以在提到卡时说自己想见他，但她并没有这样说，从这就能看出她的本意来。她只是想打听一下卡的近况，并不想和他说话。顺便一提，她也并不是真得了什么病，她其实很清楚自己身体不好的原因，所以有时就婉转地说，可能是自己不适应这里的气候，但因为孩子们和他们爸爸的缘故，她不想离开这个村子，再说她的状况也比刚来时好多了。卡听到这儿，发觉小汉斯的逻辑推理能力大有长进，表现在他要找借口阻止妈妈见到卡,这个他口口声声说想要帮助的人。为了阻止卡和他妈妈见面,他甚至说出和他以前说的话自相矛盾的话来,比如在她的病情方面。尽管如此,卡还是看得出来,小汉斯对他挺有好感的,只不过一提起妈妈他就把别的什么都忘了;谁要是想把什么人和他妈妈相提并论,那他可就有好看的了。刚才是卡,现在还不知轮到谁,好像连他爸爸也不能幸免,只要是一和妈妈扯上,汉斯就不干了。卡想测验一下这个结论是否正确,就说,你爸爸不想让你妈妈受到任何打扰,这无疑是非常明智的;假如我,卡,那天有一点点知情的话,都绝不会冒昧去跟你妈妈说话的。所以,卡请小汉斯把他迟来的歉意转达给他的家人。不过,他还是有一点不明白:既然他妈妈生病的原因已经很清楚,他爸爸为什么不让她去气候好的地方疗养呢?只能说他爸爸是在阻止他妈妈去,因为她只是为了他和孩子们的缘故才没有去的,但她可以把孩子们带着一块儿去呀,而且也不必走很长的路、去很远的地方呀,附近的小山上就有一个现成的城堡,那儿的空气就和这儿的大不一样。他爸爸也不用为走这一趟的费用担心,好歹他是村子里最大的鞋匠,而且他或他的母亲在城堡里肯定有亲戚或熟人,他们一定会很乐意接她进去住的。那为什么他还不让她去呢?他不应该低估一种慢性病的危害呀。卡虽然只见过汉斯妈一面,但她面色苍白得吓人,而且看着很虚弱,正是这促使他上前跟她讲话的。当时他就觉得很奇怪,汉斯的爸爸怎么会让这个生病的女人待在空气这么差的房间里呢?瞧这里,几家共浴,又是洗澡又是洗衣的,搞得水汽弥漫乱糟糟的,而且他自己说话粗门大嗓,也不压低点儿声音。汉斯爸很可能不清楚这里面的危险,表面上这种病可能最近有所好转,但其实它是反反复复的,即使稍有起色也是暂时现象,如不重视并和它作斗争,它就会复发卷土重来,那时病人可就没救了。好吧,就算卡不能跟汉斯妈讲话,跟他爸聊聊总是可以的吧;跟他爸谈谈,让他意识到危险的迫近,也是个不错的主意吧。

对卡的这番表述,小汉斯听得很仔细,大部分他都听懂了,对听不太懂的部分他也强烈感觉到了其中的威胁。于是他跟卡说,他爸卡也不能见,他爸不喜欢卡,会像那位教师那样对他不客气的。一说起卡,小汉斯就在羞涩中笑开了花;可一提到他爸爸,他就立刻愁眉苦脸起来。不过他又补充道,卡没准儿能跟他妈说上话,但不能让他爸爸知道。然后他紧缩眉头想了一会儿,就像个想做什么坏事儿的女人为了免遭惩罚而冥思苦索那样,他说后天也许能行,因为爸爸后天晚上要去贵族旅馆开会,所以汉斯可以在当晚领着卡去见他妈。当然事先要征得他妈同意,但这种可能性很小。首先是她从不干违逆爸爸意愿的事情,对他百依百顺,包括那些连小汉斯都能看出来是不合理的事情。事实上,汉斯是想寻求卡的帮助来对抗他的爸爸——在这件事上汉斯似乎自欺欺人了,因为他原本还以为是自己想要帮助卡的——由于村儿里他们的小圈子中谁也帮不了他们,这个突然冒出来、甚至引起妈妈注意的外地人没准儿能帮助他们,这才是汉斯想要搞清楚的。这个小男孩儿可真鬼,挺有心眼儿的,这从他的表情和话语中你是看不出来的,只有从他偶然说漏嘴你才能觉察到。现在跟卡交谈时间长了,深入了,他那点小鬼头、小九九就不够用了,只觉得要克服的困难太多,即便是出于自己最大的好心,这些困难也难以攻克;他只能绞尽脑汁地想啊想,同时忽闪着焦急的眼睛一直盯着卡,寻求他的帮助。在爸爸出门前,他什么都不能跟妈妈讲,否则爸爸会发现,那一切就都完了。所以他只能晚点提起这事,可即使到那时,出于对妈妈身体的考虑,他也只能找个合适的时机,不显唐突地、委婉地征求她的同意。只有完成了这一步,他才能来找卡,可这岂不是又太晚了吗?爸爸有可能到那时就要回来了,那岂不是更危险了吗?所以说不能这么干。可是卡却指出,可以这么干。没必要担心时间不够,很快见一次面,三言两语简单谈几句就能解决问题。汉斯也不用跑来找卡,卡可以躲在他们家附近的什么地方等着,等汉斯给他一个信号什么的,他就马上过去不就齐了么?不行,汉斯说,你不能在我家附近等——这又是出于对他妈妈的考虑——没有妈妈的同意,卡不能擅自上路，岂能连我妈都不知道你就开始行动呢？而他，汉斯，也不能在排除妈妈的情况下跟任何人达成任何秘密协议。所以他必须来学校找卡，而且之前妈妈一定要知道这事并且同意才行。你说得没错，卡说，可危险仍然存在，因为你爸随时有可能在家里抓你个现行；就算没发生这种情况，你妈也可能因为害怕你爸回来而不让你去找我，这样一来整个计划因为你爸岂不就泡汤啦？对此汉斯又提出反对意见。他俩就这样你来我往讨论不出个结果。老早之前卡就把小汉斯从长凳上叫到讲桌前，把他拉到自己膝间，又是爱抚又是摩挲地哄了他好几遍。虽然汉斯一再抗拒，但如此亲近的举动还是有助于他俩达成了谅解，最后两人同意这样办：汉斯首先把事情的原委告诉他妈，但为了能让她更痛快地答应，还得告诉她，卡也想同布伦斯韦克本人谈谈，不谈关于汉斯妈妈的事，而是谈他自己的事。这也是真的；因为在和汉斯交谈的过程中，卡明显感觉到，无论布伦斯韦克在其他事情上有多坏多危险，但在这件事上他却不可能、也不会与卡为敌，因为他毕竟是——至少村长是这么说的——支持招募土地测量员（哪怕只是出于政治上的考虑也罢）的那一派的首领。所以布伦斯韦克肯定是欢迎卡来到这个村子的。可接着，他第一次见到卡时气哼哼的打招呼，还有小汉斯所说的他对卡的厌恶，这些又让人搞不明白了；也许是因为卡最初没有向他求助，伤了他的自尊心，他才这样对待卡的吧。也许还有别的什么误会，不过这只需三言两语就能讲清楚，不难解决的。一旦做到了这一点，卡就能依靠布伦斯韦克的支持来对付那个教师，甚至对付村长也不在话下。到那时，村长和教师阻止他去见城堡大老爷并迫使他去当学校看门人的一切政治阴谋——除了"阴谋"，你还能说它什么呢？——都将被拆穿。而且，如果因为卡的事儿而使布伦斯韦克和村长之间干起仗来的话，布伦斯韦克就不得不把卡拉到自己一边，卡就会成为布伦斯韦克家里的座上宾，布伦斯韦克的斗争资源和手段就将由卡来支配，而无需再顾忌村长了。这样一来，卡可就前程无量了，谁也不知道他能走多远，走到哪一步，能斩获什么；另外他也能经常接近那个女人了。他就这样想入非非，而小汉斯则只想着他妈妈的病，焦急地看着沉默不语的卡，就像看着一个面对重病人苦苦思索救命良方的医生那样。卡刚才提议就土地测量员的地位问题和布伦斯韦克谈谈，这虽然取得了小汉斯的同意，但也仅限于汉斯认为它能保护母亲不受父亲的猜疑，再说它也只是个突发情况下的应急措施，希望永远不要用上。于是小汉斯便直截了当地问卡，你怎么对我爸解释这么晚还来上门拜访的原因。卡回答说，就说看门人的工作让他没法儿忍受，另外那个教师待他的态度也忒恶劣了，让他感到绝望，一气之下就不顾那么多来拜访他了。小汉斯听了，虽然还是一脸的不快，但最终还是满意了卡的解释。

就这样，在他们的能力范围之内，把一切都考虑到了，成功的可能性也有了一定的保证，在这种情况下，汉斯总算卸掉了思想包袱，变得活泼起来，孩子气十足地先跟卡瞎扯，又跟弗丽达闲聊了一会儿。弗丽达刚才一直坐着没动，好像在考虑别的事情，现在才又加入到谈话中来。她问汉斯的问题中有一个是他将来想成为一个什么样的人。汉斯想了一下后说，他想做像卡这样的人。再问他为什么想做卡这样的人时，他就回答不上来了。再问他想不想当学校看门人时，他坚决回答说"不想"。追问一番之后，他们才注意到他是绕着弯子表达自己心愿的。卡眼下的境况一点都不值得羡慕，又凄凉又屈辱，这点用不着别人说，小汉斯自己也看得很清楚，所以他本意是要保护妈妈免遭卡的任何求见和搭讪的。可尽管如此，他还是来找卡，向他求助，并在他同意后显得很开心。他在别人身上也看出了类似情况，比如他妈妈就专门提起过卡。这种自相矛盾的情况让小汉斯认定，虽然卡眼下处境狼狈惨不忍睹，但在几乎不可测知的将来却未可限量，会出人头地的。正是这个可笑的遥远未来，以及它可能产生的骄人发展，或曰飞黄腾达，吸引着小汉斯去找卡；为了实现这个愿景，他甚至准备帮助卡去见他的母亲。他这个心愿的既幼稚又早熟之处，还表现在他把卡看成是个比自己还小、但比自己更有前途的弟弟这样一种心态上。这些事情还是在被弗丽达一再追问之下，小汉斯没有办法了，才几乎是郑重其事地说起来的。为了把他逗乐，卡就逗他说他知道汉斯羡慕他的是什么，就是卡放在桌子上的那根疙疙瘩瘩多节的漂亮手杖，因为在聊天的过程中，汉斯一直在有意无意地摆弄它。好吧，卡知道怎么做这样的手杖，如果他们的计划成功了，他就做一根更漂亮的送给汉斯。虽然现在已经搞不清汉斯想要的是不是只是这根手杖，但听了卡的许诺他还是特别高兴，喜笑颜开地和他们告别，使劲和卡握了一下手后，说："那就后天再见！"

第十四章　弗丽达的指责

幸亏汉斯及时走了，因为接着门就被那个教师砰地推开了。见到卡和弗丽达悠闲地坐在桌旁，教师大声说道："对不起打搅你们一下！可你们得说清楚，什么时候才能把这里打扫干净？我们在隔壁挤成一团上课，课也上不好，可你们倒好，自己待在这么宽敞的健身房里舒舒服服地养着，还嫌地方不够，把两个助手也给赶跑了。嘚，现在你们总该起来活动活动了吧！"然后又对卡一个人说："你，去桥头客栈把我的午饭取来。"上面的话他都是怒冲冲地吼出来的，虽然致辞的方式相当生硬，但话语本身还算比较客气。卡有心立刻遵命，但想先逗弄他一下，就说道："可是我已经被开除了呀。""不管开不开除你，先把我的午饭拿来。"教师说。"可我最关心的是，到底是开除了还是没开除？"卡说。"哪儿那么多废话？"教师说，"你根本就没接受解聘嘛。""这么说我不接受就算无效喽？"卡说。"我说了不算，"教师说，"相信我，这得由村长决定，虽然这很荒唐。所以你现在就赶紧去找他吧，不然就真的把你开除了。"听他这么一说卡满意了，看来教师已经跟村长谈过了；但也可能没跟他谈过，只是采纳了村长可能心怀的意图，而这意图没准儿对卡是有利的。于是卡准备立刻赶过去取饭，可是教师又把他从过道里叫了回来，一来是想测验一下卡是否真愿意执行他这道特殊的命令（去给他拿午饭），好在以后对付卡游刃有余，二来也是他一时心血来潮，想再次施展权威发号施令，把卡当成服务员使唤，围着教师转，忙不迭地执行教师的命令。从卡这方面来讲，他很清楚若是对教师过于顺从的话，他就会沦为教师的奴隶和任人宰割的羔羊。但他还是决定在一定限度上顺着教师的脾气，对他能忍就忍；这是因为，虽说教师没有合法解雇他的权力，但他完全可以给他的工作找麻烦，给他气受，让他干不下去。更何况眼下对卡来说，这份差事尤显重要，简直就是他的一根救命稻草。刚才和小汉斯的一番交谈，给了他新的希望，虽然不太可能实现，而且也无根无据，但就是那么难以放弃，甚至盖过了他对巴尔纳巴斯抱有的希望。若想尝试实现这新的希望——其实他也别无选择——他就得拼尽全力去做，其他一律不管，比如食宿问题，那些村官员的干扰，甚至连弗丽达也不要去管了。这些事本质上都和弗丽达有关，因为凡事只要牵扯上她的，对卡来说也都重要。所以他得尽量保住这份差事，好让弗丽达有个安身之地，并且为了这个目标他也不该悔不当初，而是要忍受平时不能忍的痛苦，忍受那个教师的折磨。再说这也不是什么天大的痛苦，只是人生没完没了的磨难中的一段小插曲，和卡所追求的目标比较起来根本不算什么。本来嘛，他到这儿来也不是为了过那种养尊处优的太平日子的。

想到这儿，卡就像刚才准备立刻赶赴桥边客店取饭那样，这会儿听到新的命令，也准备立刻动手收拾教室，好让那个女教师跟她那帮学生再次过来上课。但这一切必须尽快打扫干净，因为接着卡还得去取午饭，而那个教师现在已经又饿又渴了。卡向他保证一切照办不误，说完就忙开了，把床铺收拾起来，把健身器械摆回原处，把房间迅速打扫干净，弗丽达则吭哧吭哧地洗刷讲台。教师站在一旁看着他们忙活，那股干劲儿似乎让他满意。他指出门外有一堆劈柴是用来生炉子的——估计他是铁了心不再让卡跨进那个柴屋了。完后，他威胁说很快还会回来检查他们的工作，随即返回另一间教室上课去了。

他俩默默地干了一阵儿后，弗丽达问卡为啥对这个教书匠那么顺从。这本来是个表示关心和同情的问题，但不巧卡正想着弗丽达在保护他免遭教师的使唤、侮辱和侵犯方面做得真差（这可是她信誓旦旦许诺过的），所以便得到了他如下没好气儿的回答：既然我已经干上了看门人这个差事，那就一定要把它干好。完了又是一阵沉默。卡这才注意到弗丽达刚才一直在想心事，已经半天不吱声了，尤其是在他和小汉斯交谈的整个过程中。于是，他一边往屋里搬劈柴，一边直接问她有什么烦恼。她缓缓抬起头来看着他说，其实也没啥特别的事，她只不过是在回想那个老板娘说的一些事情的真实性。在卡一番追问之下，她在拒绝几次之后总算道出了实情，但并没有停下手中的活儿——不是因为她勤快（因为她干的活儿根本就没有进展），而是因为她这样可以避免看到卡的目光。她说她起初还很平静地听卡和汉斯交谈，但后来就被卡说的某些话惊呆了，于是开始更仔细地听他讲，并从此就不断证实老板娘曾对她提出过的警告的正确性，尽管一直以来她都不肯承认这种正确性。弗丽达说这些话时既吞吞吐吐又很笼统，这让卡听了很是恼火。虽说她是流着泪在哭诉，他非但没有被感动，反而更冒火了：怎么把那个老板娘又扯进他的生活呢，虽然只是以回忆的方式——迄今为止她本人还没有足够的能力干涉他的生活。卡生气地把怀抱的劈柴往地上一扔，然后坐在劈柴堆上，严肃地要她把事情讲清楚。"从一开始，"弗丽达开始讲述，"老板娘就一直尝试让我怀疑你。她倒没说你是个骗子；相反，她说你像个孩子那样率真；但是你的天性和我们这些人完全不同，所以就算你很坦白，说话很直，我们也很难相信你。如果没有哪个值得信赖的好朋友事先提醒、警告我们的话，我们就只好通过惨痛的经验教训来认清这一点。虽然她一向看人很准，但在你的问题上甚至连她也看走了眼。好在经过和你在桥边客店的最近那次交谈后，她终于看清了你的真面目——话不好听，但我只是重复她的原话。从今往后无论你再怎么伪装掩饰你的真实意图，你都欺骗不了她了。'当然他并没有隐瞒什么，'她一再申明这点，但接着就补充道，'但听他讲话你要格外仔细，不能只听他话的表面，要深入听懂他话的含义。'而这正是她努力做的，所以有关我的内容她就从他的话里听出了一些名堂：合着你搞上了我——她确实用的就是这样下流的字眼儿——只是因为我碰巧挡了你的路，所以你才看了我两眼，而我恰好也不招你讨厌而已；还因为你从根儿上就错误地认为，凡酒吧女招待都是那种可以让任何客人伸手猎取的贱人。此外，老板娘还从贵族客店的老板那儿打听到，你出于某种考虑决定那天晚上在贵族客店过夜，而达到这一目的的唯一办法就是利用我。这就是你一夜之间成为我的情人的根本原因。而如果还需要有更多原因的话，那克拉姆就是另一个原因。老板娘并没宣称她知道你想从克拉姆那儿得到什么，她只是说你在认识我之前就已经在千方百计地试图接近克拉姆了，其渴求的程度就跟现在一样。唯一不同之处在于，你在认识我之前没有一点希望，而现在你觉得可以在我身上找到接近克拉姆的有效办法，既不会拖延时间，也用不着迂回，甚至可以带着某种优越感（因为把我从克拉姆手中抢走了）。当你在今天什么时候说起，你在认识我之前在这里是误入歧途还没找对方向的时候，我可真是吃惊不小，但我的吃惊只持续了几秒钟，而且没有任何深层的特殊原因。你说的这些话跟老板娘说的真是如出一辙，她也是说你只有在认识了我之后才意识到你的目标是什么的。这是因为你相信，在我身上你找到了征服克拉姆的一个情妇的自豪，并就此拥有了一个须以最高昂的代价才能赎回的人质。就我的事跟克拉姆讨价还价，才是你想见克拉姆的唯一的目的。正因为你看中的是这笔价钱而不是我，所以你才会做出和我有关的一切让步，而对这笔代价却毫不妥协。所以你才对我失去贵族客店的职位一点也不在乎，对我被迫离开桥边旅店也无所谓，对我不得不干校工干的脏活儿累活儿也毫不在意。你一点儿也不温存，把我冷落一旁，把我丢给那两个助手而一点也不吃醋，我在你眼里的唯一价值就是我曾当过克拉姆的情妇，你下意识地试图搞清我有没有把克拉姆忘掉，好在决定性的时刻到来时，你不会遇到我太多的反抗。除了我，你还跟老板娘斗法，你认为只有她能把我从你身边夺走，所以你才和她斗到翻脸的程度，这样一来你就正好带着我离开桥边旅馆了。你绝对不怀疑我是你的财产，甭管发生什么我都是属于你的，而且这只是我的一个纯私人的问题。你把和克拉姆面谈看作是做一次买卖,一桩金钱交易。你算计好了所有可能性;只要对方出价让你满意,你就什么都愿意做;如果克拉姆要我,你就把我还给他;如果他要你和我在一起,你就把我留下来;如果他要你把我扔掉,你就把我扔掉……只要是满足你的条件就行。但同时你也准备好上演一出戏,只要是对你有利,你可以假装爱我;你可以用强调你自己的卑微来击败他的淡漠和傲然,或用你是他的对我的接替者这一事实来羞辱他,或用我对他的爱情表白——我确曾表白过——来刺激他;然后你会建议他把我领回去,只要他满足你的要价。如果这一切都不奏效的话,你就会干脆以你卡这对新婚小夫妻的名义去乞求克拉姆开恩。最后,老板娘总结说,一旦你发现自己打错了算盘,你的设想,你的希望,你对克拉姆的认识,你对我和他关系的估算,这一切都满盘皆错的时候,到那时,我的灾难就真的降临了,因为到那时,我将是你唯一剩下的财产了,一方面你要依靠我,但同时也已证明我这个财产已经是毫无价值了,你就会视之如草芥、弃之如敝屣的,既然你对我的唯一的感情就是物主对物品的感情。"

　　弗丽达侃侃而谈,卡紧抿嘴唇认真听着,被他坐在屁股底下的圆木劈柴早已滚落了也浑然不觉,现在他几乎就是坐在地板上。这些他都没管,等到弗丽达讲完他才站了起来,走过去坐在讲台上,拉住弗丽达的手。她试着把手抽回去,但太无力了,未果。他说:"听你讲的这番话,我都快分不清它到底是你的看法,还是老板娘的看法了。""这只是老板娘的看法,"弗丽达说,"我只是听她讲,因为我尊敬她,但我生平第一次完全不同意她的看法。她讲的一切在我听来都是那么荒唐可笑,和咱俩的实际情况太不符合了。当时我觉得一切都跟她说的正好相反。我想起来咱俩第一夜后的那个阴冷的早晨,你跪在我的身旁,那神情看起来好像一切都已经完了。从那以后,无论我多么努力,我都没能帮上你的忙,反倒是在阻碍你。老板娘正是因为我才和你为敌的,她是个特有能量的敌人,直到现在你还在低估她。因为我是处在你的照顾下,为了我的缘故,你才被迫去争取你现在这个职位,你才会在与村长打交道时处在不利地位,才会听凭那个教师使唤而不敢不从,才会落到那两个助手的手中。最糟糕的是,你可能因为我而已经冒犯了克拉姆。你一直想方设法企图接近克拉姆,但这不过是你为了求得他与你和解而做的无效努力而已。所以我暗自思忖,老板娘比我当然明白事理得多,对这事儿她是旁观者清,她只是在用她的劝诱提醒我,免得我以后悔之莫及。我知道她是好意,只是多余罢了。我对你的爱会助我克服一切困难的,最终也会帮助你走得更远,即使不是在这个村子里,也会在别的什么地方。爱的力量显然已经得到了证明,比如它就把你从巴尔纳巴斯家中拯救了出来。"

"这么说你当时是反对老板娘的看法的,"卡说,"可后来有什么改变么?""我也不知道,"弗丽达瞥了一眼卡正握着她的手的这双手,说,"也许一切都没有改变;当你离我那么近,那么平静地问我时,我觉得一切都没有改变。可事实呢——"她把手从卡的手中抽出来,挺直身子和他面对面坐着,手不掩面默默地流起泪来。她扭脸看着他,满面泪痕,似乎不是在自怜地哭泣,也就用不着掩面,而好像是在为卡的忘恩负义哭泣似的,并有意让他看到她脸上伤心的表情——"可事实上,自打我听你和那个小男孩儿说话时起,一切就都改变了。一开始你是多么天真啊,你问起他家的情况,问起他爸爸,又问起他妈妈,就像你最初迈进客店时那样,那么亲切,那么率真,用孩子般渴望的目光盯住我的眼睛。那时的情形就跟最初一样,我是多么希望老板娘也在场啊,让她听听你讲话,看她还坚持不坚持自己的想法?可接着,也不知怎么回事儿,我突然明白了,你是抱着一种目的,一种企图,在跟那个孩子交谈。你用充满同情的话赢得了他的信任——这可没那么容易——这样你就能悄没声息地达到你的目的。而你的目的我也逐渐看清楚了,就是直取那个女人。你的话拐弯抹角地总是围着那个女人转,表面看似乎全是关心她,实际上是在打你自己的小算盘。你甚至还没搭上那个女人就已经欺骗了她。从你的话中我不但听出了我的过去，也看到了我的将来，给我的感觉像是老板娘就坐在我的身旁，给我逐条讲解，而我却总想努力把她推开。现在我终于明白这样的努力是多么苍白无力，被欺骗的那个将不再是我——我甚至都不值得一骗——而是那个陌生的女人。后来我恢复了镇定，问小汉斯想做个什么样的人。当他回答说想做个像你这样的人时，我知道他已经完全被你控制了。这个现在在这儿被你利用的乖孩子，和那个那时在旅馆酒吧被你利用的我，我们俩之间究竟有多大的差别呢？"

"你说的这一切，"已经习惯了她责备的卡恢复了镇静，说，"在某种程度上言之有理，并非一派胡言，只是太刻薄了，充满敌意。尽管你以为它们是你自己的看法，但其实那全是老板娘的看法，是我的敌人的看法。这么一想我就释然了。但它们颇能发人深省，那个老板娘还是能给人一点启迪的。这些话她并没有直接跟我讲，虽然在其他方面她对我可是毫不客气。很明显她是把她的武器交给你使了，希望你能在某个节骨眼儿上或不利时刻用它朝我开一枪。如果说我利用你，那她也同样在利用你。可是弗丽达，你好好想一想，就算老板娘说的一切都属实，那也只有在一种情况下它才是可怕的，即在你不爱我的情况下。只有在这种情况下，我是靠算计和阴谋骗取了你并从中获取巨大好处这种说法才真实可信。如此说来，我跟奥尔佳臂挽臂出现在你面前以博取你的怜悯也可能是我计划的一部分喽，而老板娘在历数我的罪状时却偏偏忘了包括这一条。要是，要是这事儿不像她想的那么坏，那天晚上并不是一条毒蛇把你拖走，而是你我彼此走向对方，彼此不顾周围的一切发现并爱上了对方，那么，弗丽达请你告诉我，这又会是怎样一种情况呢？若是这样的话，岂不是可以说，我不仅在为我自己打算，同时也在为我们俩打算吗？这两者之间其实没什么不同，只有咱俩的某个共同的敌人才能看出区别来。这件事就是这样，放在哪儿都是这样，甚至和小汉斯那一出也是这样。另外，你在评论我跟汉斯的谈话时，由于你心太细腻，太过敏感，你也极为夸张了事情，因为即使汉斯的意图和我的意图不完全一致，那也不等于我俩的意图就是矛盾的呀。再说你我的分歧也不会止于小汉斯身上——要是你这么认为的话，你可真就大大低估那个小鬼头的能量啦；就算此事不涉及汉斯，我想，也不会对谁造成不利的。"

"唉，要确定自己站在哪一边可真难啊，"弗丽达叹了一口气说，"我当然不是不相信你，如若我真从老板娘那里接受她的看法的话，我倒宁愿把它们抛弃，而跪倒在你面前乞求原谅。别看这些恶话都是从我嘴里说出来的，可我内心里却在无时无刻不乞求你的原谅。可是你却向我隐瞒了许多秘密，你神神秘秘来去无踪，我都搞不清你从哪儿来，要到哪儿去。小汉斯敲门的时候，你却喊出了巴尔纳巴斯的名字。我真不明白，那么一个让我讨厌的名字，你却叫得那么亲切；哪怕只有一次你叫我叫得这么亲切，我都要烧高香了。如果连你都不信任我，凭什么我就不能怀疑你呢？因为我那时完全依靠老板娘，而你的行为却只是在证实她对你的看法。倒不是每个行为都证实她说得对，不然怎么解释你为了我而把那两个助手赶走的事实？唉，你要是了解这个就好了：我多么渴望能从你的言行里找到一点安慰和希望，哪怕它们让我感到痛苦折磨我也心甘情愿。""弗丽达你要知道，"卡说，"首先，我没对你隐瞒任何事情。那个老板娘是那么恨我，她用那么卑鄙的手段要把你从我身边夺走，可你却对她那么顺从；噢，弗丽达，你对她可说是百依百顺。可我呢，你说说看，我到底对你隐瞒了什么呢？我是想见到克拉姆，这你是清楚的；在这点上你帮不了我什么忙，所以我必须靠自己想办法，这你也是清楚的。我在这上面还没取得任何进展，这你也能看得出来。我这一切努力全都枉费心机，这已经够让我丢脸的了，难道现在还要我把它们再说一遍，丢第二次脸吗？我是不是还要吹吹牛，说那天下午在克拉姆的雪橇马车门前，我都冻僵了，白白等了一个下午？好不容易不去想这些事了，我满心欢喜地跑来找你，听到的却只是你对我谴责这谴责那。对了，还有巴尔巴纳斯？当然，我是在指望他，他是克拉姆的信使,不过不是我任命的。""又是巴尔巴纳斯,"弗丽达嚷道,"他才不是个好信使呢。""你说的也许没错,"卡说,"可给我传信儿的只有他一个信使呀。""那可太糟糕了,"弗丽达说,"你就更需要提防他了。""可惜他没做什么需要我提防他的事,"卡微笑着说,"他很少来,带来的也都无关紧要的消息,唯一有价值的只是它们直接来自于克拉姆。""可是你听好了,"弗丽达说,"你现在甚至也不瞄准克拉姆了,他已不再是你的目标了,也许这才是最让我不安的了。跟我在一起时你总是把我往克拉姆那儿扯,这已经够糟糕的了;现在你倒好,连克拉姆都不想见了,这就更糟糕,连老板娘都不可能预见到你还有这一出。根据她的说法,当你有一天终于发现你想见克拉姆的希望彻底破灭时,我的幸福,我这虽很成问题但还算实实在在的幸福,也就终结了。可现在你倒好,连那一天都等不及了,一个小屁孩儿突然冒出来,你就像抓住了一根救命稻草,立刻就跟他为他的妈妈而斗了起来。""你对我和汉斯的交谈理解得不错嘛,"卡说,"其实就是这么回事。你难道完全忘了你过去的生活吗?——老板娘是肯定不会的,她绝不会忘掉她过去的日子的——你以前的生活距离现在的你是那么遥远,以至于你不再记得一个人要往上爬有多么艰难,尤其是从社会最底层。人难道不该抓住一切可能带给他希望的机会吗?当初我来到这个村儿的第一天,我误入了拉泽曼的家里,就是这个女人亲口告诉我她是从城堡里来的。所以向她询问甚至向她求助关于城堡的事,这是再自然不过的事了。如果说,那个老板娘只知道接近克拉姆有多么多么难的话,那么这个女人就很可能知道通往克拉姆的路,因为她本人就是从那儿过来的。""她知道通向克拉姆那儿的路?"弗丽达问。"当然是克拉姆那儿,除了那儿还能有哪儿?"卡说。说完他猛地站起身来:"我早该去取午饭了。"弗丽达却不合时宜地、固执地央求他别去,好像他只有留下来和她在一起,才能证明他说的所有安慰她的话都是真话似的。卡指指那扇随时都可能嗵的一声被人猛地推开的门,提醒她说那个教师会很不高兴。他答应她很快就会回来;她甚至不用自己去生炉子，由他回来生就是了。弗丽达最后默默地顺从了。

卡走出门外，吃力地开始踏雪而行——这条路早该打扫干净了，真奇怪这项工作怎么进行得这么缓慢——这时他看到两助手中的一个还死抓着栅栏不放，虽已累得筋疲力尽。只有一个，另一个助手跑哪儿去了？莫非卡已经耗尽了其中一个助手剩余的耐力了？而留下来的这位依旧劲头不减，这可以从他看到卡时又挥胳膊又翻白眼儿的那股热切劲儿中看得出来。"他可真固执，"卡心想，接着不由得又想："这样下去，他非冻死在栅栏那儿不可。"可表面上，卡只是向他扬了扬拳头以示威胁，让他别再靠近。那个助手也就真的被他吓退了好几步。就在这时，弗丽达按照和卡说好的安排，打开了一扇窗子，先通一下风，再生炉子。那个助手立刻就不再纠缠卡了，转而朝窗子潜行过去，仿佛自禁不住地受到了强烈的吸引。弗丽达冲助手露出友好的笑容，又冲卡投去无奈而求情的目光，她从楼上的窗口朝外挥了挥手，也不知是在招呼他还是在赶走他。那个助手可没有因为这个动作而停下步来，弗丽达赶紧关上了外层的窗户，人却留在了窗后，一只手搁在窗沿儿上，歪着头，睁着大眼睛，始终微笑着。难道她没有意识到，她这个样子不仅吓不跑那个助手，反而引诱他继续接近她吗？卡可管不了那么多了，他想最好的办法就是快去快回。

第十五章 在阿玛莉亚家

总算，直到天擦黑了，卡才清扫完校园道路上的积雪。他把雪堆积在道路两旁，用铁锹拍砸瓷实了。一天的活儿终于干完了。他站在学校门口，四下孤零零地只有他一个人。几个小时前那个助手让他赶跑了；当时卡驱赶了他好一段距离，然后那混球就藏到了小花园和校舍之间的不知什么地方去了，从此再没露面。这期间弗丽达待在屋子里，洗衣服，也许还在给吉莎的猫洗澡。吉莎把给猫洗澡这项任务交给弗丽达去干，已经是表明对她极大的信任了，但这其实是一件既不愉快又非她分内的差事。若不是考虑到他们已经多次失职，所以得利用一切机会赢得吉莎的好感，卡是断不会容忍弗丽达去干这等差事的。吉莎扬扬自得地看着卡从阁楼上把一个小孩的洗澡盆拿下来，烧一些温水倒进去，然后非常小心地和弗丽达一起把那猫放进澡盆里。然后吉莎就把猫完全交给弗丽达照料，自己忙别的去了，因为施瓦策来了。卡来到这个村子的第一天晚上就认识了施瓦策，这时他出现了，心情矛盾地和卡打了一声招呼——既客气，因为那天晚上发生的事情让他领教了卡的硬气；又盛气凌人，因为卡只是个区区校工而已。然后他就和吉莎一起去了另一间教室。现在他俩还在那儿待着。卡在桥边旅馆曾听人说过，施瓦策虽然是城守的儿子，但他因为爱上了吉莎而已在村儿里住了一段时间，并且因为他的城堡背景而顺利让村委会任命他为助理教师，但其主要职责却是几乎一节不落地听吉莎讲课，听课时他与其说是坐在孩子们中间，毋宁说是坐在讲台下吉莎的脚边。他现已不再是一种干扰，孩子们早已习惯了他的存在。八成是因为既不喜欢孩子，也不懂跟孩子怎样相处，施瓦策很少跟孩子们讲话，他只是接管了吉莎教的体育课而已。只要能接近吉莎，跟她在一起，和她共呼吸一室空气，感受到一点她的体温，他就心满意足了。他最大的满足就是坐在吉莎身旁，和她一起批改学生的作业。今天他们忙着干的也是这项工作，施瓦策抱来了一大摞作业本，那个教师也老把归他批改的作业交给他俩批改。刚才外面天还亮的时候，卡还能看到他俩伏在一张小课桌上改作业，两个脑袋凑在一起一动不动；而现在能看清的，就只有两支闪烁不定的蜡烛了。敢情是一种严肃的、悄没声息的爱把他俩连结在一起的，其基调事实上是由吉莎定下的，这个冷淡气质（粘液质）的女人自己有时候会变得疯狂而不顾一切，却在任何其他情况下都决不能容忍别人这个样子。于是生性活跃的施瓦策只好依着她的性子，走路迈着方步，说话慢条斯理，大部分时间都沉默寡言。但是他付出的这一切所得到的回报却只有吉莎的漠然加冷淡。吉莎可能根本就不爱他，从她那双圆睁的、眨都不带眨一下的灰蓝眼睛里是无论如何也看不出对这类问题的任何答案的。虽然能看出她默许了施瓦策的纠缠没加以反对，但她显然不懂得享受被一个城堡城守的儿子爱恋的那份荣耀，比如从不搔首弄姿，无论在什么场合——不管施瓦策看着她还是没看着她——永远都端着她一名小学女教师的那种端庄而威严的姿态，尽管她的身体是那么标致而性感。反过来，施瓦策却为了她而作出了住在村子里的牺牲；他爸爸多次派人来接他回去，都被他龙颜大怒地轰走了，仿佛这些人的到来让他短暂想起了城堡和他作为城守儿子的职责，却严重破坏了他的世俗幸福似的。而其实他的乡村生活是有大量打发不掉的空闲时间的，因为吉莎通常只让他在她上课和批改作业时跟着她。这倒不是因为她很慎重，而只是因为她喜欢独自一人舒适地待在家里，伸展腰身坐在沙发椅上抱着猫咪，彻底放松，没人打扰。那猫是不会烦扰她的，因为它已经懒得动一下了。因此施瓦策在一天的大部分时间里都无所事事，只能到处溜达，幸好他也喜欢这样，可以有机会经常跑到吉莎住的狮子街去，上楼来到她住的顶楼小屋的门口，隔着总是锁上的门偷听里面的动静，听到里面总是那么安静，令人不安、百思不解。然后他便悄悄离开。干这种偷听偷窥的勾当他居然很乐在其中。不过，这种生活有时也会在他心中激起自己作为官方代表的那种可笑的傲慢，虽然从不当着吉莎的面把它表现出来。这种傲慢与他现任的小助教一职并不相称，所以当然就不会有什么好结果，这是卡从以往的经验可以意料得到的。

可令人吃惊的是，人们——起码是桥边旅店的人们——在谈起施瓦策时仍流露出一定的尊敬，甚至在谈起他的荒唐可笑之事时也是如此。这种尊敬也延伸到了吉莎身上。虽则如此，施瓦策若是以为自己作为助理教师，地位比卡优越得多的话，那他可就大错特错了。因为这种优越根本就不存在。一个学校看门人，对全体教师来讲，可是个重要任务呢；甚至对施瓦策这样的特殊教师来讲也是如此。谁要是因为社会地位的问题而免不了要轻视看门人的话，那这个人起码也应该给他一些好处作为补偿，从而让看门人能容忍这种轻视。不过，卡打算把这个问题留到以后考虑；况且施瓦策打从卡进村的第一个夜晚就欠下了他一笔债呢。随后几天发生的事情也证明了施瓦策对待他的态度是不可原谅的，丝毫抵消不了这笔债。需要记住的是，他对待卡的态度也许能决定以后事态的发展。正是因为这个施瓦策，当局才把全部注意力从一开始就集中在了卡的身上。这可真够荒唐，因为卡当时在村子里还完全是个陌生人，举目无亲，又没有容身之地，长途跋涉后已经筋疲力尽，无奈地躺在一个草袋子上一筹莫展，任凭大小官员的摆布。哪怕他迟来一个晚上，局面也许就会迥然不同，也许他就不会惊动四方，事情也许就会进展顺利。那样的话，就不会有人知道他的情况，人们就不会怀疑他，就会把他当成一个旅客而爽快地留他住一晚。然后他们就会注意到他的能干和诚实可靠，关于他的正面消息就会很快传遍邻里四方，然后他可能不久就能找到一个人家给他们当干农活儿的帮手。当然，当局会注意到他的到来，他也不会逃避当局的查询，但是这与半夜三更随便什么人来叫醒他，又是查他又是打电话的，并强迫他立刻作出决定是有很大区别的——是的，是强迫，虽然貌似比较客气，但实际上既固执又让卡特别恼火，被施瓦策这样一个下三烂吵醒，而此人在城堡里很可能也不怎么地。这样的半夜被打扰，与卡第二天在办公时间自己敲开村长的门上门报告，是有本质区别的。若不是头天夜里发生那样的事，卡第二天就会这样做的，他会向村长汇报，自己是个外地的旅人，已经在一户村民家里找到了住处，很可能明天就会继续旅行，除非——这种可能性极小——他在这儿找到了工作。但即便如此，他也只是多待几天而已，因为他毫无打算在此地久留。若不是施瓦策搞了这一出，上述或类似事件就会发生的。当局仍会出面调查此事的，但他们会平心静气按部就班通过官方渠道规规矩矩地办理，而不会受当事个人缺乏耐心的干扰；他们最讨厌的可能就是这个了。纵观整个这件事，卡当然是无辜的了，错都在施瓦策身上，但施瓦策毕竟是城堡城守的儿子，表面上也都做得很得体，所以他们就把过错全归到卡一个人身上。那么，这一切荒谬的起因又是什么呢？也许是吉莎那天心情不好，搞得施瓦策夜里睡不着觉，就出来像个夜游神似的瞎逛荡，最后把一肚子闷气都撒在卡的身上。当然，换个角度来讲，你也可以争辩说卡要感激施瓦策的出现及行为，因为只有这样才让某些事成为可能，而这些事单靠卡自己的力量是没法儿成就的，也是他一个人所不敢企及的，也是官方不会承认也不会允许的。也就是说，他没有采取任何迂回隐蔽的手段，就和当局硬碰硬地撞了个满怀，换上个别人这简直就是天方夜谭。不过，这也是个相当可怕的成果，它固然免掉了卡说大量的谎言和使用欺诈的手段，但也让他几乎处于没有任何防御能力的境地，使他在博弈中吃亏。若不是他提醒自己——自己本来就微不足道，与当局的实力对比本来就相差悬殊，即使自己再怎么撒谎耍手腕，也无法消除这一悬殊并让事情对自己有利——他早就彻底绝望了。但这些想法不过是他自我安慰罢了，而施瓦策则无论如何对他是有亏欠的；虽然他以前伤害过卡，但他有可能近期对卡就会有所帮助。卡在实施那些精打细算并带有初步试探性的行动时，还会需要帮助的，因为这一次似乎连巴尔纳巴斯都没有帮上他的忙。考虑到弗丽达的感受，卡不太愿意去巴尔纳巴斯家里打听消息；另外为了避免当着弗丽达的面接待他，卡一直在外面干活儿，活干完了也待在外面等着巴尔纳巴斯来，可是他最终也没有来。现在只有一个办法，就是去找他那两个姐妹，卡只需站在门口问她们几个问题，不一会儿工夫就能回来了。想到这儿他把铁锹往雪地里一插，撒腿就跑。他气喘吁吁地跑到巴尔纳巴斯家，急切地敲门，然后猛地把门推开，瞅都不瞅屋里一眼就问："巴尔纳巴斯还没回来吗？"话说完他才注意到奥尔佳并没在屋里，只见到那两个老人又是远远地坐在桌旁打瞌睡。他们还没明白过来门口发生了什么事儿，正把头慢慢扭过来看。最后卡才发现阿玛莉亚盖着毛毯躺在火炉旁的睡榻上。看到卡突然出现她吓了一跳，连忙用手捂住脑门儿想让自己醒过神儿来。要是奥尔佳在场的话，她会立刻回答卡的问题，完了卡就可以走了。可现在他不得不朝阿玛莉亚走过去几步，伸出手去（她默默地握了握他的手），并请她让她惊觉的父母不要站起来忙活了。她照办了，一两句话劝住了他们。卡这才了解到奥尔佳正在院子里劈木柴；而阿玛莉亚因为累坏了——她没说什么原因——不得不躺下来，目前刚躺下来一会儿。巴尔纳巴斯虽然眼下还没回来，但很快就会回来的，因为他从不在城堡里过夜。卡谢谢阿玛莉亚告诉了他这些，完了他就要告辞了，可这时阿玛莉亚问他要不要等等奥尔佳。卡说很抱歉他没有时间了。阿玛莉亚又问他是不是白天已经跟奥尔佳谈过了，他惊讶地说没有啊，并问她奥尔佳是不是有什么事儿要告诉他。阿玛莉亚噘起嘴巴好像有点生气，她只朝卡点了点头，什么也没说就又躺下了。这显然是下了逐客令。她以睡姿端详着他，好像很奇怪他怎么还不走。她的眼神冷漠而清澈，一向都是那么凝重，目光从不聚焦在她所看的目标上面，而是——这让人心里不安——仿佛越过目标望着更远的什么地方；虽然她这样子很轻微，不太看得出来，但不可否认就是这样的。这应该不是出于怯懦、窘迫或者心虚使然，而是出于一种不愿与外界打交道、向往独处的持续渴望，这种渴望抑制了所有其他情感，也许只有她自己能懂得它。卡回想起自己来到这个村子的第一个夜晚便被这种目光所吸引；使他立刻对这家人产生不良印象的很可能就是这种目光，但它本质上并不令人讨厌，反而于矜持隐忍中包含着高傲与诚实。"你总是这样感伤吗，阿玛莉亚？"卡问，"你有什么烦恼吗？不能说给我听听吗？我还从没见过像你这样的乡村姑娘呢。我刚才突然有了一种感觉：你是这个村子的人吗？你是出生在这个村子里吗？"阿玛莉亚回答说"是呀"，好像卡只问了第二个问题似的。接着她问卡："看来你要等奥尔佳回来了？""我不明白你干吗老问这个问题呢？"卡说，"我不能在这儿久留，我未婚妻还在家里等着我呢。"阿玛莉亚立刻用胳膊肘撑起了身子，她还是头一次听说他有未婚妻。卡说出她的名字，阿玛莉亚不认识她。她问卡奥尔佳知不知道他订婚的事情，卡说她很可能知道，实际上奥尔佳见过他跟弗丽达在一起，况且这样的消息在村儿里很快就会传遍的。可是阿玛莉亚向他保证说奥尔佳对这事儿一无所知，还说这事儿肯定会让奥尔佳很伤心的，既然她好像爱上了卡。她并没挑明她的爱，因为她非常矜持，但是爱情总会不自觉流露出来的。对此卡回答说阿玛莉亚肯定是搞错了。阿玛莉亚一听笑了，笑得虽然还很忧伤，但让她暗淡、苦闷的脸上露出了光晕，也让她沉默的嘴开启了话匣子，态度也由疏远变成了亲昵。她说出了一个秘密，一个迄今为止都严格保守的秘密，虽然她可以把它再收回去，但已覆水难收了。她说她绝对没有搞错，不仅没搞错，而且还知道得更多，比方说，她知道卡也是喜欢奥尔佳的，他来她家，说是向巴尔纳巴斯打探消息，其实是找个借口来找奥尔佳的。不过，现在既然阿玛莉亚什么都知道了，他也就大可不必遮遮掩掩扭扭捏捏，常来她家就是了。她一直想告诉他的就是这些。卡一个劲儿地摇头，提醒她自己已经订婚了。阿玛莉亚似乎并不把卡的订婚当回事儿，她从卡身上获得的最初印象——他一个人来敲她家门——决定了她对这个事的基本看法，所以她只是问了下卡是啥时认识那个姑娘的，怎么刚来没几天就认识了那个姑娘。卡回答说他是那天晚上在贵族旅馆认识她的。对此，阿玛莉亚断然说，本来她就非常不赞成把卡领到贵族旅馆去。正在这时，奥尔佳抱着一捆劈柴进来了，阿玛莉亚就扭头问她，要她证实。奥尔佳因为刚从屋外天寒地冻中进来，显得非常有精神，浑身是劲的样子，仿佛干体力活儿让她振奋起来了，变得跟往常她待在屋子里的那副萎靡不振的样儿完全不一样了。她扔下劈柴，向卡大大方方打了声招呼，接着就向他问起弗丽达的情况。卡颇有意味地瞅了阿玛莉亚一眼，可她似乎并不认为自己的观点已被推翻。卡有点生气了，就有意更详细地谈起弗丽达（换在其他场合他不会这么做的），叙述她克服很多困难在校舍里操持起了一个家。他因为想要马上回家，只能三言两语地叙说完毕，在跟这两姐妹告别时一时兴起，竟邀请她们有空去他家作客。但话刚出口他就后悔了。阿玛莉亚却不容得他反悔，马上宣布她接受这个邀请，这样一来奥尔佳也只好说她愿意跟她一起去了。卡这下不知如何是好了；但他急于赶快走掉，而且在阿玛莉亚的目光逼视下也很不舒服，情急之下于是不再犹豫，直接承认这次邀请欠考虑，只是自己一时冲动作出的，很遗憾他不能把它当真，因为弗丽达和巴尔纳巴斯家之间存在着很大的、他不能理解的敌意。"哪儿有什么敌意呀，"阿玛莉亚从长椅上坐了起来，把毛毯一掀，说，"没那么严重，只是人云亦云瞎传罢了。得了，你走吧，去找你的未婚妻吧，瞧你那个急样儿。别担心，我们不会去登门拜访的，我刚才说要去，只是开个玩笑而已，跟你闹着玩儿的。但是你可以常来看看我们，谁也拦不住你的，你可以永远拿'我找巴尔纳巴斯打听消息'当借口。为了让你更心安理得一些，我还可以告诉你，就算巴尔纳巴斯从城堡里给你带回来什么消息，他也不会大老远跑到学校去通知你了。他可不能再跑那么多路了，这个可怜的小伙子，这个差事快把他累垮啦。所以你今后必须自个儿来这儿取信儿。"卡这是头一次听阿玛莉亚一口气说那么长一段话，连语气也和以往不同，带着一种威严，不仅让卡感受到了，连平时和她相处惯了的妹妹奥尔佳也感受到了。她往旁边挪了挪步，双手搂在胸前，恢复了以往的姿势，双腿叉开，稍微弯腰含胸，眼睛盯着阿玛莉亚，阿玛莉亚却始终盯着卡。"你误会了，"卡说，"你要是认为我不是真的在等巴尔纳巴斯，那你可就大错特错了。我最大的、也是我唯一的愿望，就是和当局交涉，办理好我的事情，而巴尔巴纳斯可以帮助我实现这个愿望。我是把很多希望的实现都寄托在他身上了。确实，他让我非常失望，但究其原因，我的过错比他的大。最初我糊涂地以为，那天晚上他只要跑个短腿儿一切就都解决了，但当后来证明不可能的就是不可能的之后，我把责任错误地归咎到他身上。这事儿甚至也影响到了我对你们一家和对你的看法。不过这一切都过去了，现在我比较能理解你们了，甚至可以说你们——"卡想找个贴切的词来表达，可一时找不着，只好大致表达一下，"——比村儿里任何其他人的心肠都要好，起码比我至今为止遇见的所有人都心好。不过，阿玛莉亚，你刚又让我改变了一点看法，因为你看轻了巴尔纳巴斯对我的重要性，且不说你贬低了你哥哥的职务。也许你并没有参与巴尔纳巴斯的事情，这很好，这事我愿意到此为止；但是也许你知情，你参与了——我觉得这更有可能——这可就太糟了，因为这就说明了你哥哥在骗我。""你别激动嘛，"阿玛莉亚说，"我才不管他的事呢，甭管谁都休想让我去关心他的事，哪怕这事是为你着想。其实我是愿意帮你很多忙的，因为正如你所说，我们是好心肠的人。但是我哥的事只有他自己关心，除了偶然我不经意地听到一点之外，我对它们一点都不了解。不过奥尔佳可以把她知道的全告诉你，他俩关系可好啦。"说完她转身就走了，先到她父母跟前小声跟他们嘀咕了几句，然后就进了厨房。她没跟卡告别就走掉了，好像她认定他还要待上好一阵子似的，因而没必要说拜拜。

第十六章

卡呆呆站着，一脸惊讶看着她走掉了，奥尔佳接着却冲他笑起来，并把他拉到火炉旁边的长椅上坐下来。能不受干扰地和他坐在一起，她显得由衷地高兴。但这是一种心平气和不带丝毫嫉妒的喜悦。正因为没有嫉妒也就对卡没有任何企图，所以让卡放下心来。他喜欢直视她那双既不媚人也不吓人的蓝眼睛，那是双蕴含着羞涩的质朴和温柔的率真的眼睛。先前弗丽达和老板娘的警告似乎并没让他变得更容易接受这里的一切，反而让他变得更机警和智慧起来。所以当奥尔佳表示，对他刚才说阿玛莉亚心肠好感到惊讶时，他也跟着她一起大笑起来，因为阿玛莉亚虽然具备一些优点，但怎么也说不上心肠好。对此卡解释道，他这个称赞实际上是针对她奥尔佳的；他知道阿玛莉亚特别强势，不仅把别人当着她的面说的一切都往自己身上扯，还要别人让她大包大揽。"她真是这样，"奥尔佳说，脸色变得严肃起来，"而且比你想象的还要甚。阿玛莉亚年龄比我小，比巴尔纳巴斯也小，但我们家里事事由她作主。事无巨细，好事坏事，一切她说了算。当然，她肩挑的担子也比其他人都重，是好是坏主要由她担着。"卡认为此话言重了，阿玛莉亚刚刚说过她才不管她哥哥的事呢，反而是奥尔佳却事事门儿清。"我怎么才能跟你说明白呢？"奥尔佳说，"阿玛莉亚其实不关心我和巴尔纳巴斯，除了我们的老爸老妈她谁也不关心，她日日夜夜地照顾二老，刚才她还问他们还需要什么，然后就到厨房给他们做饭去了。从今天中午起她就身体不舒服，一直躺在这张长椅上，但为了照顾他们她还是自己硬撑着起来了。虽然她不关心我们，我们却把她当老大一样依靠，假如她对我们的事情提出建议忠告,我们肯定会遵从的,可她从不这样做,我们在她眼里就像陌生人。你是从外地来的,见多识广,和什么人没打过交道,你难道不觉得她特别聪明吗?""我觉得她好像特别不开心,"卡说,"但你们怎么就能说是遵从她呢? 就比方说巴尔纳巴斯吧,阿玛莉亚明明不赞成——甚至瞧不起——他当信差,可他不是照样接受了这份差事吗?""若是他知道自己还能干别的,他早就辞掉信差干别的去了,他对信使这个职业一点都不满意。""他不是学过鞋匠活儿吗?"卡问。"没错儿,"奥尔佳说,"他的确一边干信差一边给布伦斯韦克帮忙。只要他愿意,他可以有很多活儿可干,夜以继日忙不过来,可以挣到很多钱哩。""这么说来,"卡说,"他也可以不以当信差为生喽。""谁说他当信差为生?"奥尔佳吃惊地问,"你以为他当信差是为了挣钱养家吗?""可能吧,"卡说,"不过你也亲口说过他并不满意这份差事。""这个差事没有一个方面是让他满意的,"奥尔佳说,"但是,它毕竟是城堡的一份差事,多多少少它是属于城堡的,至少人家都这么认为。""噢?"卡说,"难道你们对这有怀疑吗?""唔,"奥尔佳说,"也不是真怀疑,巴尔纳巴斯的确出入城堡的办公室,那儿的侍从们也确实把他当自己人看,他也能远远地看到各个官员,接到相当重要的信件让他传送,甚至有些还需要他口头传达。这样的差事很多,我们也确实为他这么年轻就取得这么些成就感到挺自豪的。"卡连连点点,把回家的事也忘了。"这么说来他应该有制服穿吧?"他问。"你是说那件外套吗?"奥尔佳说,"那不是;那是阿玛莉亚在他当信使之前就给他做了的。不过你这句话倒也说到了他的痛处:城堡当局老早以前就该发给他一套衣服了,但不是制服——城堡里根本就没设计过制服——而是一身部里的服装,他们早就答应过要发给他的。但是城堡办这类事老是拖拖拉拉的,最恐怖的是你还永远别想知道他们磨磨蹭蹭的原因是什么。你可以理解为发衣服的官方程序已经启动,但还可以理解为它还没有进入流程,官方还在考虑之中,比如说他们还在继续考查巴尔纳巴斯;但最终你甚至可以理解为官方程序已经蔫不唧唧地结束了，不知出于什么考虑他们已经了撤销了承诺，巴尔纳巴斯永远得不到那身衣服了。除了这个结局你什么都不清楚，或者等你弄清楚了事情早就过去很久了。我们这儿有句俗话你可能听说过：'当官儿的做决定就像大姑娘进洞房——羞羞答答且等呢。'""这话说得很精准，"卡说，把这句俗话看得比奥尔佳还当真，"是很深刻的观察。那官方做决定可能还有其他跟大姑娘相似的特点吧。""也许有吧，"奥尔佳说，"我还真没听明白你的意思。也许你是在夸他们吧。但是对于官方发衣服这件事，由于巴尔纳巴斯特别在意，所以我也很在意，这是因为我们俩同甘共苦惯了。我们老是问自己，为什么官方就是不发给巴尔纳巴斯那套衣服呢？我们百思不得其解。整个事情看来不是那么简单，比如说，那些当官的好像就不穿什么官服。据我们村里人所知——也是巴尔纳巴斯跟我们讲的——当官的都是便服来便服去的，当然都是很漂亮考究的便服喽。再说你也见过克拉姆穿的是什么啦。巴尔纳巴斯当然不是什么当官的啦，连个芝麻官都算不上，他也不奢望自己能当官。但是据巴尔纳巴斯讲，连城堡里的高级侍从——在村儿里是绝对见不到这样的人的——都不穿官方制服。也许有人会想，他这么讲也许是某种自我安慰，但这样想他可就想错了：难道巴尔纳巴斯是一名高级侍从吗？不是，就算你再怎么偏袒他，你也不能这样说。他来到这个村子，甚至现在还住在这里，这本身就已经证明他不是高级侍从。那些高级侍从甚至比官员还难以接近，他们也许就不该接见人，也许他们的地位比某些官员还高。这么说是有根据的，比如说他们的工作就比官员少，而且据巴尔纳巴斯说，看着这些身材高大、举止优雅的男子在回廊里走来走去还真是一道亮丽的风景呢。巴尔纳巴斯总是打老远就绕开他们走。一句话，巴尔纳巴斯绝对不是个高级侍从，充其量他只是个低等侍从，可那些低等侍从却是穿官方制服的，起码到村儿里来时他们是穿的。哦，严格说那也不是制服，因为样式各不相同，但仅凭他们的穿着，你还是一眼就能认出他们是城堡里的侍从。你已经在贵族旅馆里见过这样一些人不是么？他们的穿着最大的一个特点就是很贴身，这样紧身的衣服庄稼汉或手艺人是没法儿穿的。哼，巴尔纳巴斯就没得到这样的服装，这不但很丢人很耻辱（但还可以忍受），最要命的是它让巴尔纳巴斯和我对一切都感到绝望，特别是在我们心情不好的时候，而这样的时候还不是很少。每逢这时我们就会犯嘀咕：巴尔纳巴斯干的究竟是不是城堡的工作呢？他的确出入那些办公室，但它们真就是城堡的办公室吗？就算城堡真有办公室，但是否就是允许巴尔纳巴斯进入的办公室呢？没错，他是进入一些办公室，但那只是全体的一部分，它们后面还有道道屏障，屏障后面还有更多办公室。他倒不是完全被禁止继续往里走，但只要遇见他的顶头上司那他肯定就没戏了，他们会拦下他处理他的事儿，然后把他打发走。人一进去那里头就处处受到监视，至少你深有这种感觉。就算你能深入往里走，而又没什么公事可办，只是硬闯进去，那你又能落什么好呢？巴尔纳巴斯老是提醒我，你不能把这些屏障想象成固定的界限，因为在那些他能进去的办公室里也有屏障，这些屏障他是能通过的，可是它们看上去与那些他还没通过的屏障也没什么区别呀！所以说，你压根儿就不该猜疑那些藏在一道道屏障后面的办公室跟巴尔纳巴斯已经进去过的办公室有什么大的不一样。只有心情沮丧时我们才这样疑神疑鬼。这时候一个人的疑心会加重，越加重他就越禁不住要怀疑。比如，巴尔纳巴斯跟那些当官的打交道，他向他们收发传递信件，可是那些官员又是哪儿的呢？那些信件的内容又是什么呢？好啦，他告诉我们，他现在被指派给克拉姆效力，由克拉姆亲自给他布置任务。哈，这可是一个莫大的恩宠，连那些高级侍从都休想得到呢，简直让人难以置信，也让人惴惴不安。想想看吧，直接派给克拉姆，跟他面对面讲话，这是啥场面！可这是真的吗？没错，是真的，可巴尔纳巴斯却又怀疑起，被人视为克拉姆的那位官员真就是克拉姆吗？你说他为啥这样呢？""噢，奥尔佳，"卡说，"你肯定不会拿这事儿开玩笑吧；怎么会怀疑克拉姆的长相呢？谁没见过克拉姆的长相呢，连我都亲眼见过。""当然不会啦，卡，"奥尔佳说，"这可不是开玩笑，我是在说非常正经的话。我把这事告诉你可不是要舒缓我的压抑并加重你的心理负担，而是因为是你先问起了巴尔纳巴斯，也是因为阿玛莉亚要我讲给你听，还因为我认为，你了解这些——以及更多——对你会有用处。我这么做也是为巴尔纳巴斯考虑，好让你别对他寄予过多的希望，这样他也就不会让你失望过大，也就不会因为你的失望而过分自责。他是个极其敏感的人，昨天夜里他就一宿没睡，因为你昨天下午对他不满意来着，还说过如果只有一个像巴尔纳巴斯这样的信使可就没什么盼头了这样的话。这些话就足以让他彻夜不眠，你是看不到他痛苦难受的样子的。而当城堡的信使必须要很有自控能力的，这对他来说很不容易做到，哪怕跟你在一起也难。你可能认为，你对他并没提出过分的要求呀，你对信使的职责早有自己明确、一贯的看法，你是据此来要求他的。可是城堡方面对于信使的职责也有自己的规定，要求和你的不一样，巴尔纳巴斯哪怕再怎么尽职尽责也难以达到你的要求；也难为他有时真想豁出命来干好这份工作。若不是存在他干的究竟是不是城堡信使的工作这个疑虑的话，你早就该接受眼下这个局面并且对它说不出什么来了。跟你他当然是不会提出这些疑虑的，否则只会损伤他的自尊，并且严重触犯他认为自己一直在恪守的法律。他甚至对我都不敢坦白他的担心，我是连哄带吻带耍赖才让他吐露他的疑虑的。吐露之后他都不愿承认他的疑虑真就是个疑虑。他的秉性跟阿玛莉亚有些像，他肯定没有把所有心事都告诉我，虽然我是他唯一信任的人。不过我们有时候会谈到克拉姆，此人直到现在我都没见过。你是知道的，弗丽达很不喜欢我，她是绝不会让我见到他的。不过，村子里很多人都知道他的长相，有些人还实际见到过他，所有人都听说过他。从这些有关他的见闻、谣传和种种动机不明的歪曲描述中，可以绘出一幅基本写实的克拉姆画像。但这也只是基本写实而已，细节方面就众说纷纭了，也许还是与克拉姆的真实面目不尽相同。他们都说，他进村时跟他离村时完全不像一个人，喝酒前跟喝酒后不一样；醒着时是一个样，睡着时是另一个样；一个人待着时是一个样，跟别人谈话时是另一个样；而且在城堡里的时候，他就像是脱胎换骨了似的，这倒是完全可以理解。即使是在同一个村子里，人们对他的形容也很不一样：他是啥身材，啥姿势，胖还是瘦，长着啥胡子，大家都说法不一。还好有一点大家说法是一致的：他总是穿着同一件外衣，一件黑色的长燕尾晨服。这林林总总的不同说法当然不是魔术师变幻出来的，而是描述人在不同心境和兴奋程度下的主观表述；这种情况很容易理解：那些有幸面见克拉姆的人抱着或希望或绝望的复杂心情，面见他一般也就几分钟时间，碰巧赶上什么就算什么。我现在把巴尔纳巴斯经常跟我讲的都转述给你了。一般来讲，一个跟此事没什么直接关系和个人牵扯的人有了这些也就足够了。但是我们还不能仅仅满足于这个，因为对巴尔纳巴斯来说，他与之说话的那个人是不是真的克拉姆，这可是一件生死攸关的大事。"我也一样。"卡说。他俩在火炉旁的长椅上坐得更靠近了一些。奥尔佳带来的不好消息虽然对他产生了负面影响，但他认为自己认识的那么多村里人基本能抵消这种影响，这些人至少表面上看都和他处境相同，他可以同他们联合起来共同对付城堡，在许多事情上他可以和他们取得共识，而不仅仅局限在他跟弗丽达的这些事上。诚然，他正对让巴尔纳巴斯传达口信以达到自己目的的方法逐渐丧失信心，但是巴尔纳巴斯跟上层的关系搞得越是糟糕，他就越会跟下层的卡走得近；卡从没想过，自己会跟村子里的巴尔纳巴斯及其姊妹一道，进行一场没有希望的拼死博弈。不过眼下情况还不完全明朗，最终还可能出现相反的局面，卡还是得谨慎行事，不要被奥尔佳毫无疑问的天真所误导，以为巴尔纳巴斯也诚实可信。

"至于说那些对克拉姆相貌的不同描绘，"奥尔佳接着说，"巴尔纳巴斯心里清楚着呢。他把它们汇总起来进行比较。也许是比较得太多了，他有一次竟然透过马车窗口看到了克拉姆，或者他以为自己看到了克拉姆，就以为自己从此以后能认出他来。可是有一次——要怎样才能让你相信呢？——他去城堡的一间办公室，当有人把几个站在一起的官员中的一个指给他看，说那就是克拉姆时，巴尔纳巴斯竟然没有认出他来！之后好长一段时间，他都不能习惯克拉姆怎么是那个人。但如若你问巴尔纳巴斯，那个克拉姆跟大伙儿描述的究竟有什么不同时，他又答不上来；或者他答的就是对城堡里的那位官员的描述，而他描述的却恰恰又和我们所知的那个克拉姆完全吻合。所以我就对他说啦：'巴尔纳巴斯，你这又是何苦呢？干吗怀疑来怀疑去的自寻烦恼呢？'于是他又开始很苦恼地描述那个城堡官员的相貌特征，与其说是描述，不如说是杜撰，而且杜撰得有鼻子有眼儿的，比如说他有一种点头的方式很特别啦，或者他的背心上有一颗扣子没系上啦，而这些其实你是没办法看得很仔细的。在我看来，重要的不是克拉姆的长相，而是他接见巴尔纳巴斯的方式；巴尔纳巴斯经常把这讲给我听，甚至还画图来说明。他通常是被带进一间很大的办公室，但它不是克拉姆的办公室，也不是其他哪个特殊人物的。整个房间被一张高高的写字台一分为二，写字台的两端几乎顶着墙，那个狭窄的空间是给官员们用的，窄得让相向而行的两个人很难擦肩而过。那个宽敞的空间是用来接纳当事人、咨询查阅者、侍从和信差的。写字台上躺着一些翻开的大书，一部紧挨着一部，官员们站在书前翻阅、查找着。他们不总是待在同一部书前看，而是交换着看，但交换的与其说是书，不如说是站位。看着他们在这狭小的空间里面你推我搡地频繁换位，巴尔纳巴斯非常惊叹。靠近那张高写字台的还有一溜矮小的桌子，桌前坐着一些记录员，在官员们需要笔录时，把他们的口授记录下来。巴尔纳巴斯对这种工作方式总也看不明白。当官儿的并不发出任何明确的指令，你也听不到大声的口授，你甚至看不出当官儿的在做口授——正相反，他们仍像原先那样在继续查阅，只不过嘴唇开始蠕动，嘴里似乎喁喁着什么，记录员们竖起耳朵仔细听着，一边动笔唰唰写起来。经常是口授的官员声音很低，记录员坐得那么低矮根本听不清楚，就老得一蹿老高押着脖子上赶着去听，听清后再坐下去记录下来，然后再跳起来去听……就这样忙个不停。这可真是太奇怪了！简直匪夷所思！当然，巴尔纳巴斯有的是时间在这里看热闹，因为他通常要在这杂人进进出出的房间里站上好几个小时，有时甚至是好几天，才能等到克拉姆把目光落到他身上。有时候，即使克拉姆看到他了，他也把精神高度集中起来了，却没有等来任何决定的产生，克拉姆照旧可能把目光从他身上移开，又回过头去查阅书籍并不再理会他。这样的时候还蛮多的呢。给城堡当信差就这样无足轻重，送信的任务就这样可有可无，那这个信差当得还有啥意思呢？所以每当巴尔纳巴斯早上说他要去城堡送信时，我就开始心情不好，因为明摆着这又是白跑一趟，又是白白浪费一天，又是没有结果，希望落空。这一切究竟意义何在呢？家里还有一大堆鞋匠活儿要做，可没人做，布伦斯韦克又一个劲儿地催我们交活儿。""噢，如此说来，"卡说，"巴尔纳巴斯是要等很长时间才能接到一次任务喽。不过这可以理解，那个地方多余人员好像确实太多了，一个坑儿好几根儿萝卜，当然不可能每个雇员天天都有事干。你也不必为此抱怨，哪儿都是一样。毕竟巴尔纳巴斯最终还是分配到了任务，好歹他也给我送来过两封信了。""嗯，"奥尔佳说，"当然了，也许我们不该抱怨，尤其是上面这些我都是道听途说才了解到的。而且我一个姑娘家家的，肯定不如巴尔纳巴斯知道的多，他有些事肯定还是对我保密的。不过你现在要听我说说那些信是怎么回事儿，比如说你的那两封信，它们可不是巴尔纳巴斯直接从克拉姆手里拿到的，而是记录员交给他的。不定在哪一天，不定在哪个时辰，那个记录员会突然想起他，并给他打个手势，示意他过去接活儿。正因为此，信使这个差事看似轻松，实则是很劳神的，因为巴尔纳巴斯老得时刻保持警惕，手里没活儿却得时刻准备好接活儿，精神紧张。每逢这时候，克拉姆都看似与这事没什么关系，仍在一声不响地查阅他的书；但有时候（虽然这种时候也常出现在其他场合），在巴尔纳巴斯经过他时，他会正巧在擦拭他的夹鼻眼镜，也许是以此为掩护来观察巴尔纳巴斯，假设他不戴夹鼻眼镜仍能看清的话。不过巴尔纳巴斯对此是很怀疑的,因为他明明看到在这样的时候克拉姆的眼睛几乎是闭上的,好像是在睡梦中擦拭他的眼镜。刚才说到那个记录员会突然想起他,给他打手势让他过去接活儿——这时候记录员就会从桌子底下的一大堆文稿中翻来翻去,最终找出一封信来交给你,由此可见这信不是刚写的,而有可能是——根据信封的外观来判断——早写好了并搁置在那儿好久了。但既然是封老信,为啥让巴尔纳巴斯等那么久呢?无疑也让你等那么久。当然最终也让这封信等那么久,其结果可想而知:它早就失效了。由此巴尔纳巴斯也就落下一个坏名声:蜗牛邮递员。那位记录员却心安理得,把信交给巴尔纳巴斯,动动嘴皮子说得轻巧:'拿着,克拉姆给卡的信。'说完挥挥手把他打发了。巴尔纳巴斯如获至宝,把这封好不容易得来的信仔细揣在贴肉的衬衣里面,上气不接下气地跑回家来。接着我俩就像现在咱俩这样,坐在长椅上,他开始把经过讲给我听,然后我俩就分析每一个细节,评估这次他取得的成就有多大,最后断定成就微不足道而且疑点重重。于是巴尔纳巴斯气得把信扔在一边,不想接着投递它了;他当然也没有心情睡觉,就抄起鞋匠活儿来干,在他的鞋匠凳上一坐就是一宿。卡,情况就是这样,也一直是我保守的秘密。现在你该不会对阿玛莉亚跟这事无关感到奇怪了吧?""可是那封信呢,"卡问,"后来怎样了?""那封信吗?"奥尔佳说,"哦,过了一段时间后,也许是几天或者几个星期后吧,他实在是被我催得受不了了,这才重又拿起那封信去投递。在这一类的琐事上他是很听我的话的。对他讲的那些令人沮丧的事情,我总能克服沮丧重新振作起来,可他不行,也许是他还有什么内幕消息不想跟我说吧。我就一遍遍地对他说:'巴尔纳巴斯,你到底想要什么?你的人生目标是什么?你的职业梦想是什么?也许你想要甩开膀子往上爬,嫌我碍事,想把我扔一边儿吧?难道你想把我甩了独自闯吗?难道这就是你的目的吗?我才不信呢,因为若是这样的话,你对自己已取得的成就还那么不满足就显得很难理解了。你睁眼儿瞧瞧,咱们的左邻右舍,四下的邻里乡亲，有哪个比你混得好的？诚然，他们的情况跟咱们的不同，他们知足常乐，除了管好自己的一亩三分地、老婆孩子热炕头没别的理想；但是，就算不和他们比，也能看得出来你事业有成，一帆风顺。其间当然会有阻碍、犹疑、挫折失望什么的，但这些只能说明，正如咱们已知的那样，一切成就的取得都是要付出代价的，你必须要为每一步进展去奋斗，而这只会让你更自豪，而不是垂头丧气。更何况你这也是在为我们全家奋斗，不是吗？难道咱家对你就无足轻重吗？难道咱家人就不能给你增添力量吗？再说，我因为有你这样一个弟弟而感到幸福，甚至骄傲，难道这也不能带给你一些自信吗？真正让我失望的不是你在城堡取得的成就多少，而是我能为你做的太少。你瞧瞧你，能自由出入城堡，是那些办公室的常客，跟克拉姆整天整天地同处一室，是官方承认的信差，有资格穿官方的服装，还被委以重任传送官方文件……这么多福气你都沾光，有这么多值得高兴的事情可做。可你回家后，非但没有抱住我幸福快乐地大叫，反而一见到我就垂头丧气，还忧虑重重疑神疑鬼，除了修鞋什么都提不起兴趣。而那封信呢，那封事关咱家前途的信，却被你扔一边儿不管了。'我就这样反反复复对他说这些话，一连唠叨几天之后，他终于长叹一声，拿着信走了。不过这可不是因为我的话起了作用，而只是因为他不得不去城堡述职，但首先他得完成任务才敢去哪儿呀。"

"不过你对他说的话堪称句句正确，"卡说，"你总结得真是太好了，十分正确，令人钦佩。你的思路清晰，逻辑思维了得！""哪里哪里，"奥尔佳说，"其实我逗你玩儿呢，你就真上当了，没准儿他也上了我的当。说到底他有什么成就呢？他不就是能进一间办公室吗？没准儿连办公室都不是，而只是一间进办公室前的接待室；甚至连接待室都不是，而只是给那些不被允许进入真正的办公室的人准备的装样子室。是，他是能跟克拉姆说上话，可那人真就是克拉姆吗？没准儿是个跟克拉姆长得像的人呢。没准儿至多是个跟克拉姆长得有些像的秘书，努力想装得更像，就摆出克拉姆那种像梦游似的睡眼惺忪的神态，冒充这个要人。克拉姆的这个神态是最容易模仿的，很多人都学他这个样子。他的其他样子都很难学，人们也就避而远之了。像克拉姆这样的大人物是人人都渴望目睹、却又极为难得一见的，于是他在人们的想象中就很容易呈现出各种模样。譬如说，克拉姆有一个叫摩穆斯的乡村秘书——你认识他，真的？他也深居简出深藏不露的，不过我还是见过他几次。是个壮了吧唧的年轻绅士，对吧？所以说他是极不可能跟克拉姆长得像的，对吧？可偏就村儿里有人发誓说摩穆斯就是克拉姆，除了他别人不可能是。瞧，人们就是这样自己把自己搞糊涂的。再说了，你有什么根据说城堡里就不是这样呢？有人告诉巴尔纳巴斯那个当官儿的就是克拉姆，而他也确实跟克拉姆有些像，那他就一定是克拉姆了；可巴尔纳巴斯偏就一直怀疑这种相像性，而且所有情况也都证明他的怀疑不是空穴来风。克拉姆怎么可能会耳朵上夹着一根铅笔，跟其他官员一起挤在一间公共接待室里办公呢？这是极不可能的事情嘛。不过巴尔纳巴斯有时也会信上别人告诉他的话，颇为孩子气地说：'那个官儿确实很像克拉姆，要是他坐在自己办公室的桌前，门上再标明他的名字，我就再也不怀疑了。'这话确实天真，但也不是没有道理。假如他在城堡里多向几个人咨询此事真相的话，那他就更有道理得多了，因为据他说，当时有好多人都站在那间屋子里。就算他们的回答不比那个主动告诉他克拉姆是谁的单个人更可靠，但至少在众说纷纭中可以找到一些相同点和参照点。这可不是我的想法，这是巴尔纳巴斯的想法；但他不敢去验证这个想法，也不敢跟任何人说，生怕无意中会触犯某些潜规则而丢了他的职业。瞧，他是多么没有安全感，办事是多么多疑、犹豫。以我之见，他这种可怜的缺乏安全感比他所有的叙述都更能说明白他在城堡的地位。城堡的一切都让他觉得那么可疑，那么可怖，让他甚至连开口问一个天真的问题都不敢。每每想到这点，我就责怪自己不该让他独自一人走进那些情况不明的房间，里面是那么神秘而可疑，让他这个虽不算是胆小鬼但胆子也小得够可以的人，害怕得浑身哆嗦起来。"

"说到这儿，我认为你算是说到点儿上了，"卡说，"就是这么回事。听完你说的话，我想我已经看得很清楚了。要完成这项任务，巴尔纳巴斯还是太嫩了点儿。他说的城堡里发生的所有事你都别太当真。既然他在那儿总是吓得不知所措，他当然没法儿冷静观察了。如果非要让他把城堡的情况说出个道道儿来，那你听到的就只有凭空想象的童话了。对此我并不感到吃惊：害怕当官儿的，对权威生来敬畏，这是你们这儿的人的天性，它早已通过各种方式渗透到你们生活的方方面面中去了。而且你们还自觉自愿地自我加强这种套在自己身上的枷锁。不过总的来讲，我并不反对你们敬畏权威：如果一个权威是好的权威，那干吗不敬畏它呢？只是不该突然把巴尔纳巴斯这样没有见识的青年选派到城堡去，这小子从没迈出过村子一步，你能指望他讲出什么可靠的情报来？如果还把他讲的每句话都奉若神明，把自己一生的幸福都押在他的阐释上的话，那就更是错上加错了。事实上我也和你一样，被他引入了歧途，把希望寄托在了他的身上，也就经历了对他失望的痛苦。这都归咎于我轻信了他的话，而他的话几乎没有任何根据，所以失望也就在所难免了。"奥尔佳只是静静地听着。"要想动摇你对你弟的信任，"卡说，"对我来说没那么容易。看得出来你很爱他，对他的期望也很高。但我还是要劝劝你，哪怕只是因为你对他的爱和期望也罢。你听我说啊，总是有什么因素——我也说不清是什么因素——在妨碍你充分认识到你弟弟被人给予了多么大的恩赐，其程度是超过他取得的成就的。你看，他能随便出入办公室，或者按你的说法，接待室；但那里是有边门后门通往别的地方的；还有好些屏障，你要是有本事的话就能绕过去。换上我的话，别说办公室了，连接待室我都接近不了，起码目前来讲接近不了。还有，在那儿跟巴尔纳巴斯说话的那位到底是谁这我不知道，也许是记录员吧，他也许是最低级别的侍从了，但即便是级别再低，他也能领着你去见他的上级吧；即使他做不到这点，至少他也能说出他上级的名字吧；如果连这也做不到，最起码他可以给你指指那个能说出上级名字的人吧。那个所谓的克拉姆和真正的克拉姆也许没有丝毫共同之处，那种所谓的相似也许只存在于巴尔纳巴斯的眼中，他因为紧张而什么都看不清了。那个人也许只是个芝麻官；也许根本就不是当官的，只是因为要完成某项任务而在他的办公桌前忙来忙去，查阅那些大书，对记录员耳语几句什么，想起了什么，把目光慢慢移到巴尔纳巴斯身上，若有所思。就算这一切都是虚幻的，他这些动作其实都是无关紧要的，那他至少也是被人安排在那个岗位上的，并且是有意安排的。我讲了这么多，其实只是想表明，机会还是有的，有些还直接掉到了巴尔纳巴斯的头上，如果他只是一味地怀疑、焦虑和绝望而不知利用这些机会获取什么的话，那就是他的不对了。一般开始干什么事，我都会从最不利的方面来考虑问题，尽管实际上还不至于那么不利。把困难估计得多些总没有坏处。不管怎么说咱们手中都握有两封信了，当然我不会过于信赖它们，但至少它们比巴尔纳巴斯说的话可靠多了。就算它们是从一大堆毫无价值的旧信中胡乱抽出来的两封毫无价值的旧信，像抓阄似的不加以区别，并不比集市上的鹦鹉衔牌算命所叼出来的牌更有意义，但即便是这样，它们也多少和我的工作有些关联，虽然对我的工作可能没用，但起码是明明白白写给我的。更何况有一封还经过村长夫妇的检验，证明是克拉姆的亲笔落款。而且村长还说过，这封信虽然是私信非公开的，却仍然具有相当大的意义。"村长真这么说过吗？"奥尔佳问。"没错，他就是这样说的。"卡回答。"那我要转告巴尔纳巴斯，"奥尔佳很快说，"他会受到很大的鼓励。""可他需要的不是鼓励，"卡说，"现在鼓励他等于是说他以前做的是正确的，只需照以前的方法做下去就行。可实际上那条路是行不通的，照那样下去他只会一无所得。无论你怎样鼓励一个被蒙上眼罩的人透过眼罩看外面，他还是什么都看不到。你只有帮他摘掉眼罩他才能看。巴尔纳巴斯需要的是帮助，而不是鼓励。但你要记住：那个城堡里面有一套错综复杂的体制，有一套庞大的统治机构——我来这儿之前满以为对这一套已有大致了解，现在看来我的想法多幼稚啊——因此城堡就是权力的象征，那里的人就是当权者。而巴尔纳巴斯能够接近他们；没别人，只有他，孤零零的一个人朝他们走过去。他不把余生蹉跎在办公室的一个阴暗角落里，就算他够幸运的啦。""卡，"奥尔佳说，"你别以为我们在低估巴尔纳巴斯履行这项职责的艰巨性。我们也并不缺乏对当局的尊敬，这还是你亲口说的呢。""可这是一种误入歧途的尊敬，"卡说，"你们把尊敬用错了对象，这种尊敬反而亵渎了对方。不错，巴尔纳巴斯是获得了出入那些办公室的资格，但他不好好利用这种资格，却在那里面耗费时光、无所事事，回家后还藐视和贬低那些他刚刚在其面前吓得发抖的人；而且就因为自己心灰意懒，就连托付给他的信件和口信也不送了，你能说这是对人家的尊敬吗？这哪儿称得上是尊敬？而且你，奥尔佳，也逃脱不了我的指责。尽管你自以为你尊重当局，可你还是把你年轻无知而又软弱的弟弟，巴尔纳巴斯，孤零零地送到城堡去了；你起码应该阻止他去才对呀。"

"用不着等你来指责，"奥尔佳说，"我其实也老是这样指责我自己。不过，我应该受到指责的地方不是我把巴尔纳巴斯送到城堡，我没有把他往那儿送，是他自己非要去的。我做得不对的是没有拦着他，我本该通过劝说、技巧、强迫等办法阻止他去。我本该阻止而没阻止，这是我不对的地方。但是，假如让我又回到那天，回到做决定的那天，我依旧不会拦着他的。这是因为，我在当时和现在都深知巴尔纳巴斯和我们全家人都陷入了困境；如果连巴尔纳巴斯本人都明知山有虎而偏向虎山行，明知责任重大危险重重仍执意含笑离我而去城堡的话，那我是不会拦着他的，现在和将来都不会，尽管这中间我经历了那么多的事情。我相信你如果处在我的位置，你也会这样做的。由于你不了解我们的困境，所以你对待我们，尤其是对待巴尔纳巴斯，才那么不公平。那时我们抱的希望比现在大，虽然总的来说我们的希望不大，而我们的困境却是很大的，直到现在仍是这样。难道弗丽达没把我们的情况跟你讲过吗？""只提到过一点，"卡说，"没具体说过。可是一提起你的名字她就气不打一处来。""那个老板娘也没跟你讲过什么吗？""没有，什么也没讲过。""那别的人呢，都没讲过吗？""谁也没跟我们讲过。""倒也是，谁愿意跟你说这些事儿呢？"奥尔佳说，"我们这儿人人都知道一点我们家的事儿，有些是他们打听来的事实，有些纯粹就是瞎编出来的谣传。反正大家都很无聊地瞎猜我们家的事，但却没人愿意告诉你，因为人人都害怕这样的事情由他们的嘴里说出来。他们这么着没错儿，换上我在你面前也很难说出口，因为你听了以后没准儿哪天一拍屁股就走人了，从此不再跟我们来往，那我何必跟你讲呢？反正跟你也没啥关系呀。你走后我们也就永远失去你了。可我必须坦白地说，你这个人对我来说，要比巴尔纳巴斯在城堡任职这整个一桩事都要有意义得多。所以这是个矛盾，这个矛盾整夜都在折磨着我。现在我决定还是告诉你，你也必须要听着，否则对我们的处境你就没法儿全面了解，也就会继续对巴尔纳巴斯不公，而这才是最让我感到痛苦的。你对巴尔纳巴斯不公，也就意味着咱们之间没法儿达成完全的一致，这样你就既不能帮助我们，也不会得到我们的帮助，我们这种非官方的、民间的帮助。不过我还是要问你一下：你真的想知道吗？""你为啥要问这个？"卡说，"如果必要的话，我当然想了解，可你干吗这样问呢？""这是出于迷信，"奥尔佳说，"你会被无辜地卷入到我们的事情中来，就跟巴尔纳巴斯那样无辜。""那就快点告诉我吧，"卡说，"我可不怕这个那个的。瞧你这个婆婆妈妈的，可真要把事情搞得更糟呢。"

第十七章 阿玛莉亚的秘密

"那好，你自己下判断吧，"奥尔佳说，"这件事听起来再简单不过了，所以你不会立刻明白它为什么那么重要。知道吗，城堡里有个官员叫索尔提尼？""我听说过这个人，"卡说，"他也跟招聘我的事有关。""其实不是这样，"奥尔佳说，"索尔提尼几乎不在公开场合露面的。你该不会把他和索尔蒂尼弄混吧，把'提'听成了'蒂'？""你说得没错，"卡说，"我说的是索尔蒂尼。""这就对了，"奥尔佳说，"索尔蒂尼是大名鼎鼎的，因为他是最勤劳的官员之一，大伙儿都知道他，经常提起他。比较而言，索尔提尼就低调多了，知道他的人很少。我在三年前见过他，那是我第一次也是最后一次见到他。记得时间是七月三号，是在消防员联合会的庆祝会上，城堡方面也参加了，赠送了一辆崭新的消防车。据说索尔提尼是城堡里部分负责消防救火事务的官员，但他可能只是以代任的身份到场——那些当官儿的常常会互相代任，你代任我一阵儿某官儿，我代任你一阵儿某官儿，所以很难分清谁到底负责哪一块儿。不管怎么说是索尔提尼参加了消防车的赠送仪式。当然城堡里也有其他人——有官儿也有仆从——前来出席仪式。在现场，索尔提尼保持了他一贯的低调作风，坐在不起眼的地方。他是个弱不禁风的小瘦子，一副若有所思的绅士模样，但凡注意到他的人都会对他皱眉头的模样印象深刻，那可是一脑门儿的褶子啊！虽然他年不过四十，却已经皱纹纵横，从额头呈扇形向下一直延伸到鼻梁。我还从没见过谁有这个样子的皱纹。我们也去参加了这个庆祝会。我们——我和阿玛莉亚——盼着那天的到来盼了好几个星期。我们把节日穿的衣服洗熨得跟新买的一样，阿玛莉亚的裙服非常漂亮，雪白罩衫的前胸上装饰着一条条花边，鼓鼓囊囊的像波浪一样。妈妈把她所有的花边都借给了她，这可把我嫉妒死了，庆祝会的头天晚上我哭到了半夜。第二天早上桥边旅馆的老板娘来找我们了——""桥边旅馆的那个老板娘？"卡问。"对呀，"奥尔佳说，"她那时是我们的好朋友。她找我们来啦，也不得不承认阿玛莉亚比我打扮得漂亮。然后她为了安慰我，把她自己的一条波西米亚红宝石项链借给我戴。可就在我们要出门时，阿玛莉亚在我面前站住了，我们顿时全都对她称赞起来，连我老爸都说：'你们记住我一句话：阿玛莉亚今天会找到未婚夫的。'听了这话，我也不知为什么，就摘下来我脖子上的那条项链，那个我唯一值得骄傲和炫耀的东西，并把它戴到阿玛莉亚的脖子上，心里不再觉得嫉妒了。我只是彻底被她的胜利折服了，我相信别人都会被她折服的。让我们吃惊的也许是：她看起来怎么和往常那么不一样呢？可她明明是不漂亮的呀！但从那时起——直到现在一直都是这样——她那暗淡无光的眼神就开始居高临下地傲视我们啦，搞得我们虽不情愿、但也不由自主地对她顶礼膜拜起来。很快所有人都注意到了这一点，包括来接我们的拉泽曼夫妇。""拉泽曼？"卡问。"对呀，是拉泽曼，"奥尔佳回答，"我们向来都很受人尊敬的，比如说那次庆祝会吧，我们不去就没法儿开始。这是因为我爸爸是消防队的三把手。""这么说你爸爸那时身体还很硬朗喽？"卡问。"你是说我爸吗？"奥尔佳问，好像有点不明白卡为什么这样问，"三年前他还相当年轻呢。比如说有一次贵族旅馆着火，他把一个叫加拉特的官员——一个大胖子——驮在背上，一口气跑了出来。当时我自己也在场，那场火其实没什么危险，只是炉子旁的一些干柴冒烟了。可是加拉特吓坏了，跑到窗前大声呼救，消防员们赶来后，虽然火已经给扑灭了，但我爸爸还是不得不把他背了出来，只因为加拉特吓得动弹不了，觉得还是赶紧逃出去为好。我跟你说这事儿只是想说明我爸那时身体有多好，那还不过是三年前；可你瞧他现在坐在那儿的样子，唉！"这时候卡才注意到阿玛莉亚已经回到了屋子里,只不过远远的坐在她父母的桌旁,一面给她母亲喂饭(母亲患了风湿病,胳膊不能动弹了),一面劝慰她父亲再耐心等一下,说她很快就喂完母亲,接着就照顾他吃饭。但是她的劝说没什么效果,她爸爸就是任性地要喝汤,不顾自己身体虚弱,尝试抓起勺子舀汤喝,然后干脆捧起汤碗来直接喝,可是怎么都喝不到嘴里,气得一个劲儿地骂骂咧咧。他的嘴还没碰到勺子呢,勺子里的汤早就撒完了;他想直接把嘴凑到汤碗里喝,可是垂落的胡须早就浸到了汤碗里,把汤弄得到处都是,除了他的嘴巴里。"只三年工夫他就变成这样了吗?"卡问,但话里并没有对老人的同情,只有对那个摆着桌子的角落的厌恶。"可不,就这三年,"奥尔佳拉长声音说,"更确切地说,就是开庆祝会的那几个钟头,就把他变成这个样子了。庆祝会是在村外小河边的一块草地上召开的,我们赶到时那里已是热闹非凡了,许多人是从邻村赶过来的,人声鼎沸,真闹心。爸爸领着我们先去看那辆救火车,他一看到它就乐得合不拢嘴儿。新制造的救火车让他很开心,他走过去抚摸它,还给我们讲解它的功能。他听不得别人说一点它的坏话,谁说反对或怀疑它的话他就跟谁急。他要是把车底盘上的什么部件儿指给我们看的话,那我们全家就都得弯腰撅腚,恨不得爬到车底下去看不可。巴尔纳巴斯就是因为不想看,而挨了几巴掌。只有阿玛莉亚没有从命,穿着她那身漂亮的裙服笔直地站在那儿,瞅都不瞅救火车一眼。没人敢过去跟她说话,我也只是偶然跑过去扯扯她的胳膊,但她就是一言不发。直到今天我都搞不明白我们为什么会在救火车前面站那么久;也不明白为什么直到爸爸过足了车瘾转过身来,我们才注意到了索尔提尼。他显然一直都待在救火车的后面,倚着它的一支操纵杆儿站着。当时可真是号声喧天、震耳欲聋,与平常的节庆活动不一样,因为城堡方面除了赠送消防车外,还给消防队送来一些喇叭。这种乐器可是不同寻常,别说大人了,就是小孩只要轻轻一吹,就能吹出震天的声响。听到这种声响,你会以为奥斯曼土耳其人打过来了,你无论如何都不会听惯这种声音的，每听到一次你都会吓得一激灵。由于是新鲜玩意儿，谁都想试吹一下，加上这是公共活动，每个人都有资格吹上一吹。所以一些人就围了过来吹号，也许同时还被阿玛莉亚吸引了过来。如此一来我们就很难照顾到方方面面了：既要听老爸的话详查细看那辆消防车，又要兼顾周围的情况。因此，我们才那么久都没有注意到我们从没见过的索尔提尼的存在。还是拉泽曼——他当时站在我旁边——的一句话"他就是索尔提尼！"低声提醒了我爸。我爸立刻朝他深深鞠躬，还非常激动地示意我们都朝他鞠躬。老爸虽然从没见过索尔提尼，但他一向很崇拜这位深谙消防事务的城堡官员，在家里经常提起这个大名，所以现在亲眼见到索尔提尼本人对我们来讲就是件十分惊异和重大的事件了。可是索尔提尼没有理会我们；不光他这样，大多数当官儿的在公众场合都是这德行，对百姓爱搭不理的。当然他也很疲倦了，若不是因为公务，他才不在这里耗呢。有些官员及其随员很想得开，反正来都来了，索性和老百姓混在一起图个乐子，多好；可是有些官员就把出席这类活动当成很大的负担，何乐之有？索尔提尼就属于这后一种。他始终待在救火车旁郁郁寡欢，那些想凑过来求他点事儿或者拍他马屁的主儿都被他的沉默吓跑了。这就是为什么我们先注意到他、他才注意到我们的原因。只有在我们朝他毕恭毕敬地鞠躬，并且爸爸代表我们全家向他致歉之后，他才把目光朝我们扫过来，神色厌烦地一个挨一个打量我们，好像还在为怎么有那么多口儿要看而唉声叹气，直到他的目光最后定格在了阿玛莉亚身上为止。她的个子比他可高多了，所以他不得不抬头仰视她。他一下怔住了，随后迈过车辕以便接近阿玛莉亚。我们起先误解了他的意思，由爸爸带领着朝他迎了过去，但是他挥挥手阻止了我们，然后示意我们走开。当时就是这么一个情况，后来我们还取笑了阿玛莉亚好一番，说她果不其然找到了一个未婚夫，傻了吧唧地快活了一个下午。但是阿玛莉亚却比以往更沉默了。布伦斯韦克说她'疯狂而彻底地掉进了索尔提尼的爱情陷阱'。虽说布伦斯韦克这人比较粗俗，不能理解阿玛莉亚这样性格的人，但这一次我们都觉得他说得在理。那一天我们可真是傻透了，全家人，包括阿玛莉亚，半夜回到家的时候，都因为喝了城堡的甜酒而有些晕头转向了。"那么索尔提尼呢？"卡问。"索尔提尼嘛，"奥尔佳说，"那个庆祝会上我又见过他几次，他双手搂在胸前坐在车辕上，就这样待着，直到城堡来的马车把他接走。他甚至连救火演习都没去观看，而这正是我爸希望他去看的，因为我爸的业务比他那个年龄的消防员都好，他很想借机在索尔提尼面前露一手。""那你们以后就再也没有他的消息啦？"卡问，"你们好像特别羡慕索尔提尼似的。""是呀，很羡慕，"奥尔佳说，"而且我们很快又有了他的消息。第二天一大早，我们还在酒醉后的熟睡中，就被阿玛莉亚的尖叫声吵醒了。其他人立刻又躺回到床上接着睡了，可我已经完全醒了，就朝阿玛莉亚跑过去看，只见她手里握着一封信站在窗前。信由一个人刚从窗口递了进来，那人还站在窗下等着回音呢。阿玛莉亚已经读过了信，信很短，她把它攥在手里，手臂软绵绵地垂在身侧。我向来很喜欢她疲倦无力的样子，真可爱！我便单腿跪在她身边看信的内容。还没等我看完，阿玛莉亚就瞥了我一眼后把信抢了回去。看得出她实在没办法强迫自己再读一遍，就把它撕成碎片，甩到窗外那个人的脸上，接着砰地一下关上了窗子。从此这个早晨就决定了我们的命运。我说那个早晨决定了我们的命运，其实前一天下午的每分每秒就已经具有决定性了。""信里都写了什么？"卡问。"哦，对了，我还没跟你说呢，"奥尔佳说，"信是索尔提尼写的，抬头是'致那个戴红宝石项链的姑娘'。我没法儿跟你复述信的内容，反正就是要求阿玛莉亚到贵族旅馆去找他，更确切地说是要她马上就去，因为索尔提尼半个小时后就要走了。信是用最下流的语言写的，我从没听过这样肮脏猥琐的话。从上下文里我也只能大致明白其中的意思。任何不认识阿玛莉亚的人只要读了这封信，都会认为收信的姑娘受到了侮辱，尽管写信人并没有触碰她。难以想象一位绅士敢对姑娘写出这样一封信来。它不是一封情书，里头一句献殷勤的肉麻话都没有，而是正好相反。索尔提尼打从见到阿玛莉亚心里就乱了，现在魂不守舍，工作也干不下去了，为此显然他很生气。经分析后我们认为，索尔提尼原本应该是当天晚上就回城堡的，只是因为阿玛莉亚的缘故才留了下来，第二天早上醒来后仍没法忘掉她，气急败坏，就写了这封信派人送过来。连铁石心肠的人看了这封信都会愤怒的，不过换个别人的话，接下来就会被信里恶狠狠的威胁话语吓坏的，恐惧会顶替义愤占据上风。可是阿玛莉亚没有害怕，反而更加义愤填膺。她生性就不知道害怕为何物，既不为自己也不替别人感到害怕。事情搞清楚后，我就重新爬回床上去准备接着睡，但心里不断重复信中最后那句话：'你现在就过来，不然的话——'阿玛莉亚仍然站在窗前，凝视前方，似乎在等着对方再放马过来，甭管你再派多少信差，反正我是见一个顶一个，就像对付第一个那样。"

"当官的就是这样。"卡含糊地说，"像这样的还不少呢。那你爸爸是怎样应对的呢？我希望他向有关部门投诉，对索尔提尼提出抗议。要不就选择直接去贵族旅店找他也行。这件事最糟糕的部分还不是阿玛莉亚受到了侮辱，那是很容易补偿的；我所不能理解的是，你为什么要很强调这件事，夸大其词地说什么就因为索尔提尼的这一封信，就让阿玛莉亚一生都蒙羞之类的话呢？从你的讲述中我可以得出以上结论，但这其实是不可能发生的。阿玛莉亚很快就会平复下来，没几天这事儿就会烟消云散，索尔提尼非但没让阿玛莉亚蒙羞，反而自己出尽了丑，正所谓'搬起石头砸自己的脚'。让我不寒而栗的是，索尔提尼滥用职权竟然到了这般地步。他这次在阿玛莉亚身上碰了钉子，是因为他话说得太直太糙太露骨了，又正好碰上了阿玛莉亚这样一个强劲的对手；倘若换上别人，再加上对方情况更加不利一点，他再狡猾诡诈一点，他就会弹无虚发战无不胜，甚至连受害人都看不出他的招术呢。""嘘——"奥尔佳制止他说，"阿玛莉亚正朝这边看呢。"阿玛莉亚已经给她爸妈喂完了饭，正要伺候她妈休息，她解开她的裙子，让她用胳膊搂住自己的脖子，接着把她抱起来一点，脱掉她的裙子，再把她轻轻放下来。当爸的因为女儿老是首先照顾她妈——这显然是因为妈比爸身体更差——而变得不耐烦了，就尝试自己脱衣服，也许是想借此惩戒一下女儿的动作太慢。可是，尽管他首先做的是最容易、最没必要做的那部分——脱掉脚上那双咣当咣当的大拖鞋，他还是连这个也没能做到。他累得直喘粗气，很快就放弃了努力，直挺挺地靠回到座椅中去。"你刚才忽略了最关键的一点。"奥尔佳说，"你说的也许句句都对，但关键的一点你没想到，就是阿玛莉亚她自己不愿意到贵族旅馆去。她甩了那个信差一脸碎信纸的事本来他们是不管的，那个是可以忽略不计的。可是因为她拒不去贵族旅馆，罪过就落在了我们一家人的头上，她对待那个信差的态度也就变成错不可恕了，最后竟成了对外公开的一条罪状。""什么！？"卡大叫，当看到奥尔佳摆动双手恳求后他马上压低了嗓门，"你，作为阿玛莉亚的姐姐，该不会是劝说她服从索尔提尼的淫威，立刻赶到贵族旅馆去报到吧？""少来啦，"奥尔佳说，"省了你的怀疑吧。你怎么能认为我是那种人呢？像阿玛莉亚那样做事正直、有原则的人我还没见过第二个呢。当初即使她真去了贵族旅馆，我也照样认为她做得对；而她没有去的事实更让我觉得是英雄行为了。至于我嘛，我得坦白承认，假使我收到这样一封信，我是会去的，因为我受不了不知那边出了什么事的焦虑，那种担惊受怕的感觉。只有阿玛莉亚能受得了。嗯，对于这种事其实是有应对办法的，比如说换另一个姑娘可能就会故意磨磨蹭蹭，把自己打扮得十二分漂亮以后再去贵族旅馆，然后窃喜地发现索尔提尼已经走掉了，也许是他刚把信差派走就离开了呢；这是很有可能的：那些老爷就是这么任性，反复无常一会儿一变。可是阿玛莉亚没这么做，也不想个别的灵活的办法，就是这样直截了当地拒绝。因为这样的侮辱也太过分了，她就是受不了。假使她多少表现出顺从的样子，哪怕是迈进贵族旅馆的门槛儿也好啊，那样的话厄运就不会降临了。我们这儿有脑瓜儿特灵嘴皮子特溜儿的律师，能把黑的说成白的，芝麻大的屁事儿能被他们说成世界末日,就看你怎么定制了。可这件事非同小可,藐视索尔提尼又羞辱信差,还拒不按信中的要求去做,这些罪状就足够了。""可到底是什么厄运降临到你们头上了呢?"卡问,"律师又是什么样的呢?他们不会因为索尔提尼的罪恶行为而起诉——更不要说惩罚——阿玛莉亚吧?""怎么不会?他们会的!"奥尔佳说,"不过不是通过正常的司法程序,他们也没有直接惩处她,而是用另一种方式惩罚了她,惩罚了她和我们全家。你现在该明白我们受到的惩罚有多严厉了吧?你可能会认为这是不公正的,是骇人听闻的,虽然村儿里的人不这么认为。你这种认识只要不建立在错误的基础上,它就会对我们有利,就会给我们带来慰藉。我能很容易地证明这点给你看,请原谅我要在这里提到弗丽达。发生在弗丽达和克拉姆之间的事情,除了方式不同、最终结果不同之外,与发生在阿玛莉亚和索尔提尼之间的事在本质上是一样的。乍一听你可能会大吃一惊,但很快你就会习惯成自然了。这还不仅仅是习惯的问题,习惯不会那样削弱一个人的洞察力,如果他必须做出某种判断的话。说到底这还是个摒弃成见的问题。""得得,奥尔佳,"卡说,"我不明白你为什么要把弗丽达扯进这里头来,她的情况与你这事完全不同,你别把一些毫不相关的事搅和在一起好不?你接着讲下去。""假使我坚持比较这两件事的话,"奥尔佳说,"请你别见怪哦。对弗丽达你还是抱有一些成见的,因此你便觉得应该保护她,不让别人拿她和别人作比较。其实她不需要别人保护,你只要夸她就好。我把这两件事作比较,可不是说两者完全相同,而是说它俩就像白与黑那样相互映衬,弗丽达是白的那个。如果你要以恶制恶的话,那你就尽情嘲笑弗丽达吧,就像我以前在酒吧间里那么粗鲁地笑话她一样,尽管事后我非常后悔。但即便这样,嘲笑她的那人也是要么出于敌意要么出于嫉妒。而阿玛莉亚呢,嘲笑她的所有人——除了她的亲人之外——都清一色地出于一个心理:蔑视。所以说这两种情形,如你所说,确实完全不一样,但又有相似之处。""没什么相似的,"卡生气地摇着头说,"你别把弗丽达扯进来。弗丽达可没收到过像阿玛莉亚从索尔提尼那儿收到过的那种信；另外弗丽达也曾真心地爱过克拉姆，你要是不信可以去问她，现在她还爱着他呢。""但这点不同没什么大不了的吧？"奥尔佳说，"你怎么知道克拉姆就没曾给弗丽达写过一封类似的信呢？那些老爷办完公后，从桌子后面站起来，常常就干这样的事；他们不知道怎样打发掉空闲的时间，就无聊地说些粗鲁的话，写些下流的文字；不是每个官儿都这德性，但确实有许多官儿都这样干。那封信很可能就是在索尔提尼想入非非的时候，随随便便写给阿玛莉亚的，根本不计后果，不考虑可能会对收信人带来什么影响。谁知道那些老爷成天都想啥！你难道没听过，或听别人说起过，克拉姆对弗丽达说话时的口气吗？克拉姆可是出了名的粗鲁下流，他可以半天一言不发，然后冷不丁冒出几句脏话，粗野得让人不寒而栗。索尔提尼倒没听说是这德性，他可真是太藏而不露了。大家知道的只是他跟索尔蒂尼名字相近。要不是因为这两个名字相似，人们可能根本就不会知道他。虽然他在救火事务上算是专家了，人们照样把他跟索尔蒂尼弄混；后者才是个真正的权威呢。索尔蒂尼也就利用这两个名字的相似，把许多本该自己打理的事情推到索尔提尼身上由他来代表，好让自己的工作不被打断。当一个像索尔提尼这样不谙世故不善交际的老爷突然爱上一个乡下姑娘时，他对待这事的态度自然不会跟普通老百姓——比如说邻居家具木匠的学徒——一个样子。况且谁也不应忘记，在一个城堡官老爷和一个鞋匠的丫头之间是有很大距离的，这距离必须想办法跨越，索尔提尼正是这么干的，换个别人也许就不会这么干。不错，他们是这么说的：我们也都属于城堡，他们和我们之间没有距离，用不着沟通什么跨越什么。从道理上讲好像确实是这么回事，可是我们不幸地看到，一旦出了什么重大的事，就满不是这么回事了。不管怎么说，我们听了这些话之后，觉得索尔提尼的行为好像能理解一点了，也似乎没那么可怕了；跟克拉姆的行为比较起来，他的行为反而更让人容易理解，对那些受到直接牵连的人来说，也更容易忍受。一封来自克拉姆的缠绵情书，要比一道来自索尔提尼的粗暴命令更让人难堪和痛苦。请别误解我，我可不敢对克拉姆妄加评判，只是因为你反对作这种比较，我才偏要比较他俩的。总的来讲，克拉姆俨然是个使唤女人的指挥官，他这阵子招这个女人去他那儿，过一阵又招另一个女人去他那儿，但和她们每一个都混不长久，就像把她们招来那样很快又把她们撵走。嘿！瞧这个克拉姆，他甚至根本就不屑于先写一封信，他嫌这麻烦。反观索尔提尼，这个行事低调、不爱交际、和女人的关系不为人知的官员，某一天却肯屈尊俯就坐下来，用他那笔漂亮的官员手笔，写了一封真正恶心的信；虽说内容下流，但和克拉姆比较起来，他这行为反倒似乎不那么可怕了。如果说连这样比较都得不出对克拉姆有利的结论，而是相反的话，难道弗丽达对他的爱情就能做到这点吗？相信我好了，女人和官员的关系既很难又很容易界定。就女人这方面来讲，她们绝对是有爱情的；从官员这方面来说，他们也不会有情场失意的时候。所以说，当我们谈到一个姑娘——我当然不仅仅是指弗丽达一个人——只是出于爱情而把自己献给某个官员时，这并不是在夸奖她。她不知怎么就爱上他了，然后就献身给他了，仅此而已，实在没有什么可称赞的。说到这儿你要反驳我啦：可是阿玛莉亚并不爱索尔提尼呀。好吧，就算她说到底并不爱他，可她没准儿最初对他动过爱意呢，这种事谁能讲得清呢？连她自己也讲不清的。当她那么断然拒绝索尔提尼时——估计没有别的官儿遭受过那么迎头的一击——她怎能想到自己可能爱他呢？巴尔纳巴斯总说，直到现在她有时还气得浑身哆嗦，就和她三年前猛地拉上窗户时一样。的确如此，所以你是不能跟她提起那事的，不然她跟你急；她会说她跟索尔提尼的事早就了结了，她知道的就这些；她也不知道自己是否爱他。可是我们都明白，当官员接近女人时，女人就会不由自主地爱上他们；甚至事先已经爱上了他们，无论她们怎么竭力否认。而索尔提尼可好，不仅接近了阿玛莉亚，见到她时他甚至伏案工作的腿也不僵硬了，一下子就跃过了车辕，比猴儿还机灵。你会说阿玛莉亚的情况是个例外。没错,她是个例外,当她拒绝去索尔提尼那儿时就已经证明了这点,这本身就已经够例外的了。但若说她根本就没爱过索尔提尼,这应该就是个绝无仅有的例外了,简直让人匪夷所思。那天下午我们虽然给弄得晕头转向,但我们还是坚信在迷乱中看到了阿玛莉亚堕入情网的一些迹象。如果我们把这一切都串联起来看,就会发现弗丽达和阿玛莉亚之间并没什么不同,唯一不同的就是弗丽达做了阿玛莉亚拒绝做的事情。""也许吧,"卡说,"但对我来说,最大的不同在于弗丽达是我的未婚妻,而阿玛莉亚是巴尔纳巴斯的妹妹。我关心她,本质上是因为她是一个城堡信差的妹妹,而她的命运可能是和巴尔纳巴斯在城堡干得好坏联系在一起的。听了你的讲述后,我也认为阿玛莉亚遭到了一个官员的严重侮辱,如果事情属实的话,我就应该非常严肃地看待这件事,不过更多是出于公众的社会责任感,而较少出于个人对阿玛莉亚遭遇的同情。虽说在你们出了那事后,情况一直在以我不太理解的方式改变,但既然事情是你讲出来的,就足够可信了。那么现在我将很愿意把整个这件事丢开;我又不是消防员,何必要关心索尔提尼的事呢?可是弗丽达我却不能不关心,因此我很吃惊地发现,你这样一个让我十分信任并愿意一直信任下去的姑娘,竟然一直尝试绕过阿玛莉亚这个话题来责难弗丽达,让我对她产生怀疑。我并没有说你是有意为之,更谈不上你有不良企图了;若真是这样的话我早就走了。我知道你不是故意这样做,而是迫于环境所逼,是出于对阿玛莉亚的爱,你想把她捧得比别的女人都高,但又找不出足够的理由来抬高她,就只好通过贬低其他女人来达到这个目的。阿玛莉亚的行为是个色的,这没错,但你对它说得越多,反而就越讲不清它是高尚的还是低下的、是明智的还是愚蠢的、是勇敢的还是懦弱的了。这就叫'越描越黑'。阿玛莉亚把她的动机深藏不露,没人能猜透她的心思。反过来弗丽达却没有什么奇怪的行为,只是随心而为顺其自然,让任何关心她的人都对她的行为一目了然,他们都可以自行验证她的行为,她没有什么把柄可让人抓住说闲话。我说这些并不是想贬低阿玛莉亚，也不是要为弗丽达辩解，而只是想说明在涉及弗丽达的事上我的立场，并表明凡是对弗丽达的攻击也就是对我本人的攻击。我是自愿来到你们这儿的，并且自愿在这儿安顿下来，这其间的千头万绪，尤其是牵扯到我的未来的事，我都要依靠弗丽达的帮助；虽然我的前景黯淡，但毕竟还是要过下去，所以她的帮助不容小视。尽管我确实是以土地测量员的身份被招到这儿来的，但那只不过是说说而已，从此他们就一直耍我，戏弄我，刁难我，和我玩儿捉迷藏，把我撵得没地方住……直到今天他们还在捉弄我，只是现在情况更错综复杂了，让我觉得深陷一个大陷阱，一切都是那么别有用心。虽然都是些区区小事，我毕竟还是安了家，有了一份实实在在的差事，有了未婚妻，每当我有其他事要处理时，她都会接手担负起我这份差事。我要和她结婚，成为这个村的村民。至于克拉姆，我除了和他有官方联系外，还和他有私人关系，不过这种关系我承认我还没能利用起来。这层关系应该不算小了吧？当我来找你的时候，你知道你是在迎接什么人么？你知道你是在向谁吐露你的家事么？你是在期待谁向你提供帮助呢，哪怕提供这种帮助的可能性微乎其微？你当然不是在指望我本人，这个一周前刚被拉泽曼和布伦斯韦克轰出家门的破土地测量员，来给你提供机会和帮助，而是指望通过我间接得到这种帮助，这是因为我搞上了克拉姆的情人弗丽达而俨然拥有了一定的权势，我这些权势的拥有都要归功于弗丽达；但若直接向她求助却不会有任何结果的，因为她是那样天真而谦逊，她会傻乎乎地说'我不知道你在说什么，我哪懂得这些事情？'，从而拒绝了你还让你没脾气。综上所述可以看得出来，弗丽达以其天真无邪取得的成果似乎比阿玛莉亚以其高傲自大得到的东西要多很多。我正是因为看到了这一点，才觉得你其实是在为阿玛莉亚求助乞援。那么向谁求助呢？唔，实际上，除了向弗丽达，还能向谁呢？""嗯，可是我真的说过弗丽达的坏话？"奥尔佳说，"我可不是成心想要这么做，也不认为我这么做过；但这种可能性也不是没有，因为我们的境况实在糟糕，糟到见人就想骂的地步，而当我们开始骂娘时，就难免口无遮拦、言过其实，整日怨天尤人没完没了。你说得不错，我们现在跟弗丽达之间是有很大的差异，强调这点没什么坏处，能促使情况的改变。三年前我们好歹还是中产阶级家庭的千金呢，而那时弗丽达是个孤儿，在桥边旅店当服务员，我们走过她时都不正眼儿瞧她。那时我们可能过于傲慢了，但我们就是这样给养大的，有什么办法？现在可好，你也亲眼看到了，那天晚上在贵族旅馆，弗丽达手执皮鞭颐指气使，而我却置身在一群仆人当中低三下四。当然还有比这更糟的：弗丽达可以瞧不起我们，她的身份变了，使她有资格瞧不起我们，现场氛围也助长了这一点。现在有谁不藐视我们呢？任何人只要决定藐视我们，他立刻就有了最大范围的同盟者。你知道弗丽达的接班人吧？她叫佩皮。前天晚上我才认识她，之前她是旅店的客房服务员。可她现在比弗丽达还要看不起我。我去买啤酒的时候，她透过窗子一见到我，就跑去把门给锁上了，我只好求她，求了好长时间，直到我答应把我系在头发上的绸带送给她，她才打开门放我进去。可当我把绸带递给她后，她却把它往角落一扔了事。得啦，反正她有地位藐视我，我多少还得仰仗她的开恩才行，毕竟她还是贵族旅馆的吧台总管不是？不过，她还只是临时代班儿而已，肯定没有正式资格当那儿的正式总管。你只需对比一下旅店老板对佩皮和对弗丽达说话时的口气就全明白了。但是，这种区别对待并不能阻止佩皮不去藐视阿玛莉亚。只是阿玛莉亚只消朝她一瞪眼，这威力就足够把佩皮这瘦小的丫头片子吓得屁滚尿流朝屋外跑啦，速度快得让她用她那两条短粗腿儿紧着捣，不把她一头辫子和蝴蝶发卡抖得七零八落不算完。所以说佩皮是只敢在背后瞧不起阿玛莉亚的。昨天我就又听到她说阿玛莉亚的坏话，我都一直忍着，直到顾客们都站在我一边帮我说话，她才不说了。这种情况你也亲眼见过一次。""你太神经过敏了，"卡说，"我所做的只是把弗丽达摆到她恰如其分的位置上而已，我也没像你说的那样成心想瞧不起你们。更何况你们一家人对我还挺重要，这我也从不隐瞒。既如此，我怎么可能瞧不起你们呢？我不明白。""噢，"奥尔佳说，"恐怕你最终会明白的，卡。阿玛莉亚对索尔提尼的拒绝是造成我们让人瞧不起的根本原因，我这么说你总能明白了吧？""这可太奇怪了，"卡说，"因为这个原因，人们要么佩服、要么咒骂阿玛莉亚都可以理解，但怎么可能会藐视她呢？而且，就算是出于我无法理解的某种情绪，人们实际上都藐视阿玛莉亚，可为什么他们还要进一步地藐视你，以及你无辜的一家人呢？连佩皮都看不起你，这就有点过分了，下次我去贵族旅馆时一定要给她点颜色看看。""卡，"奥尔佳说，"如果你想要改变所有瞧不起我们的人的看法，那可比登天还难，因为所有这一切都是城堡引起的。我现在仍清楚地记得庆祝会开过的第二天早上，当时还是给我们当助手的布伦斯韦克，按时来到了我们家，我爸给他交待了一些工作后就让他回去了，然后我们就坐下来吃早饭，除了我跟阿玛莉亚外大家都挺高兴的。我爸一个劲儿地谈论庆祝会的盛况，还跟我们讲他有关消防队的一堆计划。你知道，城堡也有自己的消防队，它也派了一个代表团来参加庆祝会，和村里的消防队进行交流切磋，那些城堡的大人们观看了我们消防队的演习后给予队员们很高的评价，并把他们和城堡消防队做了比较，认为我们的消防队更优秀。他们说很有必要对城堡消防队进行重组，为此要从村儿消防队中挑几个教练员，候选者可不少，竞争激烈，我爸爸很希望自己也能够入选。当时他在谈这事儿时很兴奋，像平时习惯的那样手臂张开很大撑在桌面上，恨不得把半张桌子都抱着，坐在那儿，目光透过打开的窗子望着外面的天空，他的脸瞬时显得那么年轻，洋溢着希望的喜悦。从那以后我就再没见过他那个样子。接着阿玛莉亚发话了，带着我们从没在她身上见过的一脸权威说，对于城堡老爷们说的话可别当真，因为他们在那样的场合习惯说假大空话，说得比唱得还好听，就是不走心；刚说完可能就忘，只当个屁放。然后老百姓下次又会上同样的当。我妈妈赶紧禁止她说这样的话，我爸爸则笑话她怎么说话像个小大人儿，好像饱经沧桑似的。但随后他就惊跳起来，左顾右盼好像寻找什么丢失的东西似的，但实际上他什么东西也没丢。然后他说，布伦斯韦克跟他讲过一件事，是关于一个信差和一封被撕掉的信的，然后他就问我们是不是知道这件事，它都跟谁有关，到底是怎么一个情况。我们都一声不吭；巴尔纳巴斯那时还很年轻，莽撞得像只小羔羊，只有他说了句特别傻气或者说可笑的话，于是大家便顺着他的话谈起了别的事，原先那件事就给忘掉了。"

第十八章 阿玛莉亚受到惩罚

"可是没过多久,"奥尔佳接着说,"我们就被来自四面八方的询问淹没了,都是有关那封信的。朋友也好仇人也好,认识的也好不认识的也好,反正所有人都来问我们这件事。我们最要好的朋友反应最快,平常慢腾腾端着架子的拉泽曼这次是跑着过来的,他冲进屋来,好像只想看看我们住房的大小面积似的,四下张望了一下就跑掉了,就像一群孩子在玩什么恐怖游戏似的。我爸连忙摆脱掉其他几个人的纠缠追了出去,一直追他到大门口,不见了他的踪影才放弃努力。布伦斯韦克也赶过来了,诚恳地告知我们他想开一家自己的店,他是个机灵人,很会抓机会赶时机。那些顾客也都赶来了,开始在我爸爸的储藏间里搜寻各自拿来修补的鞋子。起初我爸还尝试劝顾客们改变主意,家里其他人也都竭力帮他说话,可是很快他就放弃了,默默地帮他们找起鞋子来。订货本上的记录一行行注销了,拿来供我们使用的皮革一块块返还了,欠账也都一笔笔还清了,一切后事都顺利完成,没有半点争执。人们都想尽快和我们彻底断绝一切关系,哪怕损失点也都认了;只要和我们撇清关系,那都不是个事儿。最后,正如预料的那样,消防队长泽曼也来了。当时的情景至今我还记得很清楚。泽曼看上去又高又壮,实际上有点驼背还得了肺病,还总板着个脸,从来不苟言笑。他站在我爸面前,这个他一向尊敬、还曾私下保证过让他当消防队副队长的人面前,不得不奉命向我爸宣布,他被消防队解聘了,并要求我爸交出他的证书。顾客们见状,都丢下手中干的事儿靠了过来,看这两人的热闹,密密地围成一圈儿。起先,泽曼说不出话来,只是一个劲儿地拍着我爸的肩膀,好像要从我爸身上拍出应该由他泽曼说但又不知该怎样说的话似的。他自始至终打着哈哈,可能是想让自己和周围人都平静下来,可是由于他根本就不会笑,加上谁都没听他笑过,所以就没有人意识到他这实际上是在笑。可是我爸经过这一天的折腾已经很累也很沮丧了,不能帮泽曼什么忙了,他累得连周围正在发生什么都搞不清了。事实上我们全家人都很沮丧,不过我们几个孩子那时因为年龄还小,还想不到我们已经给彻底毁了,还总盼望从这一大堆来客中最终走出一个救星来结束这一切,并让一切都恢复正常。当时我们真是傻到家了,竟然以为泽曼就是那个救星,所以就大气不敢喘一口地等着从这个一直在笑的人的嘴里说出一句明话来。他若不是在笑我们正遭受这一切莫名其妙的冤屈,又能笑什么呢?队长先生哦,队长先生,给我们做个主吧!去跟大家讲讲吧!我们这么想着就朝他挨了过去,他却很古怪地避开了。最后,他总算开口说话了,不过不是响应我们内心的呼唤,而是响应顾客们或鼓励或愤怒的叫喊,虽然这样,我们还是抱有希望。队长开讲了,先是大大夸赞了我爸一番,说他是消防队的荣耀,是新队员高不可攀的楷模,是队里的顶梁柱,不可或缺的一员,他走了必定会毁掉整个消防队。话说到这儿假如他打住的话,一切都还算不错,可他接着说下去了:虽然如此,消防队还是决定请求我爸爸辞职,当然这只是一时之举、权宜之计;大家都不难明白消防队迫不得已忍痛割爱的原因。若不是我爸在那天的庆祝会上表现得那么出众,事情也不至于走到今天这一步。正是因为他太出众了才让官方盯上了,消防队也因此处在众目睽睽之下,不得不高标准严要求,更加注意自身的纯洁性。现在既然出了信差受辱这件事,消防队也就别无他路而只有请他走路,而泽曼先生也就担负起了向我爸传达这一艰巨而痛苦的任务的重担。我泽曼已经够为难的了,您老先生就别再让我为难了好不?泽曼因为自己终于说完了这些话而长舒一口气,乃至高兴得不再故作姿态表示同情,而是直接指着挂在墙上的证书,摆了摆手指头。我爸点了点头,走过去想取下证书,可是他的手颤抖得厉害,没办法把它从挂钩上摘下来,我就爬上一张椅子帮他取了下来。反正一切都成了定局,他甚至没把证书从镜框里取出来,就连框带证一股脑塞给了泽曼。然后他就走到一个角落里坐下,发呆发愣,不再跟任何人说话,我们只好自己想办法把那些顾客都打发走了。"

"那你是从哪些方面看出城堡对这事施加了影响呢?"卡问,"迄今为止城堡好像还没有介入呢。你告诉我的这一切只不过说明人们没有缘由的胆怯和恐惧,他们幸灾乐祸看笑话的心理,以及他们虚情假意的友谊和邻里关系而已;这样的事情哪儿都有。而且在我看来,你父亲未免有点心胸狭窄,因为说到底,那一纸证书又算得了什么呢?它不过是一张证明你有某种本领的纸罢了,而你自己的本领别人拿不走的。如果这些本领确实让你成了不可或缺之人,那就更好办啦,你只需不等领导说第二句话就把证书往他脚下一扔就拍屁股走人,就能让他真心感到为难啦。不过我还注意到你只字未提阿玛莉亚;阿玛莉亚可是造成这一切的罪魁祸首,却可能一声不吭地躲在后面,眼睁睁地瞅着灾难降临。""不对,不对,"奥尔佳说,"这件事家里谁都不能怪,换上谁都只能这样做,任谁也无法改变这种局面,因为这一切都是城堡施加的影响造成的。""是城堡施加的影响造成的。"阿玛莉亚重复道;她已经悄没声息地从院子里回屋了,她们的父母早就上床睡觉了,"你们是在议论城堡的事吧?怎么还坐在一起聊呢,卡,你刚才不是急着要走吗?现在都快十点啦。你连这样的事都感兴趣吗?就是有这样一种人,整天靠胡扯瞎扯过日子。他们就像你们这样坐在一起,东家长西家短,碎嘴唠叨嘀嘀咕咕,可我觉得你不像这种人呀。""哪里,我正是这种人呢,"卡说,"真的,而且我最讨厌那种自己不碎嘴唠叨说闲话、却是人家碎嘴唠叨说闲话的对象的那种人。""嗯,倒也不错,"阿玛莉亚说,"人各有所爱嘛,我就听说过有一个小伙子朝思暮想的只有城堡,别的一概不感兴趣,让人很担心他的心智是否出了问题,因为他把心思全耗在城堡上了。直到最后人们才明白,原来他想的并不是城堡本身,而是那里头一个洗碗女工的女儿。后来他得到了她,一切就又都没事了。""我想我倒蛮喜欢这小伙儿呢。"卡说。"你会不会喜欢这个人,"阿玛莉亚说,"这我说不好;不过你可能会对他老婆感兴趣的。好啦,不打搅你们啦,我得去睡觉了。为了咱爸妈,我得把灯熄掉,他们入睡得倒是很快,但一小时过后他们就睡不安稳了,哪怕一丝光亮都会把他们弄醒的。晚安!"话音刚落屋里就一片漆黑了。阿玛莉亚很可能就在她们爸妈的床边腾出一块地板就睡了。"她说的那个小伙子是谁?"卡问。"我也不知道,"奥尔佳说,"可能是布伦斯韦克吧,不过跟他的情形也不太相符,也可能是别的什么人。要听懂我妹的话可不是那么容易,你搞不清她是在说讽刺话还是在说正经话,常常她是很认真的,但听起来却像是在说风凉话。""别替她解释这解释那啦,"卡说,"你何时变得那么依赖她了呢?是那次大难降临以前就这样了呢,还是以后才变成这样的?你难道就没想过独立于她吗?你干吗非那么依赖她不可,这里面有什么原因吗?她年纪最小,理应她听从你才对。不管她有罪还是无辜,她都是那个给家里带来灾祸的人。可她不但没有每天乞求你们大家原谅她的过失,反而还要大家都听她的,高昂着头像个小公主,除了操心你们的父母外什么都不管不顾——而这也只是出于她对他们的怜悯;用她自己的话说就是:谁都休想把她卷进任何事中去。而当她终于开口跟你说话时,她却'常常是很认真的,但听起来却像是在说风凉话'。你老说她长得漂亮,也许她就是靠自己的美貌来统治你们的。嗯,你们三个长得非常像,可是她不同于你们俩的地方显然不是她的优点,当我第一次见到她时,立马被她冷峻似剑淡漠无情的目光吓住了。虽然她最年轻,可从她的外表一点都看不出来;她的容貌是永恒不变的那种,既不会变老,但也不曾年轻过。有长着这种容貌的女人[①]。由于你天天都看她,所以你不会注意到她眉宇间透出来的那种冷峻和严肃。这就是她不会把索尔提尼的

[①] 比如蒙娜丽莎。——译者

示爱当真的原因所在，换上我也不会把它当真的。索尔提尼也许只是想用那封信来惩戒她，而不是真的召她去。"我可不想谈索尔提尼，"奥尔佳说，"对那些城堡的老爷来说，没有什么事是不可能的，无论那个特定的姑娘有多美或有多丑都无关紧要。至于其他的，则是你把阿玛莉亚完全错怪了。你瞧啊，我没有什么特殊理由非要把你争取到阿玛莉亚这边来，而如果我这样做了，那也是为了你好。某种意义上，阿玛莉亚确实是我们家不幸的祸根，可即便如此，就连受打击最重的我爸爸，都没有说过一句责怪她的话，而他那时已经因为受到刺激而变得怒不择言了，他什么话说不出来啊，尤其是在家里！可即使在这种情况下，他也没有说半句阿玛莉亚的不是。但这并不是说他赞成阿玛莉亚的行为；作为索尔提尼的崇拜者，他怎么可能赞成女儿违逆索尔提尼呢，更不要说对女儿的行为表示出哪怕一丝的理解了。他是巴不得把自己和自己所拥有的一切都拱手献给索尔提尼呢，尽管由于索尔提尼显然是发怒了，事情并没有如他所盼的那样发生。之所以说索尔提尼显然是发怒了，是因为从此以后我们再没听到过他的消息。如果说他是就此躲了起来，那就可以说他至此便人间蒸发了，好像从没存在过似的。你真该见见那时的阿玛莉亚，就什么都明白了！那时我们都清楚我们受到了隐蔽的、暗中的惩罚。人们不明着整我们，他们躲着我们，无论城堡还是村里大家都避着我们。村里人都绕着我们走这是显而易见的，来自城堡的反应就不那么容易看得出来。事前就一直没注意到城堡对我们的关照，现在又怎能看得出它对我们态度的大转变呢？不出声才是最可怕的；一言不发暗地整你最狠毒。无论如何，村里人都不是出于认为我们有罪才疏远我们的，他们很可能对我们没抱着成见，现在他们对我们的鄙视那时还没有形成，那时他们只是出于害怕城堡才躲着我们的，并且都在旁观事态的发展。那时我们还不担心生活没有着落，所有的欠债都还清了，当时我们的物质条件还算优厚，亲戚们把我们缺少的粮食偷偷送来，那年丰收，这不成问题。但是我们没有地种，也没有人给我们任何活儿干，这样我们便生平第一次遭遇到有劲儿没处使、无所事事的煎熬。七八月的大热天，我们一家只好坐在紧闭的窗子后面发呆，什么都不发生，没有召唤，没有传令，没有消息，没人来访，整个一个没事儿。""那好，"卡说，"既然什么都没发生，也没有什么公开针对你们的惩罚，你们怕什么呢？瞧你们这些人啊，真没法儿说！""我该怎么向你解释呢？"奥尔佳说，"我们不是害怕要出什么事儿，我们只是对当时的现状感到很难受，觉得我们正在受到惩罚。这实际就是一种惩罚。其实村儿里人都期待我们能回到他们中间去，我爸的作坊重新开张，阿玛莉亚能重新拿到订单——她有一手漂亮的缝纫活儿，能为上等人家缝制最漂亮的衣服。其实所有村民都为他们所做的事情感到后悔。原本一户颇受尊敬的人家突然一下子跟全村都断绝了来往，这对每个人来讲都是一种损失，不是表现在这儿，就是表现在那儿，反正人人都没得好。他们和我们掰了，还觉得自己做得对，是责任使然，换成我们应该也会这么做的。只是他们也不很清楚到底出了什么事儿，只知道那个信差捧着一堆碎信纸回到贵族旅馆去了。弗丽达眼瞅着他出去又瞅着他回来，就跟他聊了几句，接着立刻就把她了解的情况散播出去了。当然她这么做肯定不是出于敌意，而是出于责任，出于村儿里任何处在类似情况下都会这么做的人的应尽的义务。刚才我说过，村儿里人人都希望我们能回归正常，如果这事儿有个圆满结局的话，大家都会非常高兴的。假使我们突然宣布一切都已化解，这事儿只是一个误会，现在已经完全澄清了，误会因而也就消除了；或者说我们确实冒犯了城堡，但已知错改错做了补救；或者说我们已经通过在城堡的关系成功解决了这件事儿——反正甭管怎么说吧，都会让全村人感到满意的，他们肯定又会伸出双手热情欢迎我们回归，亲吻拥抱我们，庆祝我们迷途知返化解了矛盾。这样的事我在别人身上已经见过好几次了。甚至都没必要有这么一个消息出来，我们只需主动走出家门，见人，寒暄，绝口不提撕碎信那件事儿，和我们以前的亲朋老友恢复来往，这也就足够了，人们自然也会跟着不再提及此事，大家从此一团和气。这是因为，他们之所以不和我们来往，除了害怕当局之外，还因为这事儿说出口实在让人难堪，所以他们不想再听到它，不愿再谈它，不愿再想它，不想再和它有任何接触。弗丽达之所以披露这件事，并不是因为她吃饱撑的没事干，而是为了保护她自己和别人，好提醒大家我们家出事啦，你们都小心点儿，别牵扯进去。人们忌讳的不是我们这一家，而是这种事本身，我们之所以被人疏远只是因为我们不幸跟这种事扯上了关系。所以说，只要我们那时候能重新站起来，走出这件事的阴影，不再旧事重提，用我们的实际行动表明这事已经结束了，甭管是怎么结束的；只要人们就此信服，无论整个这件事曾经是多么热火，反正现在它是不会有人再议论了，那么一切就会恢复平静，我们就会又得到街坊邻里的帮助；即便我们无法完全忘掉这件事，他们也能理解，并帮助我们彻底把它忘掉。但是可惜啊，我们没有这样做。我们只是消极地待在家里，也不知道我们到底在期盼着什么，可能是等着阿玛莉亚拿主意吧？反正从那天早上起她就成了一家之主，以后就一直这样，紧握着家里的大权不撒手。她倒也不使用什么手腕，也不下命令或恳求什么的，就是用坚定的沉默便驾驭了我们。不过，家里其余的人还是静不下来，一天到晚还是悄声商量个不停，有时我老爸三更半夜会突然从梦中吓醒，把我叫过去在他床边陪上半夜。有时候我和巴尔纳巴斯坐在一起谈这事，他起初怎么也不能理解这件事意味着什么，就老要我解释给他听，我呢，跟他说来说去也就是那些话，总之他应该是明白了一点：跟他同龄的其他孩子期盼的那种无忧无虑的生活，对他是再也没有了。我俩那时坐在一起，卡，就像咱俩现在这样，谈啊谈啊，忘了夜已降临，忘了又一个清晨到来。我妈妈是我家最虚弱的一个人，因为她既要忍受我们全家共同的困苦，也要分担家里每个个人的困苦。因此我们总是十分焦虑地观察着她身上的点滴变化，担心这些变化随时会降临到全家人头上。她那时最喜欢坐在一张长沙发的一隅，不是打瞌睡就是长时间神神叨叨地自言自语——这从她不住嗫动的嘴唇就能看得出来。咳,谁知道她躲在那儿干什么?现在这张沙发不再是我们家的了,它眼下摆在布伦斯韦克家的大客厅里。所以说,我们全家仍从不同角度继续关注那封信,也就没什么可奇怪的了。我们仍谈论它所有已确定的细节,揣摩它所有不确定的含义,经常是殚精竭虑挖空心思地想出一个个好的解决办法,然后再推翻,再想。这是很自然的,是无法避免的,当然一点好处也没有,会让我们在我们想极力逃避的泥潭中越陷越深。甭管我们想的主意有多好,又有什么用呢?缺了阿玛莉亚做决定,它们一个都实施不了,永远只能是假设,没有实际意义,因为好多主意甚至都不敢跟阿玛莉亚提;即便提了,恐怕得到的也只能是她的沉默。嗯,幸亏我现在比那时更能理解她了,她承受的压力比我们都大,忍受的痛苦比我们都多,而她竟然承受下来了,并坚强地活到今天,真是不容易啊!我妈妈固然承受了我们全家人的痛苦,但她是因为全家人的难处都必然会落在她肩上而不得不承受,事实上也没有承受多久;时至今日没人会再说她还在承受什么痛苦了,因为她那时就已经有点脑子糊涂了。人傻了就谈不上心灵痛苦了。可是阿玛莉亚不但承受着痛苦,还特别心明眼亮,把这一切都看得透透的;我们只是看到了后果,她却对事情的缘由心知肚明;我们还希望做点补偿挽回点什么,她却很清楚一切都已成定局;我们还能低声议论,她却只能保持沉默。她必须要面对现实,活下去并且忍受这种日子,当年如此,现在还得这样。同样是身陷不幸,我们的日子可是比她好过多了。到后来,我们不得不搬出我们的大房子,给布伦斯韦克腾地儿,他搬进去后分给我们这间小破屋容身。我们用一辆手推车搬家具,推了好多趟,我和巴尔纳巴斯在前面拉,爸爸和阿玛莉亚在后面推,妈妈已经被我们先送过来了,就迎接我们,她坐在一个板条箱上,一直低声抽泣。我还记得,即使在这一趟趟的来回搬家路上——这是很丢脸的事儿,因为路上经常遇到收割庄稼的马车,车上的人们一见到我们就不说话了,然后把眼睛挪向别处看——我和巴尔纳巴斯还是忍不住要商量我们的顾虑和计划,有时候说着说着就站住不动了,还是我爸的一声招呼才提醒我们还要拉车呢。可是这些商量并没有让我们的生活在搬家后有所改观,反倒让我们现在觉得越来越贫困。亲戚们不再给我们拿来吃的了,我们的钱也快要花完了,而且就在这时,人们对我们的态度也开始变了,由躲着我们变成了鄙视我们。他们看到我们无力从撕信事件中脱身,就一窝蜂起来反对我们。这倒不是因为他们低估了我家灾难的严重性,虽然他们并不清楚这到底是什么性质的灾难。假使我们当时渡过了难关,他们肯定是会尊敬我们的;但实际上我们并没有扛过去,他们就把过去所持的临时性的观望态度变成了明确的决定:把我们永远驱离村里的所有圈子,彻底孤立起来,尽管他们很明白,若是换上他们自己,也会扛不过去的。但这已经不重要了,重要的是有必要和我们彻底断绝。从此我们就被人们所不齿了,我们不再被人提起,我们堂堂的家号一蹶不振,就此衰败了;如果非要提到我们,人们就叫我们'巴尔纳巴斯家的人',因为他是我家中最清白的一个。就连我们住的这间陋屋都染上了坏名声,让人怎么都瞧不顺眼。如果你说实话,你也会承认,第一眼见到我们的陋室你会觉得它确实让人瞧不起。后来渐渐地又有人来看我们了,他们对我家里所有的细节都嗤之以鼻,比如说这盏挂在桌上方的小油灯,它不挂在那儿该挂到哪儿呢?可是他们就是看不惯它挂在那儿;就算我们挂到别的地方,照样会惹他们讨厌的。总之我们里外不是人,无论怎么做、做什么都让人瞧不起。"

第十九章 求人（求恕）

"而与此同时，我们却干了什么呢？"奥尔佳接着说，"我们干了我们所能干的最坏的事，干了比这件事的起因更让我们被人瞧不起的事——我们背叛了阿玛莉亚。我们从她无声的掌控中挣脱了出来，我们再也不能这样生活下去了，我们不能过这种毫无希望的日子，于是就以各自不同的方式开始寻找出路，要么乞求城堡，要么'冲击'城堡，以期得到城堡的宽恕。我们心里其实也明白这样做于事无补；我们知道我们和城堡之间唯一还有希望的联系是索尔提尼，毕竟这位大人称赞过我老爸，但是出了这件事后，他就和我们断绝了关系。不过我们还是开始了行动。爸爸先出击了，开始向村长、各位秘书、律师、办事员提出毫无用处的请求，通常人家根本就不接待他；不过他若是要点手腕或者有时运气好的话，他也会获得接见——每每听到这个消息我们都会欣喜若狂、搓手庆幸——但立刻就被赶了出来，并且再也不被允许登门了。再说他提的问题人家也不屑于回答，一两句话就把他打发了，城堡方面永远占着上风，总是有理；他想要怎么样？他受到什么委屈了？他想要别人原谅他什么？城堡里何人在何时曾动过一根手指头和他过不去了？不错，他是变穷了，失去了客源，人家都不找他来修鞋了等等，但生活就是这样有起有伏，无论商业买卖还是市场活动都有这样的事发生。难道你想要城堡事事都管吗？事实上城堡确实管理公共事务，但它不能为了某个人的私利而不讲道理地硬性干涉合乎常理的事情。比如说，城堡能派人把你爸的顾客都追回来，强迫他们再回到他的铺子里去吗？我爸连忙辩解道'不不不，我不是这个意思'。（事前和事后，我们都要在家里仔细探讨爸爸受接见时的一切细节,商量好对策。我们缩在一个角落里唧唧咕咕,好像躲着阿玛莉亚似的,她当然什么都觉察到了,但撒手不管任我们去。)他接着说他确实不是因为自己变穷了才抱怨;甭管他失去多少客源,他都会很容易再找回来的;如果人家能原谅他的话,这一切都不算什么。可是接见他的人说啦,你要人家原谅你什么呢?没见到有谁投诉你呀,起码在卷宗档案里没见到这方面的记录啊,也没在法律记录簿里见到过呀,因此可以确定,没人采取过什么行动反对他,也没人准备和他过不去。也许他能举出哪条官方颁布的法令是针对他的?爸爸举不出。或许他能说出哪个官方机构参与了此事?爸爸更是丈二和尚摸不着头脑。那好,既然他什么都不知道,而且又什么都没有发生,那他到底想要什么呢?又到底想要怎么样呢?他想要人宽恕他什么呢?倒是他这样纠缠公务员,无理取闹,妨碍公务,才真正是不可饶恕的呢。可是爸爸就是不肯放弃,他那时还身强力壮,而且因为被迫赋闲,他有的是时间。'我就是要挽回阿玛莉亚的名誉,恢复她的好名声,我用不了多久就成。'他一天好几次对我和巴尔纳巴斯说这话,不过声音很轻,他不想让阿玛莉亚听到。其实他也只是为阿玛莉亚实际考虑才这么说的,他并没有想那么远(给阿玛莉亚挽回声誉),而只是想为她求得宽恕。可是为了得到宽恕,他得首先证明自己有罪过,而这却正是官方予以否认的。于是他想出了一个主意——这说明他的脑子已经有点糊涂了——那些官儿们不愿说出他的罪过是因为他的税款还缴纳得不够。迄今为止他只缴够了规定的税款,这就我们家的境况而言已经不堪重负了,但他认为还应该缴更多。他这样显然是错误的,因为就算是官员们为了省事儿并躲避没必要的议论而接受了贿赂,他们也不会给你任何结果的。但既然这是我爸的希望所在,我们也不好让他失望。我们卖掉了家里能卖的一切,几乎所有必不可少的东西都让我们拿去卖了,好让我爸拿着钱去奔走,求人托关系。然后有好长一段时间,每当我们早上知道爸爸出门时衣袋里至少还有几枚银子可以晃荡响时,我们就多少感到欣慰一点。当然我们就只有整天挨饿的分了。我们用钱换来的一切不过是让老爸心存一点希望的喜悦，让他觉得生活还有一点奔头。但其实这也没什么好处，他天天奔波的结果只是累得贼死，卖家换来的这点钱只能让他一天天这样拖下去，而得不到应得的结果。实际上他们并不能因为我们额外缴税就额外照顾我们什么。一个办事员曾偶尔尝试为我们做点什么，假意承诺调查此事并暗示说已经有了一点线索，他们会追查下去，这样做完全是出于对我爸的照顾，而不是因为他们有什么责任。对此说法我爸非但不怀疑，反而很轻信。他把一个明显毫无价值的承诺带回家来，看样子像是又给家里添存了一份福气似的。看着他站在阿玛莉亚身后瞪着眼睛强作欢颜、不断比画着向我们表示这下阿玛莉亚有救了的样子，我们心里这个难受啊！他无非是想表明，经过他的不懈努力，阿玛莉亚的得救终于越来越迫近了，对此谁都不会比阿玛莉亚本人更惊喜的；不过这一切目前都还是秘密，我们仍必须加以严守。要不是我们最后发现再也供不起老爸'活动经费'这个现实的话，他这副样子还不定要持续多久呢！经过我们百般哀求，布伦斯韦克总算把巴尔纳巴斯收下作助手了，他的工作是每天晚上摸着黑去收集人们要修补的鞋，同时摸着黑把补好的鞋给人家送货上门。因为接纳我们，布伦斯韦克确实是冒着生意上一定的风险的，所以他付给巴尔纳巴斯的工资很低，好在巴尔纳巴斯的活儿干得无可挑剔，不过这点工资也太低了，只能将将够我们不被饿死。终于有一天，经过充足的准备之后，我们鼓足了勇气，小心翼翼地对老爸说，我们再也无力给他资助了。他平静地接受了这个现实。他的脑力已经衰退到不能明白自己的奔波毫无用处这种地步，不过接二连三的失望还是把他弄得很厌倦了。尽管他说啦——他现在说话已经不像以前那样清楚了，他以前讲话那叫一个伶牙俐齿——他再需要一点点钱就够了，因为明天，没准儿今天，他就能把事情搞定，一切水落石出；可现在砸锅了，泡汤了，就是因为没钱，一切都完了……可他的语气却表明连他自己都不相信这些说辞。接着他眼珠一转又有了新计划,既然他没能成功证明我们自己有罪过,因而无法通过正式的官方渠道取得进展,那他就只能求助于乞求,私下里找那些官员求情,他们中间肯定有的人还比较善良富有同情心,就算在办公时间不能凭感情办事,但在办公之余你要是找准了点儿去打动他们,他们还是有可能发善心的。"

说到这儿,一直全神贯注倾听奥尔佳的卡打断了她的讲述,问道:"你认为他这个计划不对吗?"假如他一直听到底的话,最终能得到这个问题的答案,可是他迫不及待地想马上知道。

"当然不对,"奥尔佳说,"压根儿就不存在什么同情不同情。连我们这样年轻没经验不懂世事的人都明白这一点,别说我爸了;可他偏就把这点给忘了,就像其他许多事儿一样。他竟然打算站在城堡附近的大道上,等到当官儿的马车经过时,可能的话就拦下他们,哀求他们宽恕我们的罪过。说实话,就算不可能的事儿真的发生了,哪个官儿真被他拦下了,他的哀求真被那个官儿听到了,这种打算仍然是糊涂透顶。因为这不是哪一个官员能够说了算的,单单某个人说原谅没有用。政府作为一个整体也许能办到,就算它不能赦免,至少也能判罪。然而,就算有哪位官员发了善心,想要处理这件事,在听了我爸这个可怜而疲惫的老头儿口齿不清的表述后,又如何能了解得清这件事的来龙去脉呢?虽然当官儿的都有很高的学识,但那都是片面的,有局限的,在他们各自熟悉的部门,一个官儿哪怕只听到只言片语就能立刻领会全部含义;而当一个人向他解释他不熟悉的部门的事情时,哪怕说破了嗓子,他也只能客气地点着头,而听不出个所以然来。嗯,这是很明显的,即使是对那些跟普通人有关的小公事,那些让当官儿的耸耸肩就能解决的蝇头小事,你若想彻底了解其中一件的真相,也都够让你花上一辈子也休想搞明白的。就算我老爸费劲拦下了一位负责官员,没有备好的文件,他照样没法儿给你办理,更何况还是在大马路上。也就是说,他是不能赦免什么的,他只能回办公室官办此事。这样一来,为了结此事就只能再回到官方渠道上去，而那条路老爸早已试过并且彻底失败了。如果我爸硬要把这个新计划进行下去的话，他会落入不定多么窘困的境地呢！假如连这条最不可能走通的路都走通了的话，那路上还不挤满了情愿者？正因为连小学生都明白这是极不可能的事，所以这条路上半个人影都不见。但也许正是这样反而增强了我爸的信心，他就是这么个人，总能在什么地方找出点什么来重燃他的希望。他也迫切需要这种'灵感'，而头脑正常的人是不会有这种奇思怪想的。即使从最表面的迹象看，也能看出这番努力是不可能有结果的。那些当官儿的无论是坐车来村儿里，还是回城堡，都不是为了休闲娱乐，村儿里和城堡里都有一堆工作等着他们去做，所以他们都是来去匆匆。他们也不会闲着没事把头伸出车窗寻找情愿者；车厢里到处是文件，卷宗档案什么的，他们忙这些还忙不过来呢。"

"谁说的？"卡说，"我去过一个官儿的雪橇里面，没见到有什么文件。"奥尔佳讲述的那个官场真是让他大开眼界，简直让他难以置信，惹得他忍不住自己也想以他那点可怜的处世经验来探探它的深浅，以说服自己它和自己的经历一样，都是真实可信的。

"这也不是没有可能，"奥尔佳说，"可这样的话就更糟了，说明这个官儿有非常重要的工作，造成文件卷宗太重要或者数量太多，而不能随身携带；这样的官员会更快马加鞭地赶路，好回去处理文件。反正任何情况下都不会有官儿停下来顾及一下我爸的。再说了，通向城堡的路有好几条，有时这条路时髦了，大多数官儿就走这条路；有时那条路时兴了，大家又挤着走那条路。这些变化没有规律可循，赶上哪儿算哪儿。早上八点的时候，他们可能都走在一条路上，但没准儿半个小时后他们就转到另一条路上了，十分钟后又转到第三条路上，半小时后又回到第一条路上，然后一整天都走这条路，但随时都有可能再变。的确，所有接近城堡的路都会在村子附近汇合，但到那时所有的马车都在急速前进，尽管在靠近城堡的时候速度多少会慢下来一些。另外马车数量的多少和道路的选择一样，也是没有规律可循、没办法预知的：经常是一连几天路上不见一辆马车，空空如也，然后又有马车蜂拥而至，人满为患。想想看，我老爸得应对所有这些情况。他穿上他最体面的服装（很快它就成了他唯一的一套服装），每天早上带上我们的祝福从家里出发，随身还带着一枚消防队的小徽章——他辞职时把它偷偷留了下来没有上交——好在出村儿后把它别在上衣上；他害怕在村儿里被人看到。虽然徽章小得两步以外就很难被人注意到，但老爸却认为它能引起路过官员的注意。城堡大门外不远处有个菜园儿市场，是个名叫巴图赫的开的，专门向城堡供应蔬菜。我爸就在园子篱笆墙根儿的一条窄石板上找个地方坐了下来，从此那儿成了他的专属'候车区'。巴图赫看在和老爸曾是朋友的分上，容忍了他这个行为。巴图赫曾是老爸最铁杆儿的顾客之一，要知道他有一只跛脚，而且认为只有老爸才能给他做出合脚的靴子来。从此以后老爸就一天挨一天地坐在那儿。那年秋天阴雨潮湿天空灰暗，他也根本不在乎，每天早上到了那个钟点儿他就把手搭在门闩上和我们道别。到了晚上他回来了，被雨淋得透湿，看上去一天比一天背更驼，进门后就躺倒在一个角落里。起初他还讲一些当天的小经历，比如巴图赫出于怜悯或看在老朋友分上从篱笆墙那边扔给他一条毛毯啦，或是他从一辆经过的马车上认出某位官员啦，或是这个或那个车夫认出了他，并开玩笑地用鞭子轻轻抽他一下啦，等等。后来他就不再给我们讲这些小故事了，显然他已经对从中收获成果不再抱希望了。他仅把这每日一行当作是责任所在，是他枯燥无聊的差事，去那儿待上一天也好对得起良心。他就是在那时候患上风湿病的。很快冬天到了，早早地就下雪了，这里的冬天向来都早，可他不管这些，就是坐在那儿傻等。开始他还坐在湿漉漉的石板上，后来索性就坐在雪地上了。夜里他疼得嗷嗷叫，到了早上，他有时拿不定主意去还是不去，后来他还是克服了厌烦情绪，准备出门。我妈拉着他不让他走；可能是他也担心自己的腿脚不再灵光了，就让我妈跟他一块儿去。结果没过多久我妈也得了风湿病。我们经常去找他们，给他们带吃的，有时只是去看看他们，劝他们回家。我们常常看到他们挤坐在狭小的石板上，互相依偎着，蜷缩在一条几乎盖不住他们的薄毯子下面，四周只有灰蒙蒙的积雪和雾气与他们为伴，没有其他人，也没有一辆马车的影子。这景象多么凄凉啊，卡！多么凄凉啊！终于在一天早上，我爸的双腿僵硬得再也下不了床了；谁也安慰不了他；他发着高烧，在烧迷糊的状态下他自以为看到一辆马车在巴图赫家门口停了下来，从车上下来一个官员，沿着篱笆墙寻找我爸，最后生气地摇着头回到马车上去了。这时我爸开始大叫不止，仿佛要让那当官儿的听到他的声音，好向他解释自己是迫不得已才没去的。从此以后他就再也没去那里了，病在床上好几个星期，由阿玛莉亚完全照料，喂饭喂药，护理，等等。除了偶然几次临时有事外，她照料老爸一直到今天。她知道几味草药可以消肿止痛。为照顾老爸她几乎不睡觉都行，也从不惊慌失措，还无所畏惧，从不会失掉耐心，替我家老两口啥事都干。每当我们束手无策、急得上蹿下跳的时候，她却总能保持冷静，从容应对。等最坏的情况过去，老爸在我们的搀扶下能颤颤巍巍下床了之后，阿玛莉亚立马就撤回幕后去了，把他交给我们接着照顾。"

第二十章 奥尔佳的计划

"这样一来，我们就得给老爸找点他力所能及的事儿干，好让他至少有个信念支撑自己，即他还能为洗刷全家的罪名做点工作。找点这样的事做并不难，因为甭管干什么，终究都比坐在巴图赫家的菜园外面要强。不过我还是要找个连我自己都觉得有希望的事情给他做。每逢那些坐办公室的讨论起我们的罪行时，都只提我们侮辱了索尔提尼的信差，除此之外没人敢深究下去。那好，我心说啦，既然一般人都以为我们只是羞辱了信差而已，哪怕事情只是看似如此，那我们也只消平息那个信差的怒气，问题就有可能全部解决。前面说过，出了这事儿以后，没人指控我们，也没有任何机构受理这件事儿，这就意味着，那个信差他个人——如果他没有其他问题的话——是有权宽恕我们的。当然这一切不可能起什么决定作用，也许只是个幻想，也许到头来又是什么结果都没有，但它能让老爸高兴起来，让他觉得有事干，有奔头，没准儿还能让他忘掉那些给他提供各种消息、把他心绪搞乱的大小官员，如此他便能安下心来。但是第一步，得把那个信差找出来。当我把这个计划告诉老爸后，他第一反应是十分恼怒；要知道他已经变得非常固执了，一个原因是他认为我们始终在拖他的后腿，不让他夺取最后胜利。他这个想法是在卧床养病期间生成的，为此他还举了二例：先是我们断了他的资金供应，后又不让他下床，导致他最后功亏一篑。这还只是原因之一，另一个原因是：他已经不能接受任何人提的任何建议了。他不等我说完就否决了我的计划。他非要在巴图赫的菜园外继续等下去不可，而且还要我们每天用手推车把他送过去，因为他不可能每天自己爬过去不是？可是我没有让步，慢慢地他也开始考虑我的计划了。唯一让他烦心的是他得完全依赖我来办这事，因为只有我当时见过那个信差，而老爸根本不认识他。当然，仆人的样子大同小异，连我都没有十分把握认出他来。于是我们就直奔贵族旅馆，开始在那儿的侍从仆人中寻找那个信差。不错，他确曾是索尔提尼的侍从，但是索尔提尼再也没来过村子里了，况且那些老爷还经常更换侍从，我们应该能从别的老爷的侍从中找到他，就算找不到，我们也能从其他侍从嘴里获取有关他的情况。而为了达到这个目的，我们就得每天晚上都守在贵族旅馆，但我们无论到哪儿都是不受欢迎的，特别是在那种地方；再说我们也不可能像那些有钱人那样去那儿。好在他们总算发现我们还不是完全没有用处。你肯定了解那帮侍从对弗丽达来说有多么烦人，他们大多数时候都是悄没声息的，清闲轻松的工作把他们都惯坏了，游手好闲，呆头呆脑。'愿你像个侍从那样过得称心如意。'官员们祝酒时老爱这么说。确实，从日子过得舒坦的角度来讲，侍从才称得上是城堡真正的主人。当然他们也很懂得感恩戴德，在城堡里他们的举止言行都要符合规矩，所以他们不苟言笑，端着架子一本正经。这个情况我听别人说过好多次了，即使在这儿的仆从当中，你也能看出类似的痕迹，但只是一些痕迹而已，因为城堡的规章制度到了村儿里就走样了，不再完全适用他们，对他们丧失了一定的约束力，他们就变得肆无忌惮起来，成了一帮粗野、失控的家伙，不再遵纪守规，而是肆意妄为。他们的无耻行为到了无法无天的程度。好在村里人还算侥幸，因为这些人不经许可不能离开贵族旅馆。可是在贵族旅馆里面你就得想法儿对付他们了。唉，弗丽达为此可是没少伤脑筋，见我主动送上门来就很乐意让我去抚慰那些侍从。就这样有两年多了，直到现在，我还每周至少有两个晚上是和那些侍从在旅馆的马房里度过的。起初老爸还能和我一起去贵族旅馆，他就睡在酒吧间里，等着我早晨把消息带来。可是消息少之又少。直到今天我们都没见到那个我们要找的信差。他们都说他还跟着索尔提尼干呢，索尔提尼很器重他，当索尔提尼退隐到某个更偏远的地方任职时,他一定是跟随他去那儿了。从我们上次见过他以来,那些侍从也没有再见到他了。就算某个侍从硬说见过他,那也很可能是认错人了。这样一来,我的计划岂不又要泡汤了?这可不一定,因为我们毕竟还没找到那个信差,希望依旧存在。不过,这一趟趟的往贵族旅馆跑,还有在那儿度过的一夜又一夜,也许还要加上他对我的疼爱(假设他还有能力疼爱人的话),这些都很不幸地把老爸几乎给毁了。你现在看到的他的这副样子,已经持续了差不多两年了。不过比起我妈来,他的境况要好一些,现在我们每天都担心她会去世,多亏了阿玛莉亚竭尽全力的精心照顾,她才拖到了今天。一般人做不到她这样。不过,我在贵族旅馆下的这番功夫也没有白干,多少跟城堡建立了一些联系。对于自己做的一切,如果我说我并不后悔的话,请你一定别瞧不起我。你也许会想:你所谓的和城堡的重要关系其实能有多少分量呢?你说得对,确实没有多大分量,但我结交了许多侍从,几乎所有这几年来过村儿里的老爷的侍从我都认识了。如果哪天我真的去了城堡的话,就不至于在那里谁都不认识了。当然,他们只是在村儿里的侍从,在城堡里他们就会像换了个人,也许就会翻脸不认人,特别是对那些他们在村儿里打过交道的人。即使他们在马房里发过一百次誓,说他们如何如何渴望期待和我在城堡里重聚,到时也会推翻。经验告诉我,这种诺言没有多少可信度的。好在这还不是最关键的,通过结交侍从和城堡搭上关系还不是我唯一的目的,我还指望通过此举能让城堡里哪个官儿注意到我——管理这么一大群侍从可是城堡当局的一件非常重要而又棘手的工作,因而那个注意到我所做的事情的官员没准儿会改变对我的看法,他也许会看出无论我干的事多么下贱,我都是在为我的家人而奋斗,都是在接着完成我老爸未竟的宿愿。如果他们真从这个角度看问题,也许就会原谅我从侍从那里接受一点钱物,来维持我一家人的日子。此外我还有了别的收获——你也许又要责备我了。我从那些侍从那里发现了谋取城堡工作的一些途径,可以用迂回的方式,绕过繁琐的官方正式的申请程序，而成为城堡的雇员。不过用这种方式你还不是正式的雇员，而只是一个私下性质的半官方试用人员，你既没权利也没义务，更糟的是你没有职责；不过你还是有些好处的，那就是你离城堡的一切都近多了，它的一切都在你的眼中，你可以发现有利的机会并且加以利用。虽然你不是正式雇员，但是运气好的话，工作会自己找上门来。比如有时候恰好附近没有一个雇员，哪个官儿叫人了，你立刻应声跑过去受命，刚才还不是雇员的你立马就是了。不过，这样的机会何时才能找到呢？有时候立刻就得到了，你刚踏进屋里，连熟悉环境都还没有呢，机会就降临到你头上。但并不是人人都有足够心理准备抓住机会的。有时候，则要等上好几年，可能比走正规的公开申请和录取程序还要长。但是这样的半官方试用人员是没有可能被正式而公开地录用为官方雇员的，各种疑虑也因此会纷至沓来。而申请公开录用的正式雇员，其候选人是要经过严格遴选的，家庭背景哪怕有一个污点立刻就遭淘汰。假如这样一个人递交申请参与竞争，那么他不但会战战兢兢等待结果好几年，别人也都会惊异地问他怎么敢做出这等异想天开的事情？但他还是抱着希望，否则不抱希望又能怎样？正是这希望支撑他活下去的。就这样过了许多年，他也许都熬成了白发老人，才了解到自己早就被淘汰了，这才醒悟过来，参透了一切，看出什么都完了，自己这一辈子白活了。当然例外总是有的，人们正是因为幻想这一点才老是心存侥幸，甘受诱惑。有时确实会出现这种情况，那些来路可疑、名声不好的人最后被录用了。有些官员在不知不觉中受到这种来自野路子的人的迷惑，他们在举行招聘面试中像寻找野味儿似的到处寻摸，伸着狗鼻子东闻西嗅，哑巴着嘴，骨碌着眼珠，好像非野味儿不能挑逗他们的味蕾似的。他们必须严守书中的规章制度、法律条文，才能抗得住这种诱惑。但以上只是例外，有时候参加考试的人无论怎样都不能被录取，就一次接一次没完没了地考下去，直到这人死了才算完事。所以说这条正路和那条野路一样，明里暗里都是崎岖坎坷。因此在决定搅和进这种事之前，你一定要慎重考虑权衡利弊，想清楚了再蹚这趟浑水。嗯，这一回我跟巴尔纳巴斯也没忘了这样做。我每次从贵族旅馆回来以后，都和他坐在一起聊聊我最新了解到的情况，接着一连好几天我们都商量这事儿，弄得他手里的活儿也没法儿干了，老是不能按期交活儿。说到这儿你可能又要怪我的不是了。其实我也明白那些侍从讲的话是不能信的，我清楚他们一点也不想告诉我城堡的实情，老跟我东拉西扯，转移我的注意力，让他们讲出每一句话都跟求爷爷拜奶奶似的，而一旦他们打开金口了，就开始胡说八道，信口雌黄，吹牛不上税，一个赛一个地比谁更夸张，谁编造得更邪乎，搞得黑乎乎的马房里不断传出他们轮流的喊叫声，这其中有多大可信度就可想而知了。不过我还是把了解到的一切都告诉巴尔纳巴斯。我看得出他完全没有办法分清真伪，可是出于我们家的现实处境，他还是听得那么认真，如饥似渴，恨不得把我讲的一切一口吞下，再求更多似的。而我的新计划也的确要仰仗巴尔纳巴斯的配合。从那些侍从的口中是再也得不到什么了。索尔提尼的信差也找不到下落，恐怕永远都找不到了。索尔提尼和他的信差仿佛人间消失了一般，人们开始逐渐忘掉他们的名字和长相，搞得我不得不经常把他们详细描绘给人们，其结果充其量也就是人们好不容易才想起了是曾经有过这样两个人，但除此而外对他们就一无所知了。至于我跟那帮侍从鬼混在一起的事，别人怎么看我管不着，我只希望他们能理解我的一片良苦用心，希望城堡方面能无视那件事背后我们的动机来加以判断，从而减免我们家的一部分罪行。可是等来盼去我没有看到对方有什么动作和表示。但我仍然坚持干下去，因为实在想不出除此之外还有别的什么办法解决我们和城堡的纠葛。但在巴尔纳巴斯身上我看到了还有一种可能性。从那些侍从举的例子里我能推断出——如果我想的话，我还是很有推断能力的——被城堡录用为它做事的人也能为他自己的家庭谋来很多实惠。可是这些例子又有多少可信呢？你休想搞清它们是真是假，反正可信度极低就是了。这是因为，比方说吧，某个城堡官员的跟班儿——

我不会再见到他了，即使见到也几乎不会认出他了——郑重其事地向我保证，会帮我弟弟在城堡里找个工作，至少会在我弟弟想办法进入城堡后向他提供支持，比如说给他送吃的什么的，因为从那些侍从讲的事例来看，那些求职者或等待录用者常会因为等的时间太过漫长而晕倒或者傻掉，最后精神就错乱了，除非他们有朋友照应。他们讲的这些事例和其他事情都对我有警示作用，很可能言之有理，但他们同时许下的诺言却百分百是空话。可巴尔纳巴斯却不这么认为，虽然我一个劲儿提醒他别信这些承诺，可只要我一提起它们就足以让他立刻倒向我的计划。我给他举的实例没怎么警醒他，那个侍从开的空口支票倒把他迷得神魂颠倒。这样一来我只能孤军奋战，依靠自己的能力实施我的计划，因为除了阿玛利亚之外，谁也不能取得我们爸妈的理解。可我越是按自己的方式接着实施老爸的旧计划，阿玛利亚就越是不爱搭理我。当着你和其他外人的面她还会跟我讲几句话，可当我俩单独在一起时她就不跟我说话了。在那些贵族旅馆的城堡侍从的眼里，我只是他们的一个玩物，让他们随意玩弄。在和他们瞎混的那两年里，我没对他们任何人讲过一句心里话，讲的只有瞎话、谎话和疯话。所以我的一肚子苦水只有向巴尔纳巴斯倾吐，尽管他那时还很年轻。当我把这些向他倾诉时，我看到他的眼里闪着凶光，直到现在他还是这样。这下可把我吓着了，但我仍没放弃，因为事关我家前途，非此不可。的确，我没有老爸那种宏大但空洞的计划，也缺少男人的那种决心和果断，我只有女人的那份执著和黏糊劲，一门心思就想着弥补那个信使从我妹那儿遭到的羞辱，为此哪怕给我的卑贱找正当理由也在所不惜。现在我想要通过巴尔纳巴斯，走一条不同但更稳妥的路，来达到我以前单干所未能达到的目的。既然我们把一个信差给侮辱了，还把他从第一线赶到了偏远的地区，我们当然要采取最自然不过的一个措施来将功补过：提议让巴尔纳巴斯来接替他给他们当信使，让他担负起那个受辱信差的全部工作，好让那人躲在远方的什么地方静静地'疗伤'，爱待多久就待多久，需要多长时间就给他多长时间,直到他忘掉那段往事。不过我心里很明白,我这个计划看似谦卑,实则充满着傲慢,似乎是我们想向当局示范在处理私事时他们应该怎么做,或者像是我们在怀疑当局是否有能力以最好的方式妥善处理此事,早在我们想到这一招之前就已经把它想到并做好了安排。但我转念一想,当局还不至于那么误解我吧?如果他们产生了误解,那应该就是他们故意为之,换言之就是他们打一开头就存心整我,凡是我做的一律否决,而不做任何进一步的调查研究。虽有这种担心,我并没有畏缩,巴尔纳巴斯也雄心勃勃摩拳擦掌;八字还没一撇呢,他就变得高傲起来,开始觉得对他这个未来的官方雇员来说,鞋匠的工作未免太下贱了,平时阿玛利亚很少跟他讲话,这时偶尔跟他讲两句话,他也敢当面顶撞她,句句跟她唱反调。我可不是嫉妒他这种短命的过瘾——让他过过官儿瘾吧——因为正如很容易就能预料的那样,在他去城堡就任的第一天,他的欢欣和傲慢立刻就消失得无影无踪。就此他开始了我已经跟你讲过的他那政府雇员的工作。让我很吃惊的是,巴尔纳巴斯轻而易举就进了城堡,更确切说是进了他以后工作的那间办公室。他回家后把这个消息悄声告诉我时,我简直乐疯了。我扑向阿玛利亚,紧紧抓住她,把她按倒在一个角落里,冲着她的脸又是亲又是咬地,弄得她又疼又怕,哭了起来。我兴奋得一句话都说不出来,再说我跟她又好久没说过话了,我就想过几天再跟她说这事儿吧。可是过几天后我又觉得没必要跟她讲了。在这初获战果之后,就没有下文儿了。随后两年里巴尔纳巴斯就一直过着那种单调、压抑的信差生活。那些侍从则彻底让我们失望了;我给巴尔纳巴斯写了封短信让他带在身上,把他介绍给那些侍从,请他们对他多加关照,同时提醒他们别忘了许下的诺言。从此巴尔纳巴斯见到一个侍从就掏出这封短信给他看,也不管对方是不是认识我,或者他一言不发——在城堡那个圈子里他哪敢说话?——掏信给人看的样子是不是让认识我的人搓火。他都这样了,还是没人帮助我们,这可真丢脸。后来有个侍从,可能因为我们老是把信递给他而把他惹烦了,就把信揉吧揉吧扔进了废纸篓。这可真是一种解脱，我们自己早就该这样做了。我甚至想到了他可能差一点就说出来的话：'毕竟你自己也常常这样处理信件。'那段时间虽然让我们毫无收获，但对巴尔纳巴斯还是产生了积极的影响，如果还能说它是件好事的话，那就是让他过早地成熟了，成了一个男子汉，在某些方面他甚至比大人还睿智稳重，明白事理。想到他两年前还是个少年，再看看他现在这副老成持重的样子，我常常感到很难过。尽管如此，我却没有从他身上得到任何安慰和支持；作为一个男子汉，他本该有能力给我这些的。反倒是若没有我，他可能连城堡都进不了。但他进了城堡之后，就逐渐不再依靠我了。我是他唯一可以信任的人，但他很可能只把一小部分心里话告诉我。城堡的事儿他可没少跟我讲，可从他跟我讲的那些故事里，从他披露给我的那些小细节里，你没法儿整明白这些东西怎么可能使他变化这么大。尤其难以理解的是，进了城堡后，原本汉子的他怎么变得那么胆小如鼠呢？而当他还是个孩儿时，他的胆儿可是大得让我们成天提心吊胆的。当然，整天站在那里俯首候命，一天天没完没了等着传令，日复一日没有一丝改变的兆头，这可真让人讨厌乃至绝望，最终把人变成什么都干不了，只能绝望地傻站着。可他为什么没早点造反呢？尤其是当他很快就发现我才是正确的，他在那儿毫无希望取得任何进展的时候。不过，在城堡做事还是有可能利用那儿的优势来改善我家的处境。这是因为在城堡里，除了那些侍从有些任性之外，其他一切还是节制有度的，那里循规蹈矩按部就班，你有雄心壮志可以通过努力工作得以实现，所以任务、职责就变得高于一切，最终一切雄心壮志都会被消磨殆尽，所有天真幼稚的想法在那儿都没有立锥之地。虽说这样，巴尔纳巴斯还是坚信他看出了门道，他告诉我说，就连那些对他敞开办公室门的来路可疑的官儿们，也都个个大权在握、知识渊博。他们善于快速下达指令，眼睛微合手势果断，只需竖起食指一声不吭，就能把那些乖僻阴沉的侍从吓得大气不敢喘，笑容堆起来，屁颠屁颠地赶紧去办。有时他们在那些大厚书中发现什么重要的段落，就会拍案惊呼，引得其他官员也不顾空间多狭窄了，都挤过来抻长脖子看。诸如此类让巴尔纳巴斯觉得这些官儿真了不起，让他觉得如果自己能斗胆接近他们，引起他们的注意，再以他们的同事（哪怕是那种最低等的同事）——而不是陌生人——的身份和他们聊上几句的话，就有可能为我们家带来不定多少好处呢。但是事情没有发展到那一步，巴尔纳巴斯没有这个胆儿走出可能让他更接近他的目标的一步，尽管他也明白，自己那么年轻就因为家里遇到的不幸而已被推上了一家之主的位置，必须要承担整个家庭责任。最后还有一件事我得坦言相告：你来到我们这儿已经有一个星期了，我在贵族旅馆听别人说起过这事儿，说是来了个土地测量员，当时我没在意，甚至连土地测量员是干什么的我都不清楚。可是第二天晚上巴尔纳巴斯回到家里比平时早——我通常是在一个固定的时间去半道儿上迎他——而且一见到阿玛利亚在屋子里，他就把我拉到街上，然后把脸伏在我的肩膀上哭了足有好几分钟。这时他又变回到当年小男孩儿时的那个样子。显然他遇到了什么事情，让他难以置信，没法儿适应，就像在他眼前一下子敞开了一个新天地似的，让他受不了这种全新的刺激带给他的喜悦和担忧。而其实这事儿只不过是他领受了一封信而已，一封送达给你的信。但这毕竟是他领受的第一份差事，第一份啊。"

说到这儿奥尔佳打住了，屋里一片寂静，仅能听到她父母粗重而有时呼噜呼噜的呼吸声。像是要补充奥尔佳的故事似的，卡这时语气轻松地说："你们都对我装模作样是吧，巴尔纳巴斯给我送信时装得像个忙不过来的老信差，而你和阿玛利亚——她这次总算和你站在了一起——却装出送信工作和信本身都无关紧要的样子。""你可得把我们两个区分开，"奥尔佳说，"送那两封信让巴尔纳巴斯恢复了以往快乐的孩子样，虽然他也怀疑这工作到底有多大重要性。这种疑虑他只是说给自己和我听，在你面前他还是要装出有工作干的自豪感，为了赢得你的尊敬，他得做得像个他想象中的那种真正的信差。因此，虽然他现在获得一套公家制服的希望在增加，但为了去见你，他还是要我在两小时之内给他改出一条裤子，让它看上去像是官方的那种瘦腿儿紧身裤；在这上面糊弄一下你还是很容易的。巴尔纳巴斯是这个情况，当上城堡信差可把他美坏了。可是阿玛利亚就不同了，她打心眼儿里瞧不起信差这工作，后来眼瞅着巴尔纳巴斯好像还干出了点儿名堂（瞧我和巴尔纳巴斯坐在一起交头接耳的样子，她很容易就猜到了这一点），对它就更加嗤之以鼻了。她讲的是实话，你无需怀疑这一点给自己添烦恼。至于我嘛，卡，如果说我有时小瞧了信差这种工作的话，那也不是我有意要骗你，而是出于惧怕。你瞧啊，迄今为止经巴尔纳巴斯之手传送的那两封信，虽然还是疑点重重，但毕竟是我们家三年来第一次得到上边宽恕的信号。这一微妙的变化，假设它确实是我们运气的改变而不是幻觉的话——觉得时来运转可比实际的时来运转常见得多——是跟你来到我们这儿有关联的，也就是说，我们的命运好坏多少仰仗了你的到来。这两封信也许只是个开头，巴尔纳巴斯的工作很快还会扩展，超出和你有关的送信工作的范围——但愿如此吧，只要我们还能挺得住——可眼下一切的一切都瞄准了你，你成了目标。在上边我们只能随遇而安，唯命是从；可是在村儿里我们也许就能自己主动做点儿什么，比方说博取你的好感，起码不让你讨厌我们，或者最要紧的，是尽我们最大的能力和经验来护着你，好让你别跟城堡断了联系，这样我们也好跟着沾点儿城堡的光。可是要实现这个目的，我们最好该怎么办呢？就是我们接近你的时候别引起你的怀疑，毕竟你是个外地人，难免对什么都起疑心，而且你的疑心往往也有道理。另外村儿里的人都瞧不起我们，你肯定也会受到周围舆论的影响，尤其是从你未婚妻那儿受到这种影响，所以，我们在努力接近你的时候，虽然我们一点儿也没这个意思，但我们又该如何做，才能不冒犯你的未婚妻并且不伤害你们的感情呢？我在你收到这两封信之前，已经把它们都仔细读过了；巴尔纳巴斯可不敢看，当信差的不允许偷看信件。乍一看它们，似乎没什么重大的事，已经过了期；让你去见村长这本身很重要，但过了期就没啥意义了。既然如此，我们又该怎样向你交代呢？如果我们强调这两封信的重要性，就会让人怀疑我们是在高估明显已失去重要性的东西，好让自己作为消息的传递者受到你的注意并以此结识你，从而达到我们自己的目的，而不是单纯只为了给你送信。但这样的话我们最终有可能让这消息在你心目中失去意义，从而蒙骗了你，而这是完全违背我们本意的。而如果我们不强调这两封信的重要性呢？也不行，因为我们同样会让人生疑，别人会问：既然信已过期，失去时效性，那为啥你们还要费劲吧啦地投递它们呢？为啥你们的言行不一、前后矛盾呢？为啥你们既要欺骗收信者，也要欺骗你们的委托人呢？后者把信交给你们去投递，可不是要你们向收信者说明信无关紧要的。那么好了，在这两种极端之间走折衷道路怎么样呢？也就是既不夸大、也不贬低信的重要性，但要做到正确评估信件简直不可能，因为它们的价值是随时变化的，它们引起的想法也是多种多样层出不穷的，而一个人在某时某处正好产生了某个想法，这完全凭偶然，所以人的想法也是带有偶然性的。再把对你的顾虑这个因素考虑进去，这一切就更乱了套了，所以你别把我的话太当回事儿。就比如说吧，确实有过这样的事，有一次巴尔纳巴斯回来后说，你对他干的信差工作不满意，这让他在震惊之余——很不幸也像信差那样易怒——提出辞职不干了。当时为了弥补这个过失，我简直情愿什么都干：欺骗、造假、出卖别人……只要于事有补，什么坏事我都干得出来。不过我这样做，不仅是为了我们自己，也是为了你，最起码我是这样想的。"

这时有人敲门，奥尔佳跑去开门，一道亮光穿过黑暗从一盏遮光灯里照射过来。一个深夜来客悄声问了几句话，奥尔佳也低声回答了他，可他还不满意，想闯进屋子里来。奥尔佳眼见着拦不住他了，就叫阿玛利亚过来帮忙，显然是希望她过来赶走这个不速之客，好让她们的爸妈接着睡安稳觉。阿玛利亚果然跑了过来，把奥尔佳推到一边，领着那人出门去到大街上，并随手把门带上。不多会儿她就回来了，干净利索办好了奥尔佳办不到的事情。

卡从奥尔佳嘴里得知,那人是来找他的。他是卡的两助手中的一个,奉弗丽达之命来找他的。奥尔佳刚才试图把卡遮掩住,不让那个助手看到。如果以后卡想主动向弗丽达坦白他来过这里,那是他的自由,但是她不想让助手发现这个事。对这点卡表示同意。但他谢绝了奥尔佳让他留下来过夜等着巴尔纳巴斯回来的建议。想到在这里过夜有诸多好处,他本来是可以接受的,毕竟夜已经很深了,而且无论他愿不愿意,他现在都和这一家子人扯上了关系;在这里住一夜,虽然可能会因为别的事情而有所不便或难堪,但也正因为他跟这家扯到了一起,这里才成了全村最适合他过夜的地方,也是他最自然不过的选择了。尽管如此,他还是谢绝了。助手来这里找他让他很吃惊,他不能理解的是,弗丽达明明知道他的心愿,那两个助手也已领教过他的厉害,他们三个怎么又搞到了一块儿,串通起来盯他,致使弗丽达竟然派一个助手来找他,只派一个,而另一个肯定是正和她待在一起呢。想到这儿他问奥尔佳有没有鞭子?她没鞭子,只有一根很结实的藤条,他把它拿上了;接着他又问这房子还有没有别的出口?奥尔佳说有,穿过院子还有一个门,不过还得翻过邻居家花园的篱笆墙并且穿过那个花园,才能来到街上。卡决定走这条路。在奥尔佳领着他穿过院子朝篱笆墙走过去时,卡尝试劝她别担心,很快向她解释说,他丝毫不会因为她讲述中的那些小托辞小伎俩而生她的气,反倒非常能理解她,并感谢她的信任,推心置腹地向他讲了上面那一大通。他还嘱咐奥尔佳,等巴尔纳巴斯一回来,就叫他去学校找自己,哪怕天还没亮也得去。虽说巴尔纳巴斯带来的信息不是他唯一的希望——要是那样的话就糟了——他还是绝不会放弃它们,即便只为了奥尔佳他也要牢牢握住这些信息不放。对他来说,几乎比这些信息还要重要的是奥尔佳本人,是她的勇敢,她的谨慎,她的智慧,还有她为家人作出的牺牲。如果要他在奥尔佳和阿玛莉亚之间做个选择的话,他几乎马上就可以决定要谁不要谁。在他翻越邻居花园的篱笆墙之前,他真诚地握了握她的手。

刚在街上站定,他就在一片苍茫夜色中,模模糊糊地看到那个助手正在不远处巴尔纳巴斯的家门前徘徊,还不时停下来抻着脖子,想透过拉上窗帘的窗子往屋里窥探。卡冲他喊了一嗓子,他丝毫没显得吃惊,放弃窥探并转身朝卡走过来。"你找谁呐?"卡问,同时在自己大腿上试了试那根藤条经不经使。"找你呀。"助手说着凑了过来。"啊,你是谁?"卡猛然问道,因为对方看起来不像是他的助手,比起他印象中的助手,这人显得更老,神情更疲惫,脸上皱纹也更多,但脸也更圆胖一些,走路的样子也跟他的助手完全不同。他的助手走路极快,好像关节通了电似的;而这人走路慢腾腾的,还有点瘸,一副弱不禁风的样子。"你不认识我了吗?"那人说,"我是杰雷米亚斯,你的老助手啊。""啊?"卡说着把藏在背后的藤条拿到前面,"可是你变化很大呀。""全是因为只有我一个人了,"杰雷米亚斯说,"当我一个人的时候,青春和活力就全没有了。""那阿图尔哪儿去了?"卡问。"阿图尔吗?"杰雷米亚斯说,"你是说那个小活宝吗?他已经不干这份差事了。你那时对我们也太粗暴了点,他那么敏感的一个人哪受得了这个?就回城堡控告你去了。""那你呢,怎么不回去?"卡问。"我还能待得下去,"杰雷米亚斯说,"再说阿图尔也代我控告你呢。""你们到底要控告我什么呢?"卡问。"我们要告你不懂得开玩笑,"杰雷米亚斯说,"说到底,我们只是开了你一点玩笑而已,跟你嘻嘻哈哈了几声,拿你未婚妻打打趣儿而已。再说我们这样做也是奉命的。当加拉特派我们到你这儿来的时候——""是加拉特吗?"卡问。"对,是加拉特,"杰雷米亚斯说,"他那时正代克拉姆的职。在他派我们来的时候,他说——我记得很清楚,因为他的话是我们行动的依据——'我要派你们去给那个土地测量员当助手。'我们说:'可我们对这工作一窍不通啊。''这不重要,'他说,'有必要的话他会教你们的。重要的是你们要让他开心一点,放松一点。据我所知,他把什么事都看得过于认真。他刚来到这个村子里，就认为这是什么了不得的大事，其实这算个屁啊！你们要让他明白这一点。'""那么，"卡说，"加拉特说得有道理吗？你们照他的指示办了吗？""这我就不知道了，"杰雷米亚斯说，"在这么短的时间内做到，难度太大了。我就知道你这个人太粗暴了，我们控告你的就是这一点。哎，我就不明白了，你不就是个雇员吗，连城堡雇员都算不上，怎么就看不出这不过是个苦哈哈的小差事呢？然后你就故意、几乎是幼稚地给你的手下的工作难上添难，这是非常错误的。你是那么欠考虑地把我们赶到栅栏那里吹风挨冻，还差一点没把躺在草垫上的阿图尔一拳给打死，而阿图尔可是个你对他说句粗话都会让他难过好几天的人。还有，那天下午在雪地里，你残酷无情地把我驱来赶去，累得我花了一个钟头才从那次疯狂赶路中缓过劲来。毕竟我已经不年轻了！""我可怜的杰雷米亚斯，"卡说，"你说的一点都没错儿，只是这些都得怪加拉特，是他非要把你们俩派来给我不可，又不是我向他要你们俩的。既然不是我主动要你们来的，我当然有权把你俩退回去。我也不想用强制手段，我宁愿把你俩和和气气地打发走，可是不对你们凶你们又赖着不肯走。再说，你们初到我这儿时，为啥不像现在这样坦白说明情况呢？""那时我在执行公务，"杰雷米亚斯说，"自然不会说那些事儿。""你现在不再执行公务了吗？"卡问。"现在不干了，"杰雷米亚斯说，"阿图尔已经向城堡请求辞职了，至少这一程序正在受理之中，最终会让我们辞掉这份差事的。""可你还来找我，好像还在执行公务似的。"卡说。"不是那么回事，"杰雷米亚斯说，"我来找你只是为了让弗丽达安心。你为了巴尔纳巴斯家的姐妹俩而离开了她，她非常伤心，倒不是因为失去了你，而是因为你薄情寡义；她早就预感到事情会发展到这一步，并为此而一直忍受着很大的痛苦。我当时回到教室窗前，本来是想瞧瞧你是不是恢复了理性，变得通情达理一些。可是你不在教室里，只有弗丽达一个人坐在椅子上哭泣。我就朝她走过去跟她商量，和她相互谅解并取得了一致。我们把一切都考虑好了，我去贵族旅馆当我的客房服务员，至少在城堡对我的事还没做出决定之前先这样；弗丽达则回到她的酒吧间去。这样安排对弗丽达更好，她没有道理非做你的老婆不可。况且你也不懂得珍惜她为你作出的牺牲。可是这个心地善良的姑娘还是很犹豫，她觉得也许冤枉了你，也许你并不在巴尔纳巴斯家。尽管你毫无疑问肯定是去了他家，我还是跑到这儿来想彻底确认一下；弗丽达经过这一阵儿那么多的伤心、不安，也该睡一夜安心觉了，我也该。于是我就跑来了，不仅发现你在这儿，还顺带见到那俩姑娘和你依依不舍。特别是那个较黑的姑娘，说她是只野猫一点不假，一个劲儿向你献殷勤呢。好吧，物以类聚吧。不过你也没必要绕个大圈子从邻居花园里溜出来呀，我又不是不知道那条路。"

第二十一章

如此说来，可以预见得到却阻止不了的事到底还是发生了。弗丽达离开了他。这倒不一定是最后的结局，情况还没坏到那个地步，弗丽达也不是不可能再赢回来；她是很容易受外人影响的，连那两个助手都能把她忽悠得一愣一愣的。他俩认为弗丽达的处境跟他俩的相似，就不断怂恿她，既然他俩都向城堡当局打了报告，那她也可以这样做。但卡只需赶回到她面前，提醒她说过的一切海誓山盟的话，她就会回心转意，回到他的身边。尤其是，如果他能证明自己对那两个姑娘的拜访很有必要，正是多亏了她们他才能有所收获的话，她没准儿还会满心愧疚呢。不过，他虽然想到了这些来给自己吃定心丸，让自己别为弗丽达担心，但还是一点也放不下心来。就在刚才，他还在奥尔佳面前夸过弗丽达呢，说她是自己唯一的支柱；现在看来这根支柱并不牢固，用不着官儿们来插手，光这个狗屁小助手就足以把她从卡身边抢走了。就这傻小子，有时给人的感觉根本就不像是活人，而是一截木头。

杰雷米亚斯拔腿刚要走，卡把他又叫了回来。"杰雷米亚斯，"他说，"我愿意对你十分坦诚，可你也要坦诚回答我一个问题。现在咱俩的关系已不再是主仆关系了，对此我和你一样感到高兴，这样一来咱们就没必要互相欺骗了。瞧，这根藤条原本是我用来抽你的，现在我要当着你的面把它撅断，以表示我的诚意。我也并不是因为怕你才绕道走邻家花园出来，而是本想给你来个突然袭击，用这根藤条抽你几下的。现在好啦，一切都过去了，你就别再跟我计较啦。假设你不是一个官府硬塞给我的听差，而只是我的一个相识的话，咱俩肯定会相处得很好的，尽管你的模样有时会让我感到有点别扭。好在把咱们过去忽略的地方再弥补回来,现在还为时不晚。""你真这样想吗?"那个助手打着哈欠,揉着困倦的眼睛说,"好吧,我本来是可以把这事儿给你讲清楚的,可我现在没时间了,我得去找弗丽达,这可怜的孩子正等着我呢,她还没有上岗,在我的求情下,旅店老板同意让她休整一段时间——她倒是很想立即投入工作,也许是为了忘掉近来发生的这一切吧。这段时间至少我们俩是要在一起过的。至于你提的这个建议,我想说我当然没理由欺骗你,可同样我也没理由相信你而向你敞开心扉。要知道,现在你我的情况不一样了。在过去,只要咱俩的正式关系还是我给你当助手,你在我看来当然就是重要人物,倒不是因为你品德有多高尚,而是因为我受命于官府必须为你效力,你要我干啥我就得干啥。可现在甭提我有多瞧不上你了,你就是再把这根藤条撅断几次也打动不了我,反倒提醒我我曾有过一个多么粗暴的主人,而不会让我心软的。""你用这种口气跟我说话,"卡说,"好像你绝不会再怕我什么了。可实际并非如此。你很可能还是跟我脱离不了干系,他们不会这么快做出决定的……""有时更快呢。"杰雷米亚斯插嘴道。"有时是这样,"卡说,"但这次没有迹象表明是这样,起码咱俩都没有收到书面通知。这说明程序才刚刚开始,我还没有动用我的关系来过问此事,不过我会这么做的。如果过问的结果对你不利的话,就说明你事先没有做足功课来讨取你主人的欢心,那么我折断这根藤条也许就是多此一举了。不错,你是拐走了弗丽达,还自以为这样就很了不起;可是我还是要说:尽管我佩服你这个人,尽管你已经不拿我当回事儿了,我却仍然可以肯定,我只消对弗丽达说上三言两语,就足以揭穿你诱骗她的谎言,而只有谎言才能把弗丽达从我身边骗走。""你吓唬我也没用,我不吃这一套,"杰雷米亚斯说,"其实你不想让我当你的助手,你甚至怕我当你助手,你压根儿就惧怕助手,正是出于惧怕,你才打了善良的阿图尔。""也许是这样吧,"卡说,"不过,莫不是我出于惧怕才手软,打得还不够疼呢?也许我应该更多用打的方式来表示对你的惧怕才对吧？如果我看出你当助手并不开心的话，我会不顾对你的惧怕，而迫使你履行助手的职责并从中大大地取乐。而且这一次我要把你一个人留下来当助手，不要阿图尔了，这样才能把我的关照全给你。""你以为我会对你这一套有丝毫害怕吗？"杰雷米亚斯说。"那当然，"卡说，"你肯定还是有点怕我的。如果你够聪明的话，还会很怕我。否则的话，你干吗不去找弗丽达呢？跟我说，你爱她不？""爱她？"杰雷米亚斯说，"她是个聪明善良的好姑娘，又是克拉姆以前的情人，怎么着也是值得尊敬的。如果她一个劲儿地求我把她救出你的手掌，我干吗不帮助她呢？再说我这样做也并不损害你的利益呀，你不是已经和巴尔纳巴斯家的那两个臭妞儿搞到一起去了吗？""我现在看出你害怕了，"卡说，"你怕得魂不守舍，却还要用谎言来蒙骗我。弗丽达只求我一件事：让我帮她把你们这俩龌龊而又放肆下流的助手甩掉！只可惜我还没来得及实现她的愿望，造成我这一疏忽的后果现在显现了。"

"测量员先生！测量员先生！"这时巷子里有人在喊。是巴尔纳巴斯，他已跑得气喘吁吁，但没忘了给卡鞠躬。"我办成啦！"他说。"你办成啥了？"卡问，"你把我的请求转告克拉姆啦？""没有，这不可能办到，"巴尔纳巴斯说，"我尽力了还是不行，我挤到前面去，离那张大桌子很近，站了一整天也没人过问我的情况。有一次还有个职员嫌我挡了他的光线而把我推开了。每次克拉姆抬头看时我都举起手来向他报到，虽然这是禁止的。我待在办公室里的时间最长，最后别人都走了，只剩下我跟那帮侍从，这时看到克拉姆又回来了，让我一阵激动。可他不是来找我的，他只是匆忙在一本书里查阅了点儿什么，很快又离开了。到最后，一个侍从见我还不动窝，就抄起一把扫帚，几乎是把我扫地出门。我把这些不加隐瞒和盘托出，是不想看到你对我的努力又不满意。""巴尔纳巴斯，"卡说，"你这么卖力但一无所获，这对我又有什么用呢？""谁说一无所获？"巴尔纳巴斯说，"我当然有收获，当我走出我的办公室——我把它称为我的办公室——时，我看到一位老爷从里面的走廊深处慢慢溜达过来,这时候天已经很晚了,整座房子里空荡荡的。我决定等他走过来,这是我继续留在那儿的一个好机会。再说我宁可待在那儿,也不想把不好的消息带给你。除此之外,还有个原因让这位老爷值得我等,这就是他是埃尔朗厄。你不知道他吗?他可是克拉姆的一个高等秘书。他是个个头矮小、瘦弱的老爷,走路有点瘸。他立刻就认出了我,他的记性好和会看人是出了名的。他只要一皱眉头,就能认出任何人;哪怕是那些他从没见过的人,只要是让他听说过或是读到过,都难逃他的法眼,让他认出来。比如说我吧,就让他认出来了,尽管他以前很可能没见过我。不过,他虽然识人能力超强,但还是先问你一下,好像不很确定似的。'你该不会是巴尔纳巴斯吧?'他问我。接着又问我:'你认识那个土地测量员,对吧?'接着又说:'这就好办了,我正要去贵族旅馆,叫那个土地测量员去那儿见我。我住十五号房间。但是他必须立刻就去,我在那儿只安排了几个约见,明早五点就赶回来。跟他讲,我很重视跟他的约谈。'"

杰雷米亚斯突然撒丫子就跑。巴尔纳巴斯刚才因为兴奋一直没怎么注意到他,这时便问:"杰雷米亚斯要干吗去?""想抢在我之前去见埃尔朗厄吧。"说完他便去追杰雷米亚斯,几步追上了他,一把抓住他的胳膊说:"你该不是突然想弗丽达了吧?我也很想她,那咱们就一块儿去找她吧。"

在昏黑的贵族旅馆门前站着一小群人,其中三两个提着灯,所以有几张脸能辨识出来。卡只看到了一张熟悉的面孔:车夫盖尔施塔克。盖尔施塔克问了他一句算是打了招呼:"你还待在村子里没走?""对呀,"卡回答,"我来这儿就是要住下去的。""这我就管不着了。"盖尔施塔克说着大声咳嗽起来,然后就转身跟别人说话去了。

原来这些人都是在等着埃尔朗厄召见。这位老爷已经驾到,但还在跟摩穆斯商量一些事情,然后才会接见这些当事人。大伙儿都在抱怨不让他们到屋子里去等,他们只能站在外面的雪地里挨冻。虽然天不算太冷，但是让那么多当事人深更半夜站在旅馆外面等那么久（也许要等上几个小时），这终究不是体谅人的表现。当然这不能怪埃尔朗厄，他一向都是很和气的，很可能他不知道外面有民众聚集，不然他不会无动于衷，若是有人向他报告此事，他肯定会很生气。这事全都要怪罪贵族旅馆的老板娘，是她附庸风雅过分讲究心理有病，才不让大批当事人涌进她这个贵族旅馆的。"如果确有必要，他们非得进来不可的话，"她老是说，"那看在上帝分上，也得一个一个地进来。"其实她先前做过安排，先是让他们进门廊等，接着让他们上楼梯等，然后把他们赶回门廊等，继而让他们进酒吧等，最后把他们轰回到大街上等。即使这样，她还是不解气，说她受不了在自己家里总是被人群"包围"。她老也搞不懂当事人上访是怎么回事。"就是为了把大门口的台阶踩脏啦。"有一次一个官员这样回答她的提问，大概是被她问得不耐烦了。可在她听来，这句解释很到位，从此就经常引用这句话。她极力主张在贵族旅馆对面再盖一所房子，让当事人都到那里去等，她这个主张和当事人的愿望倒是很吻合。她恨不得所有这些上访啦，约见啦，询问啦……都在贵族旅馆以外的地方进行。可是那些当官儿的反对这样做，而如果当官儿的动真格反对的话，老板娘想要达到目的就怎么都没戏。虽然在一些小事上，她凭着女人特有的那种软磨硬泡和死缠烂打的功夫，有时还能办成，甚至让当官儿的容忍她有一定限度的任性和霸道，可是一遇到大事她这招儿就不灵了。看来老板娘还得继续忍受官员们在贵族旅馆里办公，进行约见和讯问等活动，这是因为城堡官员但凡来村里出差，就没有不想住贵族旅馆的，而一旦住进来他们就不想动了。这些人总是行色匆匆，不到万不得已是不肯来村子的，来了以后除非有绝对必要，他们也绝不肯在这儿多滞留一分钟，因此没道理指望他们仅仅为了让贵族旅馆保持清静整洁，就自己带上全部文件临时到街对过儿的什么房子里去办公，从而浪费时间。当官儿的最喜好在饭店的酒吧间或自己的房间里办公，可能的话最好与筵席同时进行，或者在入睡前的床上进行，或者在早上因为劳累过度而不想马上起床，就在赖床的同时捎带处理点公务。另一方面，建还是不建候见厅、让当事人去里面等这个问题却好像就要解决了；可正因为如此，才需要进行许多会谈磋商，从而让贵族旅馆的走廊更罕有清静的时候，这对老板娘不啻是个沉重的打击，也让人们到处都笑话她。

　　那些人一边在外面等候一边低声议论着这些事情。让卡觉得蹊跷的是，虽然大伙儿都很不满，但没一个反对埃尔朗厄在深更半夜召见当事人。他问他们这是怎么回事？得到的回答是：他们感激埃尔朗厄还来不及呢；正是出于善良和高度的责任心，埃尔朗厄才亲自来到这个村子里办公，其实只要他愿意——这可能更符合规章制度——他完全可以派个低等秘书来处理，到时给他打一份报告就可以了。可他一般不这样做，而是想亲自下到基层来体恤民情，但这样一来他就只好牺牲晚上的时间，因为他的办公日程表上已经排满，安排不出白天来村里出差的时间。对此卡反诘道，克拉姆就是白天来村里，而且一待就是几天，怎么他行埃尔朗厄就不行呢？埃尔朗厄毕竟只是个秘书，难道在城堡里他比克拉姆还不可或缺吗？听他这么说，几个人善意地笑了起来，其他人则尴尬地不吱声，但这部分人很快就占了上风，都故意不回答卡这个问题。只有一个人支支吾吾地说，当然是克拉姆更少不了，无论是在城堡还是在村儿里他都是大拿。

　　这时候大门打开了，摩穆斯出现了，两边各站着一个提着灯的侍从。他宣布："高等秘书埃尔朗厄先生首先要接见的人是：盖尔施塔克和卡。他们俩在这儿吗？"两人连忙回答"在"，可是杰雷米亚斯抢在他们前面，说了句"我是这儿的客房服务员"，就钻进屋去，还受到摩穆斯的笑脸相迎，并在他肩上拍了一下。"我得留神着点儿杰雷米亚斯。"卡告诫自己；不过他也清楚这个人可能远没有正向城堡告他的阿图尔那么危险。也许还是把他们留在身边做助手更明智些，纵使受他们折磨被他们烦死，也总比撒手放他们到处游逛，不受监督地搞阴谋诡计要强。

这两人好像特有本事兴风作浪。

当卡经过摩穆斯身边时，后者假装刚认出他是土地测量员似的对他说："哟，这不是土地测量员先生吗？"他接着说："您过去可是那么不情愿接受审查，怎么现在上感着求人审查您呢？假设您那时接受我的审查，现在不就省事多了？不过当然啦，要选择适合的审查还是很难的。"卡站下，正要回应这句话，摩穆斯却开口说："您去吧！您去吧！放到过去我会需要您的回答，现在用不着了。"这句话本身没什么，但摩穆斯说这句话的口气惹恼了卡，他说："你们这些人只会替自己考虑。即使是看在官场分上，我也不会回答，过去不会，现在也不会。"摩穆斯说："那您说我们该替谁考虑？还有谁在这儿？快进去吧！"

在门廊里，一个侍从迎过来，领着他们走过那条卡认识的路，穿过院子，走进大门，进入那条有点下坡的低矮过道。楼上几层显然是给高级官员住的，秘书们都住在这条走廊两旁，埃尔朗厄也不例外，尽管他是最高级别的秘书。领路的侍从现在把灯吹灭，因为这里有明亮的电灯照明。这里的一切都很小，建造得很紧密，尽可能充分利用了空间。过道的高度仅够人挺直了走，两旁的房间门一个紧挨着一个。可能是为了通风透气，两侧墙壁都没有砌到天花板，因为在这条地窖般又矮又深的走廊里，那些小房间是不可能安装窗户的。墙壁没有完全砌到天花板，其缺点是显而易见的：走廊上的嘈杂声房间里听得一清二楚，反之一样。许多房间应该都住着人，其中几间的人还没有睡，传出来说话、敲锤子、碰酒杯的声音，但给人的感觉并不是很欢快。那些说话的声音比较压抑，只能偶然听清一两句，听起来不像是交谈，而像是有人在口授什么，或是在宣读什么。若想从那些传出杯盘撞击声的房间里再听清什么话语声，可就没门儿了。而那些敲锤子的声音让卡想起了曾有人跟他说过，有些当官儿的为了调剂紧张连续的脑力劳动，有时会做点儿木工、精密手工制作什么的来放松休息。眼下走廊里空空荡荡的，只有一位苍白、瘦高的老爷坐在一扇门旁，穿着一件毛皮外衣，露出里面的睡衣，可能是觉得房间里太闷，就坐到外面有一搭无一搭地读报纸，不时抬起头来打哈欠，然后探头往走廊尽头望，也许是在等待某个他召见却因故未到的当事人。他们从他面前走过去后，那个侍从对盖尔施塔克说："那人是平茨高厄！"盖尔施塔克点点头说："嗯，他可是有日子没下来喽。""是啊，好久没来啦。"侍从附和道。

最后他们来到一扇门前，它看上去和别的门没什么区别，可是侍从说，埃尔朗厄就住在里面。这时侍从请求卡蹲下，自己坐到卡的肩膀上，再让卡站起来，好让侍从通过墙顶上的空隙往房间里偷看。"他正躺在床上呢，"他一边爬下来一边小声说，"连衣服都穿着没脱，我觉得他是在打盹儿。我们村儿里的生活习惯和他城堡里的太不一样了，所以他有时就会因为无聊而感到困乏，就打瞌睡呗。现在咱们只好等着他醒来。他醒来后会摇铃的。以前有好几回他来到咱这村儿里就是睡，不干别的光睡，醒来后就得马上赶回城堡去啦。但不管怎么说，他有心来咱这儿办公就很不错啦。""那最好能让他一睡到底，"盖尔施塔克说，"省得他现在醒来后发现办公时间不够了，就会很恼火自己睡过了头，从而把工作稀里糊涂敷衍了事，让你连插嘴的机会都没有。""您是来跟他谈承包盖那座房子的材料运输的事吧？"侍从问。盖尔施塔克点点头，把他拉到一边跟他说起了悄悄话，可是侍从才不要听他讲呢，而是目光越过盖尔施塔克的头顶——他比盖尔施塔克高出一个头——望向别处，同时专心而徐缓地摩挲自己的头发。

第二十二章

就在卡漫无目的地东张西望之时，他看到弗丽达从走廊远处的一个转弯儿处出现了。她装作没有认出他的样子，望着他面无表情。她一只手托着一盘空碟子。卡连忙对那个侍从说——后者根本就不理睬他；你越是跟他说话，他就越显得漫不经心——他去去就回来，说完就朝弗丽达跑过去。他跑到她身边，一把抓住她的肩膀，好像重又拥有她似的，困惑地审视她的双眼，问了她几个鸡毛蒜皮的问题。可是她冷漠僵硬的态度并没有软下来，一面心不在焉地把托盘里的碟子重新摆齐，一面对卡说："你到底要我做什么？回去找那些女人去——你清楚她们的名字，你刚从她们那儿来，从你的神态我看得出来。"卡连忙转移话题；交谈不能这样突兀地开始，也不能从最棘手、对他最不利的事情谈起。"我还以为你在酒吧间呢。"他说。弗丽达错愕地看着他，接着用她空闲的手轻轻摸了摸他的额头和面颊，好像已经忘了他长什么模样，想用这种方式帮她回忆起来似的。她的眼神也带着那种竭力想回忆起什么往事的痛苦神情。"我又回到酒吧间工作了。"她慢慢说道，好像她说的这些并不重要，但话中有话，她正借此和卡保持交谈，而这才重要似的，"这个工作并不适合我，谁都可以干；女人，只要她会铺床叠被子，摆出一副笑脸，不怕客人骚扰纠缠，甚至主动卖弄风情，就都可以当客房女招待了。可是酒吧间就略有不同了。虽然我当初离开这个岗位时很不光彩，但架不住有人帮我说话、给我撑腰，所以立刻就又回到酒吧间去了。老板也很高兴有人帮我说话，因此他给我恢复工作就理所当然，一点也不用他为难。他们甚至逼迫我接受这份工作；但是你只需想想酒吧间都给我留下了什么记忆,你就全明白了。我最后还是接受了这个职位,但清楚我在这儿只是临时干干。蓓皮求我别让她马上离开酒吧间,否则她太没面子。考虑到她虽然能力有限,但很勤快,脏活累活都肯干,我们就给了她二十四小时的延期。"你这样安排很好,"卡说,"只是你那时为了我而辞了酒吧,可现在咱俩就要结婚了,你怎么又要回酒吧去呢?""我不会和你结婚了。"弗丽达说。"是因为我不忠实于你吗?"卡问。弗丽达点点头。"听我说,弗丽达,"卡说,"对这所谓忠与不忠的问题,咱俩已经谈过好多次了,到最后你也不得不承认你的怀疑没有根据。一直以来我这方面都丝毫没变,我做的一切都一如既往堂堂正正、清清白白,而且永远都会这样。所以说,应该是你那方面起了变化,是你受了外人的挑唆或是别的什么原因而变了。总而言之你冤枉了我。姑且听我说,我跟那两个姑娘是怎么一回事好么?就说那个长得黑的吧——这样一五一十地为自己辩护,我都感到很无趣了,可你偏要听不可——我讨厌她的程度很可能一点也不亚于你。就像让你难堪一样,她也让我感到难堪。对她我是能躲就躲,对此她倒也不在乎,因为没人比她更矜持的了。""对呀。"弗丽达叫道,好似违背她的本意脱口而出。卡见她把注意力分散到了这上面很是高兴;她就要打破矜持露出真我了。"你可以认为她很矜持,"她说,"你可以把这个最不要脸的人称为矜持的人,虽然这很难让人相信,但你毕竟讲的是真话,你没有在骗人,这我很清楚。桥边旅馆的老板娘说起你时就这样讲:'我忍受不了他,但也不能扔下他不管,这就好比你看到一个小孩儿还不会走路就想跑,你就忍不住非要管管不可。'""你就听她一回劝吧,"卡微笑着说,"不过那个姑娘,说她矜持也好,不要脸也罢,都别再管她了,我不想听到别人再提起她半个字。""可是你凭什么说她矜持呢?"弗丽达不依不饶地问,"是你亲自领教过呢,还是你想以此来贬低别人呢?"卡见她来了兴趣,感觉这是个对他有利的兆头。"都不是,"卡回答,"我这么说她是出于感激,因为她让我很容易就做到了忽略她,还因为无论她怎么请我，我都不好再去她那里了。这对我来说当然是个不小的损失，因为连你也清楚，我是为了咱俩共同的前途，而必须去她那里的。而去她那里，我就不得不也跟另一个姑娘说话，这姑娘我虽然很欣赏她的能干、谨慎和无私，但是谁都不会说她长得迷人。""那些侍从可不这么认为。"弗丽达说。"在这点上，可能还在其他一些方面，我和那些侍从怎么可能一致呢？"卡说，"难道你在根据那些侍从的低级趣味来得出我不忠实于你的结论吗？"弗丽达低头不语，任由卡把托盘从她手里拿走放在地上，接着挽住她的胳膊，两人在这狭小的空间里慢慢踱起步来。"你根本不懂什么叫忠实，"她说，不愿和他挨得太近，"你跟那俩姑娘发生了什么事还不是最重要的，关键是你上她们家去，衣服上沾了她们屋子的气味回来，这对我来说就是耻辱，没法儿忍受。况且你还一声不吭就跑出了教室，你甚至还在她们家一直待到半夜。当有人找上门去问你在不在那儿时，你还叫那两个姑娘否认，而她们也就言听计从使劲否认，尤其是据说非常矜持的那个。最后你从一条僻静的街道溜出她们家，也许是为了保全她们的好名声，那俩姑娘的好名声！算啦，不提她们了！""不提了，"卡说，"没必要再提她们啦。咱们说点别的吧，弗丽达。其实你是知道我为啥要去那儿的，这可不是件容易的事儿，但我还是克服了勉强去了。你真不该再让我为难了。我今天去那儿的目的只有一个，想问问巴尔纳巴斯回来了没有，因为他早该给我带回来一个重要消息的。结果他还没有回来。不过她俩向我保证他很快就会回来的，看样子这话不假。当时我可不想让他跟着我来到教室，免得你见到他心生厌烦。时间一小时一小时过去了，可不幸的是他还没有回来。而另一个人却来了，此人我很讨厌，我不想让他到处跟踪、监视我，我就借道邻居的花园走了出去。我绝对没有故意躲着他走的想法，所以一来到大街上，我就光明正大地朝他迎了上去，手里——我得承认——拿着一根很结实的藤条。全部经过就是这样，这件事再没什么可说的了，要说也说别的事。比如那两个助手现在怎么样了？一提起他俩我就恶心，几乎就像一提起那一家子你就膈应一样。不妨把你同他俩的关系跟我同那一家子的关系做个比较。我理解你对那家人的反感，对此我也有同感。我只是为了咱们这件事才去找那家的，有时我几乎觉得自己对他们很不公，简直就是在利用他们。可是你跟那两个助手的关系就另当别论了。你甚至不否认他们在纠缠你，你也承认你对他们着迷，这些我都忍了，没有冲你发火，因为我意识到这里有股强大的力量在活动，你根本不是它的对手。但是你至少还在坚守底线，我看到了很高兴，并从旁协助你坚守，后来只是因为我要离开一两个小时，就相信了你的忠诚，也指望教室会安全锁上挡住他们，而他们也最终被我撵走了。可我还是低估了这两个粘皮糖——就因为我一两个小时没看着，那个杰雷米亚斯——现在看来他不过是个心理变态的老东西——居然就觍着脸皮来到了窗前；而只是因为这个，我就要失去你，弗丽达，并且听到你这样迎接我：'我不会和你结婚了。'难道提出责怪的不该是我吗？怎么我反倒成了被人责怪呢？可是我并没有责怪谁，一直都还没有。"说到这儿，卡觉得应该岔开一下这个话题，就请求她给他拿点儿吃的来，从中午到现在他还什么都没吃呢。弗丽达显然因为这个请求而松了一口气，点点头后就跑去拿吃的。卡猜测沿着走廊往前不远就是厨房，可是弗丽达没走这条道，而是从旁走下几个台阶不见了。没多会儿她就拿着一盘冷肉和一瓶红酒回来了，可这明明是残羹剩饭，吃剩下的肉片只是草草重新摆了一下，省得让人看出来，但有一点香肠皮留在了里面没有被拿掉，那瓶酒也被喝得只剩下了四分之一。但是卡什么也没说，就津津有味地吃了起来。"你刚才去厨房了？"他问。"没有。是从我自己房间拿来的，"她回答，"我在楼下有房间。""你应该带我一起去，"卡说，"这样我就可以在楼下边坐着边吃边聊。""那我给你拿把椅子来吧。"弗丽达说着就要走。"不用了，谢谢，"卡拉住她说，"我不上你的房间了，也不需要椅子。"弗丽达极不情愿地被他拉着，咬着嘴唇低着头。"嗯，他也在我那儿，"她说，"你难道没料到吗？他现在就躺在我的床上。他在户外着了凉，正浑身打哆嗦，几乎什么都吃不下。说到底这一切全得怪你，要不是你把那两个助手赶走，并且在后面撵他们，现在咱们很可能早就安安稳稳坐在教室里享清福了。是你一手毁了咱们的幸福。难道你真以为杰雷米亚斯还担任着公职就敢把我拐跑吗？从这件事就能看出你完全不懂我们这里的规矩。不错，他确实想方设法接近我，自作多情折磨自己，暗中到处打我的埋伏，但这一切不过是场游戏而已，就像一条狗狗饿了，蹦来跳去撒娇打俏，可就是不敢跳上饭桌一样。我对他的态度也是一样，我俩自小就青梅竹马，我喜欢他，我俩儿时经常在城堡所在的那座山坡上玩耍，那是一段多么美好的时光啊！你从来没有问过我的过去，所以你不明白——只要杰雷米亚斯还在担任公职，他就不会做出越轨的事，那一切就只是童年美好的回忆，我也会牢记我作为你的未婚妻的本分。可后来你赶走了那两个助手，还老拿这事自我吹嘘，好像你为我除了一害似的；嗯，从某种意义上说这倒也是。针对阿图尔你的目的是达到了，尽管只是暂时的；他比较脆弱，缺乏杰雷米亚斯的那股不屈不挠的倔劲，那天夜里你那一记老拳——它也是对咱俩幸福的一次打击——差点要了他的命，让他跑到城堡告你的状去了。就算他不久就会回来，毕竟他眼下是不在了。可是杰雷米亚斯就留了下来。在职时他对主人言听计从，察言观色唯恐不周，可一离职他就无所顾忌了，爱谁谁盖儿不吝。他过来把我带回去；反正已被你抛弃了，又被我青梅竹马的老友征服算个啥，我是无法拒绝他的。我可没有打开教室的门，是他打破了窗子把我拉出去的。后来我们就跑到这儿来了，他得到老板的器重，没有哪个客房服务员能像他那样逗顾客开心了，于是我们就都被录用了。他不住在我的房间，但是我们俩在一起了。""纵使出了这些事，"卡说，"我也不后悔把这两个助手赶走。如果这中间的关系真如你描述的那样复杂，也就是说你对我的忠诚只取决于他俩当我助手时的职务约束——不当助手了，忠诚也没有了——的话，那就此了结倒也不失为一件好事。婚后生活若让这两个贪婪似狼的人如影随形的话，是不会有什么幸福的。他俩只能靠皮鞭来管教。所以我也要感谢巴尔纳巴斯一家,是他们在无意中拆散了咱俩。"然后两人肩并肩,又默不作声地来回走着,搞不清这次是谁先抬的脚。弗丽达挨着卡,似乎为卡不再挽着她的胳膊而生气。"这么说一切又都恢复正常了,"卡接着说,"咱们现在可以分手了,你可以去找你的男人杰雷米亚斯去了,他很可能就是在学校的院子里着的凉,现在还没好,你把他一个人丢下的时间太长了。而我呢,就一个人回学校去吧,或是去任何愿意收留我的地方,因为没有了你,我在学校也就没事可干了。如果说我现在还有点犹豫,那也是因为我对你说的话仍抱有怀疑。我对杰雷米亚斯的印象和你的正相反。我认为他在当差过程中始终觊觎着你,让我无法相信他担任公职就能永久约束他不对你下手。可现在呢,自打他认为和我的雇佣关系已经解除了之后,他又变了。请原谅我自以为是,这样解释这个现象:自从你不再是他主人的未婚妻之后,你也就不再像以前那样对他有诱惑力了。就算你俩青梅竹马,从小就是朋友,可依我看,他并不怎么看重这份情谊——我从今晚同他的一次短暂交谈中就了解他了一些。我不明白你为什么觉得他是个热烈的人。正相反,我倒觉得他相当冷酷,考虑问题非常冷静。他从加拉特那儿领受了和我有关但对我也许不太有利的指令,就努力执行,带着一定的热情和责任心,这我承认;但其实这种情况在我们这儿并不罕见。指令内容就是破坏咱俩的关系,为此他可能尝试过多种办法,比如说用他色迷迷的目光来勾引你,还有就是编造谎言来诽谤我对你不忠——这方面有老板娘来协助他。他这一招取得了成功,对克拉姆挥之不去的记忆或什么在这中间可能起到了一定作用。不错,他是丢掉了公职,但没准儿正是在他不需要公职的时候丢的,所以正中他下怀。好了,现在他收获了劳动果实,通过教室的窗子把你拉走了。可这样一来他的任务就算完成了,他的工作热情和责任心也随之消失,接着疲劳倦怠什么的都来了,他宁可要阿图尔替换他。而阿图尔此时可能并没有在告状,而是正在领受奖赏和新的任务呢。可是总得有人留下来跟踪这里事态的发展吧。他只好从命,实际上他是把关照你当成很麻烦的负担的。他谈不上爱你,他亲口向我承认过这一点;但你是克拉姆的情人,自然你就成了他尊敬的人物啦。可以住进你的房间,哪怕尝尝做个克拉姆第二的滋味,也让他感觉挺好的,但仅此而已了。现在你在他眼中已是一文不值,把你安在这个职位上也只是他在主要工作之余顺带做做的。为了让你有安全感,他自己也留了下来,但只是临时性质的,一旦他等到了来自城堡的新消息,并且你帮他把感冒也治好了,他就要和你拜拜了。""你竟敢污蔑他!"弗丽达说,气得对捶着两个小拳头。"谁污蔑他了?"卡说,"我才不想污蔑他呢。顶多有点冤枉了他,这倒不是没可能。我说他的种种不是并不都是显而易见的东西,而是可以做不同解释的。而污蔑就另当别论了。总的来说,要污蔑他只有一个目的,那就是同他争夺你,与你对他的爱进行抗争。倘若这样干有必要并且有用的话,我自会毫不犹豫地污蔑他。谁也不会因此而指责我,为什么?因为他仗着委托他的人给他撑腰而占着极大的优势,我却身单力薄只能靠自己的力量来抗争,所以我即使玩点儿诽谤的伎俩也是允许的,就算是一种相对无辜、到头来也可能是无效的自卫手段吧。所以,你就别挥舞小拳头啦。"说完他拿过弗丽达的手握在自己手里。弗丽达尝试把手抽回来,但面带忸怩,而且没用很大的劲儿。"可是我实在没必要污蔑他,"卡说,"就因为你其实并不爱他,你只是以为自己爱他而已。所以你要感激我把你从这一幻觉中唤醒。你想想看,要是有人想不使用暴力手段,而只靠精心算计就把你从我身边抢走的话,那他就一定得通过这两个助手才能办到。他俩表面上憨厚、幼稚、滑稽,仍属没有责任感的毛头小伙儿,从高高在上的城堡飘然而至,带来一些两小无猜的童年回忆,这一切当然很招女孩子喜欢,尤其和我形成了强烈对比,因为我总是在追求一些你觉得莫名其妙的东西,为一些让你不理解的事情而奔走,这一切让你感到厌恶,让我和那些你所不齿的人走到了一起,而这些人也确实对我有些影响,虽然我很无辜。整个过程都表明,有人在非常精明而恶毒地利用咱俩关系中的缺陷。每一种关系都有缺陷，咱俩的也不例外；你我走到了一起，各自来自截然不同的生活圈子，打从认识以来，咱俩的人生便都走上了一条崭新的道路，但你我仍缺乏安全感，因为这一切都来得太新奇了。我不是在说我自己，我自己不算什么。总体来讲，我是自打你把目光第一次落在我身上以来，就一直沉浸在你的恩惠之中，当然了，习惯于接受别人的恩惠并不算很难。但对你而言，别的暂且不说，你是被我从克拉姆手中抢走的，我没法儿预估这对你到底意味着什么，好在我逐渐领悟了其中的含义，看出你在彷徨犹疑，看出你无法适应不知所措，虽说我始终做好准备帮你一把，但毕竟我不能时刻守在你身边；而当我守在你身边时，你有时又会受到你的白日梦的迷惑，或是受到某个大活人——比如老板娘——的影响。简言之，你有时心思没放在我身上，而是把我晾在一边，渴望别的什么扑朔迷离的东西去了。在这样的时刻，我的小可怜儿，只要把某个差不离儿的人摆在你发直的视线上，你就会迷上他，被对他的幻觉所左右，而那无非是些瞬间的假象，幻影，旧时的回忆而已，大多是你已经过去并渐渐淡化的昔日生活场景，而你却误以为是你现在的生活。你错了，弗丽达，他不过是阻碍咱俩最终结合的最后一个障碍；恰如其分地说，也是个不足挂齿的障碍。醒来吧，弗丽达，冷静你的头脑，打起你的精神吧！就算你认定那俩助手是克拉姆派来的——其实不是，是加拉特派他们来的——就算他俩借助你这种幻觉深深迷惑了你，致使你以为甚至在他俩下流龌龊的行为中也能找到克拉姆的影子——这就像一个人自以为在一堆粪中看到一枚丢失已久的宝石，即使它真在里面，他也没办法找到它——他俩也不过是和马厩里的那班侍从一个类型的家伙罢了，而且还不如人家健康，一点儿冷空气就把他俩撂倒在病床上，只不过他俩跟侍从一样机灵，知道该选谁的床养病。"说着话弗丽达已经把头靠在了卡的肩膀上，两人彼此搂着腰默默地踱来踱去。"假使咱俩，"弗丽达缓慢而平静地、几乎是心满意足地说，仿佛她清楚只能短暂靠在卡肩上享受片刻宁静，但仍要充分享受似的,"假使咱俩当天夜里就远走他乡就好了,那样咱俩就能待在另一个地方,平安地厮守一生,你的手就近在身旁,我随时可以握住它。我多么需要你在我身旁啊!自打认识你以来,只要你不在我身边,我就感到没了魂儿似的。相信我,要你在我身旁是我唯一的梦想,除此再没别的了。"

这时有人在侧面的走廊里喊了一声,是杰雷米亚斯,他站在最下面的一级台阶上,只穿着一件衬衫,身上还裹着一条弗丽达的围巾。他站在下面,头发像鸡窝似的,胡子拉碴且像被雨水打湿了似的,眼睛瞪得溜圆像牛眼睛似的,露出哀求和责备的神情。他的黑脸膛涨得通红,一脸囊肉松垮垮的;他的两条光腿冻得直哆嗦,连带着围巾的下摆也跟着哆嗦。他这副模样活像一个病人刚从医院里跑了出来,让人很有把他再捉回到病床上的冲动。这也正是弗丽达此刻的想法,她从卡的臂弯里脱出身来,三两步跑下楼去到了杰雷米亚斯身边。她体贴着他,细心给他裹紧围巾,并急着把他拉回到房间,这一切都好像给他增强了抗病能力,也让他好像现在才认出了卡。"噢,那不是土地测量员吗?"他边说边轻抚弗丽达的面颊以示安慰,因为她不想让他再说下去,"对不起打扰你们了。我身体很不舒服,不得已才打扰的。我觉得我在发烧,我得喝热茶发发汗。校园里那些栅栏真该死,我会永远记着它们的,本来我已经冻感冒了,还要接着在夜里跑腿儿。为一些无聊之事牺牲自己的健康真不值得,可往往事先认识不到这一点。好啦,测量员先生,我就不打扰您啦,来我们房间接着和她谈吧,顺便探望下一个病人,同时把您想跟弗丽达讲的话接着跟她讲吧。两个相处惯了的人最后分手,总要婆婆妈妈讲一大堆的,第三方,尤其是躺在床上等着别人送来答应好的热茶的病人,是不可能听明白其中奥秘的。请进来吧,我一定安安静静的不插嘴。""得了,得了,"弗丽达捅了捅他的胳膊说,"他烧糊涂了,不知道自己在说什么。不过卡,你还是别跟我们进屋好吧,算我求你了。那房间是我跟杰雷米亚斯的,或者不如说只是我的房间,我不许你跟我们进去。你在纠缠我呢,卡,唉,你为啥缠着我不放呢?我是绝对不会再回到你身边了,想想这念头我就不寒而栗。你还是去找那两个姑娘吧;有人告诉我,她俩只穿着内衣,挨着你坐在火炉前的长椅上,任何人来找你,她们就朝她啐吐沫。既然那个地方那么吸引你,你在那儿待着一定很自在吧。过去我总是劝你别去那儿,没什么用还一个劲儿地拦着你;现在好了,一切都结束了,你自由了,我不拦你了。美好的生活展现在你眼前,你可能会因为第一个姑娘而和那些侍从发生一点冲突,但涉及第二个姑娘,天底下绝不会有人跟你争的。这可是天赐良缘啊。别顶嘴!否认也没用。你当然什么都要抵赖,可到头来什么都抵赖不掉。杰雷米亚斯,你瞧瞧,他什么都想抵赖!"他俩会心地点点头,彼此对视一笑。"不过,"弗丽达接着说,"就算他把什么都抵赖掉了,又能落得什么好呢?和我又有什么关系呢?他在她们家里干什么,那是她们家的事,是他和她们的事,和我没半毛钱关系。我要做的就是照顾好你,直到你恢复健康,恢复到卡来咱村儿之前你的样子——这一阵儿他因为我,可是把你折磨苦了。""这么说您不进来啦,土地测量员先生?"杰雷米亚斯问,话音未落就被弗丽达拽走了,甚至她都没有回头瞅卡一眼。可以看到楼梯下面有一扇小门,比这条走廊里的门还要低矮,别说杰雷米亚斯了,就连弗丽达也得弯腰低头才能走得进去。屋里好像很是温暖而明亮,能听见里面传出絮絮低语,可能是弗丽达在轻柔地哄杰雷米亚斯上床休息,接着房门就关上了。

第二十三章

卡这才注意到走廊里已经变得那么安静，不仅他刚和弗丽达待过的这一段寂静无声（这里似乎是公共房间集中的区域），就连那条两边都是客房的长走廊也悄然无声（刚才那里可是热闹非凡）。合着那些老爷都终于进入梦想了？卡自己也疲惫不堪，也许正是由于疲惫他才没跟杰雷米亚斯干一仗，像他本该做的那样。也许向杰雷米亚斯学样才是聪明的做法——他刚才显然是在夸大他的病情。他那副可怜相可不是源于受了风寒，而是他天生就是这样，甭管喝什么药茶都治不好。卡想，倒不如刚才就学他的样，夸张地表现一番自己累得贼死，在走廊里就地瘫倒，这样多舒服，还可以小睡一会儿，说不定还能得到别人一点照顾。当然他演的效果不会像杰雷米亚斯的那样好，在这场争取同情的竞赛中杰雷米亚斯无疑是赢家，而且在其他的竞赛中他也次次都赢。卡困倦得真想自己也走进这些房间中的一间，躺在一张舒适的床上美美地睡上一觉，反正其中有些房间肯定没人住。他觉得，这样能使他在经历那么多事后得到一些补偿。那儿还有现成的消夜酒呢，在弗丽达落在地板上的托盘里有一小瓶朗姆酒，卡打起精神回到原来那个地方，把那小瓶酒喝个精光。

现在他觉得自己有了底气，起码可以去见埃尔朗厄了。他四处寻找埃尔朗厄住的那个房间，但由于那个侍从和盖尔施塔克都不见了踪影，而所有房门看上去都是一个模样，所以他没能找到。不过他认为自己还能记起那个门大致在走廊的哪个位置，就决定打开那扇他觉得最有可能是他要找的那个房间的门。反正试一试也不会捅什么娄子。如果恰巧是埃尔朗厄的房间，那他正好可以接见卡。如果走错了门，道个歉走开就是了。如果房客已经睡了——这很有可能——那么卡闯进去甚至根本不会被人注意到，悄悄出来就是了。就怕房间是空的，那样的话卡就会经不住床的诱惑而躺下来长睡不起。他再一次在走廊里左顾右盼，看是否有人走过来，好指点他一下，这样就省得他再冒这个险了。可是长长的走廊里空荡荡静悄悄的。卡又把耳朵贴在门上屏息静听，里面静得连掉根针在地上都能听到。他轻轻敲门，轻得根本吵不醒里面睡觉的人。见里面没有任何动静，卡就小心翼翼推开了门。这时候他却听到有人低低叫了一声。房间很小，一大半都被一张大床占去，床头柜上的灯仍然亮着，一只旅行箱挨着床头柜放着。一个人全身盖着毯子，蒙头躺在床上，正不安地扭来扭去，他的问话透过毯子和床单之间的一道缝隙传了出来："谁呀？"搞得卡现在没法儿一走了之了。他不满地盯着那张充满诱惑但不幸被人占据的大床，少顷才记起有人问过他话，就报出自己的姓名。这一报似乎立竿见影，床上那主儿立刻把毯子从脸上掀开一点，但又怯生生地准备好一旦事情不妙就赶紧再盖上。但随后他就毫不迟疑地一把掀开毯子坐了起来。这厮肯定不是埃尔朗厄。他是个五短身材、相貌俊秀的老爷，就是脸部有点矛盾：两颊圆不噜嘟的像张娃娃脸，两眼也眯眯笑着像双孩儿眼，可是高高的前额，尖尖的鼻梁，嘴巴很瘪嘴唇却几乎闭不拢，加上几乎没下巴，这一切又怎么看怎么不像孩子，倒显得绝顶聪明，老谋深算。很可能他对此颇为得意，但也正因为洋洋得意，才保留了健康孩童的一些天真活泼。"您认识弗里德里希吗？"他问。卡回答不认识。"可他却知道您。"这位老爷微笑着说。卡点点头，知道他的人海了去了，可这竟也成了他办事不顺的主要障碍之一。"我是他的秘书，"老爷说，"我叫比格尔。""对不起打扰了，"卡边说边伸手去打开门，"我找错门了。要召见我的是埃尔朗厄秘书。""很糟糕！"比格尔说，"我指的不是别的秘书要召见您，指的是您找错了门。我刚才正在睡呢，一旦被吵醒就再也睡不着了。好啦，您也不必那么过意不去，谁让我这么倒霉呢。您也许纳闷儿这些门为什么锁不上,不是吗?其实这自有道理,不是有句老话说吗,秘书的门要永远敞开。可也没必要那么死板呀!"比格尔说着用探询的目光愉快地瞅了卡一眼;虽然他嘴里抱怨,精神却显得已经休息好了。他很可能从来没有过像卡现在这么累的时候。"那您现在打算去哪儿呢?"比格尔问,"现在才四点钟,您无论找谁都会把他吵醒。不是谁都像我一样已经习惯了让人打扰,也不是个个都像我那么有耐心,干秘书的人都有些神经质。所以您还是在这儿多待会儿吧。五点钟的时候人们就开始起床了,您最好到那时去应召。那您就放开门把手,找个地儿坐吧。这儿忒挤,您坐在床沿儿上最好。您很吃惊我这儿咋没桌椅吧?嗯,是这样:我入住时面临一个选择,要么家具齐全但床小,要么除了大床和盥洗台外就什么都没有。我选择了后者,毕竟住旅馆就是住卧室,床是最主要的,有了大床才能四仰八叉睡得舒服。所以这张床对睡得沉的人来说再合适不过了;即使对我这个老是感觉疲劳又睡不踏实的人来说也很不错了。我一天里一大半儿时间都在这张床上度过,处理所有信件,传讯当事人,工作得不亦乐乎。当然了,当事人就没地儿坐了;可他们能理解,克服得了,因为他们站着而让做记录的人舒舒服服地坐着,总比他们自己舒服地坐着却被对方喝三吆四、挨吼挨骂,要来得惬意得多。所以我只能给你床沿儿坐,这当然不是正式座位,只能半夜聊天时坐坐罢了。可您还一句话都没说呢,测量员先生。""我太累了,"卡说。他一听到邀请,立刻就不客气地一屁股坐在床沿儿上,并且倚哩歪斜地靠在床柱上。"没错儿,"比格尔笑着说道,"这里人人都喊累。就说我吧,我昨天办的事儿,乃至今天办的事儿,有哪一件是小事儿呢?都不是,所以我现在怎么着都不可能睡着了。万一你还在这儿时我竟然睡着了,那就麻烦您保持安静,也别开门。您别担心,我肯定不会睡死的,顶多打几分钟的盹儿。可能是因为我太习惯了办公,整天和当事人打交道,所以有人在场我反倒最容易睡着。""那您就睡吧,秘书先生,"卡一听他这么说很是高兴,便说,"如果您不介意,我也想睡一会儿。""不行,不行,"比格尔又笑起来,"很遗憾光靠别人求我睡我是睡不着的,只有和别人谈着话我才有睡着的可能。谈话是让我睡着的灵丹妙药。真的不蒙你,干我们这一行的可伤神了,就拿我来说吧,我是干联络秘书的,您不知道联络秘书都干啥吧?嗯,弗里德里希和这个村子之间的联络全靠我来维系——"说到这儿他乐得忍不住直搓手,"——我是他的城堡秘书和村里秘书之间的联络人。我被派驻这个村儿里,但也不是一辈子扎根基层,我得随时准备回到城堡去。您看到那个旅行包了吧,是我居无定所的见证,这差事可不是人人都能干得了的。话说回来,不干这份工作我还不习惯了,离了它我还真不行,别的工作我觉得全都没意思。土地测量这差事怎么样?""我没干什么土地测量,我没受雇干土地测量。"卡说;他对比格尔的问话毫无兴趣,只盼着他赶紧睡着。不过他这么期盼也只是自我安慰罢了,因为在内心深处他也明白,比格尔离睡着还远着呢,远到遥不可测。"这就怪了,"比格尔说,接着猛一回头从毯子底下掏出一个笔记本来,准备记下什么东西,"您是土地测量员,却没干土地测量的工作。"卡僵硬地点点头,他已把左臂伸到床柱上面,把头枕在左胳膊上;为了让自己坐着舒服点,他已试过几种姿势,目前只有这个姿势最舒服,能让他腾出一点注意力去关注比格尔在说什么。"我要追查这件事,"比格尔接着说,"说到底,我们这里绝不会让专门人才埋没或者荒废掉。这个情况想必给您造成了伤害,您为此很苦恼吧?""对,我一直很苦恼。"卡慢慢说道,心里却偷着乐,因为现在他已经丝毫不为这件事感到苦恼了。比格尔主动提出追查此事也没让他动什么心,实际上他的自告奋勇很业余。卡是怎么一个情况,他的受聘经过,他在村儿里遇到哪些挫折和来自城堡的刁难,他在此地滞留期间已经产生和即将产生什么纠葛……对于这一切,比格尔都一无所知,甚至连做秘书应该有的那种心中有数、胸有成竹的样子都一点没有,仅凭一个破笔记本儿,就大言不惭地提出要摆平这件事,这都哪儿跟哪儿啊!"看来您是有过几次失望了。"比格尔说；这倒显示出他还有几分善解人意。事实上，打从迈进这个房间，卡就反复告诫自己可别小瞧比格尔这厮。但以他目前的疲劳状态，他已很难对任何事情作出正确的判断了，除了知道自己吃饱了不饿。"别这样，"比格尔接着说，像是对卡的某个念头作出回答，好心好意想要省去卡把这个念头说出来的麻烦似的，"您可别让这些失望给吓趴下了。我们这儿有些东西设计出来好像就是要把人吓倒似的，初来乍到的人会觉得这些障碍根本克服不了。我无意调查这些事情的来龙去脉，想象也有可能与实际相符。处在我这个位置，我缺乏必要的客观立场来判断这些，不过您请听好了：有时候机会的出现就是与常规不同，它的到来不合常理，遇到这种机会时，常常单凭一句话，一个眼神，一个表示信任的手势，就能得到比辛苦努力一辈子还要多的收获。毫无疑问，就是这么回事。但是话说回来，这样的机会如果没人利用，就跟一般的情况没什么两样了。这也正是我百思不得其解的问题：为什么就没人利用这些机会呢？"卡不知如何回答是好；他也明白比格尔所谈的很可能跟自己有很大关系，可眼下他已对跟自己有关的任何事情都很厌倦了。他把头略微歪向一侧，像是要避开比格尔提的问题，不再让它们沾着自己似的。"秘书们，"比格尔接着说下去，一边伸着懒腰打着哈欠，这副德性与他一本正经的话语大相径庭，叫人愕然不已，"秘书们老是埋怨被迫在夜间对村民进行大多数的讯问。他们为什么埋怨这个呢？是因为这样他们感到压力太大了吗？是因为他们宁愿用夜间来睡觉吗？不是，他们埋怨的肯定不是这些。秘书当中当然也是良莠不齐，有勤奋工作的，也有消极怠工的，这点哪儿都一样。但表面上他们谁都不会埋怨工作太辛苦，至少不会公开埋怨。怨天尤人压根儿就不是我们这儿的工作作风。这方面我们是不分办公时间和平常时间的。我们不知道这两者还有区别。既如此，秘书们为啥还反对夜间讯问呢？莫不是他们体恤当事人？不不，也不是这个原因。秘书们才不会体恤当事人呢，从来不会；不过他们同样也不会体恤自己，即也不顾惜他们自己。他们的这种铁石心肠，换言之就是铁面无私，秉公办事，恪尽职守，其实才是当事人渴望得到的最大的体恤呢。总的来看，当事人是普遍认可他们这样做的，尽管那些目光短浅的还看不到这一点。就拿夜间审核这事儿来说吧，当事人是很欢迎的，还没听说有当事人抱怨夜里审核的。那为啥秘书们还反感夜审呢？"对此卡也是丈二和尚摸不着头脑；他整不明白的事情太多了，就连比格尔问这话是当真要他回答还是顺嘴儿说说他都搞不清楚。他心想："要是你让我躺在你的床上，明天中午，至多不超过明天晚上，我就会把你的问题全答了。"可是比格尔好像根本没注意他，只是出神地想着自己刚才问的那个问题。"据我判断，"他说，"也是根据我的切身体会，那些秘书对夜间审核有以下顾虑：夜里不适合与当事人开展工作，因为夜里很难、或者说完全不可能保持工作过程的官方性质，而使其正式性大打折扣。当然外部条件并不是决定因素，办事的形式、程序在夜间当然也能得到像在白天那样的恪守，所以这不是问题。问题在于官员的判断能力在夜间会受到干扰，在夜里判断事情会不由自主带上更多的个人色彩，从而失去客观性。当事人的陈述在夜间会受到超出应有程度的重视，使官员判案时易于受到当事人与本案无关的其他因素的影响，他们的痛苦、焦虑等会直接干扰官员的判断。当事人和官员之间应有的那道壁垒，即使表面上固若金汤，到了夜里也会松动乃至崩塌；本该一问一答的场面在夜里会变得诡异，或反客为主，或暧昧不清，这是绝对不合适的。至少秘书们是这么说的。这些人由于职业的关系，对此等事情当然是十分地敏感。可即使是他们——这是我们圈内经常议论的一点——对夜审的有害影响也很少在意；非但不在意，他们还从一开始就竭力削弱这些有害影响，最后还以为他们出色完成任务了呢。可事后您读读那些记录吧，您会对里头比比皆是的明显错误诧异连连。这些错误反倒让当事人一次又一次捞到不大正当的好处，并且不会很快得到纠正，至少按我们目前的规章制度是这样。当然，监管部门以后会纠正这些错误，但也只是为了改进完善法规，对那个当事人来说已经损伤不到他一根毫毛了。现在看来,在这般情形下,秘书们的埋怨难道不是很有道理吗?"卡已经迷迷糊糊打起了盹儿,这时惊醒过来。"这一切意义何在?"他心里纳闷儿,"这一切意义何在?"透过他垂合的眼皮,他所见的比格尔不再是个正和他探讨难题的官老爷,而是个不断打扰他睡觉的讨厌家伙;除此之外他还有什么用呢,卡就无法确定了。而比格尔呢,此时正说到兴头上,陷在自己的思考中不能自拔,面带微笑仿佛对误导了卡很是得意。不过他准备马上把卡拉回到正确道路上来。"倒也是,"他说,"也不能简单地说他们的抱怨完全有理。确实,哪儿也没明文规定不能夜审;反之,如果谁想回避夜审,也不会触犯哪条法规。可现状是,在城堡谋事的这些官员有干不完的工作,他们不可或缺,城堡一天没他们都不行。此外还有规定,只有在其余调查全部完成并做出结论之后,才能讯问当事人,而且要马上讯问。这种情况加上其他许多因素,使得夜审变得必不可少了。而既然必不可少——这话是我说的——它就成了规章制度的产物,起码是间接的产物,而若要挑夜审的毛病,就几乎等于是挑规章制度的毛病——我这么说当然有点夸张,但正因为是夸张,我才说出上述言论的。从另一方面说,也应当允许秘书们在规章制度的框架内尽量照顾好自己,夜审能避免就避免,以防出现显而易见的差错。他们当然也是尽量这样做,把讯问的内容局限在开门见山、直奔主题上,尽量排除无关琐事对主题的干扰,并在开审前仔细审视一番自己的能力,如果审视结果不妙的话,他们甚至会在最后一分钟取消所有审核。在正式审核某当事人之前,他们常常会把他召来起码十次,以此来增强自己的把控力。他们还喜欢把案件交给不主管此案的同僚去办,让他们代表自己,因而可以较为轻松地去办,把讯问时间安排在入夜或是破晓的时候,避开中间的那几个小时。总之这一类的办法还有很多,这些秘书可不是吃素的,不会轻易让对手占了上风,他们可是能屈能伸的主儿。"卡睡着了,不过睡得不死,仍能听见比格尔絮絮叨叨,或许比刚才困得贼死但硬撑着不睡时听得还要真切,对方字字句句都钻进他的耳朵，但意识已经不用承重了，他觉得飘飘荡荡、自由自在，比格尔不再能支配他，反倒是他，卡，不时地主动去探摸比格尔。他还没有进入深度睡眠，但确已入睡，任谁都不能把梦乡从他身上夺走。他觉得自己用此法已经大获全胜，已经有一帮人聚在一起欢庆胜利，他或是别的什么人正举着香槟酒杯庆贺胜利。为了让所有人都明白发生了什么事，这场博弈及胜利的场面又重演一遍；也许不是重演，而是眼下正开始进行，以前已经庆祝过了，且庆祝一直没有停止过，庆祝是不可少的，幸好最终的结局是胜券在握。一个秘书光着身子，活像一尊希腊神雕像，在这场战役中正被卡逼进死胡同。这可太好玩儿啦，卡在睡梦中轻轻地笑了，他笑话那个秘书的滑稽样儿，在卡的步步进逼之下，吓得不顾他原先的高傲姿态，不得不改换姿态来抵挡卡的进攻，用他高抬的胳膊和紧攥的拳头护住自己的私处，可又总是赶不上趟儿。战斗没有持续很长时间，因为卡是步步紧逼，而且每一步都很大。这算得上一场战斗吗？其间没有阻碍，没有真正的对攻，只有秘书发出阵阵尖叫而已。这位"希腊神"怎么发出像姑娘被人咯吱瘙痒时发出的那种叽叽或咯咯的叫声呢？最后他就没了踪影；只剩下卡一人在一个大房间里，摆好搏斗的架势转身寻找他的对手。但已经空无一人了，那帮人也已散去，只有那支香槟酒杯打碎在地上，卡踩在碎片上扎痛了脚……他一下子惊醒了，觉得很难受，就像小小孩儿给吵醒那样。尽管如此，一看到比格尔赤裸的胸膛，刚才梦中的一个念头就闪过他的脑海：这就是你的希腊神吗？把他从床上拖下来！"不过，"比格尔接着说，仰望着天花板做沉思状，仿佛从记忆里搜刮例子，却又找不到，"不过，虽然有各种预防措施，当事人还是有空子可钻，他们利用秘书在夜间办公的弱点——一向以为这就是一个弱点。当然这样的空子少之又少，或者毋宁说千载难逢，即当事人在半夜三更作为不速之客闯进来才有可能遇到。您可能感到奇怪，这样的机遇似乎比比皆是，怎么就罕有见到呢？那您就老外了，不了解这村的村情。但是您也必定对我们官方的组织严密印象深刻吧。这种严密性的后果便是：但凡有人有诉求要说，或是因为什么事情必须接受讯问，这人立刻就会毫不延迟地收到传唤；通常是这人还没理清思路，甚至是还莫名其妙的时候，他就受到召见了。这次他还不会受到讯问，通常不会受到讯问，这说明事情还没发展到那一步，但他已经被召见了，再也不能不打招呼就来了，就是说他不能出其不意地就来了，至多只能来得不是时候；如是那样，他就会受到提醒，提醒他看好召见的日期和钟点再来，可如果他按时又来了，他通常会被打发走，因为这已不再是个问题了，此一时彼一时。发给当事人的传票和档案里的备忘录是秘书手中的武器，虽然并不总是很够，但却是强有力的。但这只是对主管该案的秘书而言；你也可以抽不冷子在夜里去找其他秘书，这是你的自由，但谁也不会干这样的傻事，因为没什么意义。首先你这样的话会大大得罪那位主管秘书；我们做秘书的在工作上虽然不会互相嫉妒——因为大家都是满负荷工作，每个人面前都堆得高高的容不得你偷懒——但面对当事人我们绝不能容忍自己的职权范围受到侵犯。有些人以为在主管部门办事没有进展，就去非主管部门企图蒙混过关，这样做他们就已经先输掉了一局。这种尝试必定失败，因为就算某个非主管秘书夜里被你不请自来打扰了，但他真心想帮助你，也会因为他不主管此事无权干预，而不比随便哪个律师来得更有作用；实际上作用比律师小得多，因为他没有那个闲工夫。即使他比律师还深谙法律上的各种潜规则，精于走歪门邪道，但由于这事不归他管，他就拿不出一点时间来管这事。既然如此，谁还会把自己晚上的时间浪费在一个挨一个地去找那些非主管的秘书上呢？再说，当事人除了回应主管部门的传召和示意之外，还有他们自己的行当要做，都是忙得四脚朝天的，只是他们的'忙得四脚朝天'是按他们对这个概念的理解，和秘书们对这一概念的理解当然还很不一样。"卡微笑着频频点头，他觉得自己现在把这一切全都整明白了，倒不是因为这些和他有关，而是因为他笃定自己再过几分钟必会睡死过去，这一次他不会做梦，别人打扰也不会醒；这边是主管秘书,那边是非主管秘书,前面是一群忙忙叨叨的当事人,他围在中间就要睡死过去,从而超脱这一切。他已经完全适应了比格尔柔声而自得的神神叨叨,这声音显然本身就竭力要入睡但又徒劳,它不仅不会干扰卡的睡眠,反而会催他入睡。"你就唠叨吧,磨磨唧唧下去吧,"他心想,"你这样恰恰在帮我睡呢。""那么它又在哪儿呢?"比格尔继续唠叨下去,两个手指躁动地捻着下嘴唇,眼睛睁得老大,脖子抻得老长,仿佛经过长途跋涉的艰辛,现在已经美景在望,"我指的是刚才提到的千载难逢的机会,它藏在哪儿呢?秘密全在那些关于权限的规章里藏着呢。事实上,在一个充满活力的庞大机构里,不是——也不可能是——每个案子只分派一个主管秘书的。但是这些主管秘书中有一位是首席主管,其他主管的级别都比他低,权威当然也比他小。爱谁谁——哪怕他工作起来最玩儿命,也不可能伏在桌上把案情事无巨细全都兼顾得到,即使我把首席主管的能力无限夸大也是如此。最小的权限难道不也包含权限的整体吗?麻雀虽小还五脏俱全呢。处理事情最关键的,难道不是办事的那份热情吗?那份热情难道不是始终如一、始终高涨吗?秘书们的能力千差万别,方方面面都不可能整齐划一,但唯有在有这份热情方面他们是没差别的。如果请他们办理某个案件,哪怕只给他们最小的权限,他们也不会吝惜使用的。所谓有权不用过期作废。但对外还是有必要建立一套规范的调查程序的,因此每个当事人都有其专门负责的秘书,他成为当事人很在意的官方动向的风向标。但是主管秘书甚至不一定是处理某案中具有最高权力的那个人,其权限大小要由组织根据当前需要来定。实际情况就是这样的。那么好啦,测量员先生,您现在不妨考虑一下一种可能性:虽然存在着我刚才说过的那些足够把人吓退的障碍,可还是有当事人能成功地克服畏惧,不知怎么搞地就在三更半夜冷不防地敲开某个对某案有一定权限的秘书的门。您可能还没想到过有这种可能性吧?我想是这样的。不过也没必要伤这个脑筋,因为这种事几乎不会发生。要想从这张无比严密的筛子中漏过去谈何容易?那得需要当事人是怎样的一个古灵精怪、构造巧妙的小谷粒啊！您认为这种事不可能发生吗？您对了，根本没可能发生。可偏就在某天夜里——谁能事事打保票呢？——它就发生了。真的，我认识的人里谁也没碰到过这种事。说起来它也证明不了什么，因为我的熟人圈跟涉及此事的人比起来，人数很有限。再说了，一个秘书经历过这种事愿不愿承认，也是很难说的；毕竟这纯属个人之事，它和此人为官的廉耻心紧密相连。尽管如此，我的经验还是可以证明，这种事罕有发生，实际上只听说发生过，从来没有得到过证实。所以说，害怕捕风捉影之事实在是太夸张了，完全没必要。即便真的出过这种事，也可以——有理由相信——大事化小，小事化了，让它无害，证明——这不难做到——天下本无事，庸人自扰之。无论如何，遇到这种事就吓得躲在被子里，连看都不敢往外看，这是病态的表现。就算太阳打西边儿出来，这种绝无可能发生的事它就发生了，难道一切就都完了吗？姥姥！世界末日比天下最大的不可能还要不可能得多。当然，假如当事人就在这个房间里，那就已经很糟糕了。这会让人心里发怵，会让人心里犯嘀咕：'你还能抗拒多久？'但他也明白将不会再有抗拒了。您只需正确地设想一下这种局面。坐在对面的是你以前从没见过的当事人，你一直在期待他，望眼欲穿地期待着他，并且总是理性地认为他不会来的。可他现在竟然就默默地坐在你的面前，邀请你去探究他可怜的生活，环顾他的四周，像摸清自己的财产那样摸清他的情况，并和他一道为他提出的那些徒劳的诉求感到焦虑和痛苦。在万籁俱寂的夜晚，这样的邀请是很迷人的。你会陶醉其中，忘记自己是个官员；你会答应他，当时的局面'糟糕'到让你不可能拒绝人家的请求。严格来讲，在当时情况下你是毫无办法，更确切讲你是很快乐。说'毫无办法'，是因为你脆弱得抗拒不了，只能乖乖坐等当事人提出诉求，心里明白它一提出来你就得答应，哪怕这诉求要搞垮体制也得答应——在你履职过程中，这种缴械投降无疑是最糟糕的事，尤其是——撇开别的不说——尤其是这样一来，你反倒莫名其妙地升了官，尽管你梦寐以求的就是升官。以我们的职位而论，我们绝对没有权力答应这类诉求，但由于我们走近了夜间来访的当事人，我们的职权大增，便承诺做我们主管范围以外的事情，并且真的去办，是的。在夜里，当事人就像绿林大盗那样，逼迫我们作出在白天绝不可能作出的让步——嗯，眼下就是这种情形，当事人还在这里，逼迫我们，给我们鼓劲儿，催促我们继续努力，于是一切都在半迷糊状态中进行下去，可之后会怎么样呢？当完事之后，当事人心满意足却一脸无动于衷地拍拍屁股走人，剩下我们独自站在这里，面对自己滥用职权的后果无计可施的时候，情况将会怎么样呢？真不敢设想。可我们还是很快乐，只是这种快乐无异于饮鸩止渴。我们本可以竭力向当事人隐瞒实情的，毕竟，靠他自己是看不出什么名堂的。在当事人看来，很可能只是出于偶然因素——筋疲力尽啦，失落沮丧啦，粗心大意啦，考虑不周啦——他才走错了房间，还傻了吧唧坐在里头，想着心事浑然不知（假如他还能想事的话），想着他犯的错或是他的倦意。难道我们不能由他去吗？不能，我们得唠唠叨叨把一切都解释给他听，要毫无保留地给他讲明出了什么事，为什么会出这样的事，出这样的事的几率是多么地小，可又是多么地事关重大。我们得喋喋不休地向当事人讲个明白，虽然他是出于无奈才卷入事中的，但这样的几率只有当事人能赶上，旁人是碰不上的。而现在，测量员先生，只要他愿意，他就能控制住整个局面，为达到他的目的他只需提出他的诉求就是了，我们已等着——甚至上赶着——去满足他的要求。我们得把这一切都跟他讲清楚，对官员来说这是最难熬的时刻。好在，测量员先生，一旦这些做到了，最该做的事情就都做了，接着你就安下心来静候下文了。"

卡听到此为止了，他睡着了，对周围一切恍若隔世了。他的脑袋起初枕在他搁在床柱的左臂上，他睡着时就滑了下来，现在无依无靠地慢慢下垂，越垂越低，上面那条胳膊已经支撑不住它了。卡不由自主地用右手抓了一把毯子，想找到一个新的支撑点；这一抓不要紧，抓住了比格尔跷起在毯子里的脚。比格尔低头看了看，虽然极其厌恶，但还是由他去了。

就在这时，从墙那儿传来几下重重的敲击声。卡吓得一激灵，醒了，瞪着墙壁。"土地测量员在那边吗？"一个声音问。"在这儿。"比格尔说完把脚从卡的手里抽出来，然后放肆而任性地猛然在床上躺得笔直，就像个小顽童那样。"那他该上我这儿来啦。"那个声音说，话音里根本不顾及比格尔，也不管他是否还需要卡。"是埃尔朗厄叫您了，"比格尔低声说；埃尔朗厄在隔壁看来并不让他感到吃惊，"您快去见他吧，他已经发火了。想办法让他消消气。他一向睡得很死，但咱们刚才说话声音太大了，说到某些事情时就控制不住自己，管不住自己的嗓子了。好啦，赶紧去吧，您好像睡不醒啦。快去吧，您还在这儿愣着干吗？别，您别解释您为啥睡着啦，没必要。人的体力总有个限度，什么事都有个限度，超过了限度你有啥法子？谁都不是铁打的，世界就是这样修正偏颇、保持平衡的。虽然有些方面不尽如人意，但总的来讲它是一种让人不可思议的绝妙安排。快去，别像二傻子似的瞅着我。您要是再耽搁下去，埃尔朗厄就会来找我算账，我可不想挨他剋。赶紧啦，谁知道他那儿等着您的是什么，这里到处都是机会。只是有些机会太大了咱利用不上；有些事就是让这些事本身给搞砸的。没错，这可真让人叹为观止。不过话说回来，我希望自己现在能小睡一会儿啦。已经五点了，很快这里就要吵闹起来了。您还是快点去吧！"

卡在沉睡中被猛地惊醒，迷迷糊糊地很想倒头再睡。由于他刚才坐着睡很不舒服，弄得浑身酸痛，他迟迟下不了决心站起来。他用双手捂住前额，眼睛盯着膝下。比格尔一再催促他快走居然无效。直到最后连他自己都觉得待下去没意思了，他才开始慢慢挪脚。这个房间在他看来，有说不出的沉闷，至于它是一贯如此，还是后来使然，他就不清楚了。反正他是不可能在这儿再睡着了。这么一想，他就决心下定，淡淡笑着站起身来，扶住任何能支撑住他身体的东西：床、墙壁、房门……最后，仿佛早已跟比格尔告辞过似的，连句道别的话也没说就走掉了。

第二十四章

若不是埃尔朗厄站在敞开的门口朝他做手势，他很可能就会不知不觉地走过埃尔朗厄的房间。这手势只是用食指轻轻一勾。埃尔朗厄已经完全做好了外出的准备，他穿着一件黑皮毛大衣，高脖领上的扣子已经扣好。一个侍从正把手套给他递上，手里还端着他的皮帽子。"您早就该来了。"埃尔朗厄说。卡正要解释一下，对方却厌烦地闭上眼睛，表示没兴趣听。"是这么回事儿，"埃尔朗厄说，"有个叫弗丽达的以前是酒吧间的女招待，我只知道她的名字，不认识她本人，对她也没兴趣。这个弗丽达那时经常伺候克拉姆喝啤酒。现在那儿似乎换了个姑娘。当然这只是个很小的人事变动，或许对谁都没什么影响，对克拉姆更不要说了。克拉姆的工作当然是最重要的，而一个人的工作越是重要，他就越没有精力去应对外界，因此最鸡毛蒜皮的小事中起的最微小的变化都可能对他造成很大的干扰。克拉姆办公桌上的一点点变动，比如说把一块留在上面多年的污渍擦掉，都有可能干扰到他；酒吧换个女招待也是如此。不过话又说回来，就算这些能对其他所有人和工作形成干扰，对克拉姆却干扰不了半点，压根儿谈不上。不过，话虽这么说，我们却仍有责任密切关注克拉姆的安危冷暖，为他排除一切干扰，哪怕是那些他自己不认为是干扰的干扰。他很可能觉得那些不算干扰，但只要我们觉得它是潜在的干扰，我们就坚决排除之。这样做并不是为了他，也不是为了他的工作，而是为了我们自己，为了我们的良知，为了让我们自己问心无愧。因此，弗丽达必须马上返回酒吧的工作岗位。她的回归也许会形成干扰，那样的话，我们只需再把她赶走就是了。但眼下她必须回去。据悉您和她住在一起，那就请您叫她立刻回去。这里可不能照顾个人感情，这毋庸置疑，所以我不会再就此事跟您扯皮了。下面这句话我本来可以不跟您讲的，但我出于好意还是把它撂在这儿：如果您在这件小事上表现好的话，会对您的前途有好处的。我要跟您说的就是这些。"说完他朝卡点头作别，接过侍从递过来的皮帽子戴上，便朝走廊尽头走去，腿有点瘸却还走得挺快，跛哒跛哒的，那个侍从屁颠屁颠地跟在后面。

从这里发出的命令有时执行起来是很容易的，这次也不例外，但卡却不太情愿执行。不仅因为它牵扯到弗丽达，更因为它让他觉得自己先前的所有努力都要白费。另外，虽然它确实是道命令，但在卡听来却像是嘲讽。这些命令对你有利也好，不利也罢，反正不管你三七二十一就发布给你了，根本不考虑你愿不愿意；而且即使对你有利，最终结果也很可能对你不利，反正一股脑儿都下达给你就是了，而你的地位又太卑微，连让当官的静下心来听你说都谈不上，更遑论影响命令的内容了。现在埃尔朗厄把你打发了，你能怎么办？就算他给你发言的机会，你又能对他说什么呢？说实在的，卡始终觉得今天之所以搞砸，主要原因是自己太疲乏了，其次才是环境不利。为什么他就不能再咬咬牙坚持一段儿呢？他本来是坚信自己身体能支撑住的；若不是因为自己抱有这一信念，他压根儿不会启动这事。为啥他就不能再忍几夜睡眠不良乃至一夜无眠呢？这里无人知道疲倦，或者毋宁说人人都已疲倦至麻木的程度，乃至疲倦非但不妨碍他们工作，反倒似乎促进工作似的。就他卡是个另类，疲倦得高调、不可控制、咋咋呼呼！由此只能得出这样一个结论，当地人的疲倦和卡的疲倦有本质的不同。这里的疲倦很可能是暗含在安居乐业的表象之下的，外人看到的倦怠慵懒其实正是这里破坏不了的平静和安宁。若是你中午感到有点困倦，那只是你安定和谐的一天中的必然的一部分。卡心说，对这里的老爷们来说，这里永远是中午。

五点钟到了，走廊两旁开始闹腾起来，这反证了卡的上述想法。各个房间里传出欢天喜地的嘈杂声。听上去先是像孩子们准备去郊游的欢呼声，接着又像拂晓时分鸡窝的躁动，那股欢乐劲儿与天的破晓完全交融。不知从哪个房间，真的传出某个老爷模仿公鸡的打鸣声。虽然走廊里还空无一人，但房门们已经开始移动，不时有人把门打开一条缝，但又迅速合上。走廊里开始充斥乒乒乓乓开门关门的声音。前面说过，墙壁的顶端都没有和天花板接上，而是中间都有一道宽缝，现在通过这条宽缝，卡可以不时看到从这里或那里冒出一颗颗头发蓬乱的起床脑袋，旋即又缩回去了，像是把头冒出水面透气的泥鳅似的。从远处，一个侍从推着一辆小车沿着走廊走了过来，车里装满文件。另一个侍从跟在小车旁边，手里拿着一份名单，显然是让他用来核对房门与文件上的号码的。号码对上，相应的文件就递到房间里去。小车在大多数房门前都停下过，门一般也都打开，有时候相关文件只有一页——这时候房间与走廊就会来一段儿简短对话，内容八成是走廊的侍从在挨骂——也都递到房间里去。也有门不开的时候，这时就把文件整齐码放在门口。可给卡的感觉却是，虽然文件已经分发出去了，周围开门关门的次数不但不减少，反而增多了。也许是其他老爷正贪婪地窥视这些摆在门槛的文件，不明白它们怎么还躺在门口没被拿进去；这些老爷整不明白，如此手到擒来的事——打开门弯一下腰就行啦——却不去做。也许这种可能也不是没有：所有躺在门口的文件过一会儿还要在其他老爷之间再分发，这些人通过不断开门察看来确认这些文件是否还躺在门口，继而确认自己是不是还有希望得到它们。此外没拿走的文件都是大捆儿大捆儿的，卡估计它们暂时留在那儿是出于收件人吹牛自夸或其他不怀好意的心理，也可能是出于某种正义心和自豪感，以此来鼓励鞭策同事加倍努力。后来发生的情况越来越证实了卡这个猜想：往往是在他恰好没盯着某堆文件看的时候，它却在被展览了相当长时间后抽不冷子被人一下拖进房间，嗣后门又像先前那样悄没声息了；周围其他的门也都消停了，纹丝不动像死了一般，失望也好，满意也罢，一堆老让人心里犯痒痒的东西总算给拿掉了。可很快那些门又开始动了起来。

　　卡旁观这一切，心里不仅好奇，还觉得蛮有趣儿。置身在这片熙攘热闹之中他觉得挺舒服的，东瞧瞧西看看，保持一定距离地观察那两个侍从的一举一动。这俩哥们儿在分发文件时低着头、撅着嘴，还蛮一丝不苟的，不过也已经好几次扭过头来恶狠狠地瞪卡一眼。文件越发到后面越不顺利，不是名单和真人对不上，就是侍从临时找不到文件了，再就是老爷们吹毛求疵难伺候。总之就是有些已分发的文件得收回来，于是小推车又往回走，"退货"的要求都通过门开的一条小缝进行协商。这些协商本来就困难重重这先不说，还经常出现这样的情况：一涉及退回文件重发的问题，那些刚才忽开忽关闹得最欢实的门现在却关得紧紧的，死也不开了，好像不想和这事儿再有任何瓜葛似的。只有到这时才是真正遇到困难的时候，那个自以为有权拿到文件的老爷会十二万分地不耐烦，在自己的房间里大吵大嚷，捶胸顿足，击掌跺地，一个劲儿地从门缝里冲着走廊喊出某份文件的编号。这样一来，往往小推车就给扔在一旁不管了，一个侍从会紧着安慰火冒三丈的老爷息怒，另一个侍从则站在紧闭的房门前，竭力向另一位老爷要回发错的文件。两个人现在都苦不堪言，那位不耐烦的老爷会对抚慰他的努力愈加不耐烦，你越是哄他他就越来劲，他不再容忍侍从跟他讲空话，他要的是文件而不是安慰。有一次，这样一位老爷甚至从屋里通过墙顶与天花板之间的宽缝朝一个侍从泼了满满一盆洗脸水。而另一个侍从显然级别更高一些，他的日子就更难过了：如果与此事相关的老爷同意协商，就势必引起孰是孰非的一番争论，在此过程中这个侍从就得核查他手中的名单，"引经据典"，而那位老爷就会查证自己的备忘录，并且查证要他退回的文件，以求实求是，这样他就会把文件紧紧护在怀中，让望眼欲穿的侍从连文件的一个角儿都见不到。该侍从只好跑回小推车那儿去寻找新的凭据，可小推车却已经沿着有些坡度的走廊溜了下去；或者他就只好去找那位要求这份文件的老爷，向他传达那位抓住文件不放的老爷的反对意见，却又遭到这位老爷的一阵反驳,让他再去向那位老爷传达。这样的协商有很多回合,他在中间跑来跑去苦不堪言。偶尔当事人双方达成妥协,这位老爷同意让出一部分文件给那位老爷,那位老爷则出让自己的部分文件给这位老爷作为赔偿,反正文件们早已乱了套混在一起了。不过也有这样的时候,某个老爷只好放弃全部对方要求的文件而放不出一个屁来,这是因为他要么被侍从提出的证据驳得哑口无言,要么被没完没了的协商彻底搞烦了,才出此下策。不过他偏不把文件递到侍从手中,而是突然一狠心把它使劲朝走廊一扔,顿时捆绳松开,一页页文件四下飞散,然后翩然飘落,搞得两个侍从紧忙活一阵,费老大劲才重新归置好。不过这一切总比侍从苦苦哀求老爷退还文件、对方却根本不理他的茬儿来得强。若遇到那种情况,他就得站在紧闭的门前,反复三番求爷告奶,引证名单,说明规章制度,但全部白费唇舌,屋里蔫不吱声,始终不回应。侍从擅自进去又显然没有这个权力。事情至此,连极有耐心的侍从也自控不住生起气来,回到小推车那儿一屁股坐在文件上,抹一把汗津津的额头,闲坐一会儿啥都不干,晃荡着两腿儿无计可施。邻里左右对此事感兴趣的却大有人在,嘀嘀咕咕从四面八方传来,几乎所有门都蠢蠢欲动,从墙头上还冒出一张张面孔,怪怪的都用毛巾遮得严严实实,眼珠转动盯着侍从的动作,脸也随之转来转去,一刻也不消停。在这阵骚动中,卡注意到比格尔的房门始终紧闭;侍从已经通过他那段走廊了,却没有把文件分发给他。这让卡感到蹊跷;也许他还在睡觉,这么吵吵闹闹的他居然还能睡得安稳,说明他睡得很死,可他为什么没有收到文件呢?这就费解了。只有极少几间房没有文件往里送,很可能根本就没人住。与之相反,埃尔朗厄的房间却换了人,入住了一位新客人,是个根本静不下来的家伙,埃尔朗厄一定是在半夜三更被他赶走的;这可跟埃尔朗厄冷漠、世故的本性不相符合,但从刚才他也不得不站在门口等候卡这个事实来看,似乎表明了真是这么回事。

虽然老是受到远处什么动静的吸引,但卡还是很快就会把目光移回到眼前这个侍从的身上来。说实话,这个侍从跟卡以前听人说过的一般侍从的情况还真的很不一样。侍从总的来说懒懒散散无所事事,而且日子过得很舒服,态度也很傲慢;当然也有例外,或者不如说侍从也分三六九等,卡早就注意到他们有不同的级别,只不过至今他仍细分不出来。眼前这个侍从的倔强劲儿特别招他喜欢。在同这些顽固的小房间的搏斗中,这个侍从绝不放弃——在卡看来他就是在和这些小房间较劲,因为住在里面的人他几乎见不到。的确,他快要吃不消了——谁吃得消呢?——但他很快又振作起来,从小推车上出溜下来,挺直腰板儿,咬紧牙关,再次朝那扇有待攻克的房门发起冲击。接二连三地他被击败,铩羽而归,而对手的策略简单得不能再简单——绝口不语,死不开门。但他做侍从的也不是吃素的,要想轻易打败他没门儿。见正面进攻不奏效,他便调整战略迂回克敌,打起——如果卡没看错的话——心理战来。这时他便假装放弃此门,等着它自己耗尽其耐性,转身朝别的门走去;可没过多久他又回来了,还叫上了另一个侍从,这一切做得声势浩大、咋咋呼呼,存心做给那些人看:开始在那扇紧闭的房门前堆放新的文件,仿佛他已改变主意,明确了非但不该从那位老爷手里要回文件,反而还要给他加码,再给他添上几份。完了他就走开,但仍斜瞥着那扇门。一般来说,没多久那位老爷就会偷偷摸摸打开门,想把文件拖进去。说时迟那时快,侍从几个箭步已经蹿了回来,把脚插在门与门框之间,这样起码就能迫使老爷面对面和他商量了。通常这样问题就能解决一半儿。要是这一招儿还不奏效,或者他觉得这样干对某一扇门不妥,他还会尝试别的办法。比如说转而去找那个索要该文件的老爷,从他那里入手。于是他把另一个只会机械干活儿别无他用的侍从推到一边,自己把头探进房间里,开始悄声细语、鬼头鬼脑地游说起这位老爷来,很像是在向他保证,那位收错了文件还死不退还的老爷在下次送发文件时定会受到相应的惩罚;边说着话他还边指指那个死对头的房门,累得有气无力地笑几声。不过也有几次他真的放弃了所有努力。可即使到了那个地步，卡还是觉得他只是看似放弃，至少是有道理的放弃；这时侍从就会昂然离开，目视前方，任凭那位受了委屈的老爷大吵大叫，他头都不回一下。只有很偶然时，侍从会把眼睛闭上一小会儿，表明这吵闹声令他头疼。幸好这时那位老爷也闹够了，渐渐安静下来，就像小孩儿从持续不断的大哭逐渐转为零星的呜咽；他的喊叫也是如此。不过就在他完全安静下来之后，你还是偶然听到他大叫一声，或是房门猛地被他拉开一下，又砰的一声迅速关上。不管怎么说，侍从在这一点上大概也做得无可挑剔，完全是照章办事。到最后就只剩一位老爷闹腾了；方才他好长一阵不吱声只是养精蓄锐而已，现在他卷土重来啦，嗓门儿一点不比刚才小。搞不清他为啥这样大发牢骚，也许根本就和分送文件这事无关。与此同时侍从已经干完了活儿，小车里只剩下一份文件，准确讲只是从笔记本上撕下来的一页纸，是那个帮手一不小心搞的。现在两人确定不了该把它发给谁。"有可能是关于我的文件呢。"卡的脑子里闪过这个念头。村长以前老说这是针鼻儿大的一点事儿，卡也觉得这个念头未免荒唐武断，但他还是忍不住凑到那个侍从身旁想看个究竟，后者此时正瞅着那页纸发呆发愣。但这也不是很容易做到的，因为那个侍从对卡的同情竟报以恶意；甚至刚才在他工作最繁忙的时候，他也没忘了逮空就恶狠狠或不耐烦地朝卡瞥一眼，扭头的动作也很愤然。不过眼下发文件的事已经结束，他似乎就把卡真的给忘了，在别的方面也恢复了以往的冷漠。当然这是可以理解的，毕竟他这时已经筋疲力尽。他也没有真的仔细去读那页纸，也许他根本就没有读它，只是装装样子。虽然他把这页纸发给走廊两旁的任何一位老爷都能讨得对方的欢心，他却决定不这样做，因为他已经受够了这份差事。于是他竖起食指在嘴唇前，示意他的伙伴别出声——卡距离他们还不算远——然后把这页纸撕得粉碎，塞到自己的衣袋里。这可是卡头一回在这里见到政府工作中出现违规行为；当然也有可能是他看走了眼。不过就算它是一个违规行为，也是可以谅解的，因为以这里的工作环境来看，侍从不可能工作起来毫无差错,长期积压在胸中的怨气和怒气,不满情绪什么的,总有一天要爆发,现在只发泄在撕碎一张小纸片上,这实在不算什么。那位老爷的怪叫仍在走廊里回荡,看来他是安静不下来了;他的同僚们以往都彼此心存芥蒂,现在却在这个噪音问题上达成了完全的一致,仿佛赞成他代表他们制造噪音似的,一个个冲他点头喝彩,怂恿他继续闹下去。可是侍从决意不再跟他们玩儿下去了,他已经完成了工作,现在指着小推车的车把,示意另一个侍从抓住来推车,然后两人就像来时那样离开了,只是比来时更心满意足,推着小车蹦蹦跶跶地一溜小跑好不开心!只有一次他俩害怕地回头瞅了瞅,这是因为那位老爷——他现在还在吵吵嚷嚷,卡此刻正在他的门前溜达,想搞清楚他到底想要什么——定是看出吵闹没什么用了,同时发现有个门铃按钮,顿时喜不自胜:找到替代品啦,就停止了叫嚷,开始对准门铃一阵猛摁。这边门铃一响,其他房间里顿时响起一片大声的叽叽咕咕,似乎在表明他们一致的赞同,这位同僚正干着其他老爷老早就想干的事情,只是因为某个说不清道不明的原因才只好不这么干了。该老爷按铃想要召唤的,是侍从呢,还是弗丽达呢?如果是后者,那他就一直按下去好了,因为弗丽达此时正忙着把杰雷米亚斯用发潮的被单裹好;就算他身体已经康复,她也没那闲工夫,因为此时她正躺在他的怀抱里。不过摁铃还是立刻有了效果,贵族旅馆的老板从老远的地方飞跑过来,他像往常那样穿一身黑衣,纽扣往上一直扣到脖领;但由于他跑得那么急,似乎忘掉了老板的架子,半张开双臂,仿佛出了什么灾祸人家把他叫来,那架势像要把灾祸一把抓住并把它捂死在胸前似的。在这过程中,每听到长短不一的一声铃声,他就惊得一激灵,然后跑得更快了。在他身后老远的地方,他老婆也跟着跑了过来,也伸着双臂,只是她的步子是小碎步,卡觉得等她跑到时黄花菜都凉了,到那时老板已经把事情都搞定了。为了给冲刺的老板让路,卡紧贴墙根儿站着,孰料老板在卡旁边站住了,仿佛卡就是目的地。不久老板娘也赶到了,两口子开始对他横加指责。事情来得太突然,卡猝不及防傻掉了，不明白怎么回事，尤其这里头还掺杂着那位老爷的铃声；接着其他房间也都铃声大作，显然不是有什么需求，而是故意搞恶作剧，找乐子过了头。卡很想搞明白自己到底错在哪儿，就任凭老板把他往胳膊底下一夹，随他一起离开了这片嘈杂。这片嘈杂愈演愈烈，因为现在房门在他们身后都敞开了，走廊里开始龙腾虎跃，很快挤得像条窄巷那样热闹非凡，他们前面的门显然都急不可待地等着他们走过去，好把那帮老爷放出来。在这鼎沸之中铃声大作，老爷们反复摁铃像在庆祝胜利。可对这一切卡甚至没能回头看一眼，因为老板在他一侧，老板娘在他另一侧，他夹在中间不停挨着他俩的数落。最后他们总算来到了遍地积雪寂静无声的院子里，一些雪橇正等在这儿，卡这时才慢慢明白了一切是怎么回事儿。老板和老板娘都不能理解卡怎么居然干得出这等事来。可他究竟干了什么呢？他三番五次地问他俩，可半天也问不出个所以然来，因为在他俩看来，卡的罪过实在太明显了，所以根本就不相信他是诚心实意在问，而是明知故问。卡只能慢慢自己悟出个中缘由，原来他错就错在不该在走廊里待着，他无权这样做；一般来讲他至多只能去酒吧间坐坐，而这也只是特惠给他的，随时都可以撤销。如果哪个老爷召见他，他当然就得直奔召见他的那个地方，但也必须时刻牢记——至少他总该有点做人的常识吧？——这地方不属于他，不是他该待的地方；之所以来，是因为老爷因为公事需要传唤他，没办法他才来的。因此他该做的是速战速决，赶紧来这儿接受讯问，完了赶紧消失，越快越好。难道他就不觉得在走廊上逗留很不应该吗？如果他觉得了，他就不该像牲口在牧场流连那样在这里徘徊了。难道他以前没被传来过接受夜审吗？难道他不清楚为什么要采用夜审吗？夜审的唯一目的——卡在这儿听到了对夜审意义的新的解释——是为了让老爷们在夜间人造光线下能够迅速审完当事人，而在白天光线下他们看到当事人的种种丑态就很受不了；夜间光线能遮蔽这些丑态，让老爷们有可能在听审完后很快将其忘掉而睡个好觉。可是卡的行为等于是跟所有这些措施开了个玩笑。连鬼魂儿到天快亮时还消失呢，卡可好，到时依旧双手插在裤袋里不动窝儿地冷眼旁观，跟看戏似的，好像指望着既然他不走，整条走廊所有房间里的老爷就会走人似的。这真有可能发生呢——卡对此可以放心——因为那帮老爷心细如丝，别提有多体谅人啦。举例说，他们谁都不会出来把卡撵走，甚至连卡该走了这种不言自明的话都不会说一句的；他们不会做这种事，尽管看到卡在他们眼皮底下转悠他们会气得发抖，早晨的好心情也全给破坏了——那可是他们一天之中最宝贵的时光。他们不对卡采取行动，反倒忍气吞声，可能部分是基于心存这样的期盼：卡自己识相点，差不离儿就赶紧走吧。可卡偏就是没有这个眼力劲儿，一大早还站在走廊里赖着不走，在众目睽睽之下，显得那么与身份不符，那么扎眼，那么不知趣，况且还跟那帮老爷一样很不好受。老爷们的期盼落空了，他们要么不知道，要么出于天真或高傲而不愿意承认，这世上竟有这样愚钝铁石的心肠，连皇帝捧他他都敢不领情。就算是夜间飞蛾这样的小生命，一到白天还找个犄角旮旯藏起来呢，那时它一门心思就想着消失，消失不了就很沮丧。可卡倒好，越到白天越彰显，高调站在最显眼的地方，如果这样能阻止天亮倒也罢了，可惜他不能。他不能阻止天亮，不幸他却能推迟天亮，给天亮设置障碍。他不是见到了文件分发的过程了吗？除了直接相关人之外，这个过程是不允许任何人看到的。连老板老板娘在他们自己开的旅店里也是不允许看到的。关于这个发文件的事，他们也只是听说过一点凤毛麟角，就说今天吧，就是从侍从那儿听到一二的。至于卡，他难道没有注意到文件是在何等困难的情况下分发的吗？这困难可真叫人难以理解，因为说到底，每位老爷原本都是那么克己奉公，从不计较个人得失，因而都会全力以赴，确保分发文件这项重要的基本工作进行得快捷而又轻松，并且不出差错。可实际上分发文件时，房门却都基本上关着，各位老爷之间没有直接接触的可能性，否则的话他们瞬间就能取得沟通，彼此打打手势就能达成互谅；而现在呢，他们只好通过侍从来回转达，拖上好几个小时不说，还惹来一堆抱怨，成为让老爷和侍从都备受折磨的源头，以后还可能给这件工作本身造成不良后果。为什么老爷们相互之间不直接接触呢？卡百思不得其解。这样的事在老板娘那里就从没发生过，老板也证实自己从没遇到过这样的事，虽然他俩总是得跟形形色色难缠的人打交道。其他场合不敢说的话，现在也只好跟他讲个明白了，否则他就不得要领。那好吧，既然非说出来不可，那就说呗：正是因为他，仅仅就是因为他，那帮老爷才不能从各自房间里走出来，因为一大早刚睡醒就让陌生人看到，未免太不体面，太不好意思，太容易露怯了；即便衣服全穿好了，他们也会觉得自己就像光着身子似的见不得人。很难说他们为什么会不好意思，也许就是因为这些一天到晚忙碌的人让人看到自己睡了一觉而觉得不好意思。不过，见到陌生人比被陌生人撞见也许更让他们觉得面子没地儿放。本来借助夜审已经避开见到的东西，即他们最不能忍受见到的当事人的各种丑态，他们可不愿意在早上猛然又见到；这些东西的重现不但让他们猝不及防，而且还是以其赤裸裸的本真面目出现的，这可真让他们受不了。不尊重老爷们这一点的人该会是怎样一种人啊！唔，只能是像卡这样的人，这种人目空一切，迷迷糊糊昏头昏脑，麻木不仁目无法纪，还不通世故人情！这种人根本不在乎自己搅得别人几乎无法分发文件，从而败坏旅馆的声誉，还搅起一场前所未有的风波，逼得老爷们走投无路，奋起抗争，在经过一阵普通人无法理解的内心矛盾冲突之后，愤然伸手摁铃求救，唤人把这个貌似不可撼动的卡撵走。他们可都是老爷啊，竟然要求救了！若是店老板、老板娘和旅店全体员工有这个胆儿，敢于一大早不经传唤就出现在老爷们面前，他们早就跑过来救援了，哪怕只是帮完忙立刻就撤也好。可惜啊，他们没这个胆儿，所以只能等在走廊尽头干着急，被卡的肆意妄为气得浑身发抖，也对自己使不上劲深感不安；万没想到这时铃声大作，才如释重负赶了过来。现在好了，大难结束了！瞧给那帮终于摆脱了卡的老爷们高兴的！他们手舞足蹈、喜不自胜。可惜老板等人是看不到这个场面了。

但是对卡来说这事儿还没完,他必须得对自己在这儿闯的祸负责。

说着说着三人来到了酒吧间。老板虽说窝着一肚子火,但还是把卡带到这儿来,这是为什么呢,就不太清楚了。也许他终于注意到卡快要累瘫了,眼下已无可能走出这个旅馆。卡不等人请他坐下,就瘫倒在一只酒桶上。在黑暗中这么待着,卡感到很舒服。在这么大的一间屋子里,只有一盏昏暗的电灯挂在啤酒桶的龙头上方照亮。屋外仍是漆黑一团,好像还飞舞着雪花。留在这里享受温暖你就得感恩戴德,还得提防人家把你撵出去。进屋后老板和老板娘仍站在他面前看着他,就像他是个威胁似的,还像他这人根本靠不住似的,不定啥时候就会突然蹿起来再去侵略走廊。还真不能排除这种可能性呢!再说,他们自己在受了这场夜半惊吓和被迫早起后,也很疲倦了,尤其是老板娘更是累得够呛,她只穿着件咖啡色的宽下摆裙衣,纽扣扣得不太整齐,衣带也是胡乱系上的,一动就像绸缎似的窸窣作响,真不知在匆忙中她是从哪儿找来的这件衣服的。现在她像是断了脖子似的脑袋歪靠在她丈夫的肩膀上,一边用条雅致的小手帕擦着眼睛,还不时孩子气地朝卡狠狠地瞪几眼。为了让这对夫妇消消气,卡说你们刚给我讲的那些我怎么听着像天方夜谭似的?不过即便我对它们一无所知,我也不是故意要在走廊上久留的。卡当时确实不想在那儿待着,当然也不想给任何人添堵,这一切都是他那该死的疲劳闹的;怪只怪他当时太累了,才惹出了这一连串麻烦。他感谢他们给这难堪的一幕收了场。如果要他为此事负责,他也会欣然接受这样的机会,因为只有这样他才能保证自己的行为不会让人误解。怪只怪他当时太疲惫了。不过,他这样疲惫是因为还不适应这种讯问的紧张。毕竟他来到这儿的时间还不长。等他多积累些这方面的经验后,就不会再感到那么疲惫了。也许他把这些讯问太当回事儿了,不过他这样也没有什么不好。他已经经历过两次讯问了,一次紧挨一次,第一次是应对比格尔,第二次是应对埃尔朗厄;第一次尤其让他筋疲力尽,但第二次就没有占用他几分钟,埃尔朗厄只是交待了他一件事,请他帮个忙而已。可是两次讯问加起来就超过他忍受的限度了，这种事儿摊在谁身上也许都受不了，就比如店老板吧，给他两次讯问，第二次完了他就只能东倒西歪地出来了，就像喝醉了似的。卡这是头一次见到这两位老爷并聆听他们讲话，还得准备好回答应对他们的问话。就他所知，原本一切都还进行得顺利，但接着就发生了那件倒霉的事；鉴于之前发生的事，这件事基本上是不能怪罪于他的。但不幸的是只有埃尔朗厄和比格尔了解他当时的情况，他们本该看住他，控制好局面不让事态扩大，就不会惹出后续的麻烦了。可是埃尔朗厄当时审完了马上就得走，显然是要回城堡；而比格尔在审完后可能是累极了——连比格尔都这副德性，卡又怎能免得了不累呢？——就睡得像死猪一样，连分发文件的全过程都没醒来。假如给卡一个这样的机会，他会很高兴利用它的，他会很乐意不去看那些禁止看的东西而去睡大觉的，因为他当时已经困得五迷三道，想看到什么也不可能了，所以就连那些最敏感的老爷也请放心好了，就算光着屁股出来也不会被他看到的。

由于卡提到了这两次讯问——尤其是埃尔朗厄的那次——加上卡说起这两位老爷时的卑恭神情，让店老板不由对卡产生了好感。看样子他已经准备满足卡的请求，允许卡在酒桶上搭一块木板，然后至少让他睡到天明。可是老板娘显然不干啦，把头摇得跟拨浪鼓似的，一边东拉西扯整理自己的衣着，仿佛才注意到自己衣衫不整似的，可是越整越乱。一场由来已久的有关旅馆清洁的争吵看来又要爆发了。对处于极度困倦的卡来说，没什么比这两口子吵架更重大的事了。在他看来，眼下什么都比自己被人从这里撵走要好，所以就算是老板和老板娘联合起来反对他，也绝不能让这样的事发生。他于是在酒桶上缩成一团，眼巴巴地瞅着他俩，等着结果。老板娘的神经过敏和暴脾气卡是早就领教过了，眼下她又突然迈向一边——很可能她跟老板已经开始谈别的事情了——并且嚷道："瞧他瞅我时的那副德性样儿！你赶紧把他打发走人！"没想到卡对此竟满不在乎，因为至此他对自己能留下来已经有了绝对把握，就有点趾高气扬起来,还借机说:"我可不是在瞅你,只是在瞅你的裙子。""你干吗瞅我的裙子?"老板娘气冲冲地问。卡耸耸肩膀。"瞧啊,"老板娘对老板说,"他肯定是喝醉了,这个臭不要脸的。就让他在这儿睡会儿醒醒酒吧。"说完她招呼蓓皮,后者应声从黑暗中冒了出来,蓬乱着头发,懒洋洋地拖着把笤帚,一脸没睡醒的样子。老板娘吩咐她扔个靠垫儿给卡。

第二十五章

卡一觉醒来，还以为自己压根儿就没睡过呢，屋里还和他睡前一样，空荡荡的、暖融融的、四壁幽黑，只有一盏昏黄的电灯吊在啤酒桶的龙头上方；窗外还是夜色笼罩。可当他伸着懒腰，枕头掉到地板上，木板和酒桶吱扭作响的时候，蓓皮马上走过来查看。他这才知道现在已经入夜，自己整整睡了一天。老板娘白天过来询问过他好几次，盖尔施塔克也是如此；早晨卡和老板娘交谈时，他就借着喝啤酒的当儿坐在暗处等着，但是没敢打扰卡睡觉，只是后来来过一次看看卡睡醒了没有。据说弗丽达也来过，站在卡的身边待了一会儿。不过她可不是专门来看望卡的，而是由于她今晚就要重操旧业了，她得来这儿归置归置、做些准备。"这么说她不再喜欢你啦？"蓓皮给他端来咖啡糕点的时候这样问他，不过她的语气已不像过去那样怀着恶意、怨恨，而是哀伤地，仿佛已经看破红尘，看透了人情冷暖、世态炎凉；与之相比，个人小小的恩怨情仇实在算不了什么。她现在跟卡说话的语气像是同是天涯沦落人的那种。当卡呷着咖啡的时候，她觉着卡可能嫌它不够甜，就跑去给他拿来满满一罐白糖。尽管情绪悲伤，她依旧打扮了一下自己，也许比上次还下功夫：头发上编满了蝴蝶结和缎带，额上的刘海儿和两鬓的头发都用发钳仔细地卷过，脖颈上戴了一根细项链，一直垂到低领衬衫的领口里。现在卡终于睡足了觉，还喝上了香浓的咖啡，感到心满意足，就悄悄伸手去够她头上的一个蝴蝶结，想解开它，却遭到蓓皮厌烦的拒绝："你别烦我。"然后就在卡旁边的一个酒桶上坐下。没等卡问起，她就主动讲起了她的伤心事，眼睛盯着卡的咖啡壶，好像她讲心事时也需要分心的东西，否则就倒不完满腹苦水似的。首先卡听到她说，她的不幸都是卡造成的，但她并不怨他。她边讲边很肯定地点头，明摆着不让卡提出异议。当初他把弗丽达带离酒吧间，使蓓皮得以升迁，接任了弗丽达的职务；除此还真想象不出有什么招儿能让弗丽达放弃她的职位，她坐镇酒吧就像蜘蛛镇守蛛网那样，牢牢控制着每一根蛛丝，所有细节都门儿清；要想违背她的意愿把她弄走，门儿都没有！只有一招儿，爱上一个下等人，换言之就是爱上一个与其地位不相称的人，才能把她赶下宝座。至于说蓓皮，有没有想过夺弗丽达的权呢？她只是个客房服务员，地位微贱没什么前途；像所有女孩子一样，她也梦想过荣华富贵；她尽可以憧憬，做白日梦，这是她的本能，但她没有具体想到要往上爬，她很知足已有的身份，能把它保住就很不错了。可是一夜之间弗丽达就从酒吧间离开了！事儿来得突然，老板一时找不到合适的顶替者，他四下张望，情急之下就看中了蓓皮，蓓皮肯定也是使劲挤到前面以便引起他的注意。当时她是爱上了卡，她以前从没这么深爱过一个人，此前几个月她都默默待在楼下她的小黑屋里隐忍度日，准备无人问津地就这样过上几年，最糟就此了却一生也没办法。可就在这时卡突然出现了，如英雄，如落难少女的救星，为她平步青云开启了道路。虽然卡对她全无了解，也并不是为了她才这样做的，但这并没影响她对他的感激，在她将被任用的头天晚上——虽说还没有最后定下来，但已经八九不离十了——她跟他谈了几个钟头，悄声对他表示了感谢。在她看来，背上弗丽达这个麻烦多多的负担是个很了不起的行为，卡自找这个麻烦尤为可贵，这里面包含了很让人费解的无私精神，为了把蓓皮从幕后推向前台，引起老板注意，卡自己取了弗丽达做情人。而弗丽达是个相貌平平的姑娘，年龄显大，过瘦，头发稀疏且短，心眼儿又多，老是心怀鬼胎，这些都和她的相貌显然有关。如果说她的外貌和身体丑陋得一眼就能看出来，那至少她心里的秘密是谁都难以核实的，比如说她和克拉姆的隐情，据说她是他的相好。那时候蓓皮甚至想过这样的问题：卡可能真的爱弗丽达吗？他是在自欺欺人吧？他这样做的结果只能是搞走弗丽达，让她蓓皮升迁。然后卡就会发现这是个错误，并且不愿再隐瞒，不愿再见到弗丽达，而只想见到她蓓皮吧？蓓皮这样想并非痴人说梦、异想天开，因为她蓓皮当然和弗丽达有的一拼，这是两个姑娘之间的对决，没人否认得了。当初卡肯定是被弗丽达酒吧总管的高位和她能给卡带来的荣耀迷住了眼睛，不过这只能蒙得了他一时。故而蓓皮就做上梦啦：一旦她蓓皮得到这个位置，卡就会跑来求她，到时她就会面临要么答应他并且丢官儿、要么拒绝他并且继续往上爬这个抉择。不过她已经打定主意要放弃一切跟定卡啦，还要教会他什么是真爱，把他从弗丽达那儿从没体验过的真爱给他，而真爱是跟俗世间的任何高官厚禄、荣华富贵没有半毛关系的。然而事与愿违，弗丽达又回来了。这该怪谁呢？当然首先得怪卡，然后就得怪弗丽达太狡猾了。首先是卡，那么难以捉摸，他到底想要什么呀？他到底是何方神圣、什么来路啊？什么是他追求的啊？有什么天大的事让他殚精竭虑，乃至忘掉了眼前最切身、最美好的事物？现在蓓皮成了牺牲品，原本一切都是痴心妄想，全部梦想都落了空！如果谁有本事把贵族旅馆一把火烧了，把它烧个片瓦不留，把它像丢进火炉的纸片一样烧个精光，那今天蓓皮就选他做心上人！想想看，蓓皮是四天前来到酒吧间上任的，那是将近午饭的时候。这个活儿可不轻松，简直是蓄意谋杀，不过从中得到的好处也不少。蓓皮此前就不是那种混日子的人，但即便如此她也从不敢奢望得到这个职位；不过通过无数次的观察，她也知道了这份工作该怎么干，所以也不是毫无准备就仓促上阵的。你当然不能胸中无数就接任这项工作，否则不出一两个小时，你准保又会把它丢了，哪怕你在这儿想像个客房服务员那样干也不行。作为一个客房女侍，你很快就会被人遗忘，自己也会感到很失落，就像在矿井干活儿那样湮没无闻。这种感觉至少在秘书住的走廊里是不会没有的，因为你在那里一连几天，除了偶见白天受审的当事人以外，谁也见不着。这些当事人跑进跑出的，连眼睛都不敢抬起来看一下。此外还能见到两三个别的女侍，也是一脸苦大仇深。到了早上，甚至不许你走出你的房间，秘书爷们不想别人来打扰，他们的餐食都是侍从从厨房打来送进去的，那些客房女侍对此通常无可奈何，也就只好自己闲着不管了。一日三餐都不许她们在走廊里出现。只有爷们办公时才准许女侍们进屋打扫，不过当然不能进那些有人的房间，而只能进那些届时没人的房间打扫，而且动作还要很轻，免得打扰老爷们办公。可是这怎么可能办得到呢——老爷们来一次一住就是几天，那些侍从也个个都是邋遢鬼，在这儿进出办事风风火火拖尘带土的，等终于轮到女侍们进屋打扫时，已是脏乱差得不成样子，恐怕连上帝差遣的大洪水都冲刷不净啦，女侍这时进去打扫，怎么可能不弄出声响呢？诚然，他们是些高贵的老爷，但你仍得强忍作呕才能把他们住过的房间打扫干净。确实客房服务员的活儿不是太多，但也琐碎得够她们喝一壶的。从来听不到客人说一句好话，只有不停地数落。尤其是，在打扫过程中某个文件不见了——这才是最让人受不了的，也是经常发生的。但其实什么也没丢，每个捡到的小纸片都会上交到店老板手里；可偏就某份文件不见了，但绝不是姑娘们弄丢的。随后调查组成员们就赶到了，女侍们不得不离开她们的房间，让他们把自己的床铺搜查个遍。女仆也就那几样东西，用块布裹吧裹吧就能走人。但调查组还是一搜就是好几个小时，最后当然一无所获。文件怎么可能跑到姑娘那儿去呢？大姑娘怎么可能会对文件感兴趣呢？但每次结果只有一个，都是失望的调查组成员连骂带威胁地吵吵一通，再由老板悉数传达给姑娘们。这时便从早到晚没有片刻安宁，吵闹一直响到半夜，翌日清晨再起。若是不必住在这儿就好了，可又必须住在这儿，因为在几顿饭之间客服得按吩咐从厨房给房客送去些点心什么的，尤其是在夜里。通常都是女客服们的房门上突然响起一阵敲门，然后传达"圣旨"，然后姑娘们冲下楼去厨房，摇醒酣睡的小帮厨，把客人要的点心摆在盘里端到女客服门外，最后由侍从取走——这一切可真够凄惨的。可这还不是最惨的，最惨的是夜半鬼影：

当没人吩咐要点心的时候，在人人都已睡下并且多数人都已入眠的深夜，有个神秘的影子在姑娘们的房门外来回幽游。这时姑娘们就都爬下床——是那种摞起来的上下床，屋里空间太小，整个女客服房间其实就是一个三层大橱柜——凑到门那儿去听，有跪着的有站着的，吓得抱成一团。这时你一直都能听到门外有人蹑手蹑脚地徘徊。若是此人最终进来也就罢了，大家都会长舒一口气；可这事儿偏就不发生，没人进来。这时你就会暗自思忖，没准儿并不是有什么灾祸要降临，没准儿只是有人在门外走来走去，拿不定主意要不要下令，最终也没有考虑好。可能就是这么回事，但也可能根本就不是这么回事。实际上你根本就不了解那些老爷，你见都难得见到他们。不管怎么说，屋里的姑娘们吓得要死，等外面终于恢复了平静，她们就靠在墙上呼哧带喘，没有力气爬回到床上去了。现在蓓皮又要回去过这种日子了，就在今晚她就得返回女客服房间重操旧业。怎么会这样呢？全得怪卡和弗丽达。不久前她刚从这种日子里逃出来，虽然是托了卡的福，但她自己也付出了极大努力。当客服姑娘们就不注重外貌打扮了，连那些最爱捯饰的姑娘也不例外。打扮好了给谁看呢？最多让那帮厨房伙夫觊觎，此外没人瞅她们一眼。谁爱跟伙夫玩儿尽管打扮她自己好了。至于别的姑娘，不是被迫待在自己的小房间里，就是趁老爷不在进他们的房间打扫卫生，这时穿得干净漂亮进去那才叫犯傻呢，糟蹋衣服不说，四处还亮着电灯，空气闷热让人喘不上气来，炉子一直燃烧着，让人犯困犯懒。一星期只有一天下午休假，届时最好在厨房找个堆货的地方无忧无虑地大睡一觉。这样一来，连衣服都不用穿多少，打扮又有啥意义呢？可突然之间蓓皮就给调到酒吧去了，在那儿你若想站住脚，就得洗心革面脱胎换骨，因为一下从湮没无闻变成受人瞩目，其中还净是些很讲究而眼光细腻的老爷，所以你就得尽量打扮得漂亮可爱才行。总之这是个一百八十度的大转变。可以说蓓皮在这上面是尽了全力了。以后无论发生什么情况都不是她的问题了，她知道自己具备了干酒吧总管所需要的素质和能力，对此她很有信心。至今她仍很有这份信心，这是谁都动摇不了的，即使今天她栽了跟斗也没人能动摇。难就难在最初几天她必须得证明自己，因为说到底她只是个不起眼儿的客房女侍，既没漂亮衣裳也没珠宝首饰，而那些老爷可没耐心等着你出落成一朵花儿，他们需要立马有个娇嫩欲滴的吧妞儿来伺候，不然他们掉头就走。你可能会想他们的要求并不高嘛，连弗丽达这样的女人也很容易满足他们。这你可就错了。蓓皮也经常琢磨这个问题：弗丽达到底魅力在哪儿？为此她经常和弗丽达在一起，有一阵甚至和她同眠共枕。要摸清弗丽达的底细还真不容易，稍一不留神就会被她蒙蔽，而那些老爷哪个会处处留神呢？没有人比弗丽达本人更清楚，她自己长得有多难看了。就说第一次见她披散头发吧，你会攥紧双手替她可怜的。按理说，她这样的姑娘连当客房服务员都不配呢。她自己也清楚这点，为此好多个夜晚都哭过鼻子，边哭边紧紧依偎在蓓皮身上，把面孔埋在她的一头秀发里面。然而只要她一上班，所有的不自信就都烟消云散，这时她便认为自己是最貌美的女人，而且很有本事让别人也这么认为。她很懂得别人的心理，善解人意，这才是她真正的本领所在。她的瞎话张口就来，把人家骗得一愣一愣的对她深信不疑，就不再对她刨根问底了。也就是说，她圆滑得让别人都来不及把她看透就被忽悠了。当然时间长了她也会被人识破，谁脑袋上没长俩眼睛啊？最终总会真相大白的。可妙就妙在她一旦察觉到事情有败露的危险，就提前改弦更张，马上采取其他措施。就拿最近她和克拉姆的关系来说吧。她竟然和克拉姆好上了！你要是不信，尽管去核实好啦，直接去找克拉姆问个明白嘛。你不敢吧？真狡猾啊，这个女人！如果你不敢去找克拉姆问这种问题，如果你还有比这更重要得多的问题要找他问，而他却闭门根本不见你的话（只有你这号人是他避而不见的，哪像弗丽达呀，想见克拉姆一蹦三跳着就进去见他了），那你还是有办法核实这件事的，那就是耐心等待。克拉姆对他说的流言飞语是忍不了多久的，他必定非常急切地想了解别人在酒吧和其他公共场所都在说他些什么闲话，因为这一切对他至关重要；如果大家传得不对，他将立刻辟谣，以正视听。可实际上他没有辟谣，因为不需要澄清什么，实际情况就是这样。大家见到的就是弗丽达端着啤酒走进克拉姆的房间，然后拿着克拉姆的付款走出来，可是弗丽达讲述的却是别人见不到的，所以只好她讲什么我们就信什么。可她并没有讲这件事，她不打算泄露这一类的秘密。不过，她走到哪儿，哪儿有关她的秘密就自动传了出来，而既然风声已经走漏，她就不再避而不谈，但是谈得很有限度，不会下什么结论，只提那些众所周知的事。她并不是什么都讲，比如有个事实她就绝口不提，即自打她来到酒吧工作，克拉姆就不再喝那么多酒了，也不是少很多，但看得出比以前少了。对此她只字不提。个中原因可能不止一个，克拉姆也许一时对啤酒失去了兴趣，也许弗丽达的出现甚至让他忘掉了喝啤酒的惬意。总之是弗丽达就成了克拉姆的情妇，甭管你觉得这事儿多么不可思议！那么连克拉姆都相中的人，别人岂敢不欣赏？所以一夜之间弗丽达就成了大美人，快得让人都来不及反应。酒吧间就需要这样的女孩儿，太飒爽英姿，太威风八面啦，如今连酒吧间都快要容纳不下她啦。看到她仍在酒吧间做事，大家都觉得很奇怪；不过能当上吧女也算非同小可了；由此看来，她和克拉姆有暧昧关系还真不是空穴来风。可既然都成了克拉姆的情妇了，为何吧女还被他留在酒吧里干呢，尤其是一待就那么久？他为啥不提拔她呢？你可以一而再再而三地重申，这里头并不矛盾呀，克拉姆这么干自有其道理，没准儿哪天弗丽达突然就高升了，也许就在近期。但这样的说法起不到什么作用，大家心里都明白，最后就算你说破了天，他们也不会轻易改变自己的想法。但这样，再没人怀疑弗丽达是克拉姆的情妇了，连那些颇有见识的人也懒得去怀疑了。"居然成了克拉姆的相好，真是见鬼了，"这些人思忖，"你若真是克拉姆的情妇，那俺们倒要看看你升不升官儿。"可他们什么也没见到，弗丽达仍待在酒吧间里做她的主管，甚至还暗中窃喜一切保持老样子。但她慢慢在人们当中失掉了威望，对此她当然不会没有觉察，她可是很有先知先觉的人。真正漂亮迷人的姑娘一旦当上了吧女,是用不着耍什么手腕儿心计的,只要她姿色不减、美貌长青,就会把吧女一直干下去,除非发生什么特别倒霉的事。但像弗丽达这样的姑娘就得时时为保住乌纱帽而焦虑啦,虽然她很明智地不外露出来,反倒时常抱怨甚至诅咒这个职位,但私底下却在时刻察言观色、揣摩周围气候。不久她便看出来别人对她慢慢冷淡了,他们不再觉得弗丽达进来时自己非抬眼看她不可了,甚至连那些侍从也不再挑逗、纠缠她了,而是转向奥尔佳这类姑娘逗闷子(原因不言自明)。从店老板的语气神色中,她也看出自己越来越不重要了;再编出点儿什么自己跟克拉姆的绯闻也行不通了,因为凡事都有个限度,时过境迁了。于是我们这个可爱的弗丽达决定试试新的花招。谁要是有本事把她的花招一眼看穿就好了!蓓皮怀疑过,但可惜没有识破。这花招就是:制造一个新的丑闻——她,克拉姆的情妇,将投入第一个向她求爱的人的怀抱,可能的话,此人最好是地位最卑贱的那种。这样做必会引起轰动,人们将议论这件事很久,并最终引发人们再次思考这个问题:做克拉姆的情妇意味着什么?而抛弃这份难得的荣耀去迷恋新欢又意味着什么?难就难在怎样才能找到一个合适的人把这场好戏演下去。找个弗丽达的熟人不行;找个侍从也不行,他很可能被她吓着,以为她疯了并转身走开。最重要的是,对方要把这事看得足够认真,就算最能说会道也不可能会把这事儿散播出去,说他如何如何勾引了弗丽达,让她怎么也抵挡不住,头脑一片空白下,稀里糊涂就委身于他了。另外,虽说要找个最卑贱的人,但说出去也得让人相信,他是个虽愚钝粗鲁但却很专情的主儿,只渴慕弗丽达一个人,而没有心猿意马;他要非弗丽达不娶!还有,虽说这个男的不得不是个普通人,也许连干粗活儿的都不如,比侍从都差得远,但也不能差到让每个姑娘都笑话他的地步,对某个眼光独特的姑娘甚至他还有一定的吸引力,这样的主儿。但是这样的男人你到哪儿去找呢?换个别的姑娘也许一辈子都找不着。可弗丽达偏就运气这么好,一个土地测量员来到了她的酒吧间,也许刚巧就在她初次想到这个计划的同一天晚上。土地测量员!卡究竟是怎么想的?他的脑袋瓜里有什么小九九?他想达到什么特殊目的?是一份好差使,还是什么奖赏?他是想要功名利禄这一类的东西吗?若这样的话,他本该从一开始就另辟蹊径。现在可好,他什么都不是,他的境地想想就让人可怜。不过他好歹是个土地测量员,多少还算是学了一门手艺,但只要不知道如何把它派上用场,终究屁毛不是。可他居然还提出种种要求,没有任何后门靠山也提,虽然不是直截了当,但仍能看得出他在制造麻烦,这可真叫人恼火。他难道不知道,即使一个女客服跟他多谈几句话,也是人家降格屈就他吗?然后他带着满脑子的特别要求,在来到这儿的头一天晚上,就一头栽进弗丽达设的这个最粗鄙的圈套。难道他不感到羞愧吗?弗丽达究竟有什么魅力能吸引他呀?难道这个尖瘦的黄脸丫头真能讨得他的欢心吗?哪儿能呢,他连看都不会看她一眼的;是她仅仅告诉他的一句话"我是克拉姆的情妇"吸引了他,让他顿时感到很新鲜,随即就被她迷住了心窍堕入情网。然后她就得搬离贵族旅馆了,那里再也容不得她了。在她搬走的那天早上蓓皮又见了她一面,旅馆员工也都跑来看热闹,大家都很想看她几眼。她还是威风依旧,大家都替她惋惜;每个人,连跟她不对付的人,都觉得她可怜。如此看来,她的小算盘从一开始就打得不错;大家都不理解她怎么会委身于这样一个男人,还以为她交上厄运了呢。那些年轻厨娘当然对每一个酒吧女都羡慕得不得了,这会儿更是伤心得什么似的,怎么哄都哄不好。就连蓓皮也受到了感染,尽管她把心思放到了别的地方,也做不到完全无动于衷了。她注意到弗丽达对离开酒吧并没么伤心。但说到底这可是触大霉的事情啊!她倒也表现得很不开心的样子,但演得还很不到家,蓓皮是不会被她这套鬼把戏蒙骗滴。那么是什么驱动她这么干的?难道是有了新欢的幸福吗?嗯,这是毋庸置疑的。但还有别的原因吗?她是从哪儿得来的力量,让她即使面对据称将接替她职位的蓓皮,也显得像以前那样和蔼可亲而又不失威严?蓓皮当时可没工夫想那么多，她还要为自己走马上任做一大堆准备呢。很可能几个小时后她就要在酒吧上班了，可她还没有做头发呢，还没一身漂亮衣服呢，还没有雅致的内衣呢，还没有像样的鞋子呢。这一切都得在几个钟头内备齐。如果你穿戴打扮得不花里胡哨，那还不如别干这个行当，否则不出半个小时，你这份工作就会丢掉。唔，她差不多都办到了。她做头发天生就是好手，有一次老板娘还请她去给她做头发呢。她生来双手就那么灵巧，任凭头发多浓多密多难缠，到了她手里都服服帖帖的。至于衣服，也有人现成帮她的忙。她有两个同做客服的小姐妹对她很讲义气，把她们圈儿里出了个酒吧女视为很荣耀的事情；更何况以后蓓皮手里有些权力了，也能给她们带来一些好处。有个姑娘以前做衣服剩下了一块贵重的布料，把它当宝贝似的珍藏了很久，时常把它向其他姑娘显摆，让她们眼红，自己也可能梦想过有朝一日在某个重要场合，将它派上大用场。可眼下既然蓓皮急需，她就把它拿出来，忍痛割爱啦——这在她可真是不容易。俩小姐妹非常热心地帮她缝制衣服；即便是给自己缝，也不见得有这么大的热情。现场的气氛甚至充满了欢乐和满足，她们各自坐在自己的床上，一个在上铺，一个在下铺，边缝边唱歌儿，把缝好的部分和搭配件儿上下传递。现在蓓皮回想起当时的情景，想到这一切都付诸东流，所有努力都泡汤了，她将两手空空地回到她闺蜜那里重干客服，她的心情变得格外沉重。她真是倒了洋霉，从天上一头栽到地上，这尤其是卡一手造成的！对这身衣服，她们当时是多么满意啊！穿上它，仿佛就成功了一半似的。完工后，她们发现还有余地给它配上一条小缎带，这下连最后一丝疑虑都没有啦！这身裙服难道不是真的很漂亮吗？现在它已经被她穿皱了，也有点穿脏了，因为她甚至没有第二身裙服可换，只好成天穿着它从早到晚；但仍能看出来它是一件多么漂亮的裙子啊，就连巴尔纳巴斯家的那个臭娘们儿也不可能做出这么漂亮的裙子。此外它还从上到下能紧能松，随你的心愿变换样式（虽然只是一件裙服），这是它最特别的地方，也堪称她的发明。当然喽，给她做衣服其实也不难,这方面蓓皮可真不是自夸,甭管什么衣服穿在年轻健康的姑娘身上都好看。可是给她搞到内衣和靴子就难得多啦,实际上她走背字就是从这儿开始的。在这方面她的两个闺蜜也竭尽所能帮助她,但也只能帮到此为止了。东拼西凑,只够她缝一身粗布内衣;搞不到高跟皮靴,她只好用拖鞋将就代替,这样的拖鞋与其穿出去丢人现眼,还不如塞床底下好。她们安慰蓓皮说,毕竟弗丽达穿得也不太漂亮,还总是邋里邋遢地来回溜达,搞得客人宁可叫来酒窖男伙计侍奉,也不叫她伺候。话虽这么说,但事儿出在弗丽达身上就不要紧,因为毕竟她已经攒够了人气,有了一定的威望;有身份的女人偶尔露下怯,一两次不修边幅,反倒更显得妩媚动人。可遇到蓓皮这样的黄毛新手就满不是这么回事了。毕竟说到底,弗丽达压根儿就打扮不起来,她是那种完全没有品位的女人。一般来说,如果哪个女人生就黄皮肤,她自然就会认命,她不会像弗丽达那样,穿件奶白色的低开口胸衣,露出两座黄山褐岭晃人家的眼睛。就算情况不是这样,弗丽达也是太小气了,抠抠缩缩舍不得花钱穿得好看些,挣的每一分钱都死死攥在手里,也不知她图什么。上班时她用不着花钱,跟客人贫几句嘴、半推半就两下就啥都不缺了。蓓皮可不想学、也学不来她那副鬼样子,因此她更应该把自己打扮得漂漂亮亮,从而把自己的优势充分展示出来,尤其是在一开始。毕竟她自身优势很大,只要多下功夫,那么无论弗丽达有多狡猾,也无论卡有多愚蠢,她都会最终取胜的。事情显然已经有了一个好的开头。她已经掌握了那几个和客人打交道的小技巧,了解了那些必要的情况,一到酒吧上任立刻就进入状态了。头天上班没人想起弗丽达的缺失,直到第二天才有一些客人问弗丽达去哪儿了。蓓皮做事无可挑剔,店老板很是满意。第一天他还很不放心,老是待在酒吧间里;后来就只有不时过来看一下了;再后来,看到账本分毫不差——日均收入甚至比弗丽达掌管时还多一些——就把一切都交给蓓皮去管了。她还搞了一点工作改进。弗丽达那时连侍从都要管一管,尤其是在有别人在场的时候;她这样做可不是出于工作勤恳，而是出于小气和贪心，还有官欲，唯恐显不出自己是酒吧总管，生怕别人侵占她的权力。与之相反，蓓皮却把权力下放给酒窖伙计，让他们具体去干那些他们很在行的工作。这样一来，她就有更多时间去老爷们的房间伺候，客人随叫随到，还能抽空跟每一位都说上几句话。不像弗丽达，只要求自己伺候克拉姆一个人，而别的男人跟她说一句话或跟她亲近一下，她都看作是对克拉姆的侮辱。当然这也正是弗丽达的聪明之处，因为如若让每个老爷都亲近她的话，这恩典过大她也承受不了。但是蓓皮就很讨厌这些把戏，刚来这儿做就搞这一套是捞不到什么好处的。她对每位顾客都很友好，对方自然也以友好相报。所有人显然都对这次人事变动感到高兴。当那些忙得筋疲力尽的老爷终于能坐下来喝杯啤酒的时候，有人朝他们抛抛媚眼儿努努嘴儿耸耸肩膀什么的，就能让他们变个样儿。他们个个都心痒难耐，伸手摩挲蓓皮的卷发，弄得她一天要梳十次头发。没人能经得住她那些发卷儿和蝴蝶结的诱惑，连卡也不例外，哪怕他平常那么心不在焉，这会儿也得给她吸引过去。一天天就是这样在兴奋、忙碌中过去了，虽累但很充实。要是它们不那么飞逝而过那该多好！要是再有几天这样的日子那该多好！可惜只有区区四天，尽管你已竭尽所能充分过好了它们，尽管哪怕再多一天也许就功成圆满，但四天毕竟还是太短了。确实，在这四天里，蓓皮认识了一些老爷和其他朋友，每当她端着几扎啤酒进来时，他们都会瞅她几眼；如果她信得过所有这些眼神的话，那她就算沐浴在友情的雨露中了。一个叫布拉特迈耶尔的职员对她一片痴心，送给她一条鸡心小项链，里面还嵌上自己的头像，足见他的脸皮之厚。短短四天，这样的事就出了好几起；如果蓓皮再多花点心思在这上面的话，四天时间她就能让人把弗丽达基本忘掉，虽不会彻底忘掉，但也差不多；若不是当初弗丽达留个心眼儿，拿着自己新闻出来的大丑闻到处宣扬，弄得尽人皆知，到处人们议论她，即使出于好奇也都想再看到她的话，也许根本用不了四天，她就让人忘光了。本来大家对弗丽达已经开始厌烦致呕了，全怪到处碰壁的卡干的好事，让她重又成为新闻人物。但只要蓓皮还站在酒吧里让人感到她的存在，人们原本是不会为了弗丽达而弃用蓓皮的。但可惜他们多是些上了岁数的老爷，习惯因循守旧，得用好几天才能习惯一个新来的酒吧女，而不管这次变动能带来多大的好处。他们倒也想尽快适应，也许五天就差不多了，但四天是不够的，因为不管蓓皮有多大优势，他们都只把她看成是临时替班儿。此外在这四天里，堪称最大的不幸是，虽然头两天克拉姆都在村子里，却没有光临酒吧间。假若他来的话，将是对蓓皮的一次关键考验，而她却偏偏一点儿也不惧怕这次考验，非但不怕反而很期盼。她不会给克拉姆当情妇的——当然，这类事还是少谈为妙——不会靠睡官儿爬上什么高位，但至少她可以做到像弗丽达那样，姿态优雅地把啤酒放在桌上，和颜悦色地欢迎客人光顾，完了温文尔雅地跟客人道别，而没有丝毫弗丽达的那种撵人走的意思。如果克拉姆想在姑娘的眼神儿里找到什么妙趣的话，那么蓓皮的眼神儿定会叫他如愿以偿。可他偏就没来，他为什么不来呢？蓓皮觉得可能就是不凑巧吧。那两天蓓皮对克拉姆那叫一个盼呐，连夜里都盼着他来。"克拉姆一定会来的。"她不住地想，一边不安地跑进跑出，望眼欲穿，就是希望能第一个迎接他的光临。但一次次的失望搞得她心灰意懒，这也许就是她功亏一篑的原因。她一有时间就偷偷溜到那条严禁旅馆员工进入的走廊，躲进一个角落里等着。"克拉姆要是出来就好了，"她思忖着，"要是我能把这个老爷带出他的房间、把他掳到酒吧间就好了。不管他有多重，我都不会累趴下的。"可他就是不露面。楼上的走廊里鸦雀无声，不身临其境你是想象不出它有多安静的，静得叫人不敢久待，静得逼你离开。一次又一次，蓓皮被这种安静逼走了十次，但十次她又回来了。这其实是毫无意义的，因为克拉姆如果想来的话，他自会来的；而如果他不想来的话，就是蓓皮也没法儿把他引出来，就算她心如小鹿乱撞、躲在角落里憋闷得要死也无济于事。问题是他不来的话，一切就都失去了意义。可他偏就不来。蓓皮现在明白克拉姆为什么不来了。弗丽达若是能看到蓓皮躲在走廊的角落里，双手虔诚按胸的样子，一定会乐翻了天。克拉姆之所以没下来，是因为弗丽达不会让他来。这个结果不是靠她央求得来的，因为她的央求到达不了克拉姆。可她毕竟是个蜘蛛精，能编织谁也搞不清的各种关系。当蓓皮对哪个顾客说点什么时，她都是堂堂正正正地说的，邻桌左右都能听得见；弗丽达却不然，她对顾客没什么可说的，只把啤酒往桌上一放就走人，能听见的只有她那条丝绸裙子发出的窸窸窣窣的声音，只有这裙子是她唯一舍得花钱买的东西。可当她确有话要对顾客说时，她是不会正大光明地讲的，而是弯腰凑近客人的耳朵嘀嘀咕咕，声音轻得让邻桌的客人支棱起耳朵听也听不到。她说的事儿基本是些家长里短鸡毛蒜皮，不过也不尽然，反正她有的是关系，可以靠一些关系拉起另一些关系，总有让他可用的。就算大多数关系都没用了——谁老替她弗丽达操心呀？——也总有一两个关系还管用。喏，这不，她现在要启用这些关系啦，卡给了她一试身手的机会；他不但不厮守着她，好好看着她，还很少待在家里，整天在外面瞎逛，到处和人家探讨这探讨那，事事都关心，就是不关心弗丽达，还从桥头旅馆搬到空荡荡的教室里去住，从而给了她更大的自由。以这种方式来度蜜月可真绝妙！嗯，肯定还轮不到蓓皮来指责卡，说他怎么就不能忍受和弗丽达一起凑合过日子；问题是没人能受得了和弗丽达在一起。那他为啥不彻底和她一刀两断呢？他为啥还要一次次回到她身边去呢？为啥他还要给人留下这么一个印象，好像他是在为了她而四处奔走打拼呢？看起来还真像是这么回事：通过和弗丽达生活，他才发现自己其实就是个窝囊废；为了让自己能配得上弗丽达，并且好歹爬上去，他就暂时放弃了两人的共同生活，目的是以后补偿对她的亏欠，不受打扰地过两人世界。与此同时弗丽达也抓紧行动，搬到学校去住八成就是她的主意，然后她就坐镇教室，静观贵族旅馆和卡的一举一动。她手中掌控着忠实的催倍儿供她使唤，也就是卡的两个助手；卡居然把他俩完全交给她任意支配——真不知卡是脑子进水了还是咋地，就算你特别了解他，此举还是让人无论如何都搞不懂。于是她派他们去见她的老关系，唤起他们对她的记忆，向他们抱怨自己被卡这样的人控制住了，煽动这些老关系跟蓓皮作对，宣布自己不久就回旅馆，请求他们帮自己一把，还求他们别向克拉姆透露半点风声，神秘兮兮的就像克拉姆一定要被保护起来，任何情况下都不能让他下楼到酒吧间来似的。她先对他们说这一切都是为克拉姆着想，然后得心应手地对店老板声明，克拉姆不会再下楼来酒吧了——在酒吧只有区区一个蓓皮伺候客人，他下到这里岂不掉价？说真的这还真不是老板的错，蓓皮是他能找到的最佳接替人，只是她还不够理想，哪怕只干几天。对弗丽达的这些活动卡一概不知；他不出去游逛时就躺在她脚边挺舒坦的，却没意识到此刻她正计算着自己离开酒吧间已有多少小时了。那两个助手不光为弗丽达传递消息，还充当让卡吃醋的角色，从而不对弗丽达热情减退过快。弗丽达打小就认识他俩，青梅竹马的当然不分你我，但为了做给卡看，他们开始互相倾慕，让卡感到威胁迫近，大有闹出第三者的危险。卡已经对弗丽达言听计从，指东不打西，哪怕最自相矛盾的吩咐也坚决照办，一方面让自己因为那俩助手醋意大发，另一方面却又在自己出门乱窜时让他们三个待在一起。就这样卡几乎成了弗丽达的第三个助手。最后弗丽达经过仔细观察，决定来一招狠的：她要重返酒吧间。眼下正是这么做的最佳时机，精明的弗丽达瞅准了这个机会并且很好把握了它，这不得不让人佩服。她的绝技正在于有细致的观察力和果断的决心；如果蓓皮也有这样的本领，那她的生活该会有多么大的改观啊！倘若弗丽达在学校只多待一两天，蓓皮就怎么也撵不走啦！她就会当定酒吧女啦，会受到所有顾客的喜爱和支持，并挣出足够的薪水给自己空空的衣橱增添几身华美的服装。那么再过一两天，克拉姆就什么阴谋诡计都拦不住啦，他就会来到酒吧吃点喝点，享受清福，哪怕届时注意到弗丽达不在了，他也会对这次人事变动颇感高兴的。由此再过一两天，弗丽达连同她闹出的丑闻，加上她的种种社会关系，还有那两个助手什么的，就都会被人忘得一干二净，她的名字再也不会被人提起。到那时，她有可能更紧地黏上卡，不仅会把卡牢牢抓在手里，还可能学着真心去爱他呢。不过，这真有可能吗？不，这也是不可能的，因为连卡这种人也用不了一天就会对她生厌，并认清她对他所有的欺骗行为；用她所谓的美貌，忠贞，特别是她所谓的克拉姆对她的爱，来无耻地欺骗他。只消再有一天工夫，他就会把她连同她那套跟那两个助手合演的肮脏鬼把戏统统扫地出门，这等事就连卡这种人也能不出一天就办妥。到那时她就会两面受敌，遭到夹击，眼见着灾难降临只有死路一条。可谁能想到卡那么天真，最后关头竟笨到给她留出了一条生路，让她逃过一劫。然后突然一下子——突然到谁都始料未及，简直违背常理——她就把仍爱着她并一个劲儿追她的卡甩到一旁去了，还借着她的关系和那两个助手的施助所带来的威力，俨然成了店老板眼中的救世主。而且因为闹出了那件丑闻，她比以前更有魅力了，惹得下至平头百姓上至官员老爷都垂涎她，这么说可是有据可查的。但谁晓得她竟被那个地位最低下的人一时迷住，上了贼船，但旋即又把他甩掉，恢复了她以前让谁都难以接近的样子。区别只在于以前人们对这一切都怀疑，而今他们不再怀疑了。就这样弗丽达又要回来了。店老板朝蓓皮那边瞥了一眼，犹豫不决了——他应该牺牲掉这个证明了自己价值的新吧女吗？但很快他就被说服了，因为弗丽达应该回来的理由实在太多了，首先是她能把克拉姆重新拉回到餐饮区来。现在已经是晚上了，咱们就此打住吧。蓓皮可不想等着弗丽达洋洋得意地来接她的班。她已经把账簿移交给了老板娘，现在可以离职了。楼下客房女服务员房间里的那张床铺已经给她备好了。她下楼后，那几个姐妹会泣不成声地迎上来，剥去她身上那件漂亮的裙服，摘掉她头发上的美丽缎带，把这些全都塞进犄角旮栏儿好好藏起来，免得让她没必要地想起这段早该忘掉的日子。然后她就要拿起扫帚和大提桶，恨恨地撸起袖子干活，重操旧业。可在这之前她得把这一切告诉卡，若不跟他讲清楚，他会浑了吧唧的永远不明白这一切；而只有这样做，他才会如梦初醒，看清自己曾那么残忍地对待过蓓皮，那么深地伤过她的心。当然他自己也没落着任何好，反而吃了不少亏。

蓓皮讲完了她的故事。她长长地舒了一口气，抹去眼旁和脸上的几滴泪水，瞅着卡，边瞅边点着头，仿佛想说这些倒霉事对她而言真的不算什么，她能忍受，不需要别人的帮助或安慰，更犯不着让卡操心。她虽然还很年轻，但已有很多的人生阅历，这些倒霉事只能更丰富她的见识。可是此事当然和卡很有关系；她本来就想让卡看清自己在其中扮演了什么角色，即使在她的希望全部破灭之后，她仍认为有必要告诉他事情的来龙去脉。

"蓓皮，你也忒能胡思乱想了，"卡说，"你已经发现的这一切全都不是客观事实，而只是你待在楼下客房女侍住的小黑屋里梦想出来的。你在那儿做做梦倒也无所谓，可在这儿热热闹闹的酒吧里听起来就可笑了。这还用说吗，你抱着一堆这样的杂念在这儿是无法站住脚的。就连你吹破天的裙子发型什么的，也都是你躺在那个小黑屋的床上瞎想出来的产物。它们在那儿无疑非常漂亮，可在这儿就成了大伙儿的笑料，即使不公开嘲笑也是偷着乐。刚才你还说什么来着？说我受骗上当、到处碰壁？不，亲爱的蓓皮，我和你一样，都一点儿没有受骗上当。不错，弗丽达是暂时离开了我，或照你的说法，和一个助手私奔了。你肯定是看出了一点真相，她确实是不太可能嫁给我了。但你说我会很快厌烦她，这就大错特错了，更不要说我在第二天就会把她赶走，以及她像其他女人欺骗男人一样欺骗我这样的话了。你们这些客房女服透过锁眼儿偷看惯了，仅凭一些局部细节就对全局得出冠冕堂皇但却错误的结论。其结果是，就拿这件事为例吧，我了解的远没有你了解的多。关于弗丽达离开我的原因，你能给出很详细的解释，我反而不能。我觉得最解释得通的原因——即我冷落了她——就是你提出来的，但你只是略微一提，并没详细阐述。很不幸你是一语中的，我确实冷落了她，但这里是有具体原因的，它们跟你我现在说的事不相干。如果她再回到我身边我会很高兴，但紧接着我又会开始冷落她。就是这么回事，我也没办法。当初她和我在一起时，我就老是走神儿，要不就到处乱转悠，而这正是你嘲笑我的地方。如今她离开我了，我却几乎无所事事了。我太累了，向往越来越清闲、整天待着才好。蓓皮，你就不能给我一点儿建议吗？""怎么不能？"蓓皮突然来了精神，抓住卡的肩膀激动地说，"咱们俩都受骗了，那就让咱俩在一起吧，跟我下楼到我小姐妹那儿去。""只要你还抱怨什么受骗不受骗的事，咱俩就说不到一块儿去。"卡说，"你老是巴不得自己上当受骗，因为这样既合你意又让你动心。但其实你是不适合做酒吧女的。就连我这个在你看来最无知的人都能看出这一点，可见你不适合到了什么程度。蓓皮，你是个好姑娘，可是要一眼看出你好并不容易；就说我吧，一开始还以为你既心狠又傲慢呢，但其实你不是这个样子，你只是被那个职位搞晕乎了，你因为不适合它而对它困惑不已。我并不想说那个职位你高攀不上，它其实真没什么了不起，局部来看它也许比你以前干的活儿更体面一些，但总体来看并没有本质区别，两者近似、几乎难以区分；甚至可以肯定地说，当客服比在酒吧当招待更可取，因为客服总是在那些秘书中间穿来穿去，而在酒吧呢，虽说可以伺候到那些秘书的上司，但也得跟那些最卑微的人——比如说我——打交道耗费时间。除了这酒吧间，我甚至没资格去这旅馆里别的地方，所以你跟我在一起，难道有什么莫大的荣耀吗？唔，反正你好像是这么想的，而且你也有你的道理。可正是因为你这么想，你才不适合干吧女这个职业。这工作其实和旅馆里其他工作差不多，可你却把它看成天堂，对它过分热心，夸张地抓住它的一切不放，觉得打扮自己就像仙女打扮自己那样，合着你真以为自己上天堂了，可其实差得远呢。你为这个职位提心吊胆，生怕丢了它，总觉得有人觊觎它，就想用你那夸张的热情使劲拉拢每个你觉得能给你撑腰的人。可这样适得其反，只能打扰他们并招人反感，因为他们来下榻要的就是清静，而不是要酒吧女招待来给他们恼上添恼。对于弗丽达的离职，那些大老爷顾客当时可能没有一个注意到，但今天他们都知道了，就都怀念起她来，因为弗丽达办起事来确实更有一套。甭管她本质怎样，也甭管她对自己的权位有多看重，她工作起来还是很有经验的，沉着冷静，十分老到。虽然你一再强调你也很能干，但很明显你并没从这个榜样身上学到任何东西。你注没注意过她的眼神？它已不再是酒吧女的那种，而简直就是个老板娘的眼神了。这种眼神明察秋毫，什么人、任何东西都逃不过它的扫视，它的一瞥落到任何人身上，都足以把他的魂儿震慑一下。有了这秋水般的眼神，谁还介意她可能瘦了点，年龄大了点，头发稀了点呢？同她实际拥有的本领相比，这些不过是鸡毛蒜皮。如果谁看着这些小缺点怎么都别扭，那只能说明这个人不会欣赏更高层次的东西。当然你也不能因此就说克拉姆品位不高；你只能说你自己年少无知，乳臭未干，一介黄毛丫头，才无法相信克拉姆对弗丽达的爱是真的。对你来说，克拉姆好像高不可攀——也确实难以企及，于是你就以为弗丽达也接近不了他。你错了。在这个问题上，就算我拿不出不容辩驳的证据，我也情愿只相信弗丽达的话。无论你觉得这事多么难以置信，无论你觉得它跟你那套对世俗、官场、华贵以及女色魅力的看法有多么难以调和，事实都终究是事实。就像咱俩现在坐在一起，我握着你的手谈心一样，克拉姆和弗丽达他俩也曾这样促膝谈心过，仿佛这是天底下最自然不过的事情。那时克拉姆可是自愿下楼来到这里的，甚至有些急不可待，并没人躲在走廊角落里等着他下来，该干的工作也丢下不干了，就这样干等着他出来。那时克拉姆可是不嫌麻烦自己走下楼的，对弗丽达着装上的缺陷也毫不在乎，若换上你还不对这大为惊骇？你就是不愿意相信弗丽达！这恰恰暴露了你缺乏经验，太嫩。即便是那些对弗丽达跟克拉姆的关系一无所知的人，也都能从她的举止风度上看出，她肯定是受过哪个贵人的调教，此人高过你我和全村人加在一起的总和。他们之间的交谈也远胜过一般顾客与女招待之间的打情骂俏——这似乎就是你的人生目标了。俗人之间整天来来回回说的就是那点话，没别的。不过，我还是错怪你了,你确实自己就看出了弗丽达的各种长处,看出了她的观察力、决断力和对人的影响力都很强,只是你把它们都错误理解了。你认为她自私自利,为达到自己的目的不择手段,还心术不正,甚至对你耍手腕,射暗箭。你错了,蓓皮,就算她有暗箭,这么近的距离她也搭不上弓啊。你说她自私吗?倒不如说她牺牲了她已有和她期待将要有的东西,把在更高职位上一试身手证明自己的机会给了咱们两个,只是咱们让她失望了,简直可以说逼她重操旧业。我不清楚这是否属实,也不确定自己错在哪里,只有把我自己和你对比之后才恍然大悟;这就好比咱们两个特别想得到什么东西,本来只要能像弗丽达那样沉着冷静加上谨慎,就可以轻而易举、神不知鬼不觉地得到。可是咱俩却像小孩子那样用劲过猛,闹出动静过大,考虑问题过于天真幼稚,动不动就哭呀,抓呀挠呀,拉呀扯呀的,就像小孩扯下桌布那样,非但什么都得不到,反而把所有好东西都从桌上拖到了地上,永远也别想得到了。——我不知道是不是这个样子,可我敢肯定,我这比你讲的更接近实际情况。""嗯,就算是吧,"蓓皮说,"你因弗丽达弃你而去而爱上她;当她消失后再爱上她并不难。好吧,就算你说得全对,一切就是这么回事儿,连你取笑我都对——那么现在你打算干啥呢?弗丽达已经离开了你,无论你还是我,甭管说什么都没有一点希望让她回头了。就算她真的重回你的身边,你也总得有个落脚的地方收留她呀。现在外面又冷,你是既没工作又没去处,那就去我们那儿吧,你会喜欢我的小姐妹的,我们会让你过得很舒服。你可以帮助我们干活儿,这些活儿单靠几个姑娘来干可真有点儿过重。另外我们以后就再也用不着事事提防啦,夜里也用不着提心吊胆啦。到我们这儿来吧!我的俩闺蜜也都认识弗丽达,我们会给你讲她的趣闻轶事,直到你耳朵听得起茧子为止。过来吧!我们也有弗丽达的照片,到时候拿给你看。过去弗丽达可不像现在这么神气活现,你会几乎认不出她来,顶多能认出她的眼睛,那时她就目光狡黠了。那你就来好吗?""得问人家让不让,"卡说,"昨天我就在你们的走廊里被人撞见，闹出个大丑闻。""谁叫你被人撞到呢？如果你跟我们在一起，就不会给人撞到啦。谁也不会知道你在那儿，除了我们仨。哈，那可太有趣啦！就在刚才我还觉得活着真没意思，现在我觉得生活还过得下去。也许我被迫从这儿离开还因祸得福呢。你听好了，即便是只有我们三个在一起，我们也没感到苦闷无聊。人必须苦中作乐，反正已经是受苦的命，索性趁着年轻多吃苦，免得舌头惯坏了尝不出甜来。总之我们仨黏在一起相依为命，尽量过得快快乐乐，你将会特别喜欢亨丽耶特这个姑娘的，艾米丽你也会很喜欢。我已经跟她们讲过你了，在我们屋里听有关你的故事总让人难以置信，就好像在那小黑屋之外不会出什么事似的。那屋里温暖而狭小，我们仨挤在里面生活，虽说天天摽在一起，却从没彼此厌烦过；恰恰相反，一想到我那俩闺蜜，我就怦然心跳，几乎为我自己又要回到她们中间感到高兴；我凭什么要爬得比她们高呢？当初我们仨同样没有出头的日子，前途同样渺茫，所以才紧紧团结在一起。可后来我冒头了，从她俩之中脱颖而出；我当然没有忘了她们，首先考虑的就是帮助她们；我自己的位置还没有坐牢靠——究竟怎样不牢靠，我当时也说不清——我就早早和老板谈过亨丽耶特和艾米丽的事了。关于亨丽耶特，老板没有完全固执己见，还有商量余地；至于艾米丽，她比我俩年龄大很多，差不多和弗丽达一样大，老板就不考虑了。可是，你想象一下，她们根本就不想离开，她们明知在那儿过的日子很苦，可她们已经过惯了，心甘情愿。真是两个好姑娘啊！我们分别时，她俩流泪了，我想多半是为我感到难过悲伤，因为我就要离开这间我们共同生活的小屋，投身外面冰冷的世界去了——依我们看，这小屋以外的一切都是那么冷漠——还要为了生存这唯一的目的，而不得不去那些陌生的厅堂与那些铿吝乖僻的大老爷打交道。其实说到底，我们仨以前在一起过日子还是过得很成功的；如今我又要回去了，她俩很可能一点儿都不感到惊讶，至多为了顺着我而流一会儿眼泪，悲叹我的命不好罢了。可接着她们就会看见你，然后就会明白我走这一趟也不完全是坏事。我们现在有个男的可以帮我们干活儿啦,可以保护我们啦!为此我们多高兴呀!而且我们得严守这个秘密,并且由于有了这个秘密而使我们三姐妹更加心贴心。保守个小秘密也挺让人高兴的,不是吗?来吧,噢,请你加入我们!我们不会强迫你干什么事,你也用不着像我们那样整天待在我们屋里。然后,等春天来了,你就可以在别处找到安身之地;不愿意和我们老待在一起的话,到那时你就可以走啦。但即使到那时,你也得保守这个秘密,别把我们出卖了,否则在贵族旅馆我们就待不下去了。现在跟我们在一起时,你也得时时处处小心点儿,隐名埋姓哪儿也别去,除非我们告诉你那儿没危险。总之你必须听从我们的建议;你只有这么点儿约束,你得和我们一样把它时刻放在心上。除此之外,你尽管可劲儿地造,没人管你。我们派给你干的活儿也不会太累的,这你不用担心。怎么样,你来不来?""那现在离春天还有多远呢?"卡问。"春天吗?"蓓皮重复道,"这儿的冬天可不短,事实上非常之长,而且单调乏味,不过我们住在楼下是不会抱怨这个的,我们在那儿很安全,冬天侵害不到我们。春天迟早会来到,夏天也是这样,一年四季里自然有它们的分。可在人们的记忆里春夏两季都忒短,好像没两天就结束了,可就在这短短几天里,有时竟会下雪,让我们见到最美丽的景象。"

就在这时门打开了,吓了蓓皮一跳,原来她的思绪早已飘出酒吧间十万八千里了。进来的不是弗丽达,而是老板娘。她装出吃了一惊的样子,好像没料到卡还在这儿。卡抱歉地解释说他一直在等待老板娘,他要向她表示感谢,感谢她允许自己在这里过了一夜。老板娘搞不懂卡为什么还要在这儿等她。卡说他觉得老板娘好像还有什么话想对他说似的。如果是他搞错了,那就请老板娘原谅他好了。不过他现在得走了,作为学校的看门人,他已离开学校太久了;一切都要怪昨天的传唤,他在这种事儿上还没有什么经验,所以闹出了乱子。他保证这种事再也不会发生了,他再也不会像昨天那样给老板娘添堵了。说完他鞠了一躬就想走人了。老板娘却像梦幻一样凝视着卡,这目光让卡的脚步踌躇了一下。她甚至还一直微微笑着,看到卡脸上诧异的表情,她才如梦方醒;仿佛她刚才一直等着卡对她回报以一笑,哪知卡无动于衷,她才清醒过来似的。"昨天,我记得就在昨天,"老板娘开腔了,"你竟然恬不知耻地议论我的衣服。"卡记不起来了。"你不记得了吗?厚脸皮的人往往也胆小;一边儿二皮脸,一边儿没脸皮。"卡忙为自己辩解说,抱歉,昨天我太累了,也许说过类似的话,但怎么也记不起来了。再说他岂敢对老板娘的衣着妄加评论呢?她的衣服太漂亮啦,他以前从没见过那么漂亮的衣服,起码没见过哪个老板娘穿这样漂亮的衣服干活儿。"少来你那一套,"老板娘连忙打断他的话,"我再也不想听你对我的衣服评头论足。我穿什么衣服不关你什么事儿。我禁止你再说我的衣服,永远禁止。"卡又鞠一躬,然后朝门走去。"你是啥意思?"老板娘在他身后吵吵着,"你说你从没见过哪个老板娘穿着这样的衣服干活儿。你这可真是无理取闹,无稽之谈,无事生非。你到底想要说什么?"卡转过身来,请老板娘别激动。他那么说当然不靠谱。再说他对服装也确实一窍不通。就他自己的境况来说,每件衣服只要干净、没有补丁,就已经很好了。他只是觉得很惊奇,看到老板娘穿着那么漂亮的晚礼服,三更半夜出现在走廊里,跟那帮几乎没穿衣服的爷们儿掺和在一起;如此而已,断无别意。"唔,这么说,"老板娘说,"你到底还是想起来了你昨天说过的屁话。而且你现在还在给它添油加醋,继续胡说。至于你说的对服装一窍不通,这倒是实话。既然如此,你就别——我要十分严肃地奉劝你——说三道四满嘴跑舌头,对哪件衣服贵不贵重哪件晚礼服合不合适等等,妄加评论。此外……"说到这儿,她好像气得一激灵,"你无权评论我的穿着,听见没有?"见卡一言不发又要转身走掉,她赶紧问道:"你是从哪儿学的服装知识?"卡耸耸肩说没这方面的知识。"既然你没这方面的知识,"老板娘说,"那就别假装内行。现在跟我到账房去,我要给你看点东西,希望你看过以后永远别再胡说八道。"说完她先走出了门。蓓皮借口有些账跟卡要结,连忙跑到卡面前,两人很快商量好办法,倒是一点不难,因为卡对这院子很熟悉,它有一扇大门通到巷子里;大门旁边还有一扇小门,大约一个小时后蓓皮就站在这扇小门后面,听到敲第三声后就把门打开。

专用账房就在酒吧间对过儿,他只要穿过前厅就到了。老板娘早已站在照得亮亮的账房里,不耐烦地朝卡那个方向看。可就在这时又出了岔子。盖尔施塔克一直在走廊里等着,要跟卡说事儿呢。要想摆脱他谈何容易,连老板娘都走过来替卡解围,指责盖尔施塔克不该打岔。"你这是去哪儿?你这是去哪儿?"门都关上了,还能听见盖尔施塔克在门外瞎嚷嚷,夹杂着讨厌的叹气和咳嗽声,很让人无奈。

账房很小,炉子生得过旺。正对面的墙两端分别摆着一张账台和一个铁钱箱。两面侧墙分别摆着一个衣柜和一张长睡榻。那个大衣柜占据了大半个房间,不仅遮住了一整面墙,还特别深,使得房间更狭窄了。它装着三扇滑动拉门,全拉开后柜子里一览无余。老板娘指指长榻让卡坐下,她自己坐在账台前的转椅上。"你难道从没学过裁缝吗?"老板娘问。"从没学过。"卡回答。"那你是干吗的?""干土地测量的。""什么是土地测量?"卡就解释起来,她听得直打哈欠。"你没讲实话。你干吗不说实话呢?""你也没讲实话。""我没讲实话吗?你又不要脸胡说八道了吧。就算我没讲实话——可我凭什么要回答你呀?你凭什么说我没讲实话啊?""你不像你说的那样,只是个老板娘。""你真能摆话儿,没有你看不出来的。那你说说我还是啥?瞧你脸皮真是厚到家了。""我哪知道你还是啥。我只能看出你是个老板娘,此外你还穿着和老板娘身份不符的衣服。据我所知,村里没别人穿这种衣服。""那咱们总算是说到点子上啦。你甚至藏不住话,也许你脸皮没有厚得像城墙,你不过像个小屁孩儿,知道了什么傻事儿憋都憋不住,非说出来不可。那就说吧。我的衣服有什么特别之处?""我说出来你会生气的。""不会,我只会笑出声来,因为你说的全是孩子般幼稚的话。这些衣服到底怎么了?""你真想知道吗？那好，说给你听听：衣料不错，很贵重，可是款式过时了，做工过于考究，频繁翻新改样，都弄旧了，与你的年龄、身材和地位都不相符。我第一次见到你时就觉得你穿得别扭，那是大约一星期前吧，就在这前厅里。""瞧，总算说出来了。它们款式过时，做工过于考究。还有什么？你是怎么知道这些的？""是我自己看出来的，不需要什么培训。""这么说你一眼就能看出来喽。你不需要到处求教、打听，就能一下子看出流行什么款式，那你对我可就不可或缺啦，因为我天生就有个弱点：不会穿漂亮衣服。你瞧，我这衣柜里塞满了衣服，不知你又有何高见？"她拉开所有滑动柜门，只见里面塞得满满当当全是衣服，大多是深色服装，灰色的、褐色的、黑色的，每一件都仔细挂好或摆好，一层层压得密密匝匝。"这些都是我的衣服，依你看它们全都过时了，全都做工过度了。不过这些都还只是我楼上房间放不下的衣服，我在那儿还有满满两衣柜的衣服，满满两衣柜啊，每一个都跟这个差不多大小。你没想到吧？""哪里，我已经料到了。我不是说过吗，你可不单单是个老板娘，你还有其他目标。""我唯一的目标就是穿得漂漂亮亮的；不像你，不是个傻瓜就是个孩子，再不就心术不正，危险至极。现在你走吧，赶紧走！"话音刚落卡已经走到前厅里了，并被等在那儿的盖尔施塔克一把抓住了袖口。这时又听到老板娘在他身后喊道："明天我又要搞来一身新裙子，也许我会派人找你来。"

盖尔施塔克气哼哼地摆摆手，好像决心要打老远制止老板娘的瞎吵吵似的；她也太惹他烦了。他要卡跟他走，起初还拒不作任何进一步的解释。卡不想跟他去，说还得去学校呢，但他几乎不予理会。只有当卡开始抗拒他的拖拽时，他才对卡说你别担心，你需要什么在我盖尔施塔克那儿都能得到；因此卡可以放弃学校看门人的工作，并最终去盖尔施塔克那里，他等卡已经等了一整天了，连他妈都不知他跑哪儿去了。经他这么一磨卡慢慢让步了，并问他：你给我提供食宿，我怎么报答你？盖尔施塔克草草答复：你帮我照看牲口就行了，我现在有别的事要处理。可是卡不愿意自己像这样被人拖着拽着走，不必要地给他心里添堵。如果他想要工钱，他就给他工钱。可卡却任他怎么拽都不肯走了，他说他对养马的事一窍不通。"没事儿！"盖尔施塔克不耐烦地说，同时急躁地搓着手劝诱卡跟他走。"我明白你为啥要带我走啦，"卡终于说道，可对方对卡明白什么并不关心，"因为你认为我能帮你从埃尔朗厄那儿得到好处。""对啦，"盖尔施塔克回答，"不然我为啥要对你感兴趣？"卡哈哈大笑，然后挽起盖尔施塔克的胳膊，由他领着走进黑暗。

盖尔施塔克陋房中的起居室内光线昏暗，只有炉灶里的火和一截蜡烛头提供照明。有个人正弯腰驼背坐着，深深蜷缩在屋顶弯曲大梁下的一个角落里，就着烛光在读一本书。那是盖尔施塔克的母亲。她颤巍巍地向卡伸出一只手，让他坐在她身旁，并且很费劲地说着什么，想听懂她也很费劲，可是她所说的。

变形记

一

　　一天早晨，格雷郭尔·萨穆沙从一串抓心挠肺的梦魇中醒来，发现床上的自己变成了一只硕大的甲虫。他面朝屋顶躺着，枕着坚硬的背甲，稍一抬头便看见自己褐色的啤酒肚上竟然划出了一块块弧形的角质鳞片，棉被小得快要捂不住隆起的肚峰，眼瞅着就要滑下来了。比起巨大的躯体，他那许多对细腿儿简直就是摆设，徒劳无助地在他眼前瞎比画着。

　　"我这是咋啦？"他心想。这可不是在做梦。他的房间虽说小了点，但的确是让真人住的，这会儿仍旧静悄悄稳当当地让四面他熟悉的墙包围着。一张桌子上摊着打开的货样（萨穆沙是个旅行产品推销员），桌子上方仍挂着那幅他从画报上裁下来并镶在漂亮的镀金镜框里的画，画中有一位戴皮帽围皮围脖的贵妇，端庄地坐着，整个小臂插在厚厚的皮手筒之中，抬起手臂像要把它递给看画儿的人。

　　随后格雷郭尔将目光挪向窗口，天空阴沉沉的，雨淅淅沥沥地打在窗檐上，他的心情也随之晦暗起来。"我要是再多睡一会儿就好了，把这些倒霉事儿统统忘得一干二净。"他思忖。可是他根本做不到，平时他都是习惯于向右侧卧睡觉，可眼下他根本翻不过身去，无论使多大劲向右翻转，都会滚回来，晃晃悠悠的依旧面朝天。他尝试了无数次，还闭上眼睛不去看那些胡乱蹬踹的腿，直到腰眼儿感觉到一阵以前没有过的刺痛才作罢。

　　"上帝啊，"他想，"我怎么偏偏挑中了这么累人的一个职业呢？一年到头东跑西颠，生意上的烦心事比坐办公室多多了。还得忍受旅途劳顿，操心换车的事，吃饭没钟点儿，饭菜又差，交往的人多而且杂，全是萍水相逢互相利用，不可能深交。现在让这一切都见鬼去吧！"这时他觉得肚子上有点痒，就一点点蹭着后背挪到床头的地方，好让自己抬起头来看更方便些。这下他看清了：发痒的地方布满了白色的小斑点，不知道是什么东西。他伸出一条腿想去挠挠，可立刻又缩了回来，因为这一挠让他起了一身鸡皮疙瘩。

他又滑回到刚才的位置。"这么早起床会把人搞傻的，"他想，"人要睡眠好才行。别的推销员活得都跟大爷似的。比方说，我某天跑了一上午找好客户赶回旅馆抄写订单时，这些先生还在慢条斯理地用早餐呢。要是我敢跟我的老板也来这一套，不被他当场开除了才怪呢。没准儿开除了更好，谁知道呢？为了我老爸老妈我才忍气吞声，不然我早就跟老板闹翻了。我会跑到老板面前把一肚子气全都撒掉，一定会把他气得从写字台后面出溜下去，接着我就辞职。老板的工作方式也真是怪，总是盛气凌人地坐在桌子后面冲员工发号施令，加上耳背，大伙儿不得不凑到他跟前去和他沟通。好在我还没对他完全绝望，等到我攒够了钱，还清了爸妈欠他的债（还得有五六年的样子），我就一定和他掰。到那时我会有个大转机。不过，眼下我还是赶紧起床为妙，火车五点钟就要开了，我得赶火车。"

他瞅了瞅柜子上滴答作响的闹钟。我的天哪，他心说，已经六点半了！而且那指针还在不屈不挠地朝前走着。很快六点半就过了，马上就到六点四十五了。难道闹钟没有响吗？从床上看它分明是定在四点钟响的。它肯定是已经响过了，这没错，但他居然在静夜惊响的闹钟声中安然睡着而没有惊醒。唔，他是睡得很不熟，但没准儿正因为此到时反而醒不来了。那么现在他该怎么办呢？下一班火车是七点开，要想赶上它，他非得玩儿命加速不可，可是他的货样还都摊着没收拾好呢。另外他也觉得提不起精神，不怎么想动。就算他赶上这班车去了，照样躲不过挨老板一顿剋，因为公司的差役必定在五点那班火车旁边等着，现在早就把他没赶上那趟火车的事汇报上去了。那厮可是老板的马屁精，没骨头也没头脑。那就请病假怎么样？不妥，那会让他感到很别扭，而且也显得很可疑，因为他入职五年来还没有生过一场病，老板肯定会叫上医疗保险公司的专职医生亲自来一趟核查，还会因为他偷懒装病而责怪他的父母。所有托词都会因为医生在场而被驳掉，在那位医生看来世上只有装病磨洋工的健康人。况且就今天这种情况而言，医生的判断也未必就不对。实际上格雷郭尔觉得身体不错，只是有点嗜睡——这话在他睡了那么长时间之后说简直就是多余；他甚至觉得饿得慌。

　　他脑子里飞快地盘算着这一切，还是下不了决心起床。闹钟敲响六点三刻了，他床头后面的那扇门传来拘谨的叩门声。"格雷郭尔，"有人唤他——是妈妈的声音——"已经六点四十五啦，你是不是还得赶火车？"声音好柔和！他答应了一声，随即被自己的回答声吓了一大跳。没错儿，那分明是他自己的声音，可同时伴有另一种吓人的尖声，好像是从他身体内部发出来似的，痛苦而控制不了。正是这种像回声的伴音使他的话在刚说出口时还听得清，但随即就受到干扰，变得含混不清，使人搞不清自己到底听对了没有。格雷郭尔本想细说个中缘由，但一见这阵势，也只好长话短说："对，没错，谢谢你，妈。我这就起床。"隔着门，妈妈未必听得出儿子声音的变化，所以听他这么一讲也就放心了，咯噔咯噔踏着鞋走开了。可是这三言两语却引起了家里其他人的注意：这么晚了格雷郭尔还没去上班，这显然出乎他们意料。于是一扇边门上立刻响起爸爸的叩门声，虽然很轻，却是攥着拳头敲的。"格雷郭尔，格雷郭尔！"他叫道，"你怎么了？"少顷，他放粗一些嗓门催促道："格雷郭尔！格雷郭尔！干吗哪？"另一扇边门也传来妹妹轻轻而担心的声音："格雷郭尔，你哪儿不舒服？需要什么吗？"格雷郭尔同时回答他们两人说："我这就好了。"他尽力做到吐字清楚，一字一顿地说，并尽量让自己的声音听着正常。于是老爸便走回去接着吃早饭了，妹妹却不放心地低声哀求："开开门吧，格雷郭尔，求你啦！"可是他不想开门,并暗自庆幸由于经常出差旅行,自己养成了晚上锁住所有门的好习惯,即使回到家也不例外。

现在他先要静悄悄地起床,没人打扰,穿好衣服,然后最要紧的是填饱肚子,然后再想想接下来怎么办。他很清楚,躺在床上瞎想是想不出办法来的。他还记得以前也曾因为——也许是因为——睡姿不对,而在躺在床上时觉得哪儿都不舒服,起来后才认识到其实这只是心理作用;所以他真心企盼今天早上的事也只是幻觉而已,会很快消失的。他也坚信,自己的变声只是重感冒的征兆而已,是旅行推销员的一种职业病。

要把被子掀掉并不难,只需鼓鼓肚子被子就会自己滑下来。可是下一个动作就难上加难了,尤其是他的身躯又宽又胖得让人疯掉,要想坐起来就得手脚胳膊并用,可是他只有许多对儿细小的腿,一刻不停地四下乱动,根本不接受他的指挥。他想弯曲某条腿,它却偏偏伸得笔直;等它总算听从自己调遣时,所有别的腿却又像是得到解放似的,胡乱屈伸得更厉害了。"老待在床上不行,得想办法下床。"格雷郭尔自言自语道。

起初他想让自己的下身先下床,可是他还没有见过自己的下身,想象不出它是什么样子,所以移动起来是那么寸步难行,半天没挪窝多少,快把他弄疯了。最后他气得拼尽全力猛地把身子一甩,可是甩错了方向,重重地磕在床尾的柱子上,一阵剧痛让他明白了,眼下自己身上最敏感的部位可能就是下半身。

于是他就想办法让上半身先下床。他小心翼翼地把脑袋挪向床沿儿,这倒挺容易,就算身体大得出奇,也总算能跟着脑袋移动了。等当他终于能把头伸出床沿儿后,他又吓得不敢继续了,因为说老实话,就这样让自己噗通一下子掉下去,不摔破脑袋才怪呢。眼下最重要的是保持头脑清醒,无论如何都不能丧失知觉;与其冒这个险,不如继续待在床上。

他又费了老大劲挪回到床中央，躺在那里唉声叹气。眼瞅着自己那些细腿动弹得更加厉害，他束手无策，不知如何才能摆脱这种荒唐的处境。他再次告诫自己，不能就这样待在床上。最理智的做法还是要不惜一切代价下床，哪怕冒风险。只要还有一线希望就不能放弃。同时他也没忘了提醒自己，要极其冷静地动脑筋想办法，绝不能不顾一切地蛮干。身处窘境，他也没忘尽力向窗外眺望，只可惜晨雾浓得把狭窄街道对面的房屋全都蒙起来了，这样的景象不能给他带来一点鼓励和慰藉。"已经七点了，"当闹钟又敲响时，他自言自语，"都七点了，雾还那么大。"他静静地躺在床上缓慢呼吸了一会儿，好像期待这彻底的安静能给他带来原先状态的恢复，使他重归以前的真实和正常。

　　然而很快他又动起心思来了："七点一刻之前我一定要下床，那时公司肯定会来人找我，因为七点钟之前公司就开门了。"于是他开始非常均匀地向床边摇晃自己这硕大的虫子躯体。用这个办法翻下床，他只需在掉下床去的瞬间使劲抬起头，应该就不会伤到头部。他的后背好像很坚硬，估计掉到地毯上不会出什么问题。他唯一顾虑的是身体落地时会发出很大的响声，而这样会让门外的人即使不吓一大跳，也会让他们错愕担心。可是也只能冒这个险了，没有别的办法了。

　　就在格雷郭尔已经把半个身子都探出床外的时候——这个方法与其说是苦差事，不如说像做游戏那样好玩儿，他只需扭嗒扭嗒地把身体一摇一摆挪过去就行——他心生一念：假如有人过来帮他的话，这事儿就简单多了。只需两个身强力壮的人就够了——他想到了他爸爸和那个女用人——他们只需把手臂伸进他那圆咕隆咚的背部底下，把他抬离床铺，弯腰搁在地上，卸去这个重物，然后耐心而谨慎地等着他在地上翻个个儿就齐了。他的那些细腿一碰到地面，应该就会发挥作用的。不过，且不论所有这些门都是锁着的，单就这事本身而言，他是否真的该请人帮忙吗？一想到此，尽管处境是如此艰难，他还是禁不住噗哧笑了出来，摇了摇头。

他继续使出吃奶的劲摇摆着,就在大半身体已经探出床外、快要失去平衡的时候——他现在必须马上决定是否迈出关键性的一步,因为再过五分钟就是七点一刻了——大门的门铃响起来了。"是公司派人来了。"他心说,身体随即僵住,可是那些细腿却舞动得更慌乱了。一时间时空好像不转了,家里鸦雀无声。"是他们不愿去开门。"格雷郭尔心怀不合常理的侥幸喃喃自语。然而女用人还是像往常那样习惯性地迈着重步去开门了。听到来人的第一声问候,格雷郭尔立马就知道是谁了——员工总管居然亲自登门了!真不知道自己为什么就这么命贱,偏偏落到给这样一家公司干活,哪怕只出了一小点纰漏,也会马上引来最大的怀疑。公司里难道所有员工都是偷懒耍赖的吗?难道就没有一个如他这样,是忠心耿耿尽心尽责的吗?自己早上只给公司少干几个小时的活儿,难道不是就饱受良心的折磨、并且真的下不来床了吗?如果确有必要来了解他出了什么事,派个学徒来不就够了吗,难道非得总管大人亲自出马不可?他这么做,好像是要向他全家人——完全无辜的全家人——证明,这个疑点只有劳他这样老辣的内行亲自来才能搞清楚似的。格雷郭尔越想越来气,便出于头脑发热而不是冷静的决定,猛一用力把自己甩下了床。只听砰的一声,很响,但还不至于震耳欲聋——地毯缓冲了一些他坠地的响声,另外他的后背也不像他想象的那样毫无弹性,所以只发出了一声闷响,不那么引人注意。只是他一不小心,头没有抬好,在地板上磕了一下,很疼。他扭着脖子,气得在地毯上蹭脑袋。

"那边有什么东西掉下来了。"员工总管在左边的房间里说。格雷郭尔设想着,今天发生在自己身上的事,有朝一日会不会也发生在员工总管身上呢?得承认这种事不是不可能的。就在这时,仿佛给他的疑问一个粗暴的回答似的,从隔壁房间里传来员工总管踱步的声音,步伐坚定有力,锃亮的皮鞋踩在地板上发出咯吱咯吱的响声。右边的房间里,他妹妹则轻声向他报信:"格雷郭尔,员工总管来了!""我知道了,"格雷郭尔嗫嚅道;但他不敢说得声音太大让妹妹听到,生怕这样一来,员工总管也能听到。

"格雷郭尔，"这时父亲在左边的房间里发话了，"员工总管先生来了，他想了解一下你为什么没能搭上早班的火车走。我们也不知道怎么回答他。现在他要亲自和你谈谈，请你把门打开好吧。他是大肚量之人，不会计较你房间里乱七八糟的。""早上好啊，萨穆沙先生。"接着便传来员工总管亲切和蔼的问候。"他身体不舒服着呢。"父亲隔门说话的话音未落，母亲就插话对员工总管说，"他不舒服，我了解他，总管先生，不然他怎么会误车呢？唉，我这孩子呀，只知道操心公司的业务，晚上从不出去玩乐，连我都快看不下去了。这一个多星期他没有出差，天天晚上都老老实实在家待着，除了安安静静坐在桌旁看报，就是翻来覆去地研究火车时刻表。唯一的消遣就是做做木工活儿，比如说花上两三个晚上刻出一个小镜框；它可真漂亮，您看到了也会感到惊奇的。它就挂在他的房间里，过一会儿等他开门了您立马就能看到。先生，您大驾光临我真是高兴，可是我们也真的没法儿叫他开门；他可真倔啊。我担保他一定是生病了，虽然他一大早都还否认。——""我这就来了。"格雷郭尔隔着门缓慢而慎重地说，可却一步也没挪窝，生怕漏听掉他们说的每一句话。"要是没生病就讲不过去了，萨穆沙太太，"员工总管说，"但愿不是什么大病。当然从另一方面来讲我也不得不说，福也好祸也罢，我们做生意的为了商业利益，往往就该不顾一些小病小灾坚持下去，因为生意总是要做的嘛。——""嗨，总管先生现在可以进去了吗？"这时父亲又敲起门来，不耐烦地问。"不行。"格雷郭尔拒绝道。左边房间马上陷入一阵尴尬的沉默；右边房间里，他妹妹则嘤嘤哭了起来。

妹妹怎么没和别人在一起呢？也许她刚起床，还没穿好衣服吧？可她为啥哭呢？是因为他赖着不起又不让员工总管进来吗？是因为她担心他有丢掉饭碗的危险吗？是因为老板又要来向他们父母讨债？可这些显然还都不是眼下要操心的事情。格雷郭尔仍稳稳待在家里，丝毫没有离家出走的念头。他目前仍然躺在地毯上，别人如果了解他的处境，自然会理解他为啥不肯让员工总管进来。再说格雷郭尔也不见得就因为这点小小的失礼而马上被人开除，日后他尽可以用漂亮的借口把今天这事儿搪塞过去。就眼下而言，格雷郭尔觉得，他们还是别用眼泪和哀求来打扰他为好，让他一个人静静待着比什么都强。不过话说回来，他们因为不了解情况而大惑不解，做出这样的举动也确实是情有可原。

"萨穆沙先生，"这时员工总管提高嗓门又发话了，"您到底是怎么了？您就这样把自己关在屋里，光回答'行'或者'不行'，毫无必要地让您父母特操心不说，还严重疏忽了——这我只是顺便提提——您在公司的职责。您这种做法是极为罕见的。现在，我代表您的父母和公司老板和您谈话，严肃地要求您立刻把情况解释清楚。说实话您真让我吃惊，万万没有想到。我原来一直认为您是个克己奉公、踏实稳妥的人，没想到现在您却突然闹起别扭来了，真是莫名其妙。今天早上老板还暗示过我您可能是因为什么原因而不露面：他提到了最近把一笔现款交给您保管。对此我还几乎要以我的名誉向他担保，您绝不是那种人。可是现在我亲眼见到您那么固执，不可理喻，我就再也没有兴趣袒护您了。要知道您在公司的位置并不是那么牢固的。我原来打算把这些话私下跟您说的，可既然您在这儿白白耽误我的时间，我就看不出还有什么必要不让您的父母了解这些情况。最近一段时间您的业绩很差；当然，我们承认眼下是销售淡季，但整整一个季度一笔生意也没有，这是不可能的，也是说不过去的，萨穆沙先生，您这样可不行。"

"总管先生，"格雷郭尔听罢这番话，急得大叫一声；他激动得失去自控，不顾一切地说，"我这就去开门！刚才我有点不舒服，头晕得起不了床。现在我还躺在床上起不来呢。不过我现在感觉好多了，正要下床呢。请再等我一小会儿！情况不像我想的那么妙，不过现在我觉得已经差不多行了。一个人怎么就偏赶上这样的事呢！昨天晚上还好端端的呢，这我父母最清楚；不过，现在回想起来，其实我昨晚就已经感到有点不对劲了，当时就应该能看得出来。可我在班上时怎么就没有向公司提前请假呢？不过人就是这样，总觉得一点点小病小灾能扛过去，没必要请假在家休息。总管先生，请您体谅一下我父母吧！刚才您指责我的那些都是没有根据的，从来没有别人这么说过我。您可能还没见到我最近交给公司的那些订单吧，都是我谈成的生意。好啦，我还要搭乘八点钟那班火车呢，休息了几个小时我感觉好多了。别再让我瞎耽误您的工夫了，先生。过一会儿我就去上班，还有劳您先去告诉老板一声，并在他面前多给我美言几句。"

格雷郭尔慌不择言地絮叨了这许多，连自己都搞不清楚说了些什么。也许是因为刚才在床上做了那些锻炼，他现在没费多大劲儿就来到了柜子跟前，打算撑着柜子站起身来。他现在真的想开门了，想走出去和员工总管谈谈。他很想知道，既然他们这么坚持要他开门，想见到他，那好，我满足你们，看你们见到后怎么说。如果他们大吃一惊吓傻了眼，那责任就再也不在他这边了，他因此可以心安理得了。如果他们居然镇定下来接受了这一切，那他就更不必惊慌不安了，赶紧动作麻利儿地去赶八点钟那趟火车就是了。可是柜面好滑，他试了好几次都滑了下来，最后他运足了气一铆劲，总算站了起来。他的下身痛得火烧火燎，也顾不上它了。他把身体靠向旁边的一张椅背，用他那些细长的脚紧紧抓住椅背的边缘。这样一来他总算控制住了自己的平衡。他现在已经十分镇静，并且不再吱声，因为听见员工总管又开口了。

"您二位听懂他的话了吗？"员工总管问他父母，"他应该不是在拿咱们开玩笑吧？""噢，天呐！"母亲这时泪眼汪汪地叫了起来，"他一定是病得不轻，是咱们正在折磨他呢。格蕾特，格蕾特！"接着她大叫。"啥事呀，妈？"妹妹在她的房间里喊道。母女俩就这样隔着格雷郭尔的房间对嚷起来了："你马上去请医生，格雷郭尔病了，你快去找医生。刚才你听见他说话的声音了吧？""那声音简直就像是动物发出的。"员工总管插话说；他的嗓音跟母亲的尖叫一比较，显得特别低沉。"安娜，安娜！"他父亲也朝客厅的厨房那侧喊道，边喊边拍手，"赶快去找个锁匠来！"话音刚落，两个姑娘已经飞速跑过客厅，快得裙裾飕飕直响——妹妹怎么这么快就穿好衣服了呢？邪了门儿啦——随后猛然拉开前门跑出去了，也没听见关门的声音。显然她们就这么听任大门敞开着：出了大事的人家总是这样的。

格雷郭尔现在冷静多了。很显然，他现在说出的话他们是听不懂了；但他自己听得很清楚，甚至比以前还清楚，这也许是因为他的耳朵已经适应了他现在的发声。好在他们现在至少认定了他有哪儿不对劲，都准备来帮助他了。他们刚才做的那些初步安排显得很有把握和信心，这让他感到欣慰。他觉得自己又重归人类了，顿时对医生和锁匠寄予厚望，期冀他们能妙手回春，但却没怎么分清两者之间的差别。为使自己在即将到来的关键谈话中吐字尽可能清楚，嗓音尽可能清晰，他稍稍清了清嗓子，当然是尽量压低声音，以免让人听到这连自己听起来都不像是人咳嗽的咳嗽声。此时隔壁房间里鸦雀无声，也许他父母正陪着员工总管坐在桌旁小声商量对策，也许他们都紧挨着房门聆听他的动静。

格雷郭尔撑着椅背向房门挪过身去，到了门前便放开椅子，抓住门框来支撑自己的身体。他那些细腿的脚掌上多少有些黏液，这会儿派上了用场。他倚靠在门上，喘了一会儿气，接着开始用嘴去咬插在锁孔中的房门钥匙，想把它转动打开门。可是糟了，他好像没有牙齿似的，这可得用什么来咬住钥匙呢？好在他的下颚非常结实，凭着这铁甲下颚他总算转动了钥匙。不过他肯定是弄伤了自己，因为从嘴巴里流出了一股棕色液体，淌过钥匙，滴在地上。但他对此没有在意。"你们听，"员工总管在隔壁房间里说，"他正在转钥匙呢。"这话极大激励了格雷郭尔，他转得更带劲了。不过，他们所有人都该来给他打气助威，连他父母都该高喊"格雷郭尔——加油！格雷郭尔——加油！"他们还需这样大喊才是："坚持，别松口，不开门锁不罢休！"他坚信此刻大家都在激动地注视着他的努力，就更来劲了，使出吃奶的力气死命衔住钥匙，全然不顾这样把嘴巴弄得生疼。随着钥匙转动,他也跟着绕着门锁转动,只用嘴来支撑住自己站直,并根据需要时而全力顶住钥匙、时而压上全身重量迫使它转动。门锁终于扛不住了,随着清脆的咔嗒一声打开了,格雷郭尔大喜,长长舒了一口气后自言自语道:"瞧,我压根儿就用不着锁匠。"说完把脑袋压在门把手上,想把门彻底打开。

因为门是朝他这边拉开的,所以即使已经打开,他们还是暂时看不到他。首先他得从打开的那半扇门后面慢慢探出身来,他得格外小心,免得在进屋之前一失手摔个仰八叉,四脚朝天倒在地上起不来。就在他忙着挪动身体,艰难得无暇他顾时,只听见员工总管"妈呀"一声大叫——那声音就像刮过一阵劲风——他终于看见他的下属了。他站得离门最近,现在他正捂着好像脱臼的嘴巴一步步向后退,仿佛被一股无形的强大压力逼迫似的。尽管有员工总管在场,但格雷郭尔的母亲仍像刚起床那样披头散发,她先是双手合十瞅着丈夫,继而朝格雷郭尔走了几步,然后便昏倒在地,裙子摊开在她的四周,脸低垂到胸前被乱发遮住。格雷郭尔的父亲则凶巴巴地攥紧拳头,好像要把儿子打回他的房间似的。接着他又茫然无措地扫视了一圈客厅,然后用手捂住眼睛呜咽起来,哭得连他那壮实的胸脯都剧烈起伏。

格雷郭尔没有继续朝客厅里走进去,而是从里面把头靠在另外半扇扣紧的门上,所以他只有半边身子露在外面,并探出半个脑袋朝他们看。这时天已大亮,街对面那幢长得没有尽头的灰黑色建筑赫然在目。那是一所医院,临街的一侧敞开着一溜儿呆板划一的窗子。雨还在下着,只不过变成了大颗大颗的雨点噼里啪啦地落在地上。饭桌上摆着大大小小的碗碟——早餐是格雷郭尔的父亲一天最重要的一餐。他在用早餐的同时看好几份报纸,一坐就是好几个钟头。客厅对面的墙上挂着一幅格雷郭尔服兵役时照的相片,他身着中尉军服,手执佩剑,脸上绽着无忧无虑的笑容,样子好似要求别人敬畏他的军姿和军服。通向门厅的门敞开着,大门也敞开着,可以看到门前的平台和向下去的几级楼梯。

"那好，"格雷郭尔说，心里明白自己是唯一一个还保持着镇静的人，"我这就穿好衣服，收拾好货样就动身。您还，您还愿意我去吗？瞧见了吧，总管先生，我可不是那种冥顽不化的人，我还是很愿意工作的。尽管出差很辛苦，但我不出差就活不下去。您这是要去哪儿，先生？去公司吗？您会把一切都如实汇报上去吧？谁还没有点小病小灾、暂时干不了工作的时候？但此时也是他回顾以前的成绩、干出的成就的最佳时机；还要想到他恢复了工作能力以后，一定会比以前更勤奋，更恪尽职守。我对老板向来言听计从忠心耿耿，这您比谁都清楚。更何况我父母和妹妹还要由我接济呢。我目前境况很糟，但我会再次爬起来摆脱困境的。就请您别再火上浇油了好吧。请您在公司里别站在他们一边跟我过不去行不？我知道旅游推销员在公司里不招人喜欢，大家都认为他们工作时间弹性，挣得还比他们多得多。这真是不知从何说起的偏见，莫名其妙！可是先生您高瞻远瞩，比他们所有人看得都全面细致——偷偷跟您说吧，您比老板本人还全面，还能通盘考虑，毕竟他是老总，可以全凭个人好恶随意决定员工升沉。您最清楚了，旅游推销员长年累月不在办公室，最容易被人没有根据地说长道短，遭人嫉恨，成为流言蜚语的牺牲品。可他们自己还往往蒙在鼓里，所以有口难辩、防不胜防。等他们游完一圈累得贼死回到家中，这才亲身领教到人言可畏、暗箭难防的威力，想找找源头都没门儿。总管先生您别走呀！至少表个态，说您觉得我说得不无道理，然后再走也不迟嘛！"

可是员工总管没等格雷郭尔说两句就吓得转过身去，他瞠目结舌肩膀哆嗦，边侧脸瞅着格雷郭尔，边挪动脚步一点点开溜。在格雷郭尔陈词的当儿，他一刻也稳不下来，死盯着对方的面孔脚底下偷偷忙活着，向大门口挪过去，就像是违背不准离开房间一步的禁令似的。总算退到门厅以后，他最后一步迈出客厅的动作飞快，好似足根踩火一般。一出门厅他就伸长右臂向楼梯冲去，好像那儿有股超自然力在等着救他似的。

格雷郭尔意识到，要想保住自己在公司的饭碗，就绝不能让总管大人带着这副狼狈相回去。对这点他的父母还不太了解；多年来他们已经深信不疑，儿子在这家公司算是坐稳了位置，一辈子生活都有了保障，况且眼下他们把心思都放在了这件令人担忧的奇事上，哪儿还有工夫考虑未来的事！可是格雷郭尔考虑到了。他必须得留住总管先生，不能让他就这样回去；他得安抚他，平复他的情绪，最后还得说服他，重新赢得他的信任：格雷郭尔和他一家人的前途命运全都仰仗他这最后一搏了！若是妹妹在场就好了！她悟性很高，刚才格雷郭尔还镇静地仰在床上时她就已经觉出什么不对劲而哭了。而且总管先生好色，见到美女就抹不开，肯定会乖乖地听从她的调遣。她肯定会关上大门，在门厅里把他忽悠得不再惧怕。可是妹妹偏偏不在，格雷郭尔只好自己出招解决问题。他不再顾忌自己到底能不能活动，也不再顾忌人家又要听不懂他讲的话（很可能根本听不懂），就松开了那扇门，挤进身来，径直朝员工总管走过去，而后者这会儿正站在门前的平台上，用两手可笑地紧搂楼梯的栏杆，像是等待救援。格雷郭尔刚动了两下就轰然趴倒在地，他一边摸索可以撑住自己的东西一边轻轻哎哟了一声。他觉得自己的多条细腿已经着地。不等腿全部着地，他已经感到身子安稳了，打从今天早晨起这还是第一次。他欣喜地看到自己的腿站在坚实的地板上；而且它们完全听从他的调遣，指哪儿走哪儿，扛着他笨重的躯体奋力奔向他的目标。他甚至就要相信，彻底摆脱困境的时候终于到来了。可就在这时，在他趴在离母亲不远的地方，面对着她，摇摆着硕大身子想要继续移动的时候，原本看似已经瘫痪的母亲却突然一下子蹦了起来，伸开双臂张开十指大喊大叫："救命啊！天哪，救命啊！"随即又低下头来，好像要把格雷郭尔仔细看个透，但同时却又身不由己地往后退去，忘了身后有一张摆满了杯盘早餐的桌子，撞上了它，又浑然不觉地坐了上去，全然没注意到把那大咖啡壶已被拱翻，咖啡在她身后正汩汩地流到地毯上去。

"妈妈，妈妈！"格雷郭尔轻声叫道，抬眼望着她。此时他已把员工总管完全抛到了脑后。看到流下来的咖啡时,他还馋得直向空中咂巴嘴。看到他这副样子,母亲吓得又尖叫起来。她逃离餐桌,倒在急忙跑过来扶她的父亲怀里。这时格雷郭尔像是突然想起了什么,撇下父母奔大门而去。员工总管这时已经朝楼梯下走了,还把下巴枕在栏杆上扭头瞅了最后一眼。格雷郭尔紧走几步,想尽量追上他。可是员工总管看来识破了他的意图,就一步蹦下好几级台阶,随即消失得无影无踪。但他刚才发出的号叫声还回响在整个楼道。他的逃走使得一直还算镇静的父亲也慌了神儿,这下可糟了,因为他非但自己不去追赶员工总管,或者起码别拦着格雷郭尔去追赶,反而右手抓起总管拉在椅子上的手杖(是连同他的大衣和帽子一起拉在椅子上的),左手从桌上抓起一大张报纸,一边跺着脚,一边挥着手杖和报纸,要把格雷郭尔赶回到他的房间里去。任格雷郭尔怎么哀求都没有用,他的话根本就没有人懂;无论他怎样点头哈腰摇尾乞怜,他父亲只管跺着脚轰他回屋。在房间那头,他母亲不顾天气寒冷,推开一扇窗子,用手捂住脸尽量探出身去。一阵穿堂风吹过街巷和楼道之间,吹掀起窗帘,把桌上的报纸吹得簌簌直响,有几张还被吹落在地。父亲依旧一边嘘嘘叫着,一边毫不留情地把他往屋里赶,像发疯似的;只是格雷郭尔还没学会退着走,所以走得很慢。若是能掉过头来顺着走,他一准儿能很快回到屋里,可是他怕自己转身缓慢会让父亲更生气更不耐烦,搞不好随时会挨上父亲一手杖,打在背上或头上,还不要了他的命?到最后,格雷郭尔完全不知道如何是好了,只有调头,因为他已惊恐地注意到,倒着走连方向都掌握不好。于是,他一边不安地时时侧过脸去偷瞧父亲的表情,一边开始尽快地调转身体,可实际上怎么也快不起来。父亲这时可能也看出了他的良苦用心,就不去干涉他,只是在他挪动身体时,站得远远的用手杖尖不时拨拨他的屁股,好像指挥他转身似的。要是父亲不发出这种令人无法忍受的嘘嘘声就好了,格雷郭尔快要被它弄疯掉了!本来他已经转过身去了,就因为被这种嘘声搞得心里发毛,慌忙中转过了头,只好再转回来一点。

最后，他总算把头对准了门口，可偏偏身体又太宽，怎么也爬不过去。父亲眼下正气不打一处来呢，当然不会想到打开另一半门让儿子过去；他满脑子只有一个念头：格雷郭尔必须马上回到他自己的房间里去。当然，让他站立起来侧着身就能通过，可这样就得做许多准备，还不够麻烦的，父亲决不会同意。他现在更加紧了大喝小叫，使劲催促着儿子往前赶，好像他前头是一马平川。格雷郭尔现在听他后面的吆喝声已全然不像是一个父亲发出来的了：这可不是闹着玩儿的。格雷郭尔于是铆足了劲向门口挤过去。他的躯体一侧拱起老高，倾斜着卡在门口，腰也挤伤了，在白色的门上留下恶心的斑渍。很快他就被门框夹住了，无论怎样挣扎，就是动弹不得。他朝上面的那排细腿在空中瞎蹬乱踹，另一侧的细腿则被压在下面挤得生疼。就在这时，父亲从后面猛推一把，使他从门框得以解脱飞了出去，一直摔到他的房间尽头，身上四处淌血。在他身后，门被父亲用手杖使劲一捅，嘭的一声关上了，一切终于重归于寂。

二

暮色苍茫时分,格雷郭尔从昏睡中惊醒过来——与其说是昏睡,不如说是昏迷。他觉得是一阵轻轻的急步和轻轻关上通往门厅的屋门的声音把他弄醒的。若不是有这个干扰的话,他还能再睡一会儿;不过也不会很久,因为他觉得自己已经恢复过来,觉也睡够了。街灯的亮光在天花板和家具的高处投下驳杂、暗淡的光斑,可是在他躺着的低处却是漆黑一片。他笨拙地用他的触角这儿碰碰那儿探探,这时他才觉到了自己这个器官的可贵。他慢慢朝门口爬去,想了解外边发生了什么事。他的身体左侧似有一道长长的、收敛很紧的伤口,让他觉得很不舒服,两排细腿现在只能一拽一拽地走路了。另外还有一条腿在早上的事件中受了重伤,现在只能像个累赘似的被他拖着走——只有一条腿受伤,不能不说是个奇迹。

到了门边他才发现,把他吸引过去的是——食物的香味。只见地上摆着一个小盆儿,里面盛满香甜的牛奶,上面漂浮着掰碎的白面包。他立刻眉开眼笑,差点乐出声来:从早到晚他还粒米未进,现在已饿得前胸贴到后脊梁了。他立刻把头伸进牛奶中,差点把眼睛也泡进去了。可他很快又把头失望地退了出来,不仅因为受伤的左肋使他吃东西很困难,只有全身一起动才能把食物吃到嘴里,而这让他痛得浑身哆嗦;也因为牛奶放到这会儿快要馊了。本来他是最喜欢喝牛奶的,所以一定是妹妹才据此给他准备好的。而他现在却厌恶地调转身子,从小盆儿那里爬回到屋子中间。

格雷郭尔从门缝里看到，客厅的煤气灯已经点亮了，平时在这个时候，他父亲总是大声给母亲读晚报听；妹妹有时也听，可现在却一点动静也没有了。当他不在家时，妹妹经常写信把读报这事儿说给他听。也许是父亲最近已经放弃这个习惯了吧。四周是那么安静，可是家里分明是有人。"瞧咱这一家日子过得多安静啊。"格雷郭尔自言自语道。他趴着不动，瞪着漆黑的房间，为自己能让父母妹妹在这样好的房子里过上挺不错的生活而颇感自豪。可是，倘若这一切的安详富足舒适满意都因此而可怕地结束了，那该如何是好？为使自己不要陷入这样强迫似的烦恼，格雷郭尔重新活动起来，在屋子里不停地爬来爬去。

在这个漫长的夜晚，有一次一侧的门打开了一条缝，旋即又关上了；后来另一侧的门也打开了一下，也立刻又关上了；很显然是有人想进来，但又顾虑重重。格雷郭尔于是爬过去，紧挨着客厅那扇门静静等着，打算劝那个犹豫不决的人进来，起码也能搞清那个人是谁。可是门再也不打开了，让他白等干着急。今天早上屋门锁着时，大家都想进来；可现在他已打开了一扇门，另一扇门整个白天也显然是开着的，却谁都不进来了，连房门钥匙也都插到外面去了。

客厅里的煤气灯直到深夜才熄灭，显而易见，父母和妹妹是在那儿不眠地守候了很久才离开的：格雷郭尔很清楚地听见他们蹑手蹑脚走开的声音。明早之前是不会有人再来看他了，这样他就有一夜工夫不受干扰地思考该如何安排今后的生活。然而，就这样趴在这间高大空旷的房间地板上让他感到一种莫名的恐惧，虽然他在这间自己的屋子里已经住了五年——他还没搞清这到底是怎么回事，就已经有些害臊地一骨碌钻到长沙发底下去了。他立刻感到待在这儿很舒服，就是后背有点被压住，头也抬不起来。另外就是身体太宽，没法儿整个藏到沙发下面去。

整整一宿他就待在那底下，时而昏沉半睡，时而被辘辘饥肠弄醒，时而焦虑难寐，时而怀着渺茫的期待。思来想去，觉得只有一个结论，就是眼下他必须沉着冷静，忍辱负重，尽量考虑周全，体谅家人的误解，协助他们克服他在目前状况下必定会强加给他们的麻烦和难堪。

　　凌晨，其实差不多还在夜里，格雷郭尔就有机会考验自己刚下不久的决心是否坚定了：他妹妹还没完全穿好衣服就在客厅里打开了他的房门，并且紧张兮兮地往里张望。她没有马上看到他，可当她发现他躲在沙发下面时，她吓了一大跳，随即不由自主地把门砰地关上。——可这能赖他吗？他总得找个地方待着吧？他又不能飞走。——接着她仿佛对自己刚才的举动后悔了似的，重又打开了门，蹑手蹑脚走了进来，好像来探视一个重病人，甚至是一个陌生人。格雷郭尔把头探出沙发的边缘瞅着她的一举一动。她会不会注意到他没有喝那盆奶，而不喝的原因绝不是不饿？她会不会把更适合他口味的食物拿来给他吃呢？除非是她自己发现了这些，否则他是宁可饿死也不愿引起她的注意。就算他有股强烈冲动，想立刻从沙发底下爬出来，伏在她面前求她拿点吃的来，可他还是忍住了。不过他妹妹紧接着就惊讶地发现，小盆里的牛奶还是满满的，只是周围洒出来了一些。她马上把盆端走了，没有直接用手，而是用手中的抹布垫着。格雷郭尔十分好奇，不知道她会换些什么别的吃的来，就开始瞎猜。可是，心地善良的妹妹实际上给他拿来的东西，却是他无论如何也没有猜想到的：为了全面掌握他目前的口味，她给他拿来了各种食物，全都摊开在一张旧报纸上，有吃剩下的不新鲜蔬菜，有昨晚吃剩下的肉骨头，上面还裹着一层已经凝结的白花花的大油块；还有一点葡萄干和杏仁儿，一块格雷郭尔两天前就宣布已不能吃的奶酪；还有一块白面包和一块涂了黄油的面包，以及一块涂了黄油又撒上盐末的面包。除了这些，刚才那个小盆儿又被拿来了，往里倒了些水，显然以后这个盆儿就归他专用了。她还想得十分周到，心知格雷郭尔不愿当着她的面吃东西，就马上走了出去，还从外面扭了几下钥匙表示门已锁上，让他安安心心不受干扰地进食。格雷郭尔随即飞快摆动那些细腿朝食物狂奔过去，身上的伤也仿佛全好了，没有再觉得有什么别扭，这让他喜出望外；他想起就在一个月以前，手指让刀子割伤了一点，直到前天还隐隐作痛呢。"难道我感觉比以前迟钝了？"他暗想，接着就津津有味地舔起奶酪来，在报纸上的所有食品里还是它对他最有吸引力。他一样接一样地把奶酪、蔬菜和肉冻很快吃掉了，满意得涕泗横流。那些较为新鲜的食物他反倒觉得不好吃，甚至受不了它们的气味，于是便把可吃的都叼到远离它们的地方去享用。不久他吃饱了，正懒洋洋地趴在报纸附近打盹儿，这时候他妹妹在门外轻轻转动钥匙，好像提醒他躲开似的。尽管他睡意正酣，这声音还是立刻把他惊醒，他赶紧钻回到沙发下面去了。可是藏在这里需要有很强的耐受力才行，即便妹妹在房间里只做短暂停留，但他因为吃得过饱肚子发胀，挤在沙发底下喘不过气来。呼吸困难使他连眼珠子都快瞪出来了，他眼巴巴望着毫不知情的妹妹用笤帚把他吃剩的和他没碰一下的食物都扫在一起，好像连这些也不能要了，然后匆忙把它们全都倒进一只桶里，盖上木盖儿就提走了。她刚一转过身去，格雷郭尔就从沙发下面爬出来，伸着懒腰，喘着粗气。

就这样，格雷郭尔每天由他妹妹送来食物喂养着。送饭的时间，早晨一次，趁他父母和女用人还在睡觉的时候；午后一次，在他们吃过午饭，爸爸妈妈去睡午觉，妹妹打发女用人去干杂事的时候。他们当然也不愿意让儿子挨饿，只是不忍心了解儿子吃东西的详情，除了听女儿说一声外，不想多过问罢了；也可能是女儿不想让他们过多操心这件事儿——眼下他们已经够伤心的了。

至于头天上午他们是用什么借口把请来的医生和锁匠打发走的，格雷郭尔就永远无从知晓了，因为既然他们听不懂他的话，也就没人会想到（包括他妹妹在内）他能听懂他们的话。这样一来，每当他妹妹在他房间里的时候，他就只能听到她偶尔两下的叹息声，以及她祷告神灵的声音了，并且以此为满足。再后来，当她对这种现状稍微习惯一点之后——当然完全习惯是绝不可能的——格雷郭尔才开始听到她偶然说出两句善意的——至少在他理解是善意的——评论，比如说"他今天吃得可香呢"。若是格雷郭尔把食物吃得一干二净，她就会这么说；若是情况相反（而且相反的情形越来越多），她就会愁眉苦脸地说："他今天又把什么都剩下了。"

格雷郭尔虽然不能直接获取什么消息，但他从隔壁房间里还是偷听到了一些事情。只要那里有点动静，他就立刻赶过去，把全身紧贴在门后面偷听。在事发后的头几天，家人几乎所有的谈话都多少涉及他，即便是那些悄悄话也是如此。整整两天，他们在饭桌上的话题就是商量如何应付当前的困局。不吃饭时，他们谈的也是同一个话题。那一阵子，家里总是至少有两个人在家，谁也不愿意一个人留在家里面对格雷郭尔；但是全体外出则更是不可想象的事情。就在事发当天，家里的女用人——对这件事她到底知道多少，这还说不准——就跪在他母亲面前，苦苦哀求马上辞退她。一刻钟之后她来告别，居然还泪眼汪汪地表示感激不尽，好像得到了原东家最大的恩赐似的。她还对天发誓，关于此事她绝不会对任何人说一个字的；其实家里谁也没要求她这么做。

女用人走了，一日三餐就得由妹妹帮着母亲做了。不过这事也不算很麻烦，因为自打出了这事后全家人的胃口都很差。格雷郭尔总是听到家里一个人劝另一个人多吃一点的话，可是没用，得到的回答不外乎"谢谢，我吃不下了"之类的话。现在好像连酒也不喝了。妹妹老是问父亲要不要喝啤酒，并且真心诚意地打算自己去买，可父亲就是沉默着不发话，她便建议说也可以让看大门的阿姨去买，省得父亲觉得不妥（以前这种事都是由用人去做的），但父亲最后总是断然地说一声"不！"，全家也就不再吱声了。

在事发后的最初几天里，父亲就向母亲和妹妹交待了家里的全部财产情况、经济现状以及对未来的指望。他时不时地从桌旁站起来去取某张单据、某个文件、某个记事本什么的，它们都锁在一个小保险柜里，这个保险柜是五年前他的公司破产时被他保存下来的。格雷郭尔能清楚听到父亲打开那把复杂的锁、窸窸窣窣取出文件后重又锁上的声音。父亲的这些交待，有些是自格雷郭尔被关禁闭以来他最乐于听到的事情，譬如说，他原先还以为父亲的生意破产后一无所有了呢，现在看来还不是这样，至少父亲从没说过这样的话，当然格雷郭尔也不便去问。当年，他唯一的心愿就是拼尽全力拯救家庭于绝望之中，让全家尽早走出因父亲破产而带来的那场家庭大灾难。于是，他全力以赴投入工作，不久就从小办事员做到旅游推销员的位置，赚钱的机会大大增加，不俗的工作业绩即刻以回扣的形式转变为钞票，让他回到家后当着大喜过望的家人的面摆在桌上。那真是一段美好的回忆，那样的光鲜亮丽时刻打那以后就没再出现过。尽管后来格雷郭尔确实赚得不少，足够维持全家人的生活，可是担当一家的顶梁柱对他也确实是非常沉重的负担。自豪感没有了，大家也都习以为常了。父母收下钱后固然感激，儿子也很乐意把钱交出来，但最初的那种心里暖融融的感觉也消失了。唯有妹妹跟他最亲，使他暗暗有了个计划，明年一定让她去音乐学院学习。妹妹可不是他那种人，她爱好音乐，小提琴拉得实在好，充满真情和诗意。上音乐学院费用肯定不菲，他豁出去了，准备不顾一切想别的法子筹措齐当。在出差的短暂间隙，他待在家里常和妹妹聊起音乐学院这个话题，妹妹总把它当成不可企及的梦想，美美地过过口瘾而已。父母一听到这些天真的议论就黯然神伤；可是格雷郭尔却胸有成竹，打算在圣诞之夜当着全家面隆重地宣布一件大事。

以上就是他紧贴门后站着倾听家人谈话时，脑子里的一些想法。它们在目前情况下当然都是些不切实际的空想。有时候，他实在懒得听了，困顿中头就会不经意地碰到一下门，发出轻微的嘭的一声，但他立刻会把头重又撑住。不过即使是他弄出的最小的声音，隔壁房间里也都听得见，于是谈话声便立刻中止了，片刻之后父亲就会这样问："他又在搞什么名堂呢？"很显然他刚刚偷偷地来过格雷郭尔的房门前。又过了一会儿，家人被他打断的谈话才继续进行下去。

父亲因为很久没有亲自掌管家财方面的事了，加上母亲总也不能听一遍就搞懂，于是父亲就一遍又一遍地反复讲解，这就让格雷郭尔对这方面了如指掌了。他欣慰地得知,虽然家里当年遭遇劫难破了产,但还是保存下来了一笔小小的款子,加上这几年利息没有动过,所以钱数还有所增加。外加格雷郭尔每月补贴的家用——他每月只留下一点钱给自己零用——都没有花完,攒到如今也有一笔不算太小的数目了。格雷郭尔躲在门后听了频频点头,为这没有料到的节俭和量入为出感到高兴。当然,他原本可以用这些攒出来的钱把父亲欠老板的债再多还掉一些,这样他也就能早日甩掉现在这个老板换掉工作;可就目前的家境而言,肯定还是父亲的做法更稳妥一些。

但是,假如光靠利息维持家里的生活,那么这笔钱还是远远不够的;估计它能维持全家一年的生活,至多两年,再多就不行了。它实际上是一笔为应付家里突发事件而必须存起来备而不用的应急款,不能随便动用,所以日常的生活开销就得另想办法去挣。他父亲虽然身体还不错,但毕竟上了岁数,已经有五年没上班了,连他自己都不想工作了。他辛苦劳累了大半辈子,没做出什么成就,这五年还是他第一次过上安闲的日子;可就在这期间,他大大发福了,连行动都很不方便了。那么,莫非要他的老母亲出去工作赚钱吗?显然不行。她患有哮喘病,在家里走走都很困难,莫说出去了;而且每隔一天就得躺在窗前的沙发上透气,窗子大开,喘得上气不接下气的。那么他妹妹呢?也不行。她还只是个十七岁的孩子,迄今一直受着全家人的娇惯,无忧无虑的只知道穿得漂亮些,睡睡懒觉,帮忙做点家务事,参加一点花销不大的娱乐活动,最主要的是练习小提琴,如此又怎能叫她去担负全家的生活呢?所以,每当他们话题转到赚钱养家的紧迫性时,格雷郭尔就暂时放开门,扑倒在门边那张冰凉的皮沙发上,羞愧难当,心焦如焚。

他常常待在长沙发上辗转反侧,一连数小时挠着皮革面子,整夜难眠。有时他也铆足全力把扶手椅子推到窗前,然后自己爬上窗台,用屁股抵住椅子,把头靠在玻璃窗上,显然是在重温以前凭窗眺望时体验到的那种精神自由飞翔的感觉。现在,随着日子一天天过去,稍远一点的景象他越来越看不清楚了。过去,他动不动就咒骂街对过的那所医院,因为它老是赫然挡在他眼前;现如今他却看不见它了。若不是他心里明白,自己就住在市中心闹中取静的夏洛特大街上的话,他还真就以为窗外是灰蒙蒙的天空与灰蒙蒙的大地浑然一体的荒漠世界呢。他妹妹很细心,只两次见到扶手椅靠在窗前心里就明白了,从此在每次打扫完房间之后,都把椅子推回到窗前,甚至有意让里面的那层玻璃窗敞开着。

格雷郭尔假如能开口和妹妹说话,感谢妹妹为他所做的一切,他心里也许还能比较坦然地接受她的照顾。可惜他无法做到这点,所以这个现状真让他感到很痛苦。妹妹当然是尽量向他掩饰这个事件给全家造成的麻烦和难堪,随着时间流逝她也愈发能做到这点。但与此同时,格雷郭尔也看得越来越清楚了。现在,她走进房间的样子让他看了就心中不快:一踏进屋就赶紧把门关上,好像生怕有人窥到这间屋里的情形似的,然后直奔窗前,迅速把窗子推开,一副快要窒息的样子,做着深呼吸,哪怕风寒天冷,也要待在窗前喘一会儿气。她匆忙的脚步和弄出的噪音每天有两次惊扰着格雷郭尔;在她折腾的这段时间里,他都得躲在沙发底下,浑身打哆嗦。他心里明白,妹妹肯定是愿意帮助他脱离苦海的,但在不开窗透气和他待在一屋的情况下,她绝对做不到。

格雷郭尔变形后已过去大约一个月了,按理说他妹妹这时见到他应该不会再感到特别惊恐了;可是不然。有一天,她比平时进屋稍早了一些,正好看见他趴在窗子上一动不动地向外眺望,他这会儿的样子最像魑魅魍魉。若是她只站在门口不进来,格雷郭尔倒也不会感到意外,因为他正好堵在窗口,她不便立刻开窗;可是她非但没有进屋,反而吓得倒退一步,还把门砰的一声关上了。不明底细的人还以为他是在那儿等着,威胁要扑过来咬她一口呢。见状,格雷郭尔当然是立马躲回到沙发底下去,可是一直等到中午,她才重又进来,而且比平时更显得惴惴不安、魂不守舍。这才让他意识到,妹妹还是忍受不了他这副模样,见到他依旧害怕、恶心,而且势必一直这样下去。很可能她要竭力克制住自己，才能在见到他露在长沙发外面的尾突时不至于恶心得掉头逃走。为了不让妹妹害怕，有一天他花了四个小时把一块床单用背驮到沙发上铺好，让它能完全把自己盖住，这样就算她弯下腰，也不会瞅见他的身体了。假如她觉得床单放在那里没有必要的话，她自然会把它拿走，反正格雷郭尔就像这样把自己又遮又裹的肯定不会舒服。然而她并没有把床单拿走，当他从床单里探出脑袋小心翼翼地观察她对这新情况作何反应时，他甚至好像看到妹妹的目光里闪着一丝感激的泪花。

在他变形的头两个星期里，他的老爸老妈根本没胆量走进他的房间。现在他经常听到他们对他妹妹的表现夸个不停，可以前他们不是这样，老骂她是个不中用的女儿。现在当妹妹给他收拾房间的时候，老两口一般就在门外等着，等她一出来就问她屋里情况怎样，格雷郭尔都吃了啥？这次他表现怎么样？是不是有好转的迹象？没过多久，当妈的终于耐不住想要来看他了，爸爸和妹妹起初都找各种理由劝她别进去，留神谛听的格雷郭尔也暗暗祈求妈妈千万别进来。可后来眼见劝阻无效，他们只好使劲拖住她了，而她却大喊大叫："我要进去看格雷郭尔，他是我可怜的儿子！难道你们就不明白当妈的心吗？我非进去瞧瞧他不可！"听到这儿格雷郭尔就心想，可能还是让她进来更好；当然不要每天都来，一星期一次差不多。妈妈毕竟比妹妹考虑得更周到些；妹妹虽然胆大，可总归是个孩子，敢承担这件苦差事可能还是因为经验少，不考虑那么多。

儿子想见妈的心愿不久就实现了。在白天，想到不能让爸妈丢脸，他是很不情愿趴在窗子上让人看见的。可是，屋里就那么几平方米的地板，也确实让他爬得很不过瘾；漫漫长夜那么难熬，他也肯定做不到一直静静地躺着不动。更何况他也很快就对所有食物都没了胃口。所以为了锻炼身体，他养成了在墙上和天花板上纵横攀爬的习惯。他尤其乐于在天花板上倒悬着，这可比躺在地板上强百倍，不仅呼吸起来特别顺畅，而且身体还可以轻轻地摇晃。倒挂天花板的舒坦曾使他得意忘形，疏忽之下腿一松，重重地掉在地板上。现如今他对自己身体的掌控能力已经大有长进，哪怕摔得特狠也不会有什么大碍。妹妹立马就注意到哥哥找到了新的玩法——凡是他的脚爬过的地方都会留下两道黏液——就想到应该让哥哥有更多可以活动的地方，那就得把碍手碍脚的家具搬出去，首先得把五斗橱和写字台请出去。可是她一个小姑娘家家的哪干得了这个，又不敢叫爸爸来帮忙；家里也只剩下了一个十六岁的小厨师——虽说那个女仆吓跑后她壮胆留了下来，但求主人答应她一个特殊的条件，就是允许她平时没事时把厨房门锁着，只在人家特意唤她时才开门，所以像搬家具这么大动静的事情，也是不便让她帮忙的。这样一来，除了趁爸爸不在家时请妈妈帮忙之外，也没有别的办法了。一请之下老太太还真来了，边走边还兴奋地呼唤着，可她这股兴奋劲儿还没等来到儿子屋门口就蔫儿了。肯定是格雷郭尔的妹妹先进屋喽，她要先确定屋里的一切是不是都妥当，然后再唤妈妈进来。格雷郭尔连忙把床单扯下来一些，还把它弄得更皱巴一些，好让她们见了以为是随便扔在沙发上似的。这一次他也不打算从沙发底下探头张望了，他不得不放弃又见亲娘的喜悦——她总算来了，这就已经让他喜出望外了。"妈，你进来吧，他藏起来了。"妹妹的声音，显然她正搀着母亲走进屋来。之后，他听到这孱弱的母女俩把那个旧五斗橱从老地方使劲拖出来的声音。妹妹一门心思地干着重活儿，妈妈连连叫她当心别抻着扭着她也不听。她俩就这样搬呀拖呀，约莫一刻钟之后，母亲竟然反悔了，说这橱子还是放回原地好，没想到它那么沉，在你爸回来之前搬出去没门儿；而像这样立在屋子中间更会妨碍你哥活动；再说就这样把家具搬出去，谁知道合不合你哥心意呢？母亲甚至还提出相反的见解：家具搬走了，墙壁光秃秃的，谁见了不觉得心里膈应？凭什么格雷郭尔就不这样觉得呢？这些家具他用了那么多年，早用惯了，一旦没了，他肯定觉得特失落。最后她压低嗓门儿说——其实她压根儿就没放大嗓门儿说话，好像她不想让格雷郭尔听到自己声音似的，她断定儿子已经听不懂她的话了，他究竟藏在哪儿她也不清楚——"再说了，咱们把家具搬走，这不等于向他表示，咱们不管他了，放弃了对他的希望，任由他去吗？咱可不能这样。还是让他房间保持原样的好，这样等他回到咱们中间的时候，他会发现一切如旧，就更容易很快忘掉这场噩梦了。"

听了母亲的这番话，格雷郭尔才意识到，这两个月的不与人交谈，以及单调的爬虫生活，已经彻底把他的头脑搅成浆子了，不然他就没法儿解释，自己怎么会真希望把屋里的家具都清除出去。莫非他真要把这个摆满祖传家具的温馨房间整成光秃秃的洞穴才好吗？这样干难道仅仅是为了让自己没有阻碍地胡乱爬行吗？已经成了虫子还不够，难道还要把做人时的美好回忆忘得一干二净才过瘾吗？这个代价也太大了点。他确实已经快要把往事都忘掉了，幸亏依靠久违了的妈妈的声音，才又把他拉了回来。不行，不能从他的房间里搬走任何东西；一切都得原封不动；这些家具对他的心态有正面意义，不可或缺；就算它们在他失去理性到处乱爬的时候挡他的道，那也决不是什么障碍，而是万幸的事情。

不幸的是，他妹妹的想法和他不一样。她早已把自己看成是处理格雷郭尔变形后事务的专家，当然自认为比父母高明，更有发言权。这当然也不无道理。所以妈妈的变卦只能使她更加下定决心，不仅要搬走橱子和书桌——这只是她的计划的第一步——而且要搬走其余家具，只留下不可或缺的沙发。她这么决定可不仅仅是出于孩子气的执拗，或是出于她新近获得的自信——这可是她付出许多艰辛和代价树立的、连她自己也没预料到的自信。她觉得格雷郭尔确实需要更多的地盘儿爬来爬去；况且以他的现状也完全用不着这些家具，这是明摆着的。还有一个原因也许是出于她这个年龄的少女特有的热情，她们无论做什么事情都是那么痴迷，出于这种痴迷，格蕾特很可能会夸大哥哥处境的糟糕，这样一来她就有可能为哥哥做更多的事。反正面对一间空空如也、只有格雷郭尔一人横行其间的屋子，除了格蕾特之外，别人谁也不敢进去。

因此，格蕾特的决心不会因为母亲的劝阻而动摇；而母亲在格雷郭尔的房间里待久了也开始感到不舒服，自己也拿不定主意，就不做声了，只是铆足了劲帮女儿把五斗橱推出去。万不得已的话，柜子格雷郭尔可以不要，但写字台是一定要留下来的。等这母女俩哼哼哧哧地刚把柜子推出房门，格雷郭尔就从沙发底下探出头来，想看看自己怎么能尽量和蔼、妥善地帮助解决一下这个事情。可是真不凑巧，先回到他房间的恰恰是母亲，妹妹这会儿正独自在隔壁房间里扶住柜子摇晃着往里弄，柜子自然是纹丝不动。母亲还没有见惯他的怪模样，让她见到了很可能会吓出病来，于是格雷郭尔哧溜一下子缩回到沙发的另一端去，可还是不慎把床单在她面前鼓动了一下。就这一下已经把母亲吓得一激灵了，她站住了，愣了会儿神，然后赶紧回到女儿那儿去了。

格雷郭尔虽然一个劲儿地安慰自己，心说这有什么大不了的事儿啊，不就是搬走几件家具吗；可他还是很快就不得不承认，这俩女人跑来跑去的，加上她们的轻声呼喊和家具在地板上的拖动，这些还是给他造成了很大影响，仿佛惊雷从四面八方向他袭来，虽然他拼命收拢头脚缩成一团紧贴在地板上，可也不得不对自己说我快要受不了啦。她俩在腾空他的房间，把他喜爱的一切都拿走了。储藏他的钢丝锯和其他工具的五斗橱已经给搬走了；眼下她们正把已经嵌入地板一点的写字台给抬起来，他上商学院乃至上中学、小学时几乎所有的作业都是在它上面写的。这下子他可顾不上再去体恤两个女人的良苦用心了，他甚至几乎忘记了她们的存在，因为她们干活儿已经干累了，这会儿连话也懒得说了，所以除了她们沉重的脚步声外，他什么也听不到了。

他不顾一切地冲了出来。两个女人正在隔壁房间里靠着写字台喘口气。他先后转向四面，真的不知道应该先抢救什么。他的目光这时落在了对面那堵墙上，墙根儿的东西已经给搬得差不多了，墙上那幅身穿皮衣的女士肖像吸引了他的注意，他连忙爬了上去，紧紧贴在玻璃镜框上，这里感觉挺不错的，他那发烧的肚皮立刻感到了清凉。起码这幅被他身体完全遮住的画像是保住了。他扭头朝向客厅，好在她俩再进来的时候监视她俩。

她俩没歇多久就回来了,格蕾特用手臂拥着母亲的肩膀,几乎是搂着哄着她。"好啦,咱们现在还搬啥?"格蕾特边问边朝四周扫视,她的目光与格雷郭尔从墙上逼射过来的目光相遇了。可能是因为母亲也在场,她才没动声色,而是低下头去面对母亲,锁住她的目光,免得她四处张望。接着女儿说道:"走,咱俩再回客厅待会儿?"只是她的声音有些颤抖,话也说得有点唐突。格雷郭尔很清楚妹妹的意图,她想先把妈妈哄回到安全的地方,然后自己再回来把他从墙上轰走。那好,就让她试试吧!他会捍卫他的画像绝不退让,哪怕朝着妹妹的脸扑过去也不让她得逞。

可恰恰是她刚说的话让母亲感到不安了,她闪到一旁,蓦地就看到了印花墙纸上的那好大一团棕红色的斑块儿。还没等她真正意识到那东西就是格雷郭尔,她就声音嘶哑地大叫起来:"啊,上帝啊!上帝啊!"随后她就瘫倒在长沙发上,双臂松垂一动不动,好像一切都放弃了听天由命似的。"嘿,格雷郭尔,瞧你干的好事儿!"妹妹喊道,冲他又是挥拳又是瞪眼。自打他变形以来,这是她第一次跟他直接说话。说完她冲向隔壁房间,好取来一种香精什么的让母亲从昏厥中苏醒过来。格雷郭尔也想帮一把——这不耽误他抢救那幅图画——可他已经给牢牢地粘在玻璃上了,费了不小劲儿才挣脱出来。随后他就跟着妹妹爬到隔壁房间,就像过去那样给她出点主意搭把手似的;可他马上就发觉自己只能伏在她身后像个废物似的。她在一堆堆小瓶子中间翻来找去,偶一回头瞅见了他,吓了一跳,一个瓶子掉到地上摔碎了,一块碎玻璃划伤了格雷郭尔的脸,一种腐蚀性的药水在他周围流淌,沾到他身上。格蕾特愣了会儿神,随即抱起所有拿得了的瓶子跑回母亲那儿去了,并用脚砰的一声把门带上了。现在格雷郭尔同母亲隔离了;就是因为他的鲁莽,母亲没准儿快要死了;若是他不想把必须留在母亲身边照顾的妹妹吓跑,他就最好别开门。眼下除了等待,他没别的事好干,就在自责和忧虑的折磨下，开始在墙壁、家具和天花板上烦躁地转着圈儿爬。最后在绝望之中，他只觉得整个房间在他四周天旋地转，终于掉了下来，落在大桌子的正中央。

　　时间过去了好一会儿，格雷郭尔仍疲软地躺在那里不动窝，四周静悄悄的；这没准儿是个好兆头。这时门铃响了。使女整天把自己锁在厨房里，指望不上她，格蕾特只好自己去开门。是父亲回来了。他开口就问："出啥事了？"——肯定是格蕾特的神态让他看出了什么。听声音像是格蕾特把头埋在了父亲的胸前，因为她回答得闷声闷气的："妈妈刚才晕倒了，不过现在已经好点儿了。格雷郭尔跑出来把她吓着了。""果然不出我所料，"爸爸说，"我不是早跟你们说过吗，可你们这俩女人就是不听。"格雷郭尔心说，肯定是爸爸把格蕾特过于简短的说明往最坏的方面去想了，没准儿还以为格雷郭尔干了什么暴力的事呢。所以现在他的当务之急就是想法儿让父亲息怒，既然他来不及讲清、实际上也讲不清这个中的缘由。于是他赶紧溜到通向自己房间的门旁，贴着房门伏着，好让父亲从客厅一进来就能看到儿子在门后乖乖的没有恶意，用不着赶他他就会马上回到自己的房间，只要门一开他就会躲进自己的房间里去。

　　然而父亲眼下没有心思去体察儿子细腻的情感。他刚一走进屋来就"啊"地失声大叫，语气听起来又怒又喜。格雷郭尔把头从门那儿缩回来，然后仰头直面父亲。咳，站在眼前的这个人哪儿像他想象中的父亲啊。诚然，他近来是过于迷恋爬天花板一类的新消遣，对家中其他房间的情况不像以前那样关心了，可即便如此，他也还是应该早早预估到外面发生的新情况才对。不过，不过——这个人难道真是父亲吗？出事前，每逢格雷郭尔上班出门，都会看到父亲困倦地躺在床上懒得起来；晚上回到家里也总看见父亲身穿睡袍倚在安乐椅上昏昏欲睡，一副快要站不起来的样子，只是扬扬手就表示打过招呼了。一年里只有几个星期天，顶多再算上几个最盛大的节日，他才很难得地和家里人一块儿出去走走，走在格雷郭尔和母亲中间；他俩已经走得很慢了，可他走得还要慢，裹在他那件旧大衣里，拄着那根弯柄手杖吃力地前行，每踏出一步前先把手杖小心地支好。每当他想开口说话了，还得停下脚步做预备，让陪护他的家人围拢过来听他讲。可现在，站在眼前的真是同一个人吗？眼下的父亲跟换了个人似的，站得笔直，穿着一件笔挺的金色纽扣的蓝制服，跟银行杂役穿的那种制服一样。他那敦实的双下巴从制服坚挺的高衣领里拱出来；浓黑的眉毛下，他那双黑色的眼睛专注地射出神气十足的目光，显得咄咄逼人；以前乱糟糟的头发如今梳成了漂亮整齐的中分，油光锃亮的一丝不苟。他把上面绣着金字——应该是哪家银行的标记——的礼帽往房间那头的沙发上一抛，把长制服的下摆往后一甩，然后双手往裤兜里一插，怒气冲冲地直奔格雷郭尔而来。可能他自己也不清楚要干吗，但他起码已经把一只脚高高抬起来了。见到那巨大的鞋跟，格雷郭尔简直吓傻了。不过，他可不敢掉以轻心，拿这不当回事；他很清楚，自打自己过上新生活的第一天起，父亲就主张对他不要手软才最合适。于是他掉头就跑，父亲在后面跟着，父亲停下来他也停下来，父亲稍一动作他就拔腿又跑。就这样在房间里绕了好几圈，并没有出什么大事，因为实际上他俩速度都不快，看起来不像是追赶，而像逗着玩儿。因此格雷郭尔暂且不打算离开地板，生怕自己逃到墙上和天花板上会被父亲认为是特别恶劣的行为。可是他心里很清楚，即便在地上爬他也支撑不了多久，因为只要父亲迈一步，他就得迈好多步。这会儿他已经感到喘不上气了，以前他的肺就挺虚弱的。他一步三晃地往前跑，因为拼尽全力，连眼睛都快睁不开了；就这样他迷乱地往前冲，想不到还有别的办法可以自救。他几乎忘了自己可以飞檐走壁，可是这个房间里摆着很多凸凹起伏精雕细刻的家具，把墙壁遮得严严实实……就在这时，一个东西飞了过来，扔得不是很用力，擦身落在他旁边，然后滚到他前面去了：是一个苹果。接着又一个苹果朝他飞了过来，格雷郭尔吓得站住了；再跑也是徒劳，因为父亲下定决心要"轰炸"他了。他把柜子上的一个果盘里的苹果全都塞进衣兜，然后也不好好瞄准，就一个接一个地朝他扔了过来。这些红红的小苹果在地板上滚过来又滚过去，就像有磁性似的还互相吸引、碰撞。有一个苹果扔得不是很用力，轻轻蹭过格雷郭尔的后背，没有伤着他哪里就落地了。可是另一个紧跟着飞了过来，击中了他的后背还砸了进去。格雷郭尔拖着受伤的身体想接着爬，好像离开原地就能把这突然降临的剧痛甩掉似的。然而他感觉就像被什么钉住似的动弹不得，随后就没了魂儿似的瘫倒在地。昏迷之前他看到房门砰地推开，妈妈抢在尖叫的妹妹前面冲了过来，身上只穿着内衣；刚才妹妹在她昏厥时为了让她呼吸通畅把她的衣服都解开了。只见母亲冲向父亲，松开的裙子一条接一条滑落在地板上，她被裙子绊得跌跌撞撞的扑到父亲身上，死死搂住他，全身贴紧他，双手钩住父亲的脖颈，哀求他别伤及儿子的性命。可是这时候，格雷郭尔的眼神已经开始暗淡下去了。

三

格雷郭尔受了重伤，使他一个多月不能动弹，那个苹果就像一个公开的物证似的一直嵌在他的肉里，谁也不敢走上前去把它取出来。就连父亲也似乎因此而想起他到底还是家中的一员，就算他目前形象丑陋恶心可厌可怜，也不能把他当成敌人看待，而要相反，全家人都有责任克服厌恶嫌弃的情绪，对他容忍、容忍再容忍，舍此别无他法。

虽然格雷郭尔可能因为受伤而永远丧失活动能力——现在他从房间这头爬到那头要用好长时间，活像个伤残老者，上墙更是想都别想——可他自己却觉得受伤给他带来了很多补偿，因为现在一到晚上，客厅的门就大大敞开了（他早在一两个钟头前就直眉瞪眼地盼着这一时刻的到来），这样他就能趴在自己房间的暗处，瞅着三个亲人围坐在点上灯的桌子旁边，听到他们的谈话，从客厅那儿他们却看不到他。这大概是经过他们默许的。所以，比起先前的偷听，现在情况要好多了。

当然，他们的交谈已不像过去那样气氛活跃了。过去，当格雷郭尔下榻旅馆狭小的客房，筋疲力尽却只能倒在潮乎乎的床铺上的时候，他会心怀渴念想到这种家人聊天的热烈气氛。而现在，他们多半是沉默不语，晚饭吃完不久父亲就歪在扶手椅里打起瞌睡，这时母亲和妹妹就相互提醒千万别出声；母亲把头低垂在灯下，离开灯很远，在给一家时装店做精细的手工活儿；妹妹已经受雇当了售货员，为了将来可能找到更好的工作，正在利用晚上的工夫学习速记和法语。有时父亲瞌睡醒来，浑然不知自己已经睡了一觉，还对母亲说："你今儿个干的活儿还真不少哦！"话音没落又睡着了，娘儿俩只好苦笑着交换一下疲倦的眼色。

父亲倦得不行，连在家里也不肯脱下那身制服，睡衣挂在衣架上成了摆设，他则穿着笔挺地坐在椅子上打瞌睡，好像随时准备去上班，即使在家里也要恭候上司吩咐似的。久而久之，虽然有母亲和妹妹的细心照料，这件本来就不那么新的制服就慢慢脏了起来。格雷郭尔常常整夜不合眼地望着这件油迹斑斑但纽扣却老是擦得金光闪闪的制服，老头子穿着它很不舒服但又十分安宁地睡熟了。

每当钟表敲响十下，母亲就轻声软语地唤醒父亲，让他上床接着睡，免得坐着瞌睡休息不好，而他最需要的就是休息，明儿一早六点钟还要去上班呢。然而自从他在银行里当了杂役以后，不知怎么搞得越来越犟，总是非得在桌旁再多坐一会儿，可是弄不好就又瞌睡过去，最后得费尽九牛二虎之力才能把他从扶手椅弄到床上去。无论母亲和妹妹怎样好言好语地坚持劝他上床去，他就是不听，闭着眼睛慢慢摇着头，哪怕连续摇晃一刻钟也不肯站起来。其间母亲一个劲儿地轻抻他的袖口，在他耳边好言相劝，妹妹也扔下作业过来搭一把手，可父亲就是不上钩，反而越来越往椅子尽里蹭进去。直到母女俩抓住他的胳肢窝把他往上拽，他才睁开眼睛，瞅瞅这又瞅瞅那，然后老生常谈地说："这算什么日子呀，这就是我晚年的安稳生活吗？"随后撑着两个女人艰难地站起身来，摇摇晃晃的很吃力，好像觉得自己都是个沉重的负担，还要由她们搀扶着走到门口，这才摆摆手让她们回去，自己一个人接着走，可母亲还是会慌忙丢下针线活儿，妹妹也会赶紧扔下笔，追上去再搀扶他一把。

在这个疲惫不堪、惨淡支撑的家里，除了非做不可的事情之外，谁还有闲工夫来更多关照格雷郭尔呢？日子越过越窘迫，捉襟见肘；那个小使女也给辞退了；一个像麻秆儿般瘦高的老妈子，现在每天一早一晚蓬着满头白发来给他们干些粗活儿。剩下的所有家务活儿就都落在母亲身上了，她还有一大堆针线活儿要做呢。不久，家传的珠宝首饰也开始变卖了。以往逢年过节参加晚会什么的，格雷郭尔的母亲和妹妹总要美滋滋地佩戴这些首饰，现在也不得不拿到当铺去了。格雷郭尔是在一天晚上，听到家里人商讨变卖所得的时候，才知道这件事的。不过，眼下家里最大的烦恼是，怎样才能迁出这套目前已经住不起的住房，因为实在想象不出怎样才能把格雷郭尔挪到新地方去。可是格雷郭尔心里最明白，搬不成家的主要原因并不在他，他们完全可以把他装在一个大小合适的箱子里，钻几个通气孔就行了，这事一点也不难。其实，迟迟不搬的真正原因是他们已经彻底心灰意冷，外加他们那个顽念：在那么多亲戚朋友中间，怎么唯独他们这么倒霉？人生要求穷人所做的一切，他们都已经尽力做到了：父亲闹到给银行小职员跑腿买早点的地步；母亲起早贪黑地为陌生人缝制内衣；妹妹听命于顾客，在柜台后面急急忙忙地跑来跑去。能做的都做了，超出的就是他们力所不及的了。把父亲送上床后，母女俩就回到客厅，暂时放下手里的工作，脸挨脸紧靠在一起坐着，这时母亲就会指指格雷郭尔的房门说："去把那扇门关上吧，格蕾特。"于是他又陷入黑暗之中，同时隔壁的母女俩就会泪眼相向，有时欲哭无泪地干瞪着桌子；每到这时，格雷郭尔受伤的背就又一次生疼起来。

日日夜夜，格雷郭尔都几乎在不眠中度过，心里有时候冒出这样一个念头：等门下一次再打开时，他要像以前那样重新挑起家里的大梁。事隔那么久之后，他的脑子里重又冒出了老板、员工总管、那些旅行推销员和实习生的身影；还有那个呆头呆脑的勤杂工，几个在其他公司工作的朋友，一个在乡间旅馆做事的女服务员——这是一段短暂的甜蜜记忆；还有那个帽店的女出纳——格雷郭尔曾认真地向她求过婚，可是已经有人捷足先登了。那些过往的人都在他脑海里出现了，和一些一面之交的陌生人或一些他几乎忘掉的人掺杂在一起。可是他们看上去全都那么冷若冰霜，一点也不帮他和他家人的忙，所以当他们从他眼前消失时，他反而感到庆幸。然而有时候，他非但没有心情替家里分忧，反而因为家人那样不管不顾自己而窝了一肚子的火；他自己也搞不清到底爱吃什么，却一心琢磨着怎样溜进食品储藏间把本该归他吃的那份拿走，即使不饿也罢。他妹妹现在也不再考虑他爱吃什么不爱吃什么了，仅在早上和中午上班前匆忙用脚把随便什么吃的拨进哥哥的房间，然后到晚上再用扫帚把吃的一下子扫出去，也不管他动没动——常常是他一口也没动。她打扫他的房间现在也都挪到晚上干了，而且草率得不能再草率。墙上净是一道道污迹，地上到处是一团团尘土垃圾。起初在妹妹进来前，格雷郭尔总是哪儿特别脏就待在哪儿，以此来多少表示不满和责怪之意；但即便他再多趴上几个星期的脏窝，她也不会有一点改进的；她和他一样清楚这里很脏，但就是铁下心来不管。同时她又以前所未有的敏感捍卫着自己打扫格雷郭尔房间的权利。其实全家人对此都变得特别敏感，有一次母亲还亲手给他的房间做了一回大扫除，只用了几桶水就解决了问题；但是满屋的潮湿也让格雷郭尔很难受，他摊开身体闷闷不乐地躺在长沙发上一动不动。结果母亲为此受到了惩罚。当天晚上，妹妹刚一看到他的房间变了样，就怒气冲冲地闯进客厅，全然不顾母亲举着双手的哀求，嚎啕大哭起来。父母起初只是愕然瞅着她不知所措（父亲此前当然先从椅子里惊跳起来），然后就卷了进来；父亲首先责怪他右边的母亲多管闲事，让女儿打扫格雷郭尔的房间不就完了？然后他又对左边的女儿怒喝到，以后再也不许打扫格雷郭尔的房间了！母亲则一个劲儿地想把失去自控的父亲拖到卧室里去。妹妹这时哭得浑身乱颤，还用两只小拳头使劲擂着桌子。格雷郭尔在他屋里也气得呼哧带喘，怎么没有人想到把门关上，省得他瞧见这幕乱象，听到这些吵闹。

不过，就算妹妹工作一天下来已经累得贼死、懒得再像过去那样照顾格雷郭尔，而妈妈也没有必要亲自去管，格雷郭尔这会儿也不会没人照顾了，因为家里又来了个老保姆。这是个老寡妇，可能凭借一身粗壮的硬骨头，扛住了漫长一生中最严重的打击，什么可怕的场面没见过，所以她压根儿就不怕格雷郭尔。有一次，她不是出于好奇，而只是纯属偶然地推开了他的房门，见到了他。格雷郭尔当时吓了一跳，接着到处乱窜，其实那老妈子根本没有撵他，只是交叉两手搭在腿间吃惊地站在那儿罢了。从此以后，她每天早晚各一次，都不会忘了把门推开一点瞅他几眼。起初，她还用自以为是友好的话招呼他到她跟前来，比如"过来呀，你这老屎壳郎！"或者"瞧你这老屎壳郎的臭德性样儿！"格雷郭尔对这样的搭讪根本不予理会，只当那扇门没开似的待在原地动也不动。家里人都怎么啦，与其任由这个粗老妈子动不动就这样无聊地骚扰自己，还不如交待她每天打扫他的房间呢！有一天一大早，一阵骤雨噼里啪啦打在窗玻璃上，大概是预兆春天又要来了吧——是老妈子又来啰嗦了。格雷郭尔见到她怒从心起，就冲她爬过去，像要咬她似的，但身体虚弱得让他腿脚发软、爬行迟缓。那老婆子不但不怕他，反而顺手抄起门边的一把椅子高举过头，并且嘴张开老大站稳，目的很明确，等椅子砸到格雷郭尔背上后才闭上嘴。"切，咋不过来啦？"看到格雷郭尔转身往回走，她问道，然后若无其事地把椅子放回墙角。

现在格雷郭尔已经几乎不吃东西了。只在偶然路过饭盆时，觉着好玩儿，他才会咬上一口，然后把食物含在嘴里几个小时，再把它的一大半吐掉。起先他还以为是房间脏乱差的现状让他安不下心来吃饭，但他很快也就习惯了房间里的各种变化。家里人现在养成了这个习惯：把放在别处碍事的家什都往他的房间里塞。这些家什现在堆满了他的房间，因为家里有一个房间出租给了三个房客。这些先生全都蓄着大胡子——这是格雷郭尔有一次从门缝里偷看到的，个个还不苟言笑事儿妈似的，不但要求他们自己的房间清清爽爽井井有条，还俨然以这个家庭的一部分自居，要求整所住宅的一切都要这样，尤其是厨房。东西多余了都让他们受不了，更不要说肮脏了。更有甚者，他们居然把自己惯用的家具也都几乎全带过来了，这样一来就让家里的好多东西都成了多余，卖掉吧没有几个钱，扔了吧又舍不得。于是这一切就都来到了格雷郭尔的房间，连煤灰桶垃圾箱什么的都进来了。凡是眼下用不着的东西，都被那个老妈子一甩手就扔了进来；她无论干啥活儿都毛手毛脚的特糙。幸好格雷郭尔多半只见到一只手拎着不知什么往里一扔,别的就不知道了,眼不见为净。没准儿老妈子还想找个时机把这些东西再拿走,或者先集中起来再一次性地处理掉吧,天晓得。可实际上却是东西扔到哪儿就留在那儿不动窝了,除非格雷郭尔在这些杂物间曲里拐弯儿爬行时,有时把它们挪挪地儿。起先他还是迫不得已,因为实在没有空地供他爬了;可后来他就对干这事上了瘾,尽管绕来绕去几小时后累得贼死还很伤心,又得一连趴几个小时一动不动地休息。

由于房客们有时候也在客厅里用晚餐,所以有些晚上房门要关上,不过格雷郭尔对此并不在乎,他早就没兴趣了,即使晚上门开着他也不会抓住机会打探什么,而是缩在自己房间最阴暗的角落里,家里没人会在意他。有一次老妈子没有把他的门关严,直到夜幕降临点亮灯房客们进来吃饭的时候,房门都始终敞开着一道缝。三个房客在桌子的上首处就座,就是以前父母亲和格雷郭尔吃饭时坐的地方,把餐巾摊开,拿起刀叉举着。母亲立马出现在客厅门口,双手端着一盘肉,妹妹也端着一盘高高堆起的土豆紧跟在她后面,热气腾腾的就出来了。饭菜摆上之后,房客们俯身向前察看,像是要在下嘴之前先嗅嗅似的。坐在当中像是老吃货的那位果真就从盘子里切下一块肉来,显然是要看看做得够不够嫩,要不要退回厨房。看来他满意了,站在一旁紧张瞅着的妈妈和妹妹这才松了口气,脸上绽出笑容。

家里人则全到厨房里吃饭。尽管如此,父亲在去厨房吃饭前仍要到客厅里去一趟,帽子拿在手中,一边鞠着躬,一边围着餐桌绕一圈。这时房客们就都站起来,掩在大胡子下的嘴巴支吾不清地说些客气话。父亲走后,没有别人在场了,他们就几乎一言不发地只顾吃自己的饭。让格雷郭尔感到诧异的是,在餐桌上发出的各种声响中,他独独听出了他们牙齿的咀嚼声,这声音似乎在提醒格雷郭尔:要想吃东西就得有牙齿;牙床再美观,没有牙齿也无济于事。"我不是没有胃口,"格雷郭尔悲哀地喃喃自语,"可却吃不了这些东西。瞧这些房客大快朵颐,我却快要完蛋了。"

　　就在当天晚上,厨房里传出有人拉小提琴的声音——自打变形以来,他就不记得听到过这种声音了。三位房客这时已经吃过晚饭,刚才坐在中间的那位抄起一份报纸,分给他左右的另两位一人一张,三人就这样往后一靠,舒舒服服地边看报边抽烟。小提琴声一传过来,他们马上竖起耳朵,然后站起身来,轻手轻脚地走向前厅门口,挤成一堆站着偷听。厨房里的人准是听到了他们的动静,格雷郭尔的父亲大声问道:"先生们,拉琴是不是影响你们了?我们这就停下来。""哪里哪里,"当中的那个房客说,"要不就请小姐到我们这儿来拉?这个房间舒适多了,还很方便。""哦,好的。"格雷郭尔的父亲大声应答,就像是他拉小提琴似的。于是房客们就回到客厅去等了。不一会儿,格雷郭尔的父亲端着乐谱架子,母亲拿着乐谱,妹妹挟着小提琴进来了。妹妹镇静地准备练琴。父亲母亲以前从没出租过房间,所以第一次对待房客就特别礼貌,毕恭毕敬的甚至不敢坐在自家的椅子上;父亲就倚在门框上,右手摆在制服上的两颗纽扣之间,纽扣一律扣得整整齐齐;一位房客端来一把椅子请母亲坐,椅子正好放在墙犄角里,母亲也就坐在那儿了,没有挪动椅子。

　　妹妹开始练琴了;父亲母亲从她两边专心地瞅着她的一招一式。格雷郭尔也受到琴声吸引,壮着胆子朝前爬了几步,脑袋实际上已经伸进了客厅。他现在越来越盖儿不吝了,才不管别人怎么看他呢;而以前他可是特能为别人着想的,特别知趣并为此骄傲。眼下他本该把自己藏起来才更在理儿,因为他的房间里到处都是尘土,稍微有点动作就尘土飞扬,他也因此而浑身是土,后背和两胁也沾满线头、毛发、食物残渣什么的,走到哪儿就带到哪儿。而且现在他对什么也都无所谓了,不再像过去那样一天有好几次翻过身去在地毯上蹭背了。他就这副模样,厚着脸皮在客厅一尘不染的地板上向前走了一段。

　　很显然还没有人注意到他。家里人全都沉浸在练琴的音乐声中;房客们却三心二意，他们先是把手插在裤兜里站在谱架后面，距离近得能看清乐谱，而这显然对拉琴的妹妹有所干扰。接着他们就一边私下嘀咕着什么，一边低着头朝窗子走去，令父亲不安地注视着他们。他们确实已经表示得够露骨的了：原以为能听到优美——最起码悦耳——的小提琴演奏，可是他们失望了，听厌了，对整个演奏反感了，只是出于礼貌才容忍别人打扰一下自己的安静。尤其是从他们全都从鼻孔和嘴里向空中喷吐烟雾的样子，就可以看出他们已经很不耐烦。可是，格雷郭尔的妹妹其实琴真的拉得很美，她把面庞歪向一边，目光专注而忧郁地追循着乐谱上一行行的音符。格雷郭尔又向前爬了一点，并把脑袋尽量低垂，希望自己的目光能对视到妹妹的目光。音乐对他既然有那么大的魔力，还岂能说他是动物？他觉得自己一直渴望吃到的某种不知名的食粮现在就摆在他眼前了。他决心继续往前爬，他要爬到妹妹跟前，扯扯她的裙裾，让她明白，她应该拿着小提琴到他的房间里去拉，因为此处没人像他那样愿意欣赏她的演奏，只有他配做她的听众。他再也不要她离开他的房间了，至少自己活着的时候不要她离开。他的骇人面孔将第一次发挥真正的作用，他要同时守卫房间的几个门，谁敢闯进来就吓跑谁。当然，不能勉强妹妹待在他屋子里，而是让她自愿；她可以和他并排坐在长沙发上，低下头来听他吐诉；他要让她知道，他早就暗下决心把她送进音乐学院了，若不是这期间他出了这么大的不幸，他早就在去年圣诞节——圣诞节肯定早就过了吧？——向全家人宣布一个好消息了，而且谁都甭想提出任何反对意见。妹妹在听了这番倾诉之后肯定会感动得呜呜大哭，格雷郭尔这时就会起身攀上她的肩头去亲吻她的颈项——自打她出去做店员以后，她的颈项就再也不系丝巾，也没有高脖领包着了。

"萨穆沙先生！"三位房客中间的那位突然朝格雷郭尔的父亲大叫一声，接着用手指着正在缓慢前行的格雷郭尔，不再多说一句话。拉琴的声音戛然而止，中间的那位房客先是冲他的同伴摇着头苦笑了一下，继而又朝格雷郭尔那边望过去。看来父亲认为第一重要的是安抚房客，而不是赶走格雷郭尔，尽管房客们压根儿就没觉得有啥大不了的，而且很显然他们觉得看格雷郭尔比听人拉小提琴更有趣儿。他赶紧向他们跑过去，张开双臂想把他们拥回到自己的房间里去，同时遮挡住他们的视线，不让他们眼瞅着格雷郭尔。这下他们反倒有点恼火了，搞不清楚是因为这个老头儿的行为失当使然呢，还是因为他们现在才猛地明白过来，敢情他们有一个像格雷郭尔这样的邻居住在他们隔壁！他们要格雷郭尔的父亲讲清楚，还像他那样挥舞着手臂，并且惶惑地扯着自己的胡子，很不情愿地朝自己的房间退回去。自从演奏突然被打断之后，格雷郭尔的妹妹就一直摸不着头脑，她不安地站着，握住小提琴和琴弓的双手松垂着，两眼依旧瞅着乐谱，仿佛还在演奏似的。过了一会儿她总算整明白了，打了个激灵，把小提琴和琴弓往坐在椅子上喘得不行的母亲的怀里一塞，就跑进隔壁客房里去了，那几位房客被父亲连哄带催地也靠近了这个房间。只见被褥枕头在格雷郭尔妹妹灵巧熟练的手指下翻来覆去几下子，就被整整齐齐地铺好在床上了。接着趁房客们还没踏进房门，她刺溜一下子溜了出来。这时父亲的倔劲儿又上来了，竟然完全忘掉了对房客一定要毕恭毕敬。他一个劲儿地催赶他们，把他们逼到客房门口，直到中间那位房客开始使劲跺地板了，他才收敛下来。"我要宣布，"这位房客边说边举起手，同时目光扫向格雷郭尔的妈妈和妹妹，"鉴于这个住所和这一家人的糟糕状况，"——说着他狠狠朝地板上啐了一口——"我立刻退房。我住进来这些天的房钱自然也是分文不付。不但不付，我还要考虑对您提出指控，至于指控的理由嘛——您相信我好了——是显而易见的。"然后他顿住了，傲视前方，像是在等待什么。他的两个朋友心领神会，立马冲过来帮腔："我们也宣布马上退租。"说完那个为首的抓住门柄砰的一声关上了门。

格雷郭尔的父亲双手胡乱摸索着，跟跟跄跄地走到他的沙发椅前，一下子倒进去，看样子像是要摊开身体打个盹儿，就像平时晚上那样，可是他的头却一个劲儿在剧烈地磕，好像止也止不住，这说明他根本就没有在睡觉。格雷郭尔始终静静地趴在房客刚才被发现时的原地。刚才计划泡汤带来的失望，可能还有经常挨饿造成的虚弱，使他完全动弹不了。他怕得不行，心想这下完了，等一下他们肯定要怒气爆发对他发起全面攻击，自己就等着挨打吧。连小提琴从母亲颤抖的指间和膝上滑落到地板上，发出共鸣的声响，也没能惊动他。

"亲爱的爸妈，"妹妹发话了，边说边用手掌在桌面上拍了一下，当作引子，"不能再这样拖下去了。你们也许没看明白，我可是看得一清二楚。对这个怪物，我可叫不出我哥哥的名字，所以我只能说：咱们一定得想法子把它弄走。咱们已经最大限度忍了它、照料过它了，可以说问心无愧了，谁也说不出咱们有半点不是了。"

"她说得一点没错儿。"父亲喃喃自语道。母亲一直憋得喘不过气来，这时又用手捂住嘴巴低头干咳起来，眼睛里闪着癫狂的目光。

妹妹连忙跑到母亲跟前，扶住她的额头。父亲因为格蕾特这一席话而显得若有所思，他笔直地坐着，手指抚弄着他那顶杂役的制帽（它摆在房客吃过晚饭后还没收走的盘碟中间），还不时地朝一动不动的格雷郭尔溜一眼。

"一定得想法子把它弄走。"妹妹现在很明确地对父亲说道，因为母亲正咳得厉害，说啥她也听不见。"最终它非把你俩都拖垮不可，我预见结果准是这样。像咱们这种全家都必须玩儿命工作的人，哪儿能受得了家里有这样一种折磨？反正我是再也忍受不了了。"说着她恸哭起来，眼泪流到母亲脸上，她又用手很机械地替母亲揩干。

"我的孩儿啊，"父亲很有同感地说道，显得特能理解，"可是咱能怎么办呢？"

妹妹只有耸耸肩，表示她也不知如何是好了；刚才她还那么信心十足，这一哭就全都哭没了。

"要是他能听懂咱们的话还好办。"父亲说这话时自己也怀疑；仍在哭泣的妹妹使劲摆着手，表明这是完全不可能的。

"要是他能听懂咱们的话还好办，"父亲重复着刚才的话，说着合上眼睛，接受了女儿认为这是完全不可能的说法，"也许还能和他谈妥，找个解决办法。这下子可好——"

"它必须走人，"妹妹大叫起来，"爸，这是唯一的办法。你一定要努力抛弃它就是格雷郭尔这个念头。那么长时间咱们一直相信它是格雷郭尔，这才是咱们不幸的真正祸根。它怎么可能是格雷郭尔呢？假如它真是格雷郭尔，那么他早就该明白，人是不可能和这样一种动物生活在一起的；他就会自觉自愿地离开。是，我是会失去一个哥哥，可换来的是咱们可以继续生活下去，并且充满敬意地缅怀他。现在可好，这个东西到处跟踪咱们，赶走咱们的房客，明摆着想霸占整套房间，把咱们都赶到大街上去睡。爸，快瞧，"她突然又大叫，"它又过来啦！"格雷郭尔完全搞不懂妹妹为啥会那么慌里慌张，甚至于不顾母亲而猛地逃离她的座椅，好像要用母亲来抵挡格雷郭尔的靠近似的，并且躲到了父亲的背后，父亲被女儿的举动搞得手足无措，也站起身来，半举着双臂像是要保护她。

可是格雷郭尔压根儿就没想去吓唬谁，更甭说吓唬自己的妹妹了。他不过是想转过身去爬回自己的房间，只是这个动作看起来一定特别吓人，因为他的身体在饱受折磨后，转身已经很困难，只有借助头部多次抬起然后撑地的力量，才能一点点转过身去。这时他停下身来扭头瞧了瞧。大家似乎看出了他的良好用意，刚才的惊慌很快就平复了。现在全家人都郁闷地瞅着他。母亲躺在沙发椅上，两腿僵直地并在一起，眼睛因为倦怠几乎睁不开了。父亲和妹妹紧挨着坐在一起，妹妹的手臂还勾着父亲的脖子。

"现在我也许能转过身去了吧。"格雷郭尔心想，又开始铆起劲来。费力使他上气不接下气，只好不时停下来喘口气休息。反正也没有人催逼他，一切由他自己看着办。彻底调头之后，他马上直奔自己房间而去。他很惊讶怎么回去的路那么漫长,真不明白刚才以自己如此虚弱的身躯是怎么爬过这段路的,好像是不知不觉就快爬到妹妹跟前的嘛。现在他一门心思只想快点爬回去,几乎没注意到家里人全都一言不发、一声不喊,免得打扰他的前进。直到快进门时他才扭过脸来,因为脖子僵硬也没有完全扭过来,但足以看到身后谁都没有动,只有妹妹站起身来。最后一瞥他落在了母亲身上,母亲已经完全睡着了。

他后脚还没离开房门,门就砰的一声给关上了,不仅关得严严实实,还上了锁。身后突如其来的响声把他吓得两排细腿一软。那么急不可待的那个人竟然是他的妹妹!她事先已站在那儿等着了,接着敏捷地往前跳了几步,竟让格雷郭尔丝毫没听见她已悄然接近。她拧了几下钥匙把门锁紧后,就对父母喊道:"总算锁起来了!"

"以后咋办呢?"格雷郭尔在黑暗中扫视四周,喃喃自语道。随后他就发现自己已经完全动弹不了了。对此他并没有感到吃惊,反倒是迄今为止他一直靠这些弱弱的细腿儿居然爬了那么多路,这让他觉得真不自然。刨去这一点,别的也没有什么不舒服的地方了。虽然全身还在作痛,但他感到疼痛在一点点减轻,最终会彻底消失的。对于嵌在他背上的烂苹果及周围发炎的部位,由于都蒙上了一层软软的尘土,已让他几乎不觉得疼了。他满怀着温情和爱意回想着自己的一家人。他觉得自己必须消失了,他这个想法可能比他妹妹的还要坚定。他埋头在这种空蒙而宁静的沉思之中,直到钟楼上敲响凌晨三点的钟声。窗外,破晓透进屋里的第一道晨曦他还朦胧瞅见了。随后他的头就浑然不觉地垂了下去,从鼻孔里呼出了最后一口游丝般的气息。

一大早,那个老妈子来了。她力气大又性子急,开门关门总是乒乒乓乓的弄得山响,对她提醒了多少次也没有用,反正她一来全家就谁都休想再睡安稳。她照例去格雷郭尔的房间瞅了一眼,乍一看也没有什么不对劲的地方。她认为他是故意躺在那儿一动不动的装模作样;她相信他依旧事事门儿清。她手里正好攥着一把长柄笤帚,就站在门口用它拨弄格雷郭尔。见他还是不动，她就生气了，拿笤帚往他身上戳戳点点，见他直到被她从原地推开还是不作反抗时，她才起了疑心。很快她就全明白了，惊得睁大两眼嘘了一下口哨，没敢多停留，而是用力拉开卧室的门，朝黑幽幽的里面大喊："你们快去瞧啊，它死了。它躺在那儿，整个儿嘣屁着凉啦！"

萨穆沙夫妇双双从大床上坐了起来，懵懵懂懂的，老妈子这一下把他们吓得够呛，先稳了稳神儿，然后才整明白了她的意思。随后他俩从两边匆忙下了床，萨穆沙先生顺手抄来一条毯子披在肩上，萨穆沙太太干脆只穿着睡衣，就这副模样走进了格雷郭尔的房间。客厅的门这时也打开了，自从房客住进来后格蕾特晚上就在这儿睡觉。她却衣服穿得好好的，似乎整夜没睡，苍白的脸色可以证明这一点。"它死了吗？"萨穆沙太太边问边怀疑地瞅着女用人；其实她可以自己去看个明白，即使不去看事情也已经很清楚了。"那还有错儿？"老妈子说着就用笤帚把儿把格雷郭尔的尸体拨到很远的地方，好证明自己说得没错。萨穆沙太太动了一下像要阻止她似的，但终究没这么做。"那好啊，"萨穆沙先生说，"现在咱们可以感谢上帝了。"他在胸前画了个十字，三个女人也照他样做了。格蕾特一直瞧着那个尸体，说："你们看它多瘦呀，它好长时间啥都没有吃了，放进去啥吃的，拿出来都原封没动。"真的，格雷郭尔已经完全干瘪了，他的躯体现在已经不由那些细腿撑起来了，所以没什么能妨碍他们把他看清楚了。

"过来，格蕾特，到我们房间里待会儿。"萨穆沙太太面带苦涩，微笑着说。格蕾特边扭头瞅着尸体，边跟着父母走进他们的房间。老妈子关起门，把窗子敞开大大的。时辰虽然还早，但清新的空气已把几丝暖意带进屋里。毕竟已经到三月底了。

这时那三个房客从他们房间里出来了，看到早饭还没有端上来他们很惊讶；人家早把他们忘到脑后了。"早饭在哪儿呢？"领头的那个房客不高兴地问老妈子。可是后者马上把手指竖在嘴唇上，接着一言不发迅速做了个手势,叫他们来格雷郭尔的房间里看看。他们进来了,把手插在已有些破旧的上衣口袋里,围住格雷郭尔的尸体站着。这时候房间里已经大亮了。

卧室的门打开了,萨穆沙先生身穿制服,一手拥着夫人一手拥着女儿,出现在门口。他们都有点像哭过的样子,格雷特还时时把脸靠在父亲的怀里。

"请你们马上离开我的房子!"萨穆沙先生指着房门说道,同时并没放开身边两位女士。"您这是什么意思?"当中的那位房客有些愕然地问道,还谄媚地笑了笑。另两个房客把手摆到背后不住地搓着,好像很乐意看到一场凶恶的争吵爆发,而获胜的一方必将是他们自己。"我的意思刚才已经讲得很明白了。"萨穆沙先生回答,然后挽着两个女士径直朝那个房客走过去。那个房客先是坚守在原地,眼瞅着地面不吱声,像是重新梳理自己的思维、权衡利弊似的。"那我们走就是了。"然后他说道,抬头瞅着萨穆沙先生,一下子变得那么谦卑,好像连自己决定要走也需要得到对方批准似的。对此,萨穆沙先生只是瞪着两眼对他们不耐烦地点了点头。这位先生果真就朝着门厅大步走去。之前他的两个朋友已经停止了摩拳擦掌并认真旁观了好一会儿,这时候便三步并作两步跟着他窜了出去,好像唯恐萨穆沙先生会抢在他们前头进入门厅,把他们同他们的头领阻断似的。三人在门厅里取下衣架上自己的帽子,抽出手杖筒里自己的手杖,一声不吭地鞠了下躬,就离开了这套住房。萨穆沙先生有点不相信自己的眼睛(但他的怀疑很快就证明是多余的),就和两个女人也跟了出去,走到门前的楼梯口,靠在栏杆上,眼瞅着那三个人矜持但不停步地走下长长的楼梯,在每层楼梯的拐弯处消失一下,少顷复又出现;随着他们越往下走,萨穆沙一家人对他们的兴趣也就越小,当一个肉铺小伙计头上顶着什么东西趾高气扬地走上楼来,在楼梯上撞见他们,又接着走上来时,萨穆沙先生和妻子女儿也就立即离开了楼梯口回到自己家里,像是卸掉了一个大包袱。

他们决定今天就用来休息和散步了；一直工作得那么辛苦，本来就该休息休息、调剂一下了，再说他们也确实有这种需要。于是他们坐到桌旁各写各的假条，萨穆沙先生写给银行的领班，萨穆沙太太写给她的客户，格蕾特写给她的店老板。正写着呢，老妈子进来了，说她要走了，上午的活儿干完了。三人起初只是点点头表示知道了，并没有抬起眼皮看她，可她还是磨磨唧唧不走，于是他们不高兴地抬眼瞅着她。"怎么回事儿？"萨穆沙先生问。女用人笑嘻嘻地站在门口，像是有什么大喜事要汇报似的，不过只要人家不刨根问底，她就不打算说。她帽子上插得笔直的那根小鸵鸟羽毛此刻也轻佻地四下摇摆；打从她受雇进了这家门以来，萨穆沙先生就一直讨厌见到这根羽毛。"说说到底是怎么回事儿？"萨穆沙太太开口了。老妈子对她还比较顾忌。"哦，是这么回事，"老妈子乐得简直没法儿把话说顺溜，"你们都别操心把隔壁房间那东西怎么弄走了：我全都办好了。"听了这话，萨穆沙太太和格蕾特又埋下头去，好像要接着专心写下去。萨穆沙先生见她又打算细说事情经过了，就断然摇摆一只手制止了她。爱听不听，老妈子心想，我又不是闲着没事儿干。她气哼哼地嚷道："回见了，各位东家。"说完扭身就走了，离开前自然少不了又把门弄得一通乱响。

"今晚就告诉她以后不用再来了。"萨穆沙先生说，可是妻子和女儿谁都没有搭理他，因为她们好不容易心里刚平静了一点，似乎被这个女用人又搅乱了。她俩站起来走到窗前，就在那儿紧紧地抱在一起。萨穆沙先生坐在扶手椅上朝她们转过身去，静静地瞅了她们好一会儿。然后他大声说道："你们过来呀。过去的事就让它过去吧。现在你们也该为我操点儿心了。"两个女人立刻应允了，赶忙回到他跟前抚慰他，并且噌噌两下写完了假条。

嗣后他们三人一起离开了住所，已经有好几个月他们没有一起出过门了，他们坐上电车出城到郊外去。车厢里撒满温暖的阳光，除了他们没有别的乘客。他们舒适地靠在椅背上展望未来，仔细讨论之后发现事情并没有那么糟糕，毕竟三个人的工作都还不错，而且还有不小发展空间，这些都是他们以前从没好好谈论过的。眼下最能改善他们生活环境的当然是搬家，他们现在想搬到一套小一点、便宜一点、位置合适尤其是便于收拾的公寓里去住，比格雷郭尔挑选的目前这套更加实用。他们就这样聊啊聊的，萨穆沙先生和太太的目光落在了变得越来越快活的女儿身上，并且几乎同时发现，尽管最近一段时间这些磨难把女儿的脸色搞得苍白，但就在其间她出落成一个美丽而身材丰满的大姑娘了。夫妇俩沉默起来，下意识地交换了一下会意的目光，心里都打定主意，是时候该给丫头找个好丈夫了。仿佛是要肯定他们的新梦想和美好打算似的，在旅途结束时，他们的女儿第一个跳将起来，舒展了一下青春的腰身。

《城堡》导读[1]

◎ 伊德里斯·帕里

有没有把特别百转千回、缠绕费解的一颗心灵揭示得酣畅淋漓的作家呢？有，卡夫卡就是这样一位，他相信自己的情况是独一无二的。没有人像他那样如此受到恐惧的折磨，这恐惧如他在日记中所说像只"神秘的大乌鸦"。他是不是夸大其词了呢？"我是有夸张的倾向，"他致信米莲娜·捷森斯卡道，"但我依旧是值得信赖的。"

一九二二年从一月到九月，在他写作《城堡》期间，他生活中最重要的人就数米莲娜·捷森斯卡了。这期间他给她写信无数，而且敞开心扉，毫无保留。他不能没有她。"为了你的缘故，也为了我的缘故，我只对你讲真话，"他说，"这是我对任何其他人都做不到的。是的，我是有可能直接通过你，发现我自己的真实面目的。"一九二一年十月，他甚至把自己的所有日记都交给了她，并且再也不把它们要回——对那么自我的一个人来说，此举堪称是天大的信任，简直难以置信。但其实此举还是蛮合乎逻辑的：他在这些日记里袒露了自己的内心，揭示了内在的自我，这与他只在给米莲娜的信中暴露自己的恐惧（因而也就袒露了自我）是前后一致的。他对她彻底敞开心扉，毫无隐瞒。他的意向与她的理解似乎高度吻合，即他俩之间没什么可隐瞒的，一切都是可探索的。"我虽然不能同时倾听来自我内心的可怕声音与倾诉给你的声音，"

---

[1] 此文译自英国企鹅现代经典《城堡》导读。作者伊德里斯·帕里（Idris Parry）是德国文学研究专家，作家。

他告诉她,"但这两者是高度一致的,我先听到自己的内心之声,接着便传递给你……这世上唯有你能读到我的内心。"这些写给米莲娜的书信向我们披露了卡夫卡的与创作《城堡》同期的心态,于是来自他内心的那些"可怕声音"也就通过小说传递给了别人。

这种炽烈的关系似乎是两个极端相互吸引的结果。从外部环境来看,哪个女人都不如米莲娜显得离卡夫卡的生活更远,更不搭界。她比他小十二岁;这在我们看来好像不算什么,但在当时三十八岁的卡夫卡看来,她可是属于小鲜肉的年轻一代。她已经结婚,但过得并不幸福,婚姻处在行将崩溃阶段。此外,他是犹太人,她是基督教徒,并且看起来很外向。她住在维也纳,让这个来自布拉格的男人觉得遥不可及,除非通过一些复杂和让人沮丧的安排。在卡夫卡的一生中可从没有过简单的安排。"今天我见到了一张维也纳的地图。有好一阵子我都搞不明白,当你只需要一个房间的时候,为什么他们还要建筑那么大的一座城市。"

在他致她的信中,充斥着他对他俩之间障碍的痛苦分析。对卡夫卡而言,任何表象,哪怕是爱的表象,都有可能派生一堆令人不安的凶兆和各种不祥的可能性。生活在他眼里似乎就是这样,目力所及之处,处处生发出障碍和不顺——他的犹太人身份,护照到哪儿都受限,坐火车的困难,长期睡眠不足,她的丈夫,他自己的工作职责,他的健康状况,他妹妹的婚事……没一样不走背字的。灾难也罢,烦恼也罢(这两者在他眼里没什么区别),它们就像设计好了那样跟他如影随形。在他的小说里,这种命数,命运的捉弄,随处可见,它反映出一种障碍不断涌现的生活观,障碍像细胞分裂那样增殖,以其名目繁多和不断变化困惑着、折磨着人的大脑。他的莫名恐惧有时到了可笑的地步,比如他告诉米莲娜,他害怕把一玻璃杯牛奶端到嘴边去喝,"因为担心它会在我面前随时爆炸——不是凑巧的,而是设计好的那种爆炸——然后玻璃碴刺进我的脸"。

他写给她的信(她写给他的则全部遗失)表明,他俩的关系逐渐升温成炽烈的——对他而言则是折磨人的——爱情。除了卡夫卡，还有谁会在幸福中发现敌对的因素呢？它随时有可能当着他的面爆炸，并且是由他没事就爱分析的各种可能性组成的。他斥责自己那么多疑，那么无端地恐惧，斥责自己加进一些不好的东西，从而败坏了与那么一个自然而坦诚的女人的关系。单纯的幸福在他眼里成为那么可怕的东西，"爱情在我眼里成了这个样子：你是一把尖刀，我把它插进自己，搅来搅去。"

在他创作《城堡》期间的日记里，他把自己的生命形容成出生之前的犹豫。"还没生出来，就已经被迫在街上行走，并与人交谈。"一如往常，他夸张着。一切艺术皆被称为恰到好处的夸张，卡夫卡就把这条定律施行到极致。夸张是他的杀手锏。在他的小说、书信、日记里，他的感觉无一不被他赋予了奇形怪状的形态。除了谈论出生之前的犹豫，他还谈论生命像是零碎事件的串接，一串松松相连的环扣，总是那么偶然、临时、即兴，犹犹豫豫地行进，似乎既无关联也无结论。那么这到底是偶然还是设计呢？他肯定是相信设计说的：事件看似偶然，背后必有天定。他不会设想什么超越跨蹯的降生。他认为自己还不完整，仍处在子宫里状态。他与女人的通信也许能使他孕育完成。所以他可以把她直呼为"米莲娜妈妈"。他津津乐道于她的"孕育力"（造命力）。她在他眼里成了某种大地母亲，能够消弭他意识中的犹犹豫豫。他告诉她，他只想"把我的脸埋进你的膝头，感受你的手轻抚我的脑袋，就这样一直待到永恒"。

卡夫卡和米莲娜在维也纳待在一起四天，这是他俩在一起最长的一段时间。后来米莲娜告诉一个朋友，卡夫卡在此期间忘掉了他的恐惧。"不需要丝毫努力，"她说，"一切都是那么简单和直截了当……"他的神经质也烟消云散。不过他的恐惧难以根除，尤其是骨子里的那种恐惧。"我总在尝试传达那些传达不了的东西，"他给她写信道，"解释那些无法解释的东西；我在尝试讲述一些刻骨铭心的事情，一些只能在骨子里体验的事情。"

维也纳之后，又独自置身他的小屋，眼前铺着稿纸在上面码字的时候，卡夫卡又回到以前恐惧的状态。他坦言与米莲娜同居的可能性微乎其微。那些快乐的日子现在回顾起来，只能算是这样一种时光："我努力爬上栅栏儿墙，抻着脖子往那边瞧，两手使劲撑住自己的体重，但还是仰翻掉了下去……"对卡夫卡而言，恋爱的折磨就像其他所有事情对他的折磨一样，造成了一种难言的恐惧，销蚀着他的力量，啃噬着他的信心。这就好像他与人、与事物、与事件的关系，全都只有透过他恐惧的眼帘才清晰可见似的。

卡夫卡的创作旨在努力从他生存着的这个核心事实中找出意义来，而这个核心事实也正是他难以名状的恐惧所在。以某种奇怪的方式，这种恐惧也证实着他的生存的合理性，于是我们就有了关于此人的矛盾两面：一方面他宣称自己毕生都在抵御结束它的诱惑，另一方面他又宣称没有恐惧他就活不下去。"我的一生就由这种潜在的恐惧威胁构成。如果它不在了，我也就不在了。它就是我参与生活的方式。如果它停下了，我也就放弃活着了，轻松自然得就如将死之人合上眼睛一般。"

如果说生命仅如恐惧的散发那样来到他身上的话，那么这种恐惧应该得到精确的观察便显得很重要了：它俨然成了他的创作与希望的素材。他要么放弃，要么继续前行。卡夫卡选择继续前行。他告诉米莲娜，他的惧怕是"一种延及所有事物的惧怕，是一种事无巨细的恐惧，即对什么都怕，怕到连说出一个词的发音都怕的地步，是那种肌肉下意识痉挛的害怕"。如果说还有希望的话，那它就在这里了，在其明显的对立面或相反物之中了。里尔克说过，要不顾一切、不惜一切地赞扬、赞扬、再赞扬；诗人这里所说的赞扬，是指无条件地接受生活资料或素材，甭管它多么可怕或费解。真理（真相）是不能通过省略或编辑发现的。卡夫卡则是不顾一切地保持充当一个好奇的观察者，他说："你忘了吗？米莲娜，咱俩可是肩并肩站在一起，注视着这个站在地上的怪物——它就是我。"

这些书信的重要性就在于，除却它们是人类文献宝库中唤起对往昔回忆的精品之外，还在于卡夫卡把它们换上了小说的外衣，而这小说就是《城堡》。也就是说，他把他这些书信的精神移情进入《城堡》。卡夫卡总是在其小说中谈论他自己。他对费丽斯·鲍尔——他在遇到米莲娜之前与之两度订婚的那个女人——说过，她不该嫉妒他当时正在写作的那部小说（这小说后来被起名为《美国》）。"这部小说就是我，"他说，"我的故事就是我。"

卡夫卡的日记和笔记里有数段都表明，他对古代神话非常着迷。卡夫卡的小说常常就像是有关恐惧的现代神话或民间故事。这可不是偶然的。神话其实就是一种传说，之所以绵延至今不绝于耳，就在于它具有恒久的神秘性、暗示性、深意性，让人的大脑难捉摸、费猜想、琢磨不透。在这里，事件貌似是不可能发生的，可它们偏就徘徊在人们的意识深处挥之不去，躲在人心某个角落里发酵。它们是纯粹的杜撰——在可识别范围内的纯粹瞎掰。撇去理性或逻辑推理，我们会被它们吸引，那些清晰明了的陈述足够简单，简单到超越人们对真实的普遍理解，因而反倒费解了。瞧那些诸神，各路信使，那些不可能的鸟兽，那些不可能的变形（达芙妮变成月桂树，水神变为清泉），明明是幻想，却被详述得有鼻子有眼儿，从而幻想也和真实搭上了界，因为它是一种有机的幻想。如果说，这些探究神秘真相的尝试只关乎某个个人与其内心世界的关系方面，那么上述形象对理性的头脑来讲，就是荒诞而不真实的了。但是，如果这些尝试不是要对神秘的真相一探究竟，而只是要表现神秘而已，呈现给我们一个画面，把直觉组成一个形态，通过不解而自解，那么，这就是诗的本质及艺术的正当合理性之所在了。

卡夫卡亦如此，他的小说不是解释而是画面。他的主人公逆来顺受，忍辱负重。他写并一再重写古代神话传说的卡夫卡版，显然是要找寻其中某种意味和他自己的经历联系起来。他没费什么劲就看清了自己,一个在地上扭动的怪物而已,一个现代的普罗米修斯,正遭受鹰们的折磨,撕扯着他从不停止生长的五脏六腑。普罗米修斯的传奇就是一个卡夫卡一写再写直到他自己满意的神话,目的仍是写他自己。这个传奇的卡夫卡版的结论是"尝试解释不可解释之事"。正如他对米莲娜说过的那样,他本人总是想把看似解释不了的解释个明白。不过,他从不从理性学术的角度加以解释。"真正的真相从来都是非现实的,"一个朋友记录下他说过这话。"瞧瞧一件中国套色木雕作品的那种清晰、纯净和真实吧。如果谈吐也能做到那样的话,就真的非同小可了。"卡夫卡也画画儿。

如果真相刚一开始便告结束,消失在说不清道不明之中,那么希望还可能存在吗? 还是说我们误解了希望的本质? 写作是一种积极乐观的行为,卡夫卡必须写作,否则生不如死。据记载他曾说过这样的话:笔于他而言已不是一个工具,而已成为他身体的一个器官。在他开始写作《城堡》的头一个月里,他在日记里谈过"那种写作的快乐,那是一种怪怪的、神奇的、也许危险的、也许救命的慰藉"。他给米莲娜写过这样一封信,里面既谈到他正倾听"来自自己内心的恐惧之声",也谈到他坚信这些恐惧本身构筑了一条通向真理的路径。唯此他才能接近真理:他没有任何其他办法。

"的确,"他在这封信里接着写道,"这种恐惧也许并不仅仅是恐惧,它还是渴望,渴望得到比所有造成恐惧的东西加在一起还要大的什么东西。"他的生活是充满了恐惧,但是有无这种可能:他的恐惧只是对事件的一种误读呢? 在《城堡》里,我们发现了作家身上的两面性,反映了他的二元性或双重性格。一方面,从表面看,卡(K)所经历的事件貌似很碎片性,彼此互不相干,因而也就无法解释,这成了他焦虑的根源。另一方面,卡(K)也有一种梦幻般的接纳(包容)性,暗示了他对超越知性理解的天地和谐的信仰。这部长篇充斥着原(元)恐惧,但也充斥着原(元)希望,两者共存于卡夫卡身上。

人们很容易把卡夫卡的小说归类为沮丧、挫败感的记录与悲哀事件的罗列。但是作者本人所呈现的证据，也是我们所掌握的唯一证据，却是从这里（《城堡》）开始的。这一证据不得不采纳吸收。"全盘接受你的症状，"卡夫卡在其日记中写道，"对你的症状别发牢骚，全身心沉浸在你自己的痛楚中。"他笃信，启示一定、也只能来自于当下的苦难，来自于不幸经历的打击。这种信念贯穿在他的许多日记条目中，它们初看之下似乎很令人费解——如果读者没把它们当成他固有信仰的外在形态与思维的具象画面加以接纳的话。"骑上你的攻击者的马，并亲自驾驭它。只有或然性可言。可是所要求的力量和技巧却是了得！而且已经迟得不是一般二般！"但最为凄惨却又鼓舞人心的也许在这儿："救援就在不知什么地方正等着我，而打人者正在把我往那儿追打。"所谓打人者，他的生活经历是也，存在于斯等着他去忍受，全是鸡毛蒜皮的生活琐事，但谁又敢说他的柴米油盐衣食住行微不足道呢？

按理性、合理的标准来看，《城堡》是荒谬无意义的。它是卡夫卡的说理方式，旨在让人们相信光有合理是不够的。他通过米莲娜告诉我们，他一直在尝试把那些不可解释的解释出个子丑寅卯来。但实际上他从不解释。他在《城堡》里从不试图劝说读者相信事件应该这样或那样发展。我们被动接受他呈现的画面，并被告知"事情就是这样子的"。他是那样肯定地把荒谬讲给我们，把梦幻讲得那么有鼻子有眼儿，致使我们稀里糊涂地跟着他走下去，仿佛依从心灵感应的法则走下去似的。

也许，艺术就是心灵感应。无论用文字、颜料还是石头，所呈现给我们的画面，都在我们心中触发感应，而这感应是潜意识里的，我们并不知道它的存在。我们对作品起反应，尝试理解它，但却解释不清。这种由艺术品所引发的心灵感应及对其隐秘的理解改变着我们眼前的画面结构，将其由最初的荒诞不经印象演化为可理解的魔幻印象。我们清楚各个事件之间其实是有着共性联系的，尽管这联系我们搞不懂。当卡尝试给城堡打电话并且只听到一种他以前打电话从没听到过的嗡嗡声时，这里面便暗示着一种联系，一种统一或兼并。这种嗡嗡的声音，对卡这个专注倾听的人来说，就像从中浮现出一种奇怪的声音，"一个尖细却又有力的声音，以一种相当不可能的方式，冲击着我的耳鼓膜，仿佛要求比我仅仅听到它钻入得更深"。在一个大一统的世界里，什么都不能自我隔离、独善其身，连感官也不能。感应也成为共性，并得到一致的共鸣。首要的是通过声音振动才可被知觉，甚至能被见到——通过摇晃的物体。谁敢说不被琴弓触摸的小提琴就绝对是安静的呢？

在《城堡》中，卡生活在一个充满魔幻联系的空间里。小说中的那种强烈的性爱意味——着实就是卡夫卡对米莲娜的激情的挪移——在卡与弗丽达躲在酒吧的杂物和洒在地上的啤酒洼中做爱时达到了巅峰。卡还"时时感觉自己像是迷了路，像是盲目走入了任何他人都没去过的奇异国度，陌生得连空气都和自己家乡的大不一样。在这里，你会被奇异如此之甚震撼到窒息，但又被其莫名其妙的魅力吸引到别无选择而只能继续前行，乃至迷途愈迷、越陷越深。"除却小说对这片异土所作的详细精确的形态描述之外，还可以把它看作是对困扰卡夫卡一生的那个核心主题——熟悉与陌生，理性与幻想，谨慎与野心，怀疑与笃信——的又一次探究和评述。

为了进行超出人们理解范围的理解，我们必须做好包容接纳的心理准备。我们的理性不得不受到只能覆盖部分现实而看不到全部真相的感知所限。卡夫卡作为一个孤立无助的个人，在此得不到习惯与选择性知晓（什么该了解，什么不该了解；该对什么睁只眼闭只眼）这层外壳的保护。在他的作品中，几乎每个句子都是他的自我披露或揭示。在他致米莲娜的信中，有一句话——打上重点号的，似乎是经过反复思考的——尤其具有启发性，有助于我们理解他的写作："有时候我觉得，我比任何其他人都更明白人的沦落。"

他的意思是说，他对自我意识所造成的伤害超常敏感。圣经《创世记》告诉我们，亚当和夏娃偷吃了知识树上的禁果，然后突然意识到他们所处的环境容不下他们。这种意识才是他们被逐出天堂的真正原因。无意识的和谐被拿来同有意识的知性作了交换，从此人类便发现自己老是对立，总是对立。我们从黑暗的和谐走向了认知的曙光，以前可定义的经验体系断裂崩塌了。这就是卡夫卡所透彻理解的人的沦落。

对卡夫卡的主人公们而言，尤其是在《审判》和《城堡》中，夜色总是那么快地降临，而不管当时是白天几点。这些主人公在黑暗中摸索，就像在寻找勉强出现在光照部分——我们称之为知性——里的真相。他们就像在永远寻找那种意识不到的和谐状态，然后"他们的眼洞大开，才知道自己原来是一丝不挂的"。尤其是《城堡》，常常简直就是一部对阴影的专项研究，主人公仿佛总是意识到在其探询的末尾必是那种阴影下的和谐，就在眼下错综复杂得令人绝望的现实的彼岸。卡永远走在通向远处山顶上的城堡的路上，总是处在即将达到什么目标的节点上，可就是无法达到。城堡，"卡看它越久，他就愈发捉摸不透它，城堡的一切就在暮色中隐藏得愈深。他付出的努力本身就是一种阻碍，因为它始终就是对那种黑暗和谐的否定，是一个生命个体与独立灵魂发出的自觉之声。

在《城堡》这部长篇小说中，主人公甚至连身体动作似乎也受到做梦的特殊规律的影响。别人都能在雪地表面上轻巧滑过，唯独卡在其中艰难地蹚雪前行。"有目标却没路，"卡夫卡在笔记中写道，"而有一个我们称之为路的却是犹豫。"卡在面对选择时犹豫不决，因而举步维艰。他搞不清楚哪条路最好。他的这一心理困境嬗变为——《城堡》中的一切都是某种移情现象——他自残的性格，其表象就是他一步步地陷进深雪中艰难前行，而这雪地对别人来说却是结实的雪壳儿，一出溜儿就滑过去了。在生命的每个阶段，素材或材料都是一样的，只是判断改变了。

卡站在雪中，见到那对双胞胎哥儿俩阿图尔和耶雷米亚斯快速滑雪经过自己。他以前没有见过他俩，现在他知道了他俩的名字，知道了他俩来自城堡。当听说他俩去旅馆办事时,他嚷道他也要去那里办事。他俩没有停下来和他聊。接下来发生的事揭示了(主人公)全盘接受(包容)的态度,这种态度因其主人通常受到众人的排斥(因其人生地不熟,境况凄惨)而被呈现在此,成为按理来说简直不可理解的一个怪事。

卡到达旅馆,阿图尔和耶雷米亚斯正等着他。"你们是谁呀??"卡问。他们回答说是他的助手。卡名义上是个土地测量员,这会儿正等待他的老助手的到来,可没想到等来了两个陌生人。他俩来自城堡,卡了解这个,我们也知道他了解这一情况。正常情况下,读者会期待卡对他俩的轻率无礼大笑几声,然后转身不理他们,或者干脆把他俩当作冒名顶替的骗子踢出去。可他实际上没做这些,而是问道:"你们就是我嘱咐跟着我过来、我正盼着的老助手吗?"他俩回答是的。"很好,"卡愣了一下后说,"你们过来就好了。"

他是疯了还是瞎了?卡夫卡在这儿有意写了个"愣了一下"。他似乎有意要揭示一下人类的不完美性或劣根性。在全盘接受的心态下就无所谓偶发事件了;无论发生什么都在我意料之中,我都能接受。卡夫卡曾对一个朋友说过,世上并不存在偶发事件,它们只存在于我们的头脑中。没有因果关系的偶然性在这世上是不存在的;偶然的观念反映了人类认知的局限,说明我们不能认知所有的关联,没本事探求因果性的完整与绝对。在关联链条(环节)完整的地方是不存在矛盾的。于是上述那个朋友带卡夫卡去参观一个毕加索画展,并表达见解说,毕加索应为自己随心所欲的扭曲感到害臊。卡夫卡却说他不这么认为:"毕加索只是记录了尚未进入我们意识的各种扭曲、异样和变态。艺术有时像一面镜子——像那种如钟表指针走快了的镜子。"

卡夫卡的小说人物属于一个我们尚未发现的世界。在这个世界里,理解被延伸到超越按常理理解的疆域,跨越出了可认知经验的界限。这个世界,以前还没人进去过。进了这个《城堡》,想象力便先于体验,不是你在体验生活中展开想象的翅膀，而是你让想象等着生活赶来把它抓住，让生活去填充想象已构筑好的空间。卡夫卡的语境是这样一个天地：事件在其中只是发生，而并不事先设定好去投合人类理解力的范围。于是便有了卡夫卡作品的荒诞和费解。面对故意超越我们理解范围的东西，我们又如何去理解它呢？卡夫卡的读者需要具备某种探险者的好奇心和惊奇心，时时准备好发现、错愕、惊叹与解谜，并相信在这位现代普罗米修斯被锁住的岩石中有真理，无法说清的能说清。

在前述的助手一事中，那两个助手同时让人感到既熟悉又陌生，这是小说大师卡夫卡把矛盾的两方面揉捏成一个画面的一种手法。这矛盾即是既犹豫又坚定，既怀疑又笃信，它在卡夫卡身上并存，成为他走下去的动力。它必须以一个画面、一种形象出现，因为它是同一个情势下的两张脸。但是我们又该如何理解这种既自信又不确信呢？舍此，我们还能如何描绘希望，描绘那种面对眼前一切令人绝望的现实而超越之的信仰呢？

圣经伊甸园的故事深深吸引了卡夫卡，因为它就包含着卡夫卡一直呈现给我们的那种两面性或二元性：一面是无意识的和谐，大一统，另一面是解体，分崩离析。他明白人类的堕落是眼下的情势，人的自我意识的觉醒不再是发生在遥远过去的某个特殊日子的事件（那时的人的天性突然从认识外部切换到自我内省，然后和谐打破，一统解体）。"只有我们的时间概念，"他在笔记中写道，"才导致我们把那次审判称为'最后的审判'。实际上，它是个常设法庭。"换言之，审判无时不刻不在进行，眼下就进行着。卡夫卡应该还会说（但实际上没说），正是我们的时间概念使得我们把逐出天堂（伊甸园）认作是某种"初次的审判"。它是另一个常设法庭，是他的本性每天都面对的一个法庭，觉醒后又进入那个离奇怪异的梦乡，既熟悉又陌生。卡夫卡眼中的沦落是一种传奇景象，具有神话色彩，是一种恒久的人类境况，只不过眼下正被一个布拉格人（卡夫卡）所经历，并被他写进文学。

人对于这种分崩离析心知肚明，这就是他所处的世界；他也感知到了这种经过粉饰包装的和谐。在《城堡》中，上述理念一个接一个被呈现出来，因为它们就扎堆存在于我们的认知里（除此之外还能在哪儿找到它们呢？）。只有从我们的认知里才能投射出和谐的理念，所以神性与魔性——阿波罗与狄俄尼索斯——的二元性只能是一个心智上的二元性。它们是同一世界里的两个方面，是那个两张脸的神祇。阿波罗即是有机化了的狄俄尼索斯。歌德早在十八岁时就知道，地狱与天堂不是互不搭界的两个地方，而是同一个世界的同一概念的两个方面，正如卡夫卡写给米莲娜的那样："没有谁唱纯属于十八层地狱的歌；我们所认为的天使之歌也是它们地狱的歌。"

卡夫卡在其作品中多次提起过沦落，因此也屡屡提到他对原罪本质的思考，比如在《沉思录》中，就有许多由他自己收集自分散来源的格言警句；可以相信，他本人认为这些格言警句具有特殊重要性。在《沉思录》中，卡夫卡把人类的沦落与意识（觉察力）的崩溃归咎于急躁或过于渴望，将其归类为人类的主要原罪。"正是因为急躁，他们才被逐出天堂；正是由于急躁，他们才无法返回那里。"他给人的急躁所下的定义还可见于另一条警句："人所犯的一切错误皆因急躁，皆因不成熟地背离条理性，皆因对问题表面急乎乎的围剿。"这种"条理性"（按部就班）必定是生活的一个持续过程，持续地从一个有机的（器官的）行为显现过渡到其另一个的行为显现。（只有通过分裂的语言，才有可能谈论团结，它是我们唯一的语义学工具。）所谓条理性，就是人通过将自己的想法整理归类而介入因果关系的那种模式。经验被削减到人的感知范围之内，现象都是从生活流中被框出来的一个个片段（碎片）。

然而，这些片段却构成了我们唯一的体验和我们接近真理的唯一路径。真理或真相就在那儿，是不以人主观意志为转移的客观存在，它们就沿着因果关系之线在那儿等着我们来发现，它们超越了个人感知的偶然性局限。

"作家必须写进黑暗,"卡夫卡说,"就像钻进隧道那样。"在另一个场合他写道:"我的小说就是一种合上眼睛(进入黑暗)。"他渴求那种即将倒塌前的境况,渴求那种黑暗无觉的满足。在他的日记里,他使用了让那些以为他是单调乏味的悲观主义者的人们感到吃惊的语汇,比如"这是完全可以想象得到的景象:生命的辉煌永远都蛰伏在我们每个人周围,静等着它成熟灿发的那一天;可眼下它却隐藏不露,深寓某处,似乎无形而渺远。实际上它就在周围,不敌视,也非不情愿,也不装聋作哑。如果你召唤它时用词准确,名称正确,它就会欣然而至。这就是魔术(魔法)的精髓:它不自创,而只是唤来。"

这就是作为魔术师的作家卡夫卡。他的创作就是一种寻找准确用词与正确名称的持续努力。他曾对一个朋友谈起写作,说它是一种幽灵的咒语。在笔记中他也曾把写作说成是一种祷告。卡夫卡的长篇小说中并没有复杂的迷局来迷惑读者;恰恰是其散文般的简朴——平铺直叙,几近枯燥乏味——迷惑住了我们。在其中,感觉就是结构,结构就是感觉,两者互辨不清。这种散文般的简朴反映了卡夫卡上述那种基本的接受心态。

这种包容心,也是隐忍、耐心,出自于一个信念:生命比理性(感知力)所能允许达到的范围更壮阔,更美好。但是没耐心,急躁,却是正常的人类特性,不然的话也就不会闹出堕落、被逐出伊甸园之类的故事了。卡夫卡的小说通过把耐心(隐忍)与没耐心(急躁)呈现为一对难兄难弟的方式,表现了生命。他的小说反映了他眼中所见的生活的二重性。当他把自己的写作形容为"对边境的一次袭击"时,他指的是对理性感知力的界线的突破。他的幽灵施咒是一场努力,要追寻因果关系的线索,跨越理性的边界进入混沌黑暗。

在《城堡》中,我们遭遇了重重的障碍,无穷尽的对话,永恒的各种可能性,它们环环相扣,仿佛要一直串接下去,直至时间的尽头。伴随着这一切,也因为这一切,默默的接受持续下去。主人公卡既质疑又默认,既不甘又顺从,这种显然的矛盾根源在于卡夫卡这个人,此人既相信唯独自己深受谜团、错综、恐惧与各种生活不公的打击,却又能骄傲地谈论光荣,宣称"他即使不主动寻求,也会被人发现"。(天生我材必有用;酒好不怕巷子深)他在致米莲娜的信中写的真知灼见是放之四海而皆准的。他发现真相很难表达,但是他的生命就仰仗这种表达。"真相只有一个,"他对她说,"但是它很活泼,因而不断改头换面。"

(冷杉 冷杉 译)

《变形记》导读[1]

◎ 迈克尔·霍夫曼

关于卡夫卡，人们已经倾注了大量的笔墨、发表了各种别出心裁的见解。早在一九七五年，一位世界公认的卡夫卡权威，哈特穆特·宾德尔，就谢绝过参与编纂一部有关卡夫卡研究的书目总表，因为即使在那时，有关卡夫卡的书名就已经多达成千上万了，非常难以统计。不过，他倒是建议读者读一读关于一九六一年卡夫卡研究状况的一本书，提示说那是尚有可能统计出数据的最后时刻，并且敦促他们去找当时的研究书刊读读。与此同时，这样夸张的卡夫卡诠释热也没有持续太久，真的没有长过一九四五年。这就如同大屠杀、浩劫、存在主义、冷战等等，全都一定会发生，然后在二十世纪头二十五年的人类史上只留下一两笔而已。卡夫卡的写作属于典型的不知从何而来的那种，并在其被一代人所接受的过程中达到了这样的高度：无限的难以驾驭性，直觉不可溯源却诱人刨根问底的神秘性，以及欲罢不能的鸡肋性。

无论如何，我倒希望他的大众作家的境况一直保持下去，而不仅仅是专家研究的对象。与其他所有现代主义作家不同的是，卡夫卡并不是先爬上小山后才攀上高峰的；你无需经历一个准备好读他的受训过程。"卡夫卡的创作模式，"批评家菲利普·拉夫写道，"并不预示任何外在于它本身的知识体。"它里面不设乏味或者晦涩的门槛；你甚至无须具

---

[1] 此文译自英国企鹅现代经典《变形记》导读。作者迈克尔·霍夫曼（Michael Hofmann）是一位在德国出生，用英语写作的诗人，也是企鹅现代经典《变形记》的英译者。

有自己的文学偏好。诚然，他正儿八经，不苟言笑，但并非不友好（比如《给科学院的一份报告》《一个小女人》《歌唱家约瑟芬》）。拉夫认为卡夫卡的小说（譬如《一位一家之主的烦恼》）堪称完美的艺术品，既怪异又可亲，既神奇又触手可及。

众所周知，卡夫卡的朋友马克斯·布罗特违逆卡夫卡的遗嘱条款，没把他的手稿付之一炬，而是保存了下来，并且编纂成卷拿去出版。没有布罗特，我们就没有《城堡》《审判》和《美国/那个消失的人》这三部长篇小说，并被埃德温·穆伊尔和维拉·穆伊尔翻译成英文（分别在1930年、1937年和1938年）供付梓出版；也就没有《地洞》《对一条狗的调查》等短篇小说的问世。假如布罗特执行了卡夫卡的遗嘱，我们就有可能根本不知卡夫卡为何许人也（虽然我本人对此怀疑），卡夫卡的地位在英语世界就有可能与罗伯特·沃尔瑟的地位差不多（顺便一提，卡夫卡敬佩此人）。从某种意义上讲，名誉、声望是需要大部头支撑的，而长篇小说放在行囊里也还是很有用的，比如卡夫卡的这三部虽未完成、但也许是更优秀与更不朽的长篇小说。

本书所收集的卡夫卡中、短篇小说都是作者在其人生不同节点允许发表的作品——他毕竟是生前已出版了七本书的作者，这对于一个我们倾向于认为是个厌恶出版的隐士来讲，已经是很不错的成绩了。此外在一份附录中，还有三个短篇发表在不同的期刊上。这些作品都是即便没有布罗特的干预我们也会获得的作品。（与人们有时读到的情形正相反，卡夫卡可没有要求布罗特把他已出版的作品也销毁——那样的话，可就显得反常、异想天开，并且过于专横了——而是只要求出版商卖光共约一千册的这一版后就不再重印了。）发表、出版乃至已经出过书这个事实，对他而言也并非那么恐怖的事情。诚然，他对他的主要出版商库特·沃尔夫说过，他一向都是更感激他的退稿，胜过他出版自己的作品。但是这种表态在某种程度上只是表露了卡夫卡的谦逊和彬彬有礼而已（这倒也是他的一种真情实感）。关于自己作品的出版，他曾提出过一些具体的建议，比如字体尽可能大些，页边的空白尽可能多留些，好让读者看得舒适、从容。他在自己小说的编排上也很细心，比如说《沉思录》和《饥饿艺术家》哪个在前哪个在后。他还提供过自己所有的书的书单让出版商考虑（除了最后一本，《饥饿艺术家》，该书在他死后出版，但他在疗养院校改过它的校样）。这些书都是有题献辞的——题献给布罗特，题献给他的父母，题献给他的未婚妻费丽斯·鲍尔。事实上，他在世时就已经是小有名气的作家了，时常当众朗读自己的作品，得到越来越挑剔的库特·图霍尔斯基的欣赏，获得罗伯特·穆齐尔的好评，并在一九一五年从夺冠大热门卡尔·施特恩海姆手中抢得一项文学奖。其实卡夫卡最大的麻烦来自于他自己，来自于他的不自信，他的自我怀疑，他对自己作品过于苛刻的批评。不过，即使在晚年，他也有放过自己一马的时候，对自己的某些作品放行，尤其是《司炉》。

《沉思录》中的早期作品都是那么优美、出人意料、目光敏锐、变化多端——忽而希亚姆斯·西尼，忽而格奥尔格·格罗茨——其风格独特，自成一体，游走于随笔、散文、诗歌、口头描述之间。然后，在一九一二年九月二十二日之夜，在那个他一气呵成《判决》的夜晚，卡夫卡成为卡夫卡。父与子之间的戏剧性故事，对一次旨在篡权的失败尝试的惩罚，从口头抗争到温顺服从的脆弱过渡，跌宕起伏的戏剧冲突，使这部小说几乎成了舞台情节剧。就像埃利亚斯·卡内蒂在其《卡夫卡的另一场审判》中做的那样（他布了一个局，让卡夫卡先追求、后逃离费丽斯·鲍尔的过程与《审判》中的跌宕起伏的情节形成强烈的对比），哈特穆特·宾德尔也提示说，卡夫卡的创作总是遵循着他与别人的通信和他与他父母的家庭生活的变迁兴衰来展开的。陀思妥耶夫斯基，意第绪语的戏剧，约姆·基普尔，一个最喜欢的舅舅的来访，一个妹妹的订婚……尤其是两天前（九月二十日）刚开始的与费丽斯·鲍尔的通信，这些全都那么迷人地、像施了催眠术般地被编织到小说中去。卡夫卡像棵稀有植物似的冒头了，要求有五六种不同环境的结合——这几乎是不可能的——才能开花结果。读者读卡夫卡的小说有这么一种感觉，像是破译某种密码才能使之生意，其最深层的心理目标是要间接呈现或折射出作者个人的愁虑。我想，正是这种来自读者的对卡夫卡作品含义的不自觉的过分解读和猜测，才造成了评论家和学者对他的诠释浩如烟海的局面。这些诠释来自不同角度，不同方面，有宗教的，弗洛伊德精神分析的，犹太人的，寓言的，等等。读他的小说，我们会隐隐感到在字面之下似有深意；我们敢打赌并分明知道它就在那儿，却触摸不到；那些深意很可能与性、暴力、家庭或形而上学有关，但若想精确定位并捕捉到它们，却连门儿都没有。

结局的不确定性——譬如《判决》《变形记》《在流放地》《司炉》，简直可以说在他所有的小说中都是如此——使得时代乃至时间都显得不再重要。卡夫卡已经深得戏剧性、伏笔、悬念和出乎意料之精髓（比如《弑兄》）。他成为语句和谐与错落有致的专家，乱麻一团的事件经他梳理后层次分明，轻重缓急渐次呈现，不同的动机与效果同时产生（颇似巴赫的二部和三部的复调音乐）。比如：

  那个挂着竹手杖的男人开始冲着天花板轻轻吹口哨，那些来自港口当局的人又把那个军官请到他们的桌旁，并且没表示出把他放走的意思，那个出纳主管很显然被船长的镇定搞得很紧张，看得出后者极想介入一下此事。

               （《司炉》）

《变形记》中对员工总管偷偷撤离的描述也是如此：

  在格雷郭尔陈词的当儿，他一刻也稳不下来，死盯着对方的面孔脚底下偷偷忙活着，向大门口挪过去，就像是违背不准离开房间一步的禁令似的。总算退到门厅以后，他最后一步迈出客厅的动作飞快，好似足根踩火一般。一出门厅他就伸长右臂向楼梯冲去，好像那儿有股超自然力在等着救他似的。

这两个例子，一个是级别或情境的喜剧，另一个是突然的加速与不唐突的缓慢之间的冲突的喜剧，但两者的结果都旨在减缓情节的发展，使之放慢到几乎停滞的地步，在慢到难以忍受的同时也滑稽到不行。

这就是我认为的"卡夫卡时间"（或"卡夫卡时段"）。它里面有三段互为相关的时段，虽然它们构成了某种三位一体、三段式，彼此不能互换，但显然一炉共冶。一方面，它在卡夫卡的作品中总是出现得过迟，比如在《变形记》中，格雷郭尔·萨穆沙醒来时已经成了一只蟑螂；《在流放地》中的囚犯面对行刑机器时已经戴上了手铐脚镣；卡尔·罗斯曼已经被他沮丧和颜面丢尽的父母送去了美国——在他这次特殊的旅行中已经走得太远，即很讽刺地，他已能看得见自由女神像。这些过程没有一个是可逆的，走进去便不能回头。另一方面，结局还没有发生：或许那个乡村医生会及时回到自己家中救助罗莎，并且保住自己的职业——哪怕是被那些性情暴躁、胡乱奔跑的马匹载去也罢；或许那封来自垂死皇帝的信件最终会被递送出去，而无论遭遇到什么样的命运；或许《一本旧日记》中的那些市民，或是《豺狗与阿拉伯人》中的那些豺狗，都将发现其各自的困境在缓解、消失，其来去都是那么不可预测。正如卡夫卡在他的一条警句里所说的那样："希望总是无穷存在的——"，但他紧接着就说："——但不对我们这些人而言。"紧随这第一时段而来的是中间时段，它也许是最真实抑或是最幻觉的时刻，也即所谓的"齐诺时刻"①，是那种充满细微变化之无限可能性的时刻，譬如在《在法律面前》中，那些藏在卫兵的绒毛脖领中的跳蚤；在《司炉》中，卡尔的推论过程千回百转、无穷无尽（总有不同的拯救目标，忽而

---

① 西希昂的齐诺（前340？—前265？），希腊哲学家，斯多葛派的创始人。

是他的手提箱，忽而是摆脱窘困与尴尬，忽而为司炉讨回公道！）。在许多卡夫卡的中短篇小说里——他的长篇小说里更常见——都有这样的时刻，使得行文突然间流畅、轻快、走运起来：

> 于是，直截了当地，旨在接地气地，格雷郭尔短促叫了一声便翻身扣了过来，落在他的许多只小短腿上。这事刚一做完，他便当天早上第一回感到了一种身体上的幸福和舒适感；这些小短腿踏在坚实的地面上啦；它们完美地顺从了他，如他满意地注意到的那样，甚至寻求把他运送到他想去的任何地方——

接着便是那句关键的话："他就要相信自己的状况终于改善啦，这个时刻终于到来啦。"我们再想想《司炉》吧——它是卡夫卡计划中的长篇小说《美国／那个消失的人》的第一章，因而在某种程度上也就是一篇前头还有一整片大陆要展望的小引——它始于陆地近在眼前的地方，并结束在几乎是原地，那个海浪围着一艘裸露的船波动、不曾发生过着陆的地方。

这就是我所说的"中段"（中间时刻），我说它们是最真实、最简明扼要的时段，是卡夫卡式三位一体中的圣灵，是一种在激动兴奋中暗含着某种目的或补救的信念。在卡夫卡的每篇主要的小说中，都有这种或英雄或悲剧的信念支撑在其中。它们的第一和最后时段都在某种意义上受到这种浓缩精华、形式感、情绪和多样性需要的支配。当然也有从一开始就未必是已经太迟的故事，虽然这样的例子不是太好举（也许《在马戏场顶层楼座里》是一例，也许《视察矿区》是另一例）。显然也有其他一些故事被当场就赋予了结局或结论，而且可以说是"强加"上去的，比如《判决》《饥饿艺术家》《审判》。但即便是这样的小说，其最显著的特点也不是结局的命定性，而是意识的纠结，内心的矛盾冲突，不知疲倦的愁肠百结，以及正向、反向的逻辑推理与反逻辑推理。从文字的角度来讲,《诉讼》比《判决》更真实反映了卡夫卡在其小说中的行文风格。

如果说这就是卡夫卡的语言风格,那么就可以说,他小说中的那些大词其实就是德语中的那些小品词。它们不是动词和名词,更不是形容词和副词,而是那些被贴切地定名为"小品词"的词,比如 wenn(如果)、aber(但是)、da(因此)、nun(现在)、doch(然而)、auch(也),等等。这样的词在英语中用得没那么多,说英语的人会倾向于认为这些德语小品词过于繁琐、啰嗦;但在德语中它们比英语更富于表现力,能使语气微妙、细腻,表达情感更丰富、圆润,在卡夫卡的散文中则起到了变化或加强论点论据的作用。从某种意义上说,卡夫卡没有给译者留下什么回旋的余地,没有什么"弦外之音",没有什么修辞手段,没有什么"风格"可言——这里的"风格",当然是指那种文学味很浓的典雅风格。他作品中的大词不那么举足轻重,小词则常常译不好甚至不可译——如果译者旨在直译它们的话,他就得非常小心,别像在英语中那样搞出一堆没必要、无厘头的空话,否则就会起到反作用,破坏卡夫卡意欲读者看到的那种干涩、有控的文风。拉夫很精彩地把卡夫卡形容成一位"语气絮絮叨叨的大师,是一位文风内敛、保守又兼有微妙、睿智和讥讽的大师"。

我在翻译《变形记》的过程中,自认为遇到了又一个基本上很常规、很普通的文学文本,它让我想到了措辞、头韵(法)[①],以及杂杂碎碎的修辞构造。比如说在这篇小说的第三部分,格雷郭尔的母亲对他的房间进行一次大扫除。我译成这样:"潮湿让格雷郭尔感到难受,他可怜兮兮地趴在沙发上,一动不动。"卡夫卡的原文是:"Gregor lag breit, verbittert und unbeweglich auf dem Kanapee."这一时刻很奇特地醒目,使我不禁眼前闪现了一下波德莱尔的身影,一个长满青春痘的青年,仰面

---

① 即在一群字或诗中,第一个字母或发音的重复,如:The sun sank slowly。

朝天地躺着，神情抑郁。这反过来又让我想起卡夫卡曾提示过：如果他的《变形记》不得不加进插图的话，那么这幅插图该怎么画呢。依照纳博科夫的意见，它不该被画成一只严格昆虫学意义上的甲壳虫模样（细心的读者可能已经注意到了，我在《变形记》的第一段里把它译成了"蟑螂"，因为原文德文的"Ungeziefer"的意思是"害虫"——一个笼统的、无法具体科学界定的概念），而是应该画成一幅一个男人躺在床上的图。

卡夫卡的作品之所以给翻译留下那么少的活动空间，也许还有另一个原因，那就是卡夫卡已经很有效地翻译好了他自己。卡夫卡的著名传记作者克劳斯·瓦根巴赫在论述卡夫卡的那种常常像是招魂似的、隔靴搔痒似的"布拉格德语"时，充满了暗示性。瓦根巴赫写道，针对卡夫卡语言的那种典型的纯洁性，他遣词造句的那种清醒冷静的构造性，以及他用词的那种贫乏性，读者若没有对他布拉格德语背景有所了解的话，就很难读懂他。瓦根巴赫将这种布拉格式的捷克德语形容为"干涩如纸"——多么绝妙的形容！它是德语的一个异体或变种，"不能传达普通或口头德语语言的那种毫不迟疑扭捏的亲密性和直截了当性"。如果我说这样的话：卡夫卡同任何真正伟大的作家一样，都是运用母语的天才，那么我这话和瓦根巴赫应该是不冲突的。正是德语使得卡夫卡既妙笔生花，又设定了他的局限。德语把卡夫卡的无限探索、他的机智的方向改变、以及他小说人物的喃喃低语，都限定在了德语的严谨语法和强大的直线思维的框架之内。德语让卡夫卡在其语法的严丝合缝与意志的铜墙铁壁之间钻来钻去、游刃有余。较之德语给我的这种感觉，英语给我的感觉更加温暖，更加人性化，甜言蜜语更具哄骗性，闹哄哄的更杂乱无章，更放松而休闲，暧昧而模棱两可。英语的长项是词汇，德语的长项是语法。（我不认为《致科学院的一份报告》中的那只给科学院打报告的猴子能用英语构思出来。）作为卡夫卡作品的英译者，我现在不得不做的事情真让我感到为难：与作者合作去反对他的母语；违拗着他的母语去顺应他讲的内容。我不止一次尝试去阻止我自己钻进卡夫卡,至少为了我自己的心灵宁静,我也不能真和他干上啊!与此同时,我不愿意发出太多他的作品太怪的信号。我想让读者有这样的感觉:卡夫卡的作品其实也普通得不能再普通,从某种意义上说,它们在文学肌体方面甚至十分成熟。最后我要说,卡夫卡的一些小说如果高声朗读的话,朗读者们——包括卡夫卡本人——一定会忍俊不禁的。他哪里是阴沉沉的苦瓜脸啊?他哪里是苦大仇深的呀?他明明是常出洋相、妙趣横生的嘛!我会很满意地看到这一特点的些许从我的译笔尖下流出,贯穿始终,乃至不输英语。

(冷杉　冷枞　译)

企鹅经典丛书书目

第一辑

长夜行	【法】塞利纳
大都会	【美】唐·德里罗
纪伯伦经典散文诗	【黎巴嫩】纪伯伦
磨坊文札	【法】都德
去吧,摩西	【美】福克纳
人间失格	【日】太宰治
苏菲的选择	【美】威廉·斯泰隆
丧钟为谁而鸣	【美】海明威
神曲	【意大利】但丁
人间天堂	【美】菲茨杰拉德

第二辑

我是猫	【日】夏目漱石
看不见的人	【美】拉尔夫·艾里森
流浪的星星	【法】勒克莱奇奥
微物之神	【印度】阿兰达蒂·洛伊
漂亮冤家	【美】菲茨杰拉德
玻璃球游戏	【德】赫尔曼·黑塞
绿房子	【秘鲁】马里奥·巴尔加斯·略萨
炼金术士及其他鬼故事	【英】蒙塔古·罗兹·詹姆斯
老虎!老虎!	【英】吉卜林
小王子	【法】圣埃克絮佩里

第三辑

契诃夫短篇小说选	【俄】契诃夫
死屋手记	【俄】陀思妥耶夫斯基

双城记	【英】狄更斯
洪堡的礼物	【美】索尔·贝娄
局外人	【法】加缪
一九八四	【英】乔治·奥威尔
世界末日之战	【秘鲁】马里奥·巴尔加斯·略萨
圣殿	【美】福克纳
魔山	【德】托马斯·曼
暗店街	【法】帕特里克·莫迪亚诺

第四辑

飘	【美】玛格丽特·米切尔
海底两万里	【法】儒勒·凡尔纳
罪与罚	【俄】陀思妥耶夫斯基
了不起的盖茨比	【美】菲茨杰拉德
交际花盛衰记	【法】巴尔扎克
少年维特的烦恼	【德】歌德
一个女人一生中的二十四小时	【奥地利】斯蒂芬·茨威格
奥吉·马奇历险记	【美】索尔·贝娄
美妙的新世界	【英】阿道斯·赫胥黎
英国病人	【加拿大】迈克尔·翁达杰

第五辑

简·爱	【英】夏洛蒂·勃朗特
虹	【英】D.H. 劳伦斯
坟墓的闯入者	【美】福克纳
雨王亨德森	【美】索尔·贝娄
汤姆·索亚历险记	【美】马克·吐温
你好,忧愁	【法】萨冈
茵梦湖	【德】施托姆
上尉的女儿	【俄】普希金
莎士比亚悲剧选	【英】莎士比亚
施尼茨勒中短篇小说选	【奥地利】阿图尔·施尼茨勒

第六辑

动物农庄	【英】乔治·奥威尔
八十天环游地球	【法】儒勒·凡尔纳
纯真年代	【美】伊迪丝·华顿
呼啸山庄	【英】艾米莉·勃朗特
当代英雄	【俄】莱蒙托夫
德伯家的苔丝	【英】托马斯·哈代
失窃的孩子	【美】凯斯·唐纳胡
格列佛游记	【英】乔纳森·斯威夫特
小人物，怎么办？	【德】汉斯·法拉达
罗马爱经	【古罗马】奥维德

第七辑

金钵记	【美】亨利·詹姆斯
红与黑	【法】司汤达
有产者	【英】约翰·高尔斯华绥
萨宁	【俄】阿尔志跋绥夫
月亮和六便士	【英】毛姆
包法利夫人	【法】福楼拜
城堡　变形记	【奥地利】弗兰茨·卡夫卡
恶之花	【法】波德莱尔
大卫·科波菲尔	【英】狄更斯
泰戈尔经典诗选	【印】泰戈尔